结爱

JIE AI

异客逢欢

上

浙江出版联合集团

浙江文艺出版社

谁说重复都是无效的呢？
生命在重复中被一点一点地修改，
我们在重复中走向新的开始。

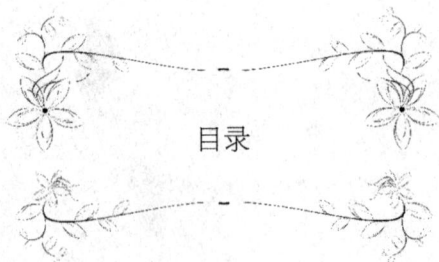

目录

contents

contents

目录

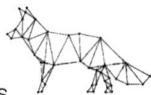

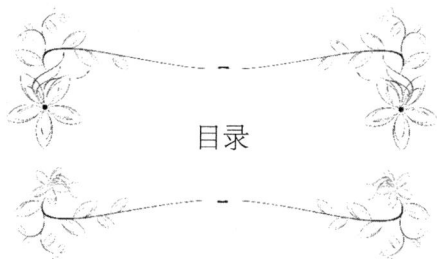

第一章

怕狗的男人

好冷。

冬季没开始多久，关皮皮却觉得今天肯定是这一年最冷的一天了。昨夜一场大雪，据老一辈的人说是五十年难遇，因为 C 城的冬季基本是没有雪的。即使有，也不长久，薄薄地下一层，就像面包上撒着的糖粉，第二天就化掉了。尽管如此，不少家长还是会满怀希望地请假，打算陪孩子们堆雪人、打雪仗，到头来多半是白白兴奋一场。而今天的雪，却有半尺来厚，荧荧地泛着蓝光，踩上去一脚一个坑，还发出嘎嘎的响声，好像踩在泡沫板上。其实比起北方，这也算不得冷，C 城人却措手不及地从箱子里找围巾，找手套，找暖帽。这些关皮皮都找出来了，出门时还是忘了戴手套。从她家到地铁站只需要步行十分钟，她只走了不到五分钟就冻得不行了，不得不折进一家早餐店要了杯热乎乎的豆浆捧在手里，喝下一大口，暖了暖肚子，才继续向前。

这是一个忙碌的周一。碧空如洗，阳光灿烂得有些刺眼。路旁树枝的积雪被行人的足音震得簌簌下落。关皮皮看了看手表，七点半刚过。八点整的编前会，社长亲临，要做笔录，绝对不能迟到。

关皮皮走的是 C 城的主街。上班高峰期，道上车辆穿梭，行人拥挤。到了关键路口，几乎只能侧肩而行，像一群黑压压的企鹅。越过富宣百货，拐入一片住宅区，行人少些了，地铁站的标志也露出来了，关皮皮有些欣喜。地铁只要坐四站，出来就是报社大楼，都不用过街。

就在这时，迎面有人走过来，忽然站住，做出问路的样子。紧接着，关皮皮闻到了一股奇异的香气，有点像深山木蕨的味道。

"对不起，小姐。"

关皮皮正在埋头喝最后一口豆浆，冷不防被人逼着止了步，差点呛着。

"呃——"

是个男人，声音很年轻，穿着件很薄的风衣，领子竖起，灰色的围巾围住了大半张脸，戴着一副黑黑的墨镜。

"能帮个忙吗？"从围巾里透出的声音很低，仿佛被滤去了所有的杂音，清越动听，好像调频立体声的晚间节目。

"什么事儿？"她停步。

"我需要马上坐出租车，可是我看不见路。能帮我拦辆出租吗？"

盲人？

关皮皮不禁又看了他一眼。不像啊。说话的人比她高一个头，身形偏瘦，手中没有盲杖。

也许就像她姨婆那样有严重的青光眼吧，关皮皮不好意思细问。

"没问题。"她笑了笑，"跟我来，路上滑，小心点。"

她反手过去牵住了他的手。他戴着一双很薄的手套，针织的。皮皮觉得有些奇怪。这样寒冷的冬天，这种手套绝不可以御寒。而那人觉察到她是赤着手来牵自己，忙把手套摘下来，也赤手去牵她。清冷冰凉的手指握上来，倒冻得她打了个寒噤。皮皮也不介意，带着他来到路边，伸手招车。

等了两分钟都没看见空车，那人倒还镇定，不过拉着她的那只手却越拽越紧，有些紧张。关皮皮只得说："现在是上班高峰，不是很容易打车。"

那人"嗯"了一声，忽然问了一个很怪的问题："你怕狗吗？"

她摇头："不怕。"

那人说："我怕。"

过了几秒钟，他不安地转过身，似乎在倾听什么，又加上一句："如果有狗追我，你会保护我吗？"

这么大的男人怕狗？关皮皮扭脸过去看他，想笑，又怕他听见。他的脸包在围巾里，看不见神情，话声里有期待之意。

"当然。"她说。

对面有辆空车看见了他们，正等绿灯打弯。关皮皮抬起胳膊打算看表，突然听到一声狗吠。

回头一看，远处闪过一道灰影，一条半人多高的狼犬向他们冲了过来，顷刻间便到了眼前。距它十几步跟着一个中年胖子，大约是狗的主人，大汗淋漓，气喘吁吁，粗着嗓门叫道："Joy! Joy! Stop!"

这条街因为靠近一个公园，遛狗的人很多。皮皮曾在宠物店里打过工，知道这种德国狼犬品质超群：顽强、自信，不容易激动，准确地说，大多数时候比较冷漠。而这只狼狗以意想不到的速度冲过来，面目狰狞，不像狗，倒像是一只发现了猎物的狼。

关皮皮只觉胳膊一紧，身边的人全身僵硬，摆出抵抗的姿势。他的手掌不自觉地一拧，几乎要将她的胳膊拧断了。

关皮皮一向不怕狗，而且她知道训练有素的德国狼犬是非常有纪律的。主人不发话，不会随意攻击。路上的行人不少，街对面的行人更多。她认为自己和身边的男人都不是狼犬的目标。

可是，眼看着那只狗准确无误地向他们奔来，关皮皮还是决定三十六计走为上，眼疾手快地拉着那人向出租车跑去。汽车刚到，还没停稳，关皮皮就冲过去拉开后

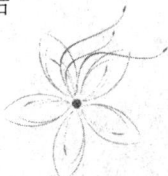

门,将那人推进车内,自己也紧跟着钻了进去。正要关门,狗也赶到了,猛地蹿入后座,前腿搭在关皮皮的肩上,隔着她向里面那人狂吠。

"开车!快开车!"她对着司机大叫,嗓门比那只狗还大,紧张到神经质了。

"车上有狗怎么开呀!"司机回头横了她一眼,心疼自己刚换的坐套,也是一肚子的气。

那狗有半人多高,关皮皮只好高高举起自己的双肩包顶住狼狗的头,不让它从自己的身边爬过去,伤到那位盲人男士。可是,等她回头一看,又不禁气恼。一百来斤的大狗压在自己身上,那人也不来帮忙,自个儿正襟危坐,眼观鼻,鼻观心,老僧入定似的看着自己的手指头,仿佛上面有花。

"喂,帮帮忙好不?"

那人竟连头都不抬一下,好像没听见,继续看着手指头,神情肃穆,毫不理睬。

所幸这时狗的主人已经追到了,将狗链猛地一拉,那狗不由得倒退了两尺,关皮皮赶紧关上车门。

司机一踩油门,汽车在狗主人一迭声的道歉声中飞快离去。

大家都松了一口气。同时,关皮皮在自己身上嗅到了一股狗的气味,雪白的羽绒服上也有几处狗的爪印。

"没伤着你吧?"恢复了镇定,那人问道。

"没有。"她仍在吁吁地喘气。

"你去哪里?我让司机先生送你。"

"青年路 107 号,C 城晚报社。"她看表,八点差五分。糟糕,肯定迟到了。

男人转身过来,墨镜倒映着窗外的雪光:"刚才的事,多谢。"

"不客气。"

"小姐怎么称呼?"

"路人甲。"

男人的脸仍然包在围巾中,不过,他好像笑了笑。他从怀里摸出钱包,又从钱包里摸出一张名片:"这是我的名片。如果有什么事需要帮忙,请来找我。"

她接过来,看了看,忍不住微笑。

上面只印着一个电话号码,剩下的是几行凸出的小点——盲文,可能是姓名和地址。

"哦,好的。"她随口应了一声。

一路无话。关皮皮在想自己的好友田欣能不能给她买到 NK 演唱会的六折票。

车很快就到了。

关皮皮下了车。那人一直茫然地看着前方，虽然什么也看不见，却很有礼貌地侧过身来，很郑重地对她说："再见，谢谢你救了我。"

关皮皮一笑，"救"这个词太严重了。她原本有些恼怒这人不肯帮忙。转念一想，人家本就是因为怕狗才来求的自己，自然唯恐不能离狗远些，还要帮她抵御，未免强人所难。何况他也给了自己一个当大侠的机会，当即微微一哂，不放在心上："小事。下次出门记得带点防身的东西。"

"一定。"那人答应了，又问，"那你，没什么不舒服的吧?"

关皮皮摇头："没有。"

进报社大门时，关皮皮的手里还捏着装豆浆的纸杯。她早想扔掉，只是没有找到垃圾桶。好不容易路过一个，她便将纸杯连同那张名片一起扔了进去。

接着，连羽绒服都没脱，她便以最快速度冲向三楼会议室。迎面碰到站在门口的张主任，脸上一片阴寒：

"关皮皮，你迟到了。"

关皮皮觉得张主任的态度是可以理解的。昨天下班的时候他就反复叮嘱皮皮要准时到会，结果她还是明知故犯。皮皮觉得很理亏，迅速从包里掏出了录音笔和记事本，对主任抱歉地点了个头，飞身闪入会议室。

报社的大楼有些旧，是八十年代的，曾经也是本市最气派的建筑之一。皮皮觉得此楼设计最失败之处就是通风系统。会议室里的每一个人都在抽烟。巨大的空调放着暖气，暖气和烟气搅在一起，又热又燥，皮皮感觉自己就好像坐在烟囱里。

会议刚刚开始。社长说了这个月的重点报道，各部门汇报了重点选题和新辟栏目，广告部汇报了收支情况。

"上周Ｃ大有位学生因家庭冲突一怒之下杀死了自己的母亲，我们打算派记者做个大学生心理压力的调查。此外，为了参加年底文化部的'十大文化好新闻'评选，我们草拟了五个弘扬传统文化的专题和专访，正在讨论中。"政文部主任谢煌看着自己的笔记本，面无表情地说。

沉吟片刻，社长说道："心理压力调查先缓一缓，看看司法机关的结论再说。如果是精神病，就是偶然事件，一切免谈。或者你就做心理压力的调查，不要提这件事。文化好新闻的选题要快点定，争取这周末报上来。"

社长上任五年，是本系统有史以来最年轻的社长，性情直率，作风凌厉，片言只语之间便有了杀伐决断。

"好的。"谢煌一口应下。

社长便将目光移到工交部。

主任方南辉马上说："V3铁路快要竣工了，做跟踪报道的记者吃睡都在大山里，比较辛苦。社里能否考虑给个特别补助？还有，小卫怀孕三个月，反应很厉害，天天吐，山区条件太差，依我看，还是把她调回政文部吧。"

社长点头："补助没问题，不过额度得和副社长们先商量一下。小卫的事儿马上办，你今天就可以通知她回城了。"

"她今天有孕检，已经回来了。"

"那就通知她不必回工地了。"

…………

例会特别长。每张口都在不停地说，同时无休无止地吐着烟雾。

皮皮在呛人的烟雾中坚持速记，一面不时地向各位主任报以职业性的微笑，一面头昏脑涨地等待会议结束。

两个半小时之后，社长终于说："今天就到这里。小关，你去弄个会议记录，打成简报发到各部吧。"

关皮皮满口答应，胸中猛然一阵恶心，便在众目睽睽之下，捂着嘴直奔了厕所。

C城上个月流行过一阵甲肝，据说是从早点摊子开始的。C城人都有在外面吃早点的习惯。虽然都用一次性碗筷，但甲肝还是流行开了。关皮皮先是怀疑早上的肉包子不干净，又怀疑那杯豆浆有问题。总之，她这一吐就没停住，一直吐到眼冒金星、脸皮发绿，才捂着肚子，扶着墙，一步一挨地蹭回总编室。

却不料在门口碰上了她的顶头上司、总编室主任杜文光。

"怎么？不舒服吗？"总编主任管记者，记者皆桀骜不驯，只有比他们更桀骜才镇得住。所以杜文光素日的做派便是沉着冷峻，不苟言笑。被不苟言笑的人这么问了一句，皮皮顿觉受宠若惊："没事，可能是吃坏了东西。"

主任的口气更加关切了："那快回家休息，我叫办公室派个车送你。"

"不不不，真的没事儿。社长要弄份会议纪要，弄好了我再请假吧。"

见她态度坚决，杜文光没有坚持，点点头："好吧，不行的话明天再交。要不你先写个草稿，我让小计修改一下也行。"

小计也是总编室的秘书，做事是出了名的不靠谱，因为有后台也弄不走。不然，总编室不大，何至于要两个秘书呢。

皮皮坚定地摇头："小计今天也挺忙的，要整理档案。还是我来吧，不行再请她

帮忙。”

　　强忍着胃里的阵阵痉挛，皮皮硬着头皮写纪要。一直到写完草稿，症状也没减轻，胃里的东西早已吐光，就剩下了干呕，比吐还难受十倍。皮皮觉得，再挺下去就要壮烈牺牲了，便将草稿托给小计修改。自己拿着一把塑料袋，不好意思麻烦公家派车，也舍不得坐出租，出了大门直奔地铁车站。

　　与此同时，手机忽然响了。

　　“嗨，皮皮。”电话那头传来闷闷的声音，线路沙沙作响，还有似是而非的回声。可是，陶家麟的声音怎么变她都听得出来。

　　“家麟。”皮皮虚弱地答应着。

　　“书买了吗？”

　　“买了呀。”

　　“下班时候能顺便送过来吗？我急着要用。”

　　“好的。”皮皮本想告诉他自己今天不舒服。转念一想，也许只是暂时的，到了下午就好了，那就还是去一趟吧。难得家麟求她办回事，这在皮皮的记忆里还没有几次呢。

　　“几点来？我在寝室里等着你。”

　　“大概五点半。”

　　“行，等会儿见。”

　　“好——”皮皮还想说点话，那边已经挂了。

　　不知为什么，每次通话都这么短，连句寒暄都没有。

　　也许就是太熟悉了吧。熟悉到一个眉头、一道眼色就已心领神会。

　　这就是皮皮与家麟，从小是邻居，幼儿园里就认识，小学、中学都一个班。高中分了文理科，也是在一个学校。从小到大都用同一个邮政编码。

　　唯一不同的是，进了高中之后，皮皮的成绩直线下降，而家麟则是雷打不动的年级第一。加上又高又帅，还是篮球队队长，他成了无数女生心仪的偶像。

　　可是皮皮并不觉得家麟有多好看。至少到不了同学们说的“酷毙”或者“帅呆”的地步。因为皮皮见过流鼻涕的家麟，见过换乳牙说话漏风的家麟，见过发黄疸住院的家麟。且不说抽条时期的家麟四肢细长、头大如斗，远看既像大蘑菇又像火星人。后来家麟的唇上又多了一层细黑的茸毛，说话时喉结在颈间上下滚动，皮皮好一阵子不习惯，都不敢往他脸上看。

　　当然啦，从小一起上过幼儿园的人自然会比旁人亲近些。

高一的一天,吃了午饭的家麟突然出现在皮皮的座位旁,小声提出要去逛商店。

"买什么?"皮皮吓了一跳。因为一般来说,班上的男生从来不主动找女生说话。特别是像家麟这样的,年级第一,高高在上,就得拽着。

"买衣服。"

他们约好在校门口碰头。躲过几道狐疑的目光,皮皮跟着家麟出了东门。右边就是服装市场,长长一条街,满是从乡下赶来进货的商人。

家麟问:"你穿几号的裤子?"

"给我……买裤子?"

"嗯。"

"为,为什么?"皮皮脸红了,结巴了。

"嗯——"家麟一连嗯了几声,没说话。只对着衣店的老板说:"我要这条,黑的,对,给她穿。老板您是裁缝吧?多少号您肯定知道。"

那时皮皮和家麟都穿浅灰色的校服。校服通常是一人两套。可是皮皮家穷,只买了一套,几乎是天天穿的。好在那是春装的式样,里面还要穿个圆领衫,勤洗勤换也不是特别脏。

两人都不擅长砍价,交钱的时候见老板的嘴角微微上扬,皮皮觉得家麟定是吃亏了。

路过道旁的公厕,家麟把裤子塞给她:"去试一试,看合不合适。"

那个女厕不太干净,皮皮不愿意,别扭地说:"非要现在试吗?"

家麟低着头看自己的脚趾:"嗯。现在试比较好。"

皮皮进去了,脱下裤子才知道,虽然买了超长带护翼的卫生巾,裤子还是被浸湿了一大片,红红的一团,特别显眼。刚才在食堂打饭,排那么长的队,想必是人人都看见了。

真是糗到家了。

红着脸换了衣服出来,见家麟还在门外等着她,皮皮连忙掏出两块钱,拉着他往冷饮店里走:"我请你吃冰棒。"

家麟很大方地接受了。等到皮皮要给自己买一根时,家麟拦住了她,对冷饮店的人说:"你有热的果珍吗?"

——这是皮皮最喜欢回忆的往事之一。一闭眼,家麟低头看脚指头的样子便从脑海里钻出来。

吃了止吐药,又在床上躺了两个小时,皮皮觉得好多了。惦记着那份未完成的

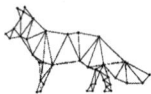

纪要,她拎着包,不顾奶奶的劝阻,坐地铁回到报社。

她在电梯里遇到了小卫,也就是政文部的女记者卫青檀。

"啊,青檀姐,你回来了?"

"感谢组织的关怀,我调回政文部了。皮皮,我找你帮忙,你能来我的办公室坐一下吗?"

除了羡慕记者这门职业,皮皮还羡慕记者们的生活方式:不用坐班。皮皮觉得当记者真是再理想不过的工作了。她天生好奇,又喜欢故事,可是并不是有了好奇心你就可以听到有趣的故事,人家不会轻易讲给你听,除非你是记者。

"好啊!"

卫青檀身高一米七九,块头很大,不认识的人还以为她是打篮球的。不过,卫青檀怀孕了,一向健康的脸也成了绿的,但她精神很好:"皮皮,这个送给你!"

她从包里拿出一个小盒子递给她,皮皮打开一看,是一个漂亮的绿松石手镯。

"唉……这个,怎么好意思呢? 很贵重吧?"虽说记者群里就数青檀和皮皮的关系最好,但青檀总在外面跑,打交道的机会并不是很多,也没有亲近到互送礼物的份上。

"当然是免费得的。我有好几个呢。记不记得上次我写了一个报道,说有个绿松石加工厂,附近有个上好的宝石矿,却没有能力加工?"

"记得呀。"

"省里挺重视那篇报道的,给那个厂拨了几百万的贷款呢。"

"哦,贿赂啊?"皮皮笑着说。

"临走时送的纪念品。原产地的东西都不贵,到了珠宝商那里就翻倍了。"

"有事找我?"

"不是说你想当记者吗?"

"是啊!"皮皮嗅到苗头,顿时兴奋了。

"是这样。最近中央不是要弘扬传统文化吗? 我有个采访对象,准备做个专版。可是这人很神秘,听说从来不见记者,也拒绝任何采访。我有朋友在其他报社也打过他的主意,全都吃了闭门羹。"

"能不能先做个外围采访? 比如采访他的同事、同学、朋友、家属什么的。"皮皮想起了上周的新闻课作业,很高兴自己能说出几个专业词汇。

"外围采访我已经做了一些。"卫青檀从桌上拿出一个文件夹,里面有薄薄的几张纸,还有一卷录音带,"他的资料很少。"

"为什么?"皮皮问道,"他是钱钟书啊?"据她所知,名人的资料一向很多,八卦

的,绯闻的,到网上一百度粉丝团里都能惊爆出一些内幕。

"他倒不是钱钟书,不过他的老师宋屹在文物界的地位和钱钟书一样,被称为'玉学泰斗'。宋屹去世之后,这个人被认为是玉器界崛起的新秀,从某种程度上来说,他说的话和宋屹一样有权威。"

文物? 玉器?——这和皮皮的知识很不搭界啊。

"他叫贺兰静霆,是古玉专家、鉴赏家、收藏家。这人深居简出,只有一个头衔:C城博物馆资深顾问。"

皮皮笑道:"C城博物馆? C城博物馆不是就在这附近吗? 我假装去参观,可以冷不防拍他一张照片。"

"皮皮,未经本人同意刊登照片,那是违法行为。还记不记得半年前有个很红火的C市商报? 只因登了贺兰静霆的一张侧影,就被他告上法庭。他请来全国最好的律师,上纲上线,穷追猛打,将那报纸罚得一塌糊涂,差点倒闭了。"

这年头穷人哪敢惹官司? 皮皮吐了吐舌头:"这样的人,你还敢采访啊? 不怕惹麻烦?"

"所以我让你去啊。一来你的目标小,可以混迹人群,对他偷偷地观察;二来,你可以先设法软化他,软化得差不多了,我再出动。怎么样? 我最近孕期反应特严重,天天吐,实在不能跑了。这篇报道我们联合署名,认真写,然后去参加今年文化部的'十大文化好新闻'竞赛。如果得了奖,你就可以跟社长磨叽,让他把你调到周末版,或者娱乐版,这样你不就当上记者了?"

皮皮很激动地说:"真的吗? 真的可以这样吗? 我真的可以转成记者?"

俗话说,隔行如隔山。皮皮是新闻单位的秘书,虽也沾着"新闻"两个字,但工作性质与待遇都与记者相差甚远。

"怎么不行? 又不是没先例。何况,你现在不是也在修新闻专业的本科吗? 学历资历都有了,当然可以转啦。那,你拿着我的相机,看好了,这是尼康的专业相机,镜头都是上万块钱的,你可得保管好了。我去找杜文光,让他给你开个实习记者证。就说我身体不好,需要你在业余时间给我帮帮忙,他肯定会答应的。你干是不干? 如果不干我只好找小计了。"

"干! 干!"

"行,你先看看资料吧。我知道的全在那儿了。对不起,你是不是用了香水? 我得去吐了……妈呀,都三个月了,还是天天吐,什么时候才是个头儿啊。"卫青檀捂着口,往门外冲去。

第二章

皮皮与家麟

人生在世，想不留下什么资料，太难了。

在皮皮生活的国度里，一个人的档案记录是从小学开始的。档案里会有升学考试的成绩，会有老师和学校的鉴定，会有文凭证明、奖励证书、体检表格、入团入党的申请，以及转移组织关系的记录。如果你不幸犯了严重的错误，页码则会翻倍：会有事由和诉状，会有证人口供，会有单位或法院的结论、处理意见，以及本人的申诉、检查，等等。

所以关皮皮就不明白了。为什么擅长写调查报告的卫青檀竟然弄不到一份关于贺兰静霆的像样资料？

文件夹里只有几份从过期报纸和考古杂志上复印下来的采访，是关于宋屺的。只有一次提到了贺兰静霆，看前后文的暗示，还是因为那年贺兰静霆成功地识别出一批即将被当作仿制品出境的国家一级文物，成为当年文物界的头条新闻。可贺兰静霆坚决拒绝采访，为了给新闻界一个交代，宋屺才破例多提了他几句。

正是这多提的几句，给了皮皮一些蛛丝马迹。

原来贺兰静霆从小跟着宋屺生活在琉璃厂，后来又跟他进了故宫博物院，帮他整理玉器，最后又跟着他住进北大，名为弟子实为养子。被国家表彰为"人民鉴赏家"的宋屺竟是个虔诚的居士，终身未婚，只收过三个学生。大弟子早年因车祸故去，二弟子倒是学业有成，可是分配工作不到一年，却因"作风问题"被退了回来。那个年代，作风问题是大事儿。于是，二弟子背着处分被分配到一个穷乡僻壤的中学教书，从此默默无闻直至郁郁而终。此事虽与宋屺无关，宋屺却受了刺激，固执地认为弟子不教师之过也，愧为人师，发誓从此不再收任何学生。贺兰静霆便成了他唯一的衣钵传人。

看完所有的资料后，皮皮终于明白为什么贺兰静霆的资料那么少。

他没上过学，一天也没有。

C城并不很大，C城博物馆也并不那么有名，专业背景如此显赫的贺兰静霆却悄悄地选择了在这里定居，是韬晦之计吗？

关皮皮灵机一动，拨了一个电话。

那边传来一个娇滴滴的声音："皮皮呀。"

"佩佩，"难得天下第一忙的张小姐有空，皮皮赶紧长话短说，"你认得市博物馆的人吗？"

"等等，好像认得一个，我给你查查。"不过五秒钟，佩佩报了一个号码，"你找他吧，就说是我叫你来的。他在保安室，叫冯新华。"

"嗯嗯，记下了，谢谢。"

"没时间聊天,我正在采访。再见。"还不等皮皮答话,那边的人便风风火火地挂断了电话。

皮皮拨通了那个号码,是手机。

"喂,哪位?"电话那边传来敷衍的声音。

皮皮报了佩佩的名字,那人口气明显热情了:"您找我有事吗?"

"是这样,您认识贺兰静霆先生吗?"

"认识,不过不熟。他是顾问,白天很少来上班。"

"他通常是什么时候在博物馆?"

"晚上七点之后。"

"怎么,你们这里还有夜班啊?"

"嗯,博物馆的很多藏品白天都在展览,想做研究就只好晚上来咯。这里好些研究员都是晚上上班的。"

"能介绍我和他认识吗?"

"您是新闻单位的吧?"那人果然敏感。

"C城晚报。"

"没戏,他从不见记者。"

"冯大哥,您帮帮我,好不好?"皮皮嗲声求道。这一招她是从卫青檀那里学来的。别看卫青檀人高马大,声如洪钟,发起嗲来照样能腻死人。

那人想了想,终于说:"这样吧,今晚七点半你过来,我告诉你他在哪里,你自己想办法认识他——千万别说是报社的,说了绝对没戏。"

"好的好的! 谢谢大哥!"

放下电话,皮皮把上午堆积下来的例行工作赶紧做完,下了班,到楼下便利店买了一箱八宝粥,扛着它气喘吁吁地坐地铁,转公交车,坐轮渡,再转公交车,来到陶家麟的寝室。在全体男生愕然的目光中,皮皮像码头工人一样将八宝粥从肩上卸下来,掏出书放到桌上,挥汗四顾,对着微微发窘的家麟粲然一笑:

"家麟,书在这儿,我有事,得马上走了。"

"吃了饭再走吧,什么事那么急?"

"我有采访任务。可能已经晚了,得七点半以前赶到博物馆。"皮皮把这话说得很响亮,故意让全寝室的男生都听见。私下里,她总觉得像家麟那样家世好、学业优秀的男生做了她这个走读大专女生的男朋友,有点亏了。在外人眼里,她再怎么努

力也是个 T 湖大学的,跟 C 城大学不般配。岂知宿舍里的男生根本不在乎这个,大家都在抢着喝八宝粥。

"需要我帮什么忙吗?"家麟问,拾起桌上的自行车钥匙,"我送你去车站。"

"不用不用,你好好学习,我过几天再来找你。"皮皮连连摆手,急匆匆地要走。

家麟还是执意要送皮皮。

两人在公交车站里等了十分钟,家麟忽然问:"皮皮,为什么每次你来,都走得那么急?"

"呃——"皮皮哑然了。

这大约是她第 N 次找借口逃离 C 大了。总之,每次一到校门口,看见那个球状的巨型石雕,再看着上面几个隶书大字"团结、进取、严谨、求实",森森然就有了恐惧感。好像这不是她该来的地方,好像这里不欢迎她。还有,和家麟熟识的人总是问她是哪个系的,她总得解释,她不是 C 大的,是 T 大的。后来她就尽量不提 T 大,著名的野鸡大学嘛,谁提谁耻辱。

说来说去皮皮都觉得自己很惨:虽然毕业于 C 城一中——排名第一的省重点——可是她没什么可骄傲的,因为成绩差。到了 T 湖大学,成绩好了,又没什么可骄傲的,因为 T 湖大学太差。毕业之后分到了人人羡慕的 C 城晚报,还是骄傲不起来,因为她不是记者,只是行政人员。

总之,她到哪里都没做过正牌。正牌是什么感觉,她一次也没体会过。

这种怨念家麟是不会理解的。就像她和家麟的人生,开始都是一样的,渐渐就千差万别了。

从幼儿园一直到初中,皮皮家与家麟家同住一个宿舍楼,门对门,住房面积与家庭收入几乎完全相等。皮皮爸是优秀工人、先进工作者。皮皮妈在幼儿园里当保育员。家麟爸是厂里的技术员,妈妈是出纳。

后来,家麟的父母因为都有大学文凭,渐渐升职。爸爸变成了厂长,妈妈跳槽进了审计局,不几年工夫,就被提拔成处长。他们搬到与皮皮家一街之隔的"干部楼"里,住房面积顿时比他们大了四倍。皮皮家还在用蹲坑和淋浴的时候,家麟的家里已经开始用抽水马桶和浴缸了。皮皮和奶奶同睡一张破旧的棚子床;家麟则有自己专门的房间,睡席梦思,床单被套每周换两次。再往后,家麟爸调到工业厅当厅长;皮皮爸却下了岗,不得不每天四点半钟起床,扛着一个大包,徒步到两站路外的一条街上抢位置摆地摊卖杂志和盗版书,卖的杂志都不敢拿回来给皮皮看。

可是,两家的交情还是很好。逢年过节,陶家会打发家麟过来给关叔叔拜年,送年货。关家也会打发皮皮送一大篮子肉丸子、卤牛肉和豆瓣酱回去。家麟的全家都

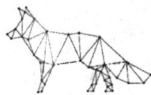

爱吃关奶奶亲手做的豆瓣酱,年复一年,乐此不疲。有一年家麟爸去俄罗斯考察三个月,知道那里除了鱼罐头和土豆就没什么可吃的了,还特地来央求关奶奶做一瓶豆瓣酱带去。关奶奶因此便一门心思地想用自己的豆瓣酱为皮皮开路,将她送到家麟家做媳妇。皮皮高中一毕业,奶奶就成日地在她耳边唠叨:"家麟这孩子多好啊。性情好,又知礼,能善待女孩子。皮皮呀,你若是做了他的妻子,以后可有享不完的福哪!"

皮皮当然喜欢家麟。十几年中,她和家麟只拌过几次嘴,连一场像样的架都没吵过。他们之间没有起伏,没有眼泪,没有分离,没有守候,没有痴迷,也没有激情——一切都是淡淡的。

可是,皮皮觉得,她与家麟的恋爱从三岁合伙偷饼干时就开始了。每次过家家他们都是夫妻,十岁的时候他们甚至讨论过要生几个小孩。家麟还向皮皮保证,虽然他动不动就挨妈妈的打,但他这辈子绝不碰皮皮和他们的孩子一个手指。

五岁时的一天,在皮皮的记忆中,家麟第一次把她弄哭了。

原来过年的时候他收到很多压岁钱,便向皮皮炫耀。皮皮一分钱也没有,就哭了。为了安慰她,家麟只好把自己的压岁钱交给她。他还保证以后每年的压岁钱都交给她。

说话算话,压岁钱一直交到皮皮二十一岁。皮皮不要家麟还不乐意,硬要她拿着,说这是传统。

皮皮憎恨考试。尤其憎恨高考。

因为高考终于将他们分开了。

家麟以本校最高分进了C城大学国际贸易系。一向被认为是考不上大学的皮皮也考出了高于自己估计的成绩,够上三类本科。可是,那年头想上大学的人挤破脑袋了。在C城这个中学密集、竞争激烈的城市里,卡在线上的人多了去了,分数够了,进不进得了大学就全要靠关系。用本地的话说,要找人"递条子"。

皮皮度过了有生以来最为焦虑的一个夏天。

为了能递上条子,父母把所有的亲戚、亲戚的朋友、三姑六婆、七爷八舅的门路都找过了。全家砸锅卖铁地买礼物,一家一家地求,一家一家地送——也就是些水果和烟酒,不名贵,人家也不当回事,点了头,都说不能保证。忙碌了一整个夏天,爸妈的脸全都黑瘦了,一条路也没走通,一张条子也没递到。皮皮的档案还是被三类大学踢了出来,进了专科。父母的努力打了水漂。皮皮的成绩是远高于专科的,这回皮皮爸死活也不答应让皮皮读她喜欢的新闻系,逼着她选了看似更实惠、更好找工作的行政管理。皮皮于是进了T湖大学。

T湖大学与C城大学，一个是人人皆知的"野鸡大学"，一个是全国著名的重点大学；一个在城北，一个在城南。一趟车坐下来，要两个半小时。知道录取消息的那天晚上，皮皮独自伤心了一夜，知道自己和家麟不会像以前那样天天见面了。

开学那天，皮皮报完道，提着行李没精打采地往寝室的方向走。走着走着，面前出现一道阴影。她的肩膀忽然一轻，有人替她提起了双肩包。

抬头一看，是家麟。

皮皮呆住了。

那是一个炎热的秋季，梧桐树上蝉声聒噪，热气一波一波地散发着。家麟背着光站在她面前，一手插着短裤的裤兜，一手拎着沉重无比的双肩包。修长的身影带给她一阵短暂的清凉。

见皮皮半天不说话，家麟"嗨"了一声，说："皮皮，上次那个故事，你还没讲完哪。"

那一刻，家麟真是帅呆了。

皮皮一次也没去过C城博物馆，虽然她从小就在这个城市里长大，倒是上学时天天路过它。也不知道是什么派的设计风格，整个博物馆看上去就像一具棺材，狭长的方形，死气沉沉的银灰色。报纸上说，博物馆曾经过数次翻修，里面的装饰和设施都极其考究，成了C城主要的对外窗口和文化标志。

可是，小时候，皮皮的爸妈却宁肯带她去公园也不去博物馆。还吓唬她说，博物馆里什么也没有，只有几具古代的棺材。后来他们又坦白说不去博物馆的主要原因是那里的厕所不好，清一色的坐式马桶，很不习惯。

他们说得不错。C城博物馆引以为傲的藏品正是战国墓葬和汉代古尸。此外，还有丰富的青铜器和玉器。

天已经完全黑了。轻雪无声，悄悄洒落。

皮皮从汽车上下来，狠狠地用围巾将脖子又绕了一圈，看了看手表，八点整。冯新华正在门口的保安值班室里等她。

进了大门，迎面扑来一团暖气，一看旁边的温度计，二十六摄氏度。皮皮顿时觉得热了，赶紧脱下围巾和大衣。

不知是为了创收还是为了活跃地方文化，博物馆在晚间开了很多少儿学习班：美术班、陶艺班、书法班、朗诵班、围棋班等，各种层次的都有。孩子们从另一道门出入，嘻嘻哈哈，加上一旁等候着的家长，十分热闹。

越过这道门便是博物馆的行政区和库区。幽长的走廊顿时安静下来,淡黄的灯光洒在锃亮的地板上,足音戛然,带着回声。在路上,冯新华介绍说:"我们正在走向博物馆的库区。我是保安,希望你以人格担保你不会乱碰馆内的东西。"他指了指路边摆放的一尊佛像说:"别看它没放在展厅里,这个东西是宋代的。"那是一个残破的头像,鼻子已经不见了,蓦然摆放在红木支架上,有一种罕见的沧桑。

"想当年,红卫兵真是干了不少的坏事呢。"冯新华说道。

走廊上有几间办公室的门是虚掩的,明亮的灯光从里面射出来。冯新华说得不错,这里果然有夜间上班的研究人员。

过了一会儿,冯新华忽然站住,说道:"我已经替你打听过了。最近 A 省博物馆和我们交换展出一批藏品,是明清时期的玉器。贺兰先生这一周都在库房里做研究。库房马上就到了,进去之后和他怎么说,想好了吗?"

"我就说我是您的表妹,对古玉非常感兴趣,想请教他几个问题。您看行不?"

"嗯,这个主意不错。"

皮皮接下来的打算是,她以 T 湖大学中文系学生会的名义邀请贺兰静霆去作一个古玉知识的讲座。因为博物馆与地方文化教育部门一向合作密切,一般不会拒绝学校方面的邀请。讲座结束后,她会趁机以校报记者的身份对贺兰静霆做一个简单的采访。校报发行量只有几百份,相信他不会介意。至于这个采访会不会"不慎"被外报转载,那就不好说了。

经过几道烦琐的安全检查,冯新华带着皮皮进了库房。

隔着一排巨大的收藏柜,他指了指不远处的一道人影,低声说:"他就在那里,去吧。"

不知为什么,皮皮突然有点紧张。她没有马上移步,而是躲在柜子后面观察了一下。

从背影上看,贺兰静霆是个年轻人。外面那么冷,他只穿着件很薄的亚麻衬衫,露出白皙的皮肤。身子有点瘦,却不纤弱。他比皮皮见过的任何一个男人都干净,好像一块被人摩挲多年的羊脂玉般温润光泽。

库房由一组一组的藏柜组成。空间很大,当中空出一大块地方,摆着古式的方桌和圈椅。四周散放着几组式样典雅、做工考究的螭纹沙发。贺兰静霆坐在一张靠窗的椅子上,手拿铅笔,对着红木茶几上的一只雕花玉杯,在素描本上轻轻地勾勒着。茶几上除了玉杯,还放着一只小号放大镜、一枚滤色镜和一只雪茄烟大小的聚光电筒。

蓦然间,皮皮又闻到了早上那股深山木蕨的气味。她怔了怔,发现贺兰静霆的

脊背忽地一凛，迅速从口袋里拿出一副墨镜戴上，转过身来，看着皮皮。

不等他开口，皮皮赶紧说："晚上好，贺兰先生。今天的雪真大啊！是不？只怕是这里百年以来最大的一场雪了！想不到会在这里看见您。忘了介绍我自己，我是一个微不足道的大学生，您的仰慕者，对古玉非常着迷。"

话说得太急，皮皮只觉唇干舌燥，不禁看了看贺兰静霆的反应。

贺兰静霆毫无反应。

关皮皮暗暗地想，如果这人摘掉墨镜，一定很好看，一定不会像现在这个样子，诡异而阴骛，嘴角微微一勾，露出一抹似是而非的笑，半是挖苦，半是嘲弄。

她觉得，她很难把这个人与本年度的"十大文化好新闻"联系起来。至少从采访的角度来说，难度系数呈几何级数攀升，且不说这人究竟值不值得采访。

可是，皮皮的梦想不能这么快就破碎了！

她双眸一转，俯身去看那只玉杯："啊！这只玉杯真精致！是汉代的吗？瞧这图案，是云雷纹吧？有这样手柄的玉杯真不多见呢！猛然一看，倒像是爱尔兰的啤酒杯。贺兰先生，我能请教您几个问题吗？现在有点晚，不是很打扰吧？您能给我详细地解释一下什么是新山玉，什么是老山玉吗？还有，怎么确定一件玉器是古董而不是赝品？哦——您这放大镜真小巧，多少倍的？可以收缩吗？"

虽是热热闹闹的一顿开场白，皮皮却被自己拙劣的演技吓到了，有点怀疑自己是否真的能当好一个记者。

贺兰静霆半天不发话，过了一会儿，才慢吞吞地问："你是——"

"我叫关皮皮，T湖大学毕业生。"她热情地和他握手，"认识您很高兴，请多多关照！"

他们的手刚刚握上，关皮皮猛觉一阵恶心，见旁边正好有只痰盂，便对着那只痰盂呕吐起来。一面吐，一面道歉："对不起，我想我是吃坏了东西……"

贺兰静霆默默地看着她吐完，忽然快步将她拉出库房，一直拽到自己的办公室，递给她一杯水。

"……最近胃有点不舒服。"关皮皮的脸都吐白了，为了完成任务，对着贺兰静霆强笑。

"现在好些了？"他不笑，不为所动。

"好，好些了。"

"你一年挣多少工资？"

"呃？工资？"

"我们得谈谈赔偿的问题。"

"赔偿?"关皮皮莫名其妙,"什么赔偿?"

"你刚才是不是吐了?"

"是啊。"

"你吐哪儿了?"

"一只痰盂。"

"第一,那不是痰盂。第二,就算是痰盂,也是商代的痰盂。"贺兰静霆冷笑,"你知道人的胃液对青铜器的腐蚀力吗?"

"哦……"皮皮吓得一激灵,打了一个冷战。可是她还是觉得反胃,便又低下头来,四处寻找痰盂。果然又从桌旁的地上找到一个,正要吐,见那痰盂是镂花的,底座闪闪发光,两端还刻着两条龙,好像是纯金的,便生生将反胃的东西又咽了回去,颤悠悠地问:"……请问,这个痰盂是什么年代的?"

"唐代的。"

"这……这个呢?"她指着一个青瓷花瓶。

"元代的。"

然后她看见办公桌上有个大碗,大约是洗笔用的,形式朴素,估计不贵,便一把抱在手中。不料一秒之内那碗又被贺兰静霆夺了回去:"别动这个,这也是唐代的。"

皮皮真的急了,跺跺脚,不顾三七二十一地对他叫道:"贺兰先生!我要吐了。您得找个东西让我吐!"

贺兰静霆似笑非笑地看着她,说:"你为什么不直接吐在地上?"

在光洁锃亮的大理石地板上呕吐,是件令人羞愧的事。

皮皮只得跑出去,到厕所里吐得昏天黑地。吐到最后,两腿发软,竟连站起来都困难了。歇息片刻,她扶墙而出,发现贺兰静霆在门外等着她。

然后,他一把将摇摇欲坠的她从地上拎了起来:"你还能不能走?我带你去医院吧。"

"我……我在流血吗?"她的头一直垂着,很痛,鼻血一滴一滴地滴到地板上。

他将她打横抱起,穿过一道悬着编钟的长廊,从紧急出口下了楼。

皮皮仰头向天,看见楼梯口外有个宣传栏,很明亮的灯光射在玻璃板上。

里面写着:

"C城博物馆本年度先进工作者……"

她看见了贺兰静霆的名字。

皮皮的心里立即跳出若干新闻主题词:乐于助人、加班加点、兢兢业业、又红又专……

见他衣着朴素，她本来还想说"勤俭节约"，贺兰静霆抱着她走向停车场，打开一辆车的后门，将她塞了进去。她把"勤俭节约"四个字从脑子里删掉了。

汽车在夜间无声地行驶。

皮皮在后座躺了一会儿，觉得好些了，坐起来看了看车外，忽然一惊，问道："你不是去医院?"

汽车正向城外行驶。

"不是。"贺兰静霆淡淡地回答。

"那你去哪里?"

"我家。"

"你家? 为什么要去你家?"

"你不是要采访我吗?"

"我……我……"皮皮狡辩，"我什么时候说过我要采访你?"

"撒谎是一种能力，需要练习。"

读过防狼手册的人都知道陌生男人的家绝对去不得，可是，鉴于自己写了三年多的思想汇报都没被组织接纳，皮皮认为，陌生男人和陌生的先进工作者，是有本质区别的。

过了一会儿，皮皮忽然问："既然你的眼睛看不见，你靠什么开车?"

"我什么时候说过我的眼睛看不见?"

"早上的时候。"

"早上? 早上我没见过你。"

"贺兰先生，虽然你可能是训练有素，撒谎还是撒谎。"

他轻轻地哼了一声，继而无声无息地笑了："是的，我有日盲症。白天看不见，晚上看得见。"

嗯——皮皮心中微微有些诧异。她觉得一个人如果白天什么也看不见，多少会觉得有点痛苦，或者郁闷。可是她没从贺兰静霆的话音里听出一丝的落寞，好像他天生如此，不必遗憾。

"日盲症? 医学上有这种病吗?"

"就是夜盲症倒过来。"

"哦——"

"你觉得好些了吗?"他又问

"没有。"她怔怔地望着窗外。

第三章

山中之井

雪早已停了。夜很黑，天空却是暗紫色的。清辉中的一轮素月，好像一片悬浮在冰茶中的柠檬。远处的山峦飘着白雾，白雪裹住的树枝闪着珊瑚般的荧光。汽车正在以一种意想不到的高速向城外的山区行驶，速度之快，近乎滑翔。关皮皮对这座城市非常熟悉，熟悉到好像这是自己的第二个身体。城市的中央满布着餐馆、酒吧、舞厅、歌剧院、体育场和名目繁多的娱乐会所，是欲望的中心。越过十几道立交桥，到达城市的边缘，灯光少了，车辆少了，一切迅速安静下来。在那里，有贩毒、打架、抢劫和各式各样的罪恶交易，充满了恐怖。

他们先是在一片旷野中穿行，渐渐走入起伏不定的山路，一道道的树影巨兽般地扑过来，仿佛要择人而噬。

皮皮知道贺兰静霆正带着她驶向本城最昂贵的住宅区：渌水山庄。那里面有五十多座别墅分布在一座大山温暖的南麓——是离城区最近的郊区，山上有温泉、古松、森林、瀑布，山下有地铁、咖啡馆、植物园、高尔夫球场。所谓的人与自然的过渡带，所谓的大隐隐于市小隐隐于山，指的都是这里。

汽车在环山公路上飞快地爬升，皮皮只觉头脑阵阵晕眩。过了不久，忽然停住。贺兰静霆跳下来，拉开车门，皮皮的脚刚一落地，便看见一地乱雪，上面长满了一丛丛旋涡状的茅草。

贺兰静霆的房子居然是一套老式的四合院，朱漆的大门，屋顶的飞檐挑起来，铁马叮当，风铃微荡，半卷的竹帘透着一缕微光。贺兰静霆一手搀着皮皮，一手掏出钥匙，打开了一把古老的铜锁。

"吱呀——"一声，木门缓缓开启，里面是一个清静的院落。中间一座假山，两旁种着梅花，被雪埋了一半。皮皮抬头一看，天空是四角的，屋顶上满是飘摇的枯草，说不出的清冷和萧素。

皮皮打量四周，有点怀疑自己走错了地方。进了客厅，却又觉得没有走错。

客厅的摆设足以证明贺兰静霆收藏家的身份。

老式的家具，四角包着铜皮。紫檀木的台桌上摆着青瓷花觚。墙上的字画墨迹莫辨，古意盎然。洁净的橡木地板，打着闪亮的光漆。只有靠窗的一组红色的帆布沙发看上去很摩登，与整体的古典风格不类，却又恰好处地多出了一分时代感。

皮皮在沙发上坐了下来，发现贺兰静霆的手中，不知何时，已经多了一个苹果。他很悠闲地坐在皮皮对面的沙发上，隔着花梨木茶几，用一把镶着碧玉的水果刀轻轻地削着苹果。

还蛮客气的。

削着削着，手忽地一错，手指被刀拉出一道小口子，血立即涌了出来。在苹果上

留下一道鲜红的印迹。

他好像没感觉到痛,继续专心地削苹果,姿势非常优雅。皮皮凝视着他的脸,觉得他的长相非常迷人,可惜戴着墨镜,无端端地添了一脸寒气,像总统的保镖,又像黑社会的杀手。

印迹越沁越深,渐渐变成铜钱般大小。

"你的手流血了。"皮皮说。

"嗯。"

他看了看苹果,没有介意,用刀将那沁了血的苹果切成四半。

她发现贺兰静霆虽一直低着头,却很注意观察她。

"那么说,贺兰先生,你是先进工作者。"皮皮说。

"别客气,叫我贺兰静霆就好。"他很温和地纠正。

"贺兰……静霆,现在,我可以开始采访了吗?"

"等等。"

因为要等等,皮皮无事可干,口又有点干,便一面东张西望,一面将碟子上的苹果一扫而光。吃完了才想起来里面的一块不该吃,沾着贺兰静霆的血。这么一想,顿时有点作呕,一抬头,正好看见贺兰静霆从厨房里回来,手里端着一只碟子和一套西式的刀叉,镀银的,泛着寒光。

皮皮愣了愣,问:"贺兰先生,你还没吃饭吗?"现在已经九点了。

"没有。"他说。

"晚上你打算吃什么?"

贺兰静霆想了想,忽然放下叉子,说:"我能先带你参观一个地方吗?"

"行呀,如果你不介意的话,我正打算参观你的房间呢!我想知道著名收藏家的房间会是什么样子!"皮皮笑眯眯地说。

"现在你觉得好些了? 不想吐了?"贺兰静霆又问。

"完全好了,真是一阵一阵的。"皮皮毫不在乎地回答。

"跟我来。"

他引着她穿廊过院,出了后门。

其实贺兰静霆的四合院就在这座山的最高处,离山顶只有十几步之遥。院墙沿山而上,竟将包括山顶在内的一大片地方都围住了。

山顶有座八角小亭,亭边有个巨大的石台,围着汉白玉的栏杆,往下是陡峭的北坡。

走到石台上,贺兰静霆忽然问:"你喜欢这地方吗?"

"还行,有点阴森森的。"皮皮被山风吹得打了一个寒战。无端地,她嗅到了一丝

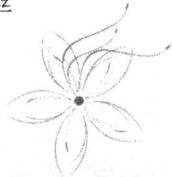

危险的气息，禁不住看了看贺兰静霆，腿亦不由自主地发起抖来。

紧接着，她就发现石台的正中凿着一口井。

站在井边往下看，里面没有水，也不是很深。井壁是光滑的大理石，上面小，下面却很宽敞。清冷的月光笔直地照下去，井底十分明亮。里面什么也没有，只有一把躺椅。

身边的贺兰静霆依然散发着深山木蕨的气息。淡淡地看了她一眼，他柔声说："皮皮，今天晚上，你愿意陪我晒月光吗？"

那声音充满蛊惑，他的手亦不知何时已搭在了她的腰上。

轻轻一推，皮皮就掉了下去。

皮皮掉下去的时候并没有摔着。因为她正好落在躺椅上，躺椅里装着弹簧。

可是，当她仰起头来，看见贺兰静霆亦随之翩跹而落时，就立即明白发生了什么事。脑中顿时闪出一幅老式侦探片的定格：自己赤身裸体地趴在井底，口吐鲜血，四肢散乱。画外音是刑警队长木然的描述："死者女，未婚，二十岁左右，身穿……"

她不敢想下去，眼见贺兰静霆尚未站稳，毫不犹豫地出了手，向他身体的某个部位狠狠地踢了一脚！

面前人吃了痛，猝不及防地弯下腰去，重重地倒在躺椅上。还没等明白发生了什么事，他的脖子便被皮皮紧紧地掐住了。

淫贼、色狼、杀人犯……皮皮咬牙切齿地在心里骂，力道越来越大，手越收越拢，贺兰静霆挣扎了一下，便不动了。

原来，改写一个侦探片也挺容易。不到三秒钟，皮皮就由受害人变成了杀人者。

若不是月光很亮，井底很干净，躺在椅子上的人不难看，皮皮几乎要得幽闭恐惧症了。

过了好一会儿，她才敢松开手，心仍然狂跳不已。害怕贺兰静霆突然苏醒，她用围巾将他的双手紧紧绑住，打了个死结，这才借着月光细细查看。

贺兰静霆一动不动地躺在那里，胸口的扣子被她扯开了，露出一道白皙的锁骨，有些瘦弱，却散发着一股男人身上特有的雄性气息。

生怕再看他两眼便会把持不住，再加之好奇心顿起，皮皮将他的眼镜一摘，不由得深深地吸了一口气。

其实贺兰静霆的眼睛和常人没什么不同，安静地闭着，也看不出什么特点。可是，皮皮觉得，摘掉眼镜的贺兰在幽微的月光下有一种难以形容的气质，一种惊艳的感觉。

真是翩翩君子，温润如玉。可惜卿本佳人，奈何做贼？

皮皮在心里摇头,探了探他的鼻息,又摸了摸他的动脉。

没有呼吸,也没有脉搏。

她顿时慌张了,俯下身去听他的心跳。

没有心跳。

片刻间,皮皮出了满满一头的冷汗。她一直以为躺在自己面前的贺兰静霆只是昏过去了。

不会吧!这位帅哥也太不经扁了吧?她没做什么啊,就是踢了他一脚,又掐了他一下,他怎么就,怎么就……死掉了呢?

一股凉意从她的脚趾一直爬到心脏,仿佛将心跳也冻住了。

皮皮对自己说,镇定,镇定。没错。她遇到了色狼,她正当防卫。可是,皮皮并不想杀人啊。毕竟人都有犯错的时候。何况,他还是位曾经给国家做出过杰出贡献的先进工作者。就算有罪,也罪不至死。

这么一想,皮皮立即替贺兰静霆找到了更多不死的理由:比如,从头到尾,贺兰静霆也没对她怎么样,还很客气地招待了她,替她削苹果。比如,在井台上,他只是轻轻地推了她一下。到时真要到警察面前,讲都讲不清,没准贺兰的家人知道了,还要告她个"故意伤害"呢。

贺兰静霆那么有钱,打起官司来,她一定吃亏。皮皮的家很穷,律师肯定请不起……

这些当然都不是令她心虚的最主要原因。

最主要的原因是,皮皮觉得,像贺兰静霆这种长相优良、事业有成的男人,想要哪个女人,似乎不必那么费劲。就算他不要,送上门来的也一定很多。而皮皮自己,实在太平凡、太普通了,贺兰静霆怎么会对她起觊觎之心呢?

按照这个逻辑往下分析,皮皮甚至觉得,刚才贺兰也没推她,只是碰了她一下,她太敏感,急于防范,身子一倾,就往下跌——也许他并没有什么恶意。

不敢再想下去,她赶紧给他做起了人工呼吸。

皮皮学过一点救生常识,当下双掌合拢,在"死人"的胸口上用力地按了三下,再对着他的嘴吹气。一连做了三组,每组十次,没有反应。

她以手握拳,用力地捶击他的心脏。没有反应。

皮皮的头皮一阵发麻,冷汗湿了一身。环视四周,她发现了一个更严重的问题:井壁非常光滑,凭她一人之力,绝对不可能爬出去。她也不能报警,装手机的小包放在客厅沙发上了。这么荒凉的私人住宅,又在这高高的山顶上,大约经年也不会有访客的。难不成,自己要和这个陌生人死在一处?

　　这时不知从哪里吹来一阵寒风，阴森森的，一直冷到骨子里去。皮皮越想越怕，愈加不敢懈怠，不但不停手，反而干得更加卖力了。

　　一下，两下，三下。

　　一直做了十一组，贺兰静霆的手指才突然微微地动了一下，紧接着，冰凉的嘴唇里呵出一丝暖气。她再接再厉，继续往里吹气，按压，又抬起头来观察他。

　　贺兰静霆的胸腔渐渐地开始起伏，却仍然一动不动地躺着。

　　"贺兰静霆，你要是没死，就说话吧！"皮皮逐渐失去了耐心。

　　过了片刻，他眉头一蹙，闭着眼，有气无力地说道："没法说话，我受伤了。"

　　皮皮松了一口气，同时，立即提高警惕，提高嗓门向他喝道："贺兰静霆，你这披着羊皮的狼！老实交代，刚才你想干什么？"

　　贺兰静霆反驳："我什么也没干。"

　　"为什么把我推到井里？"

　　"你不是说想了解我的房间是什么样子吗？这就是我的房间。"

　　"那你也得好好说，干吗要推我下来？你究竟打的是什么主意？"

　　"到这个房间，除了跳下来，没别的办法。你总是要往下跳的，不如我帮你一把。噢！噢！别踢我啦，我快没有生育能力了。"

　　"就你这坏蛋，还想生育！我让你断子绝孙！"皮皮被他气得咬牙切齿。

　　"好吧，你弄死我，我们双双死在这里。反正，没我的帮忙，你是爬不出去的。"

　　这话管用，皮皮立即不踢他了。

　　"解开围巾，勒得我的手挺难受。"

　　"呸！呸！休想！"皮皮叫道。

　　他不理她，用口一点一点地咬开围巾上的结，将松掉的围巾一扔，扔到地上。

　　"别惹我，我练过武术，你不是我的对手！"皮皮想摆个架势出来，却发现井底很小，躺椅又很大，余下的地方，根本容纳不了一个人。

　　贺兰静霆轻轻地哼了一声，说："就你这三脚猫的功夫，还叫武术？"

　　然后，他坐了起来，从地上捡回眼镜戴上，开始一件一件地脱衣服。

　　皮皮愣了愣，傻眼了："你……你干什么？"

　　"脱衣服，晒月光浴。"

　　"这么冷的天，你也脱吗？"她赶紧捂住眼睛，又将手指露出一道缝隙观察他。

　　"不算冷。"

　　"你……你多少穿一点儿吧！"皮皮的声音几乎是乞求了。

　　"为什么？"

"我……我是女的,男女有别……"

"你刚才那么踢我,我现在差不多也算是个女的啦。"他想了想,似乎觉得这是个合理的要求,说,"好吧,把那块浴巾递给我。"

顺着他手指的方向,皮皮发现躺椅的下面有个小柜子,她从里面拿出一条雪白的浴巾递给贺兰静霆。他转过身去,用浴巾围住下身,然后,怡然自得地躺在躺椅上,曲肱而枕,舒展着一双修长的腿。

月光淡淡地洒下来。

空气很冷,躺椅上的贺兰静霆看上去浑身冒着白气,好像在练某种内功,又好像在洗蒸汽浴,一副怡然自得、惬意无比的样子。

皮皮面红耳赤地斜睨着,遐想联翩。

过了一会儿,她猛然想起自己这次来渌水山庄的真正目的,不就是要采访这个人吗? 现在两人独处一室,走也走不掉,真是大好的机会啊!

皮皮赶紧掏出口袋里的录音笔,问道:"贺兰先生,请问你为什么要晒月光浴?"

贺兰静霆没有回答,嫌她很吵,又不便发作。过了一会儿才说:"不为什么。一种爱好,一种习惯。"

搞新闻的人见怪不怪,狗咬人不是新闻,人咬狗才是新闻。晒月光浴没什么新闻价值,充其量也就是一种养生运动,跟冬泳差不多。皮皮站累了,只好坐到他身边:"那么,你要晒多久?"

"一晚上。"

"一晚上?!"皮皮立即跳起来抗议,"那我怎么办? 难道要我在这里陪你一晚上吗?"

不知为什么,也许他太容易被打倒了吧,皮皮并不害怕这个人,反而觉得今夜发生的事很有趣。

"要是不愿意,你就自己想办法出去吧。"他说。

"贺兰静霆!"

"叫我也没用。"懒洋洋的声音传来。

"看来你是真不想生育了!"皮皮又要向他挥拳,冷不防被他一拉,拉到躺椅上和他并排躺了下来。耳畔传来缓缓的声音:"为什么要急于出去? 你不觉得今晚的月光很美吗? 山上的蜡梅很香吗? 还有远处风吹孔穴、草木折断的声音……

"积雪初融、春泉涌动的声音……

"鼹鼠饮河、冰层破裂的声音……

"水獭做梦、流星滑落的声音……

"天籁如此动人,你应当珍惜这美妙的一刻,和我一起躺在这里,静下心来,细细品味。"

"哦……"皮皮被那如梦如幻的声音蛊惑,神思缥缈了。

夜半更深,寒气逼人。皮皮虽然穿着羽绒服,却不由自主地打了一个大大的冷战。握着录音笔的手,几乎冻僵掉了。

她吸了吸鼻子,发觉自己的手忽然被贺兰静霆握住了,十指扣拢,一股融融的暖意从指尖传了过来。他们的脸几乎是挨着的,可以听见彼此的呼吸声。皮皮想转过身去,却被他拽了回来,心不禁怦怦乱跳。

"你怕我?"他忽然说。

"不怕。"

"我可能会吃了你。"

"怎么吃?"

"先从脚指头吃起,"他看着她,脸上浮起一抹幽深的笑意,"等快吃到头顶的时候,我会问你疼不疼。"

皮皮咯咯地笑了起来。笑到一半,又觉得头皮发麻,浑身直起鸡皮疙瘩。

他们并排地躺在椅子上,看着圆溜溜的井壁,看着天上的月亮。

过了一个小时,皮皮不耐烦了:"这井里有什么好待的? 多无聊啊。"

"很遗憾,确实没什么娱乐的东西。"贺兰静霆说。紧接着,他想起了什么,又道:"等等,我有一个短波收音机,你想听吗?"

他的手动了动,从躺椅下面拿出一个很小的收音机,打开开关,放出古典音乐。

皮皮接过收音机,将波段拧来拧去:"我看看有没有夜间谈心节目,以前有个《潘多拉心里话》,FM1097,我挺爱听的。"

"不行,我得听音乐。谈心的节目很吵。"贺兰静霆一把夺过来,拧回原先的频道,降 E 大调小夜曲。

"这个台的音乐全是降 E 的,主持人真是有病呀有病。ABCDEFG,那么多调,他偏爱听这一种,还放个不休,真是吃饱了撑的。"皮皮不甘心,在他耳边使劲地嘀咕。这个牢骚可不是皮皮发的,是皮皮以前一位音乐系的室友发的。当学生的时候,她也是天天与短波收音机为伴。

贺兰静霆不为所动,态度坚决:"我就爱听降 E 调的。"

"行,我让着你。"皮皮大度地放手,"我比较喜欢有道德优越感。"

"不不,我也喜欢有道德优越感。"贺兰静霆说。纤长的手指一拨,传来女性频道独有的声音,柔情万千,如春雨绵绵:

"——现在我们来接听一位杭州听众的来电,王小姐,你好。我是潘潘,这里是FM1097,《潘多拉心里话》。刚才我们谈到了女性之间的友谊,似乎是和男性很不相同的。王小姐,你想和大家分享你的经验吗?……"

这个栏目充斥着最最无厘头的心理学八卦,贺兰静霆恨不能用手堵住耳朵。皮皮心里一阵窃笑。

听了不到十分钟,贺兰静霆就打起了哈欠,似乎想睡了。他微微地翻了一个身,侧着脸,对着她。

啊啊啊,这可不能睡着了呀。皮皮连忙打开录音笔:"贺兰先生,现在我能采访你吗?"

"不能。"

"为什么?"

"鉴于你刚才的行为,你已丧失了这次机会。"

"那么,贺兰先生,送我回家。"

"再过两个小时。"

"我现在就要回家!"皮皮的嗓音提高了八度。

"请便,"他指了指井口,"我建议你光着脚爬,爬上去的可能性比较大。"

"你……你不帮我?"皮皮哑然了。

摇头,耸肩,很遗憾。

皮皮本已经坐了起来,听了这话,又"砰"的一声倒在躺椅上。她今天也很累啊,现在都疲倦得睁不开眼睛了:"好吧,我睡了。我早上八点整上班,记得七点半叫醒我。"

说罢,将他身上的浴巾一拉,搭在自己的身上:"浴巾我得盖着,我冷。"

他愣了愣,意识到自己一丝不挂,脸居然腾地一下红了:"那,那我怎么办?"

"我怎么知道?"

"我用你的围巾好了。"他拾起地上的围巾,围住自己的腰,又怡怡然地躺了下来。

皮皮无语,恨恨地睡了。

半夜,皮皮醒过来,天外的月光依然清冷,贺兰静霆依然睡在她的身边。曲着身子,紧紧贴着她的羽绒服,埋着头,睡得很熟。

她忍不住又有一点好奇。从小到大,皮皮从没有看见过男人的身体。就是家麟,十几年来,她也只在下暴雨的时候接触过一次。此后,从碰碰指头到牵手都经过了漫长的六年。所以,机会难得,免费的生物课,皮皮低下头来,将他的身体细细地

研究了一下。

嗯，还行，难得的标本啊……

月华如练，星光熠熠。皮皮发现贺兰静霆的颈上挂着一块形式奇特的古玉，一头是圆的，镂空雕着花纹；一头是尖的，微微上挑，好像犬牙。皮皮暗暗地想，戴这样的玉，会舒服吗？那么尖，会不会戳到自己？不过，那玉质料极佳，润如雨过天青，在月辉中泛出一道清凉的幽光。

皮皮醒来的时候，天已经亮了。她发现自己和衣睡在一张很舒服的大床上，连鞋子都没有脱。

她走到客厅，发现贺兰静霆已沐浴完毕，穿戴一新，正在戴手表。

"如果想洗澡的话，你可以用我的浴室。"他说。

"呃……不了。"她有点讪讪的。自己到洗手间去胡乱地洗了一把脸，漱了漱口。

"我送你到地铁站。"他站了起来。

这回，他的手中有一根盲杖，果然什么也看不见。

出门的时候皮皮记住了门牌号码：闲庭街56号。

他将盲杖拿到手中，却没怎么用，神态也不像盲人那样犹疑。

"别送了，我自己可以走。"

"下山的路很长。"

他们并肩走了一段，贺兰敬霆一直默默地跟着她，不紧不慢，神态从容。

"我不相信你什么也看不见，至少可以看见一点光吧？"皮皮说。

"什么光也看不见。"

"那你晚上的视力是多少？"

"1.5。"

"这么说，其实你晚上是不必戴眼镜的。"

"嗯。"

"那你为什么又要戴？不麻烦吗？"

"不麻烦，习惯了。"

到了车站，皮皮掏出车票正要和他告别，迟疑了一下，忽然壮着胆子问道："贺兰先生，你……是人吗？"

蓦然间，贺兰静霆的眼角浮出一道笑纹，迅速又隐去了。他低头沉默了片刻，好像在思考什么才是合适的答案。然后，抬起头，淡淡地说：

"我不是人，是什么？"

第四章

吃花者

皮皮在离报社不远的一个大院里有一间单身宿舍。非常小，只有厨房和卧室，洗手间是公用的。皮皮一般是周末回家，平时住宿舍。所以，她一夜未归，也无人过问。

换了一套衣服，正准备去上班，手机响了。

手机那边传来皮皮妈的声音："皮皮，给家麟妈过生日的礼物我给你买好了。极品燕窝，市价一千三，我从你徐阿姨那里拿的，也要八百八。这事儿就这么定了，你听妈妈的，没错儿。"

八百八！这么贵？皮皮暗暗地抽了一口凉气。

为了家麟妈的五十寿诞，皮皮一家人合计了整整半个月。其实也不过是家麟随口说了句会带皮皮吃个晚饭，结果皮皮全家都紧张了。经过一番仔细的分析，大家一致认为这是个信号，说明家麟有意要向家里正式公开他们的恋爱关系。那么，皮皮这次上门的意义就不一样了：不能太随便，得提点贵重的东西。再说，家麟那样的家庭，逢年过节，送礼的人多了去了，一般的礼物也看不上，千万别让人以为是怠慢了。

礼物的方案提了好几种，包括名茶、名酒、洋参、化妆品、首饰、皮包、丝绸布料……再搭上五瓶皮皮奶奶做的豆瓣酱。豆瓣酱倒是马上就做好了，奶奶还特地花钱到市场去买了进口的玻璃瓶来装好。剩下的就颇费脑筋。家里拿出这么大一笔钱只是为了买件礼物，真是有史以来的第一次。大家都认为要慎重，结果商量了整整两个星期也没定下来。便宜了，不好意思；贵了，送不起。皮皮烦得只想自己掏腰包。可是，她已经把每月工资的三分之二上交给了家里，剩下的只有饭钱和少得可怜的零花钱。她打算就买两罐好茶送去算了，皮皮妈死活不答应，说是简慢了，还得送点特殊的。

一想到家麟的妈妈孟阿姨，皮皮就有些气馁。高中毕业之后，除了过年照例去拜个年之外，她再也没去过家麟的家。一来是自己年纪大了，老去不好意思；二来皮皮心里悄悄地觉得，孟阿姨对她倒还客气，却不是很热情。至少不像幼儿园时那样热情：会抱着她买冰棒，会给她织毛衣，会叮嘱只比她大两个月的家麟照顾她，会不断地告诉皮皮的妈妈男孩子太淘气，她就想要个女孩儿。

也可能是自己太敏感了吧。

孟阿姨对家麟特别严，近乎苛刻。家麟数学考了八十分，回家就要挨妈妈的尺子。家麟挨了打就往皮皮家里钻，奶奶心疼了，去劝孟阿姨。孟阿姨不以为然，说女孩子成绩不好，还可以嫁个好男人；男孩子成绩不好，就没救了。

于是，家麟的成长就成了一道百米栏的跨越赛。里面所有的障碍物都由他的母

亲设定。大学二年级考六级,毕业考研究生,研究生一年级考托福,托福过了考GRE。一关接着一关,没个止境。家麟恨恨地说,等我出了国她就管不了我了。

皮皮的心里却悄悄地恐慌起来了。

她不知道自己该怎么办。如果自己跟着家麟出了国,能干些什么? 读书和学习都不是她的长项。打工吗? 当女招待吗? 住家生孩子吗?

她不可以没有家麟。

三个月前,经过一番激烈的思索,皮皮在离宿舍不远的一个托福速成学习班报了名。老师是新东方的,掏钱交完学费,换得一大摞教材。在所有科目里,皮皮的英文仅次于语文,属于强项,但成绩忽好忽坏,并不稳定。不过高考时却考出了一个惊人的九十五分,年级第二,比家麟还高,成了那年高考的一段传奇。后来上了大学,英文不重要,成绩自然又掉了下去。皮皮决定悄悄考托福,考个好成绩出来,吓家麟一跳。

电话那端,皮皮妈还在兴致勃勃地谈自己如何与徐阿姨还价。

皮皮看了看表,快刀斩乱麻:"好吧妈妈。反正下个月报社会发奖金,这算是我买的吧。"

"自家人讲什么钱嘛,我的钱就是你的钱。只要家麟妈高兴就好。"

挂断电话,皮皮忽然觉得有点心酸。爸爸这个月老是咳嗽,喉咙都是嘶哑的。医生说川贝枇杷膏管用,他不舍得买,嫌贵了,自己每天蒸梨子水喝。还是皮皮看不过眼给他买了四瓶。如今一出手就是八百八,够大方的。八百八,爸爸要卖多少东西才能挣回来啊?

周二是总编室例行的归档时间。皮皮从早忙到晚,一天很快就过去了。下班时候,卫青檀果然给她送来了一张实习记者证,皮皮大喜过望,连忙向她汇报了昨天采访的情况。她只说,她终于成功地和贺兰静霆搭上了话,还就古玉问题探讨了十分钟。至于昨晚发生的怪异事件,则全部隐去不谈。毕竟在新闻单位混了一年,皮皮知道谣言的速度,说出来自己肯定会名节不保。

"呵呵,进展不错。果然这个贺兰对你戒备不深。"卫青檀把一颗孕妇维生素塞进口里,仰头灌下半瓶矿泉水,然后从包里掏出一个笔记本,"据线报,贺兰静霆明天会去景田拍卖行竞拍几件古玉。其中有一件战国时期的玉虎,据说是他此行最大的目标。他今晚要去 V 市博物馆。"

"V 市博物馆? 去那里干什么?"

"不知道。"

V市是隶属C城的地级市,离C城不远,高速公路一个半小时的车程吧。

皮皮拿起记者证,抓上自己的小包就往门外走:"我去V市博物馆找他。"

"你有他的手机号吗?"

"……没。"那天把贺兰静霆的名片扔了,皮皮真是悔得肠子都青了。

卫青檀递给她一张纸片,上面写着一个号:"皮皮,这就是老记者和新记者的区别。"

"他住闲庭街56号。"皮皮及时地加了一句。

卫青檀双眉一挑,拿起笔记本就记:"你还行。这个我倒不知道。"

皮皮走到大厅,拨通贺兰静霆的手机。

那边传来懒洋洋的一个"喂"。

"我是……关皮皮。"

"哦。"贺兰静霆的声音有点吃惊,"你怎么知道我的电话?"

"你不是给过我名片吗?"

"名片上是办公室的座机。"

穿帮了。

"是博物馆的人告诉我的。"

"不可能,除非你认得馆长。"

"你怎么知道我不认得馆长?"

那边沉默。过了一会儿,贺兰静霆问道:"找我有事?"

"今天能采访你吗?"

"不能。"

"是这样,听说你要去V市博物馆。我能和你一起去吗?"

"你去干什么?"

"去看看你去那里干什么。"

"荒唐。"电话挂了。

皮皮二话不说,坐上去V市的大巴。

冬季的天黑得很早。到了V市博物馆的大门口,皮皮发现还在开馆时间。买票进去一打听才知道,博物馆正在做一个百年老照片回顾展,同时播放老电影。为了吸引更多的人来看,不惜延长开放时间。

在门口等了半个多小时,果然看见从门外走进来的贺兰静霆。

皮皮赶紧迎上去:"嗨,贺兰先生!"

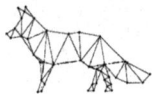

贺兰静霆很不耐烦地皱起了眉,他看了看大厅,神态有些诡异,半晌叹道:"也就半年没来,这里的布置全变了。"

地方市和省城的差别还是很大的。V市博物馆看上去很破旧,大门失修很久了,墙壁层层剥落,洗手间的气味弥漫了整个大厅。

贺兰静霆径直往里走,走了几步,发现皮皮一直跟着他,又停住了:

"为什么跟着我?"

"这是公共场合,我往哪里走你管得了吗?"

贺兰静霆看了看自己的手表,显然没时间和她打嘴仗,继续向前走去。

尾随他进了一间办公室,里面走出一位秘书模样的中年妇女,手里还有一把瓜子,对着贺兰静霆问道:"先生您找哪一位?"

"我是C城博物馆的顾问,贺兰静霆。"他递上自己的名片,然后非常有礼貌地和她握手,"您好。"

"您好。"

"我来这里是想看看贵馆的一件古玉藏品。"他拿出一张图片,"就是这件。战国玉虎。"

然后,他递给她两张纸:"这是介绍信和我的身份证。"

那位秘书仔细看了看那介绍信,又看了看皮皮,问道:"那么,这位是——"

"这位是我的工作助理。"

秘书打量皮皮一眼,说:"你们先等等,我去库房里问一下。"

办公室看上去很零乱,桌上堆着一叠纸。右角放着一台老式电脑,屏幕上满是灰尘。就在这当儿,皮皮的肚子咕咕地叫了起来。为了赶上大巴,她没顾得上吃饭,现在,肚子真的饿了。

肚子继续叫,在这安静的博物馆,声音简直算是响亮了。皮皮很尴尬,低头悄悄地看了一眼贺兰静霆。

他的脸上没有半点表情,在一旁无声无息地坐着,置若罔闻。

过了一会儿,秘书回来了,一进门就摇头:"对不起,您说的那件古玉不在。"说罢,便做出送客的姿态。

"不在?"贺兰静霆没有一点要走的意思,冷冷地哼了一声,"这是国家文物,你说不在。什么意思?"

"不在就是不在,哪能有什么意思?"秘书的口气很强硬。

"国家文物,它能不在吗?"

"不在的意思……就是说,在馆长那里,在他的办公室。"秘书终于坦白。

"那就麻烦您向馆长请示一下。"

秘书还想推托,见贺兰静霆脸沉似铁,迟疑片刻,还是到隔壁房间打电话。过了一会儿,她回来说:"请跟我来。"

玉虎静静地躺在铺着绒布的木桌上,只有手掌般大小。头部的玉质都剥蚀了。

贺兰静霆戴上软布手套,将玉虎拿在手中掂了掂,又掂了掂,放下来。然后拿起放大镜和聚光电筒,仔细查看上面的纹路和沁色。

"这是假的吧?"皮皮凑在一旁,指着虎背上的两个圆孔,"战国时期的工匠能钻那么圆的孔吗? 这孔看上去像是机器钻的。"

"良渚时期的孔就有这么圆。"

"良渚时期在战国时期的前面还是后面?"

"距今五千年。"

"……那是前面还是后面?"

某人叹气:"前面。"

背后有人哼了一声。皮皮不自觉地向后看,发现身后站着两个高大结实的保安,仿佛一对黑社会的打手,黑压压地挡住大门。

将射灯扭到最亮,贺兰静霆对着光,用一把软尺测量花纹的长度和间距。

过了片刻,见他如此专注,旁若无人,皮皮又说:"这里光线明明不好,你干吗不把墨镜摘了? 如果是怕掉了,我可以替你拿着。"

"麻烦你就把我当成盲人好了。"

"昨天在博物馆里你就没戴眼镜嘛。"

可不是,皮皮记得一清二楚。当时贺兰静霆一听见她的动静就迅速地戴上了眼镜。恍然间,她好像悟出了什么:"难道你只有我在身边的时候才戴眼镜?"

"是的,显得你特重要,对不?"

皮皮闭嘴。

又过了半个小时,皮皮忍不住催促:"你看完了吗?"

"没有。"

"还要看多久?"

"再过一会儿。"

"我饿了。"

"门外有餐厅。"

"我不够钱。"由于急着赶大巴,皮皮坐的是空调直达超豪华的车型。付完车票

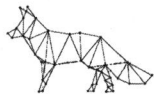

所剩无几。剩下的钱还要买回去的车票。

贺兰静霆站了起来,跟保安打了声招呼,将玉虎还了回去。

博物馆门前是一条繁华的大街。

贺兰静霆问道:"你想吃什么?"

"……面条。"

"如果有钱你想吃什么?"

"水煮鱼。"

他带着她去了一家川菜馆。

两人坐定,皮皮一翻菜单,吓了一跳:"川菜怎么能这么贵?"

贺兰静霆看着她:"我请客。"

皮皮点了两个菜,一个水煮鱼,一个蘑菇菜心:"水煮鱼挺多的,两个人吃够了。"

贺兰静霆不吭声。等服务生拿走了菜单,他说:"我什么也不吃,就你一个人吃。"

一个人吃啊? 是不是没点到他喜欢的菜? 皮皮有点不好意思,忙说:"不吃怎么行,你不饿吗?"

"不饿。"贺兰静霆淡淡地说。

"那你……平时晚饭都吃些什么? 自己做吗?"

"我吃的东西,你是不会喜欢吃的。"

皮皮笑了:"不会吧。我可是杂食动物,什么都吃的。说说看,你喜欢吃些什么?"

贺兰静霆抬头看了她一眼,说:"我吃花。"

"花?"皮皮没听清,"西蓝花? 花菜? 花木耳? 花椒?"

贺兰静霆摇头。

皮皮的目光落在桌子当中的花瓶上,里面放着两朵康乃馨。

"你是说……鲜花?"

"嗯。"

她指了指花瓶:"这种? 康乃馨?"

"红花。"

"这是康乃馨。"

"我叫它红花。"

"当然……它是红的。"

皮皮觉得,他们的谈话开始有新闻价值了,正往道教的方向发展。于是紧追不放:"OK,你吃花,鲜花。怎么吃? 风干泡茶? 做成蜜饯? 糖炒还是水煮?"

"生吃。"

皮皮将康乃馨摘下来,递给他:"你吃给我看,好不好?"

贺兰静霆没有接:"不吃。"

"这就是花,你为什么不吃?"

"用过化肥。"

"……你只吃绿色食品?"

"嗯。"

皮皮想了想,又问:"那你一天要吃多少朵花? 是按朵算吗? 还是论斤?"

"没数过。"

"你从哪里买花呢? 花店吗?"

"自己种。我有一个很大的花园。"

"万一……万一收成不好,不够吃了呢?"

"那就饿着。"

原来这人的业余爱好是做花农。皮皮打量他的身材,半晌,叹道:"营养不够啊……难怪你这么瘦。"

水煮鱼端上来了,热腾腾的一大碗,上面覆盖着一层红辣椒。皮皮饿了,顾不得仪态,端起碗,一阵狼吞虎咽。贺兰静霆在一旁默默地看着她。

一连吃了两碗饭,皮皮忙得都顾不上说话。

"你好像在吃饭的时候比较安静。"贺兰静霆说。

"我思考的时候也很安静。"皮皮抬起头来,冲他一笑。

皮皮的脸没什么特色,但她笑的样子很特别。鼻子会微微发皱,眼角弯上去,眉梢里尽是戏弄。若是不说话,她的眸子便深沉地望着前方,面孔呆滞,神思缥缈,仿佛失去了意识。

贺兰静霆的神色舒缓下来,指了指桌上那碗随赠的紫菜汤,道:"喝点汤吧,别吃得太快。"

皮皮端起紫菜汤一饮而尽,擦了擦嘴,从口袋里掏出一块小玉递给他:"这是我买的一块玉,你给看看。"

早上出地铁站时,地摊上有一个人在卖玉,当中的一块绿油油的,看上去成色不错,皮皮讲了半天价,花二十块钱买了下来。

贺兰静霆看了一眼,轻笑,随手扔进垃圾箱里。

"喂,我的玉,干吗扔了!"

"垃圾。"

"你说垃圾就是垃圾啊。我花钱买的呢!"

皮皮抢到垃圾桶边正打算翻找,冷不防"呸"的一声,旁边有人对着垃圾桶吐了一口痰。

一只手拉住了她。"别找了。"贺兰静霆说,"不如我送你一样东西吧。"

"我……我为什么要你的东西?"

"不是什么贵重的东西,只是吉祥物。"

他从怀里掏出钱包,钱包里有个装硬币的小袋。打开小袋,他变戏法似的从里面拿出一颗弹丸大小的珠子,红色的。用一条黑色的细绳将珠子穿了,系在她的左手腕上,随手打了一个结。

皮皮发现他打结的动作很麻利,也很奇特。打出来的结层层环套,弄出一朵空心小花的形状。

"好了。"他用小刀割掉余绳。

"这珠子是什么做的? 不像是玉呢。"皮皮将珠子移到手心把玩。发现它很硬,也很沉,可是表面并不是很光滑,仔细一看,有细细的孔穴和纹理。

"不是玉。"

"是……佛珠吗?"

"差不多。"

他忽然坐到她身边的椅子上,神秘地说:"我教你怎么玩。"

摊开手腕,贺兰静霆将珠子移到她的脉搏处。那珠子忽然轻轻地震动起来。

"它会动!"皮皮轻呼,"好像在跳舞。"

"它很喜欢听你的心跳。"

"哎……它还会发热。"那珠子越跳越快,渐渐地微微发烫。

"别玩太久了,你的心跳也会跟着变快的。"

虽然不知它为何物,皮皮的警惕性还是很高的:"请问,戴久了我会得心脏病吗?"

"不会。"贺兰静霆将珠子从她的脉搏处移开,淡淡地说,"这东西虽不值钱,却一直跟着我。如果哪天你不想要了,不要扔掉,仍旧还给我。好吗?"

"好啊。"皮皮双手托着下巴,定定地看着他,"可是,贺兰先生,你为什么一定要戴墨镜? 你明明晚上看得见。"

"叫我贺兰静霆。"

"贺兰静霆，你为什么一定要戴墨镜？"

"我可以不戴墨镜。"

"哦？"

"但我不敢取下来。"

"……为什么？"皮皮端起茶，喝了一口。

"我怕你会爱上我。"

"……什么？"皮皮眼珠子瞪圆了。

欲言又止，贺兰静霆终于很深沉地说了一句："因为我长得特英俊。"

"噗——"皮皮喷了。

第五章

狐仙

皮皮觉得，天底下没有任何一个男生可以帅过家麟。何况相识多年，她与家麟之间，相貌早已变得不那么重要。如今，居然有个人向她宣称自己很英俊，居然认为这就是魅力，皮皮觉得很搞笑。

"会吗？"她用餐巾纸擦了擦脸，"你可以很自恋，我可没那么花痴呢。"

"别这么说，爱美乃人之天性。"他摘下眼镜，向她抬眼而视，摆出一个很酷的造型。

很滑稽的样子，几乎令皮皮笑倒。可是她很快又怔住了。因为贺兰静霆说的是实话，响当当的大实话。

他就是太英俊了，竟给人一种祸害的嫌疑。

皮皮觉得，戴着墨镜的贺兰虽然眉宇分明，却也只是给人一种冷峻从容的印象。摘掉眼镜的贺兰，双眸黑不见底，却又亮若点漆，能勾人魂魄。可是，看来看去皮皮又觉得，和常人相比贺兰静霆的眼睛好像缺了点什么。那道漆黑的瞳仁如远山晨雾，捉摸不定，又如一池春水，清澈见底。明明十分神秘，却又令人信赖。皮皮不知道为什么他的眸子可以同时给人以两种完全不同的感觉。

就算平生没见过美男，至少在新闻单位工作天天看报纸，也见过不少美男的照片。好莱坞的性感男、画报上的时尚男、体育场的肌肉男、日剧里的腹黑男、琼瑶电影里的温柔多情男，乃至香烟广告里的西部粗犷男，皮皮都能欣赏。因为他们再怎么美都有一股子"人"气。这正是贺兰静霆身上缺少的东西。他很美，却美得有些不真实。就像米开朗琪罗的雕塑，本来是用来观赏的，突然穿着衣服走在大街上了，不免吓人一跳。

愕然良久，皮皮下巴有点发酸。此外，不知为何，她的心也跳得很快。

面前的人眸光忽转，眼底尽是笑意："皮皮，晚上陪我晒月光吧。"

"呃——"

"皮皮。"

回过神来，皮皮记住自己的任务："可以呀。那我可以采访你吗？别紧张，我只是想了解一下你的日常生活。"

"可以采访，不可以报道。"他的嗓音很温和。

"我们晚报想做个弘扬传统文化的专访。这对你和你的博物馆都是大好的宣传机会。"

"我不喜欢被宣传。"

"不是宣传你，是宣传传统文化，宣传你对传统文化的贡献。"

"那都是一个意思。不。"

"绝对不涉及你的个人隐私——"

"不。"

"即使我不采访你,也会有别人来采访你。这是个被传媒操纵的世界,你不可能逃遁。"

"我说过了,谢绝报道。"

"那好,"皮皮说,"我采访你,但不报道。"报道可以由卫青檀来写。

"我们回去吧。"贺兰静霆说,"你坐我的车好吗?"

"行啊。"

一起走回停车场,皮皮又发现了一个怪现象:贺兰静霆虽然没有戴眼镜,但他的双眼一直像卢舍那大佛那样微微合起,一副提不起精神的样子。

等他用遥控钥匙打开车门的时候,皮皮终于忍不住问道:"你的眼睛为什么一直是半闭的? 你的大脑受过伤吗?"

贺兰静霆呼出一口气,无可奈何地看了她一眼:"你觉得我像是个大脑受过伤的人吗?"

"嗯——不好说。"皮皮沉吟。

贺兰静霆本来要打开车门,听见这话,停住了:"何以见得?"

"我更正一下。你的大脑可能没受过伤,但你一定不是人。"皮皮赶紧更改口风。

低头沉默片刻,贺兰静霆避而不答:"上车吧。"

汽车在漆黑的郊区公路上行驶,路过几片空旷的田野。

又是那个电台,放着令人昏昏欲睡的降 E 调小夜曲。这好像是贺兰静霆最喜欢的音乐,百听不厌。

无事可做,皮皮只好不停地喝汽水。过了半个小时,她忽然推了推贺兰静霆的胳膊:"能停下车吗?"

"怎么了?"

"我要上厕所。"

"再开四十分钟有个加油站——"

"等不及了!"

车停了,皮皮立刻跳下车,贺兰静霆只得无奈跟上。

夜很静。

山色空蒙,冷月当空。

皮皮哈出一口气,暖了暖自己的手:"今天的月光真好,你应当好好地晒一晒。"

"说得不错，"贺兰静霆微笑，"不如我们现在就晒吧。"

皮皮微微纳罕："现在晒？怎么晒呀？"

"上车顶。"

他身手敏捷地爬上车，又将皮皮一把拉上来。然后脱下大衣，让皮皮躺在上面，自己亦躺在她的身边。

"冷吗？"他问。

"还好。"皮皮吸了吸鼻子。

"把我的围巾戴上吧。"围巾将她的脸包住了。

仰望苍穹，贺兰静霆的双眼终于缓缓地睁大了，漠然直视空中的圆月。

"哎，贺兰，"皮皮忽然问，"你是外星人吗？"

"我像外星人吗？"

"有点像。我觉得你在接收你们星球的信号。"

"嗯，那么，你猜猜看，我来自哪个星球。哦，对了，在问这个问题之前，我得问问你高考地理考了多少分，看能不能和我讨论这个问题。"

"……六十一分。"

"也就是说，你其实没什么天文知识。"

"……没有。你会不会像超人那样，米自氪星球？"

"当然不是，"他很认真地说，"我不是外星人。我一直住在地球。"

"可是，为什么刚才你一直垂着眼皮，一看见月亮你就睁眼了呢？"

"嗯，这是个很好的问题。说明你有很强的观察力。"

"谢谢，你能告诉我为什么吗？"

"看，刚夸完你有强大的观察力，你就放弃观察要问答案了。这可不行，你得继续观察。"

"那么说，你已承认你不是人了。"

"我身上有哪个地方不像人？"

皮皮坐起来，看了看他，想了想，叹了一口气，又躺下了："没有。不过，没听说有人要晒月光的。"

"怎么没有？'床前明月光'不是？"

"那也算啊？"

"人家不是'举头望明月'吗？"

"得，您就继续忽悠我吧。"

"要说忽悠，"贺兰静霆话锋忽地一转，"天底下数你们的报纸最忽悠。"

"我们报纸怎么忽悠了？"

"来来来，把你们的报纸拿出来。"

皮皮不服气，从包里掏出张今天才出版的C城晚报："在这里。"

两人翻过身来，将报纸摊在车顶，贺兰静霆拿出手电筒往上照："你看好，我来给你读一读。"

"这是头版新闻：'二号公路发生连环车祸，两死一伤。公安部门提醒市民注意交通安全。'"

"这怎么啦？车祸不是天天都有的吗？这是真实报道。"

"当然是真实的，你看这里。"他将报纸翻了一页，指着一个广告，"'安顺保险，给您幸福平安的承诺。'看出这两条的联系了吗？"

"没看出。"皮皮很老实。

"没关系，再来。容我慢慢启发。这是副刊头条：'港姐选美进入最后决战，十位候选人综艺大比拼'。"皮皮仔细看了看那十张照片，个个美轮美奂，貌似天仙。

贺兰静霆哗哗地翻着报纸，指着最后一版的一个广告："千美医院，C市整形外科第一家。"

皮皮忽然震惊了。

"明白了？"

"你是说……"

"报纸总是告诉你，这个世界不安全，什么都会发生。对不对？为了让自己更安全，你要干什么？买保险。"停顿片刻，贺兰静霆又说，"报纸上充斥着明星的照片，对不对？它告诉你，你的脸应当像她们一样完美。可是，你有那么完美的脸吗？没有。怎么办？买化妆品，去美容院，做整形手术。"

皮皮结舌："你是说，报纸上的新闻都是阴谋？"

"差不多。至少从某种意义上来说，是这样。"

"所以……你从来不看报纸？"

"不看。"

"你从来不关心世界的变化？"

"我挺关心的，但不必看报纸。"

"你是伊壁鸠鲁派的吧？"

"不是。我自成一派。"

皮皮咯咯地笑，眼见前方一道浓云，便说："月亮没了，咱们走吧。"

回到渌水山庄，贺兰静霆径直去了井底晒月光。皮皮坐在他身边，望着圆圆的夜空。过了片刻，见贺兰静霆一直不说话，她道："如果这时候下雨了你怎么办？"

贺兰静霆手摸井壁，似乎按动了一道开关，井上的两块巨石猛然移动，两秒钟之内便将井口严丝合缝地堵住了。

皮皮惊道："原来这里还有一道机关！"

"是啊。"

"太黑了！"

贺兰静霆又按了一下机关，巨石移动，井口张开："就这么简单。"

"机关在哪里？我来试试。"皮皮从躺椅上跳下来，去摸井壁。按照贺兰静霆指的方向，果然摸到一个浅浅的小坑，里面有一个圆形旋钮。她轻轻一按，巨石合拢；再一按，巨石移开。

皮皮觉得很好玩，便按了无数次。一直按到贺兰静霆快要烦昏掉了。

"你按够了没有？"

"没有。我再玩一次哈！"

皮皮又按了一次，这一回，巨石合拢却突然不再张开了。

机关失灵了！

皮皮手忙脚乱地又将旋钮按了十几次，那两块巨石纹丝不动。

"贺兰，怎么办？机关坏掉了！你会修吗？"

"不会。"

"那我们岂非要闷死在这里？"

"你可曾看过一部电影，叫作《午夜凶铃》？"

"呜——贺兰静霆，你别吓我！"

"井下挺好的，就是有点黑。对于我这盲人来说，不算什么。你若天天待在这里，慢慢也会习惯的。"

听了这话，皮皮顿时寒毛直竖，紧紧抓住贺兰静霆的手："拜托你别开玩笑啦，赶紧起来修一下吧。也许就是一个齿轮坏了，你弄一弄就好了。"她的声音已经是呜咽了。

可是，贺兰静霆仍然很惬意地躺着，一动也不动："就是坏掉了，修不好的。"

"贺兰静霆！你别吓我……你若吓我，你就不是人！"

黑暗中，面前人"哧"的一声笑了。

听见这个笑声，皮皮几乎要昏厥了："贺兰静霆，你……你究竟是谁？"

那声音很温柔："你说对了，我不是人。"

皮皮猛地跳起来,退到井壁,在黑暗中摆出了防范的姿势:"胡说!你明明是人!你!你身上的每一处都是人的样子!"

"我真的不是人。"

"你……你证明给我看。"

"我问你,人的心跳每分钟多少下?"

"七十下。"

黑暗中,贺兰静霆伸出一只手,将她的手拉过来,按在自己的胸口上。像冬眠中的动物,他的体温很低,甚至有一股淡淡的,说不出的寒意。

"我从一数到六十,正好一分钟。"贺兰静霆缓缓地开口,"一、二、三、四、五、六……"

皮皮呆住了。

不知是由于体温,还是由于恐惧,皮皮觉得自己的手突然间丧失了知觉。不仅是知觉,连智力也一并丧失了。

三次。

贺兰静霆的心跳每分钟只有三次。

此时此刻,皮皮只希望自己是只壁虎,能迅速沿着光溜溜的井壁爬到地面逃之夭夭。

可是黑暗中,除了自己的喘息,四周就像坟墓一样宁静。她用指甲在井壁上用力地刮了几道,坚硬的花岗石不留半分痕迹。

紧接着,却是贺兰静霆"哧"的一声轻笑,不明不白,意味无穷,像一根针刺破了充满张力的空气。皮皮顿时紧张到不能呼吸。

"你害怕了?"

"对不起,我不知道你有严重的心脏病!"皮皮说。

沉默了几秒,贺兰静霆没反应过来:"你说什么?"

"你看过医生了吗?"

"……"

"你一直回避采访,是不是因为你的心脏不好,怕人打扰?"

"……"

"那个,我不打扰你了,我也不采访你了。你安心养病。麻烦打开门,我告辞了。"

"……我想,你没听明白我的意思……"贺兰静霆的话音明显地郁闷了。

"贺兰先生，请允许我夸您一句，您非常幽默。听您谈话我如沐春风，咱们下次再聊。再会！"

"这么说，你的确害怕了。"

"……没有的事。"

"你的手抖得很厉害。"

"没有的事。"

"你的腿也在抖。"

"没有的事。"

"你怕什么？"

"我什么也不怕。"

"那你为什么使劲地踩我的脚？"

"对不起。"

头顶上的青石板忽然动了。

月光携裹着一团山岚笔直地照下来，不知从何处飞来一只流萤，落在皮皮的肩上，萤光点点，诡异地闪烁着。同时闪烁的还有贺兰静霆雪白的牙齿。

皮皮的灵魂一阵混乱。过了片刻，她终于问道："你说你不是人——那你究竟是什么？"

"我是狐狸。"

"你是一只狐狸？"

"对不起，称呼我的时候请用'位'这个量词。我比较习惯别人用尊敬的语气提到我。"贺兰静霆非常礼貌地更正了一下。

"一……位狐狸？"

"不错。人类自觉高出万物，说到底不过是群猴子。我们半斤八两，都是脊椎动物。"

"呃——"皮皮失语了。愣了半天，她又问："那你今年……贵庚？"

"我比你大。"

"大多少？"

"大……八百七十九岁。"

皮皮一着急，头脑就特不灵光，尤其在数字上，心算了半天也没得出一个正确的数目。脊梁贴在冰冷的井壁上，已贴得不能再紧。她恨不能变成一块化石，镶在里头。与此同时，脑海中唰唰地闪出了几个聊斋故事，所幸里面的狐仙都是积极向

善的。可是,另一个故事却立即以压倒多数的实力掩盖了前面所有的故事。

《画皮》。

皮皮拒绝回忆《画皮》的具体内容,舔了舔嘴唇,强自镇定:"如果你想吃掉我,你一定会后悔的。"

"哦?"贺兰静霆的语气很轻,却仍然是笑,"为什么?"

"我有艾滋病,逼急了会咬人。"

贺兰静霆笑得喘不过气来。

趁这当儿,皮皮猛一抬腿,作势要踢,却被他眼疾手快地抓住。

"不用害怕,我不会伤害你的。"他放开手,坐到躺椅的另一边,在井底里保持着与她最远的距离。

可是,他越是这么说,皮皮的声音越哆嗦:"你……说话算话,还是……故意逗我?"

"我们狐族非常讲信用。"

"不,你不是狐狸。"

"要我怎么说你才相信我?"仿佛被冒犯,贺兰静霆的语气有些不耐烦。

"很简单,你变个原形给我看看。"

贺兰静霆笑了:"我变不了。"

"我降低要求,给我看一下狐狸的尾巴也行。"

"我没有……"

"那你就不是狐狸。"

"是这样——"贺兰静霆痛苦地解释,"修炼之后我外形的很多特征都消失了。"

"我不明白。"

"通常的情况下,狐狸是从上到下修炼的,所以尾巴是最后一关。可是我是倒着来的,所以眼睛是最后一关。"

"你为什么要倒着来呢?"

"我先天失明,所以只能倒着来,而且还特别慢。谁让我是残疾的呢。"

"你少蒙我。"

"我说的都是真话。"

"好吧,除了心跳,你还有什么可以证明你是狐狸的?"

"我的嗅觉很好。"

"怎么个好法?"

"你今天早上起来,用的是两面针牙膏。接着,你吃了生煎包子,香菇味的。你

喝了豆浆。然后你去了报社，在路上你不小心踩了一块香蕉皮。地铁很挤，你和一个洒着 Gucci 香水的女郎挤在一起。中午你吃的是回锅肉和鱼片粥，你很爱惜牙齿，又去漱口，这回你用的是草珊瑚牙膏。接着你累了，喝浓茶，便宜的茉莉花茶。你的同事喜欢嚼口香糖，她不喜欢你，将口香糖粘在你的椅子上，你坐下来工作，裤子上粘了一些，你至今不知。你今天的工作是整理档案，你摸了几百张纸，分别出自三十个不同的年代，油墨的气味很混乱。你坐了大巴，大巴司机抽的是玉溪牌香烟。你饿了，吃了很多牛肉干和土豆片……你一向月经不调，荷尔蒙导致你身上的气味变化多端，不过我有理由相信你今晚会来月事……"

"贺兰静霆，你敢跟踪我！"

"我白天什么也看不见，能跟踪你吗？"

"你看不见？谁知道是真的还是假的！"

"关皮皮，像你这么蠢的女人，我懒得浪费智力去骗人。"

"要么你变原形证明你是一只狐狸，要么你就是一个骗子。"

"我送你回家，谈话到此为止。"贺兰静霆忽然拉住她的手臂，轻轻往上一跳，就带她出了井。

"哎，你比刘翔跳得还高，奥运会你怎么不报百米栏呢？"

"你能不能住嘴？"

"……"

车上的气氛很不对头。

贺兰静霆一直阴沉着脸。皮皮有点坐不住了，只好没话找话："除了花之外，你还吃什么？"

"我还吃人。"

"搞笑哦。我们现在吃的东西里都有化学添加剂，我们可不是绿色食品……"

"所以我很挑食。"

"那你肯定看不上我，真的。我得过肝炎的。"

"说到肝，这倒是我最喜欢吃的东西。"

"那下次我请你吃爆炒猪肝哈。"

某人气结。

皮皮不管他，继续说："你发现没，在这个世界上，证明自己是人很容易，证明自己不是人很难。"

"吱"的一声，车猛然刹住。虽然系着安全带，皮皮的身子还是猛地往前一耸，又

被安全带死死地勒住,肋骨被勒得生疼。贺兰静霆跳下车,将她从车里拽出来,拽到一棵大树下,忽然用双手卡住她的脖子,冷冷地说:"如果我现在就把你吃掉,是不是就能证明了?"

其实不用双手,贺兰静霆阴森森的目光就能把关皮皮的咽喉切断了。可是一个硬邦邦的东西突然间戳过来,令他冷不防地一退。低头一看,一个黑乎乎却闪着银光的东西正抵在他的胸膛上。

"这是什么?"

"索尼牌录音笔。"

贺兰静霆双眉一皱:"你要录音?"

皮皮用力点头,做出主播姿态,扬声道:"贺兰先生,请问您做了九百年的狐狸有何感想? 能用一句话说出来吗?"

这是一条通往城中的大道,路上的车很多,车灯交错,扫描仪般一道一道地从他们的脸上闪过。路边没什么行人,却有一个穿着棉袄的老头儿正在捡垃圾。

贺兰静霆怔了怔,继而冷笑:"看来你真的不怕我。"

"不怕,"皮皮果断地摇头,"我以前住的地方,后面是火葬场,左边是烈士墓,隔壁是花圈店。我什么都怕,就是不怕鬼。"

其实这不是皮皮住的地方,是皮皮的好友辛小菊住的地方。因为从小就住在这种地方,小菊被认为是阴气拂拂,鬼气森森,鬼胎转世,有鬼附身。打上初中那会儿,她虽是数学尖子,班上肯理睬她的人就不多,当然天生好奇心重的关皮皮除外。

"我不是鬼。"

"你有影子。"皮皮指了指地面,表示同意。

"我再说一遍,我是——"

"除非你能证明。"

默默地对峙了几秒,贺兰静霆忽然一笑,说:"那时的树比现在多。"

这回轮到皮皮摸不着头脑:"什么树?"

"你不是问我有什么感想吗? 这就是我的感想。"

那时的树比现在多。废话。那时的房价还比现在便宜呢! 这人活了九百年,就这感想啊?

皮皮顿时对他产生了鄙夷:"贺兰静霆,这么多年,你真是白活了。"

回到车上,贺兰静霆又扭开了那个电台,车里回荡着郁闷的降 E 大调小夜曲。

"这是狐狸喜欢的音乐?"

"嗯。"

"这是——你们的电台？"

"嗯。"

"里面的那个性感播音员，也是只狐狸？"

"量词。"

"也是位狐狸？"

"我们这一族比较喜欢从事娱乐业。"

"难怪天天都是音乐，连个新闻也没有。"皮皮嘟囔了一句。

"你错了。里面播的就是新闻，不过是用音乐来播的。是狐狸就听得懂。"

皮皮跷起了二郎腿："播的是些什么？说来听听。"

"刚才在说大兴安岭的天气，晴转多云。北极零下五十二摄氏度。渡口花店新进了一批绿色鲜花，数量不多，欢迎采购。还有某位得道大仙的讲座，修真秘要之类。"

"渡口花店，你是说南街上的那个吗？"

"嗯。"

C城人没有谁不知道这个全市最大的花店和一年一度在这里举行的盛大花市。皮皮的奶奶还在那里买过不少花的种子呢。

"你也常去那里买花吗？"

"不常去，有时去。那店对我来说，就相当于你们的麦当劳吧。"

"光吃花你的消化系统受得了吗？"

贺兰静霆忽然沉默。

"你……你有消化系统吗？"

继续沉默。

"你一天去几次洗手间？"

车猛地又刹住了，紧接着，关皮皮这边的门锁忽地弹开。贺兰静霆的声音很不客气："下去。"

"还没到家呢。"

"下去。"

"我不。"

贺兰静霆跳下车，拉开门："关皮皮，你下来。"

"不下来。"

他忽然抓住她的脚，将她穿着的一双皮靴脱了，扔到后座。

"贺兰静霆，你想干什么！"

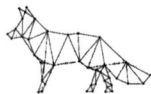

"你下来不?"

"我的鞋……"

贺兰静霆不管三七二十一,一把将她拉下车。关上车门,"呼啦"一声,汽车刨起一团尘雾,扬长而去。只剩下关皮皮赤着脚站在大街上,徒然地对着远处的尾灯大叫:"哎——贺兰!你回来!我承认你是狐狸总行了吧!贺兰——"

尾灯讥讽地闪了两下,渐渐变成一个点,汇入滚滚车流,杳不可辨了。

真是不可置信,这人还真把她给抛下了。

第六章

小菊

关皮皮不禁看了看脚下:很好的柏油马路,地面很光滑。若是夏季,赤足漫步定然是一种享受。但是,她心里一个劲儿地叫苦,这可是冬天啊。

雪虽已停了,冰虽已化了,地面却跟空气一样寒冷。

伸手打的,没人理睬。想打电话,手机断电。更何况深更半夜,她这一歪一倒的样子,很让人怀疑啊。

独自茕行了近一个小时,两只脚只顾向前走,都没有知觉了。这么磨磨蹭蹭地往前走,一直走到满身出汗,走到星光疏冷,才看见自己住的大楼,临走时忘记关灯,寝室的灯还亮着。到了门口,借着路灯一看,双脚磨出了好些血泡,虽有厚袜子包着,脚板还是破了皮,血淋淋的惨不忍睹。

皮皮在心里痛哭:真是人狐异类啊!狐狸大仙说怒就怒,是不可以得罪的!

她微微地松了一口气,一抬头,却看见门前的台阶上隐隐约约地坐着一个白影。那姿势是熟悉的,依稀分辨得出。

"家麟?"

白影站起身来,诧异地迎上来:"皮皮,出了什么事?这么晚才回来?"

"我……我的鞋丢了。"皮皮觉得有些委屈,又怪自己太爱贫嘴,自作自受。

幸好家麟也没有多问,大约是怕她尴尬,见她一步一跛的,便俯下身来:"我背你上去。"

皮皮很老实地趴在家麟背上,让他将自己背上了二楼。

其实这也不是家麟第一次背她。有一回她骑车摔跤,骨折了一个月,家麟天天骑车送她上学,上下楼都是他扶着,其间也背过几次。那时他的个子也不是很高,但她更小。他的语气不容商量,她也不推诿,便欢欢喜喜地伏在他背上。为了这个,家麟还被人取笑了,说他是"猪八戒背媳妇"。当时背她的家麟脸是板着的,腮帮子硬硬的,摆出一副抵挡流言的样子。末了又阴差阳错地被选为全校学雷锋标兵,很是搞笑。

家麟穿着件羽绒大衣,但男人的气息还是从领口钻了出来,丝丝线线流入鼻尖。皮皮的心怦怦跳得很快,面红耳赤,觉得身子快要被他的脊背灼伤了。

进了门,将她放在沙发上,家麟便转身到厨房里烧水。

"家麟,这么晚找我有事吗?"皮皮隔着门问他。

"没事。"他轻轻叹了一口气。

"考试没考好?"

"嗯。不是不好,只是没到我期望的那个分数。所以申请了学校也不会给全额

奖学金。"

在记忆中,以前只要考试考不好,家麟就不肯马上回家,而是先到皮皮家坐坐,缓缓气,养足精神,再回去面对母亲的咆哮。

"那你多申请几个啊,东方不亮西方亮嘛。"

"我只看中了几个学校,其他的就是给了全额奖学金也不想去。"

皮皮苦笑。家麟从来都是年级第一。这让他养成了在学习上心高气傲的性格,什么都要是最好的,第二都不行。

"那你……要么,再考一次 GRE?"

"嗯,只好这样了。还有最后一个学校没给回音,我再等等吧。"

皮皮记得每次准备 GRE,家麟都好像掉了几斤肉。到北京参加个什么新东方学校培训,都是封闭式学习。回来一见面,又黑又瘦的,让人心疼。

"我这里有土豆片,你吃吗?"觉得话题太沉重,皮皮忽然道。

"你的脚肿了,我带你去医院吧。"

"不用不用,我有云南白药。"

家麟给她泡了一杯茶,看了看手表,说:"太晚了,我回去了。"

"哦……嗯……"其实皮皮想说,既然这么晚,就在沙发上将就一宿吧。可是话到嘴边又咽下了。

见他走到门边,皮皮忽然想了一件事,问道:"你最近见到田欣了吗?"

家麟迟疑了一下,没有回头:"没有。"

"如果见到她,拜托替我问一下,NK 演唱会的六折票买了没有。这丫头,打几次手机都不回。"

"好的。"家麟回头看了她一眼,目光很深,"晚安。"

地铁钻出路面的那一段正好路过 C 城一中。

这是一个晦暗的清晨。远处几个巨大的烟囱并不冒烟,是工业城市的遗迹。可是皮皮还是觉得风里有些说不清的颗粒,以至于进了地铁,被暖气一烘,顿时像吸了鼻烟一样咳嗽开了。

虽然每天都路过自己的学校,皮皮却总是故意把视线调向不远处的电视塔,或者是更远的金安大厦。宁愿看一千遍上面的广告也不愿看一眼 C 城一中。可是昨夜脚疼了一晚,皮皮没睡好,眼皮有点抬不起来。加上家麟来了,有点怀旧,便多看了一眼久违了的校舍。

行政楼上的瓦片翻新了,新建的教学楼竣工了。气派非凡的体育馆上垂着几个

巨大的条幅，头四个字是"热烈欢迎"。闭着眼睛都能听见学校的高音喇叭。高二七班的教室在靠近街角的一侧，右手最后一间。田欣说，桌椅没换，桌上的三八线还在。上面多了几首无厘头的诗，有一首是她和皮皮的旧作，韵笔皆妙，又很搞笑，旁边还有人给配了漫画。田欣用手机拍下来传给皮皮，让她笑了好几天。

那时的文科班也叫渣滓班，汇集了从各路筛下来的差生，皮皮即是其中之一。她的数学打进高中就没及格过，物理更在四十分以下。唯独语文好，单科成绩总在前十名。于是老师就说，皮皮是文科型人才，要进文科班才有出息。皮皮的爸妈都没怎么读书，老师的话就是圣旨，皮皮就这样进了高二七班。

一年下来成绩上的收获没有，倒是在班上结交了三位好友，分别是排名第三十的王玉敏、第三十五的董小倩和第四十一的张佩佩。皮皮自己的名次则在三十八到三十九位上下浮动。

四个女孩子给自己的小团体起了个名字叫"桃花岛"，制订了各种代号。一下课就聚到一起聊天，跳皮筋。

四人当中数佩佩相貌最出众、家境最宽裕，可是大家心里都有点瞧不起她。像C城一中这样的重点高中，三十名是一个级别，四十名是另一个级别。五十人的大班，四十之后就是差生了，没人愿意和差生玩。如果真的找她们玩了，就有点恩赐的意味。

张佩佩深切领会高二七班的亚文化，对这几位好友倾心巴结。每天早上买一大袋生煎包，自己只吃一个，带到学校来和朋友们分享。

那年头天天吃生煎包是一种奢侈。皮皮面子薄，吃了几次就不再吃了。等到又想吃时又不好意思再要了。王玉敏和董小倩则认为这是应当的。她们做了作业会给佩佩抄；跳皮筋、做游戏肯叫她来玩；有人欺负她，也会群起而攻之……因此几乎有一整年她们都没怎么买过早饭，把早饭钱留下来买了漫画书。如果有一天她们没吃佩佩的包子，佩佩会很惶恐，会以为自己得罪了她们。

皮皮觉得，做人卑微到了这种地步比较悲催，可是又不得不承认佩佩在人际关系处理上很有一套。

果然，无论玉敏还是小倩对佩佩的态度都比对自己要热情。比如三月三的春游，老师让学生们自愿分成三人小组。玉敏和小倩就抢着要佩佩，害得皮皮不得不与另外两名不怎么交好的女生搭伙。途中还为分工吵了架，最后不欢而散。一年一次的春游就这么给毁了。

后来她把这事说给佩佩听，佩佩只是抿嘴笑："连这也诉苦？你也不想想，每天放学回家是谁陪你一路走回去？知不知道我们年级的女生有多少人嫉妒你？那个

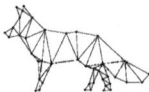

汪萱,只要陶家麟肯冲她一笑,让她退后二十名也心甘情愿。有所得必有所失,对不对? 再看看我,为了一点可怜的友谊,整整两年都没认真吃早饭,都落下胃病了。"

"那你还叫它友谊,不过是拿生煎包子换来的。"

"所以我很早就知道友谊不是纯洁的,是可以买卖的。不像你和家麟,青梅竹马两小无猜。"

不知为什么,无论是佩佩、玉敏还是小倩都喜欢在她面前提起家麟。他是明星,人人都想沾光。而皮皮与家麟的关系,着实让很多女生嫉妒。至少玉敏和小倩都曾使出极大的热情到皮皮这里打听家麟的八卦。

从皮皮家住的小区到学校有两站路,从初中开始,家长们就商量着让两个孩子一起上学。一来有个伴,二来也安全些。就这样风雨无阻地坚持了好几年。后来长大了,不再是邻居,也不再一起上学,可两家毕竟住得不远,还是天天约着一起回家。天气好,不乘车,都是步行。

"走回去的路那么长,你们都说了些什么?"玉敏和小倩常常问。

皮皮淡然而化之:"没说什么,也就是跟着他走,说说作业什么的。我们是邻居,父母又是同事,我妈怕我路上不安全,托他照顾我一下。"

"你都多大了还要他照顾你?"

"没办法,我们那一带治安不好,我妈特别不放心。"她引经据典,"前天你们看报纸了吧? 我们厂打群架,砖头满天飞,一下子就死了两个人,连行人都误伤了。"

"我的天哪,"出身于设计院家庭的玉敏和小倩同时恐惧了,"原来是这样啊!"

其实,放学回家的路那么长,当然得有话说。

皮皮会讲故事,家麟则是最忠实的听众。临近高考的那两年,家麟的弦总是绷得紧紧的。听皮皮讲故事,就是他一天最轻松的时刻。

家麟的母亲管教特别严,数学考了八十分就要狠打,拿尺子抽,一面抽一面骂:"我叫你粗心! 我叫你不认真! 下次不考一百别回来见我! 见我也是跪搓板!"家里凡是让人分心的东西一律被禁止。四大名著、《莎士比亚全集》、《家》、《春》、《秋》统统锁进了玻璃柜,《射雕英雄传》没看过,MP3 不让买。虽然家麟和皮皮天天一起走,她倒不担心他们会早恋,家麟的眼皮子不会那么浅。皮皮太平凡,长相太一般,成绩太差,父母既无文化又不思进取,是一个没有前途的家庭里的一个没有前途的女孩。

可是家麟也不明白自己的妈妈。妈妈是清华毕业,为什么打起孩子来比没读过书的工人还要野蛮。

没有数学天分的皮皮有编故事的天分。

她的故事整合了小说、杂志、闲谈以及电视里的各种情节和套路，一回接着一回，篇幅比《杨家将》还长。一个看似不起眼的题材，被她一番敷衍，便宛如五月的梅雨淅淅沥沥地拉开了帷幕。其实皮皮讲的全是些琐屑的言情故事，考虑到家麟的兴趣，又加入了武打和悬疑。这样，儿女情长、英雄气短全有了，十分热闹。她又会在紧要之处戛然而止，留待下回分解。

因此，每当放学走出校门，皮皮都会在广告栏边看见假装在看招贴画的家麟。闲聊了几句功课，家麟便迫不及待地进入正题："后来呢？"

家麟从不承认皮皮是他的女朋友，那年头叫早恋。可是，他也一天不落地陪她回家，不管别人怎么说。他们甚至会一起溜到路边的玻璃厂捡废弃的玻璃瓶，到水沟里洗干净带回家养小乌龟。

高二下学期，皮皮换了一个同桌，就是田欣。

田欣是学习委员，也是班上唯一的一个在进文科班前就是前三名的尖子。同桌的第一天，田欣就主动向皮皮介绍了自己的学习心得，并认真回答了皮皮的各种提问：比如每天学习几个小时，几点起床几点睡觉，做练习的频度，花在各门功课上的时间，甚至，喝什么营养品打不打太极拳都答得一清二楚。皮皮大悦，觉得自己比佩佩幸运。

佩佩的同桌是排名第二的汪萱。汪萱是田欣的好友，可是性情倨傲，平日根本不搭理佩佩，考试时还故意把身子侧过去，生怕她会偷看。甚至数次向老师抗议，说佩佩爱吃零食，影响她学习，又问为什么要把差生安排给她做同桌。

相比之下，田欣既大方又随和。知道皮皮考不好会挨妈妈的骂，考数学时会分享自己的答案，让皮皮混及格。凡是皮皮不理解的题目，只要问了，她都会耐心地讲解，一遍又一遍，直到皮皮弄懂为止。难怪她年年被评为市三好学生！皮皮对她心服口服，感恩戴德，铭诸肺腑。田欣过生日，皮皮不惜花掉所有的零用钱，为她买了一只很贵的加菲猫。

等到皮皮过生日，正逢六月，天降暴雨，骤然间C城成了一片汪洋。收音机里说，门外电闪雷鸣，有行人被雷击中。同时告诫大家不要在水中跋涉，因为C城大街上有几处下水道盖子遗失，曾有少年失足落入下水道，至今找不到尸首。可是，早在一周前，田欣就答应了皮皮会来她家庆贺生日。那天，皮皮妈买好了蛋糕，请了几位交好的朋友，大雨倾盆，"桃花岛"的姐妹们一人未到，田欣却按时来了。进门时提着一个空篮子，神情无比狼狈，说被雷声吓着了，手一抖，篮子里的水果和礼物都掉

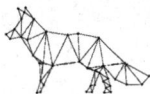

了。皮皮心满意足地过了生日，田欣却为此大病一场，得了肺炎，住了一个月的医院才好，差点都进不了考场。

人生得一知己足矣，斯世当以同怀视之。皮皮觉得，衡量一个人是否善良，要看她如何对待弱者而不是看她如何对待强者。强者人人都会巴结，只有善待弱者，方显善良本色。所以，田欣才是可以深交的朋友。

在C城一中，高考绝对是当之无愧的最具戏剧性时刻。但皮皮觉得，其戏剧性并不体现在高考的那一天，或者是公布分数的那一刻，而是在多年以后的同学聚会。

虽然每个学生都拒绝用分数定义自己，但无形之中，她们大多又是分数的虔诚信徒。是啊，在那个年纪的时光里，姓名是父母的，钱财是父母的，身上穿的包里装的全是父母的，只有分数是自己的。

在皮皮的同学中，有成绩一向就好，高考发挥稳定，进了大学也一贯优秀的田欣和汪萱；有成绩一向不好，处处招人白眼，高考很差，工作之后却混得风生水起的张佩佩；也有成绩一直不错，高考突然失利，一个大学也没考上，成了待业青年的辛小菊。

皮皮今天去参加的拍卖会在一个巨大的街心公园对面。

在晨跑的人群中，她看见一个老头穿着一件薄薄的夹克，抖抖索索地坐在石凳上埋头写着什么。老头的头发很乱，衣服也很破，紧皱的双眉有一股奇特的威严。

"辛伯伯早!"

老头转身看了她一眼："早，皮皮。"

"哥德巴赫猜想证得怎么样了?"

"快了。"

"伯伯您冷吗?"皮皮问。

"不冷。"老头笑眯眯地将自己的裤腿卷起，里面严严实实地包着一层塑料袋，用不干胶一圈圈地粘住，"非常暖和。皮皮你能借我几块钱吗?"

"这是五十块，上次我欠小菊的，您不用还了。"皮皮掏出钱包，递给他一张钞票。

"谢谢，"老头接过钱，从书包里抽出一叠纸郑重地递过来，"这是我的手稿你收着。异日我得了'菲尔兹奖'，你可以拿这个卖钱的。"

皮皮双手接过："好的，我一定珍藏。"

谁说大人比小孩更现实?

这个满脸肮脏的老人就是辛小菊的爸爸辛志强。

十几年前他是新华书店的售货员，从没上过大学。因为看了徐迟先生的《哥德

巴赫猜想》，决定将毕生精力投入到证明哥德巴赫猜想的事业中去。他证了五年，没证出来，老婆跑了。又证了五年，还没证出来，被送进了精神病院。出了院，他开始流浪，露宿街头，偶尔回家向女儿要点铅笔和纸，在城市的各个角落继续着他的梦想。

小菊很崇拜她爸爸，一直以为他是天才数学家，直到有一天她鼓起勇气拿着父亲的手稿去拜访了一位本省的数学权威。仔细阅读之后，那位权威很认真地告诉她："你父亲是位天才，只是不懂数学。"

小菊的世界就此崩溃。

她是班上的数学尖子，但行为怪异，喜欢顶撞，老师们都不喜欢她。上课举手也不点她的名。此外她的脾气也很火爆，动不动就爱打架。又很讲义气，常常被人利用。最重要的是她住的地方离火葬场、烈士墓都很近，大家认为她不吉利。

皮皮本来和小菊不是很熟。因为小菊虽然衣衫破旧，长得却很漂亮，成绩排名第七，算是优等生，平日她们是不往来的。而且皮皮还有点怕她：小菊成天拿着一把大伞，一言不合就跟人打架，她的主要对手是男生，经常被男生揍，女生一见她就怕得要命。所以小菊有个外号，叫"愤怒的小菊"。大家暗地里把她看成是某种不稳定因素——在学校她会打架，嫁了人她会通奸，工作了她会贪污，成功了她会犯罪，失败了她会吸毒。她会有一个很生动很惊险的人生。

话说皮皮第一次和小菊打交道是在一次放学的路上。那天家麟打球培训，她一个人回家。结果在校门外的小胡同里遇到了正在挨揍的张佩佩。揍她的人是汪萱，两人正抱着互相撕扯对方的头发，个头高挑的汪萱明显占了上风。

皮皮二话不说就冲了过去。

她原本只想劝架，后来汪萱揍了她一拳，她怒了，便帮着佩佩一起打。可是汪萱是学过武术的，两个人都不是她的对手，汪萱一脚踹过去，正中皮皮的心窝，皮皮直直地倒下。佩佩拉着她就要跑，又被汪萱一个扫堂腿带下。正在不敌之际，眼前忽地闪过一道黑影，辛小菊提着她的大伞就冲了上来，见汪萱没兵器，将大伞往地上一撂，赤手空拳地和她打了起来。

倒也不是一番恶斗，因为小菊太强势，汪萱很快就被揍得无还手之力。可是她的嘴还很硬，嚷嚷着说要向老师报告。这一报告不打紧，作为宣传委员的皮皮努力了一年的"优秀学生干部"就要泡汤了。

后来小菊放了汪萱，她一边骂一边哭地跑了。皮皮仔细询问方知，原来是佩佩先动的手，因为她实在受不了汪萱平日对她的"心理折磨"、"行为污辱"和"口头暴力"，决定以卵击石地揍她一顿，不料自己完全不是她的对手。接着皮皮又问小菊：

"你为什么打汪萱?"据她所知,她们之间并无仇怨。小菊冷冷地来了一句:"平日就看她讨厌,就想揍。"事了拂衣而去,只剩下皮皮和佩佩相互扶持,一瘸一拐地回到家,思考来日对策。

晚上在走廊遇到家麟,皮皮一面苦着脸将发生的事告诉他,一面叹息自己快要溜走的"优秀学生干部"。家麟听了,半晌没吱声,接着淡淡地说:"不要紧,她不会打小报告的。这事我去替你解决吧。"果然过了一个多月都没动静,紧接着皮皮如愿以偿地拿到了"优秀学生干部"的证书。

皮皮请家麟吃冰棒,满腹心事地问他:"汪萱的事你是怎么解决的?"

"嗯,那个,"家麟说,"我带她玩了一趟中山公园。"

皮皮怒了:"你牺牲色相啊?"

"嗯,牺牲了。"

"说说看,都干了些什么? Kiss 了没?"

"说什么呀。"

"上次你打球摔了,她还跑医务室帮你拿药呢。"

"有这事吗?"

"那你喜欢她不?"

"不喜欢。"

因为这件事,皮皮很感谢小菊,觉得她既神秘又仗义,有点崇拜她。后来小菊高考失利,分数考得比她还低,便没有上大学,在社会上混着,四处打工。她们没有联系,直到皮皮进了报社,偶尔去马路对面的麦当劳吃饭,这才发现小菊在里面打工,有时当收银员,有时做汉堡包。两人渐渐地亲近了。

过了公园,迎面一幢气派的白色大厦,有大理石台阶和汉白玉扶手,门前还立着两座石狮。皮皮对了对门牌号,正是本省有名的"桃园商务会所"。贺兰静霆要参加的冬季玉器拍卖会便在这里举行。

在地铁里皮皮就已翻过了卫青檀替她准备的小册子。里面有新石器晚期的兽面玉圭、良渚时代的玉镯、商代的龙纹玉璧、宋代的双子玉盏以及不少乾隆时期的玉雕和摆件。当然也有贺兰静霆关注的那件战国玉虎。

无论哪一种,起拍的底价都在十万元以上。

她从皮包里取出录音笔和采访本,踮着脚进了大厅,正要往里走,忽被一个西装笔挺的工作人员拦住:"小姐,请出示您的邀请函。"

"我是记者。"皮皮拿出记者证。

"对不起,这是私人高级会所,本次拍卖会严格控制人数,记者也需要邀请函。"他面无表情地看了一眼皮皮,"同时我们也要求正式着装。这些在邀请函里都已经交代了。"

皮皮觉得"正式着装"的意思是,她应当穿皮鞋。她本来倒是想穿皮鞋的,因为脚肿了,只能穿比较宽的旅游鞋,还是很旧的一双。从某种意义上来说,记者们操持舆论、无孔不入,一向自视为无冕之王。皮皮也自觉遵循这个行规,以为不会有人拦她,所以穿得很随便:下身牛仔裤、上身白毛衣,外加一件厚厚的羽绒服。

她尴尬地东张西望,想看看贺兰静霆来了没有。没看见贺兰,却看见了一个她好久没见,也不想看见的人。

汪萱。

毕业后,点点滴滴的消息传过来,原来汪萱的父亲主管经济,在本地政界很有背景。她的男友是某富豪的大公子,长她十岁,听说已经向她求婚了。皮皮只知道汪萱大学毕业分入银行,不知道具体工作是什么。

挽着一位中年才俊,款款拾级而上的汪萱打扮得艳光四射、高贵得体。身边的俊男非常绅士地替她脱下了皮大衣,露出一件湖绿色的手绣真丝旗袍,淡黄的滚边裹着尚未丰满的身躯,清雅夺人。

皮皮低头,假装看别处。

不料汪萱偏偏看见了她,撇开同伴径直走过来,对她笑了笑,算是打招呼。接着,半是安抚半是挑衅地对那个工作人员说:"小钱,你睁只眼闭只眼,就让她进去吧。她肯定是闺秀,只是不出于大家。"

皮皮抬起头,目光直视汪萱的脸,也笑了:"我当然也是被人邀请的——不然,我又不是大户,怎么会到这里来暴发呢?"

"请问,"那个工作人员了一眼她的瞤记者证,不冷不热地道,"关小姐,是谁邀请的你?"

"贺兰静霆。"

"贺兰先生?"那人微微一怔,掏出手机,"稍等,我给他打个电话。"没等拨号,又挂掉了,指着玻璃门外:"这不是贺兰先生吗?"

天地间不知何时飘起了小雪,街上风烟凌乱,茕茕孑立一个人影。

说到"正式",皮皮觉得,贺兰静霆的衣服绝对谈不上正式。薄薄的一件黑色风衣,裤子和鞋子都是帆布的,干干净净,简简单单。穿在别人身上就是寒酸,偏偏穿在他身上就成了清贵。

他是这里的贵客,也是常客。刚从汽车上下来,一位等候已久的工作人员便抢

步迎了上去,耳语数句之后,将他引向大门右侧的盲人通道。

拍卖开始之前,通常都有一个小型的接待酒会。大厅很宽敞,设计却是维多利亚式的,沙发和地毯的花纹都很热闹,在这寒冷的冬季堆出一股融融的暖意。水晶灯下的枣木长桌铺着垂地的锦布,上面满放着咖啡、茶、酒、水果和糕点。身穿礼服的侍应生托着茶盘四处走动,向客人提供红酒和甜品。客人差不多到齐了,男士西装革履,女士曳地长裙,人声喁喁,言笑晏晏。除了没有探戈舞会,这情景简直酷似电影《真实的谎言》的开场。

皮皮忽然觉得记者并不是一个那么有趣的职业。他们像透明的气体在各种场合穿梭,除了带走几张照片,不留下任何形迹。他们也与各色人等打交道,报道写完,便也不再来往。他们好像参与了很多事,却又和这些事没什么本质的关系。一张嘴、一支笔、一个镜头——这就是记者。

"静霆,"汪萱一面从手袋中出示邀请函,一面跟他打招呼,话音中夹着一丝亲昵,"到得这么早,真是头一回。苏诚说,上次你抢走了他的一对唐代玉马,今天他可要来报仇了。"

汪萱的声音非常动听,是那种柔媚的含着少女稚气的声音。以前在高中她就是广播员,也经常报幕。也许是出于本能的反感,皮皮觉得她的声音里有点装腔作势。怎么说呢?汪萱就属于那种女人见了她就会叹息自己命运的人。家世好,成绩好,长相也好。从小到大男友如云,挑了又挑,命中注定要过上等人的生活。其实皮皮倒不是反感这些。若说到家世、成绩、长相,田欣也不差。但她就不讨厌田欣。

皮皮烦的只是一些不值一提的小事。比如汪萱上课总是看小说,排名却总在前三。比如考试前她总说没准备好,光顾着看影碟,忘记了复习,考完了却总是第一个交卷。想抄她的作业从来不给,下课缠着老师说话半天不让人家走……当然,最主要的原因还是她从来不理佩佩,不得不说话时也是万分鄙薄的口气。别人只当她们之间有宿仇,其实,汪萱对成绩差的同学态度相当一致。

还记得有一次放学下暴雨,家麟参加球赛没回来,皮皮想和汪萱共用伞到车站,期期艾艾地开了口,汪萱却说已经答应送别人了。说罢,一个人径直就走了。皮皮眼睁睁地看着她独自等车,独自上车,这才明白刚才的一番话不过是托词,她只是不屑与自己共伞。

那一天,皮皮在学校等了足足一个多小时,雨也没停。倒是家麟打球回来了,满头的汗,脸上冒着热气。那时的家麟已经有很高的个子了,麦色的肌肤,瘦长的脸,五官生动明晰,眉宇间满是阳光。家麟也没带伞,却不肯等。他的夹克是防水的,把

夹克一脱，遮住皮皮的头顶，就带着她冲进暴雨之中。他们一面跑一面尖叫，两人都淋成了落汤鸡。

那是一个炎热的初夏，家麟只穿着件白色的背心。风驰雨啸，电闪雷鸣，空中是枝状的霹雳，云层间透着红光。皮皮堵住耳朵往家麟的怀里躲，他便顺势搂了一下皮皮。

在此之前，虽是天天一起回家，皮皮却连家麟的手指都没碰过。

那天夜里，皮皮做了有生以来的第一个春梦。梦见穿着白背心的家麟手拿毛笔，蘸着空中的雨水，在自己赤裸的身上写字。

一怀情愫，从此一发不可收。

第七章

古玉拍卖会

往事在脑海中滚滚地翻动，皮皮一时失了神。客人们陆续地来了，都在彼此寒暄，打招呼。那个姓钱的工作人员忙着看邀请信，只有她一人尴尬地站在角落。贺兰静霆看不见，自然也没发现。倒是汪萱的那位男友远远地略带歉意地向她笑了笑，自顾自地喝酒。过了片刻，他向贺兰静霆举了举杯子，调侃："贺兰，这次你又看上了什么？能不能先透露一下？"

贺兰静霆脱下风衣递给接待人员，用手指了指自己的眼睛："我哪能看，只能是听。苏先生不是一向喜欢乾隆工艺的吗？对宋以前的古玉都不上心。怎么，这次口味改了？"

"乾隆的工艺当然好，只是气势不足。我现在返璞归真，喜欢古拙。"无意间，他握了握汪萱的手，"再说阿萱也喜欢。对了，贺兰，我在琉璃厂给阿萱买了一块南宋的子辰佩，可不便宜，你给看看。"说罢将汪萱手袋边挂着的一块古玉取下来，递给他。

汪萱连忙挡住："苏诚，你也太粗心了。现在是白天……贺兰先生不是很方便……"

苏诚笑道："阿萱，你太不了解贺兰了。他现在是炙手可热的资深鉴赏家，这种给你带着玩儿的小玉，用不着放大镜，摸一摸便知真假。是不是这样，贺兰？"

"谬赞了。"贺兰静霆接过玉，轻轻掂了一下，又用指尖摸了摸，什么也没说便还给了苏诚。

见他不发话也不表态，汪萱忍不住问："怎么样，是真货吗？我们可是淘了半天的呢。身边还有一位琉璃厂的顾问。"

贺兰静霆脸上的神情越发莫测："汪小姐，你喜欢这块玉吗？"

"喜欢啊。"

"喜欢就戴着吧，是块玉都吉祥。"

苏诚和汪萱双双变色。

贺兰静霆双眉一挑，从口袋里抽出盲杖，就要往前走。那姓钱的小伙子终于腾出了空，便连忙走过来，在他耳边低声问道："贺兰先生，我是公关部的小钱。请问您可曾给这位小姐发过邀请？"

"哪位小姐？"

"这位关——皮皮小姐，C城晚报的。"

贺兰静霆想了想，摇头："我不记得我认识过一位关小姐。"

那人意味深长地看了皮皮一眼，一脸的否定："那么，对不起，关小姐，本会所——"

"等等，"贺兰静霆忽然打断他，"邀请的事是我的助手办的，有可能有报社的记者。我倒是在一个晚会上认得过一位姓关的小姐，没怎么说过话，但记得她的面容。关小姐，你介意让我摸一下你的脸，确认一下吗？"

　　摸脸？他居然说出这种话。就算他是盲人，也太放肆了吧！

　　莫说关皮皮，就连那个工作人员都怔住了。小人书里都说狐狸又小气又记仇，看来这是真的。在场的人纷纷侧目，等着看一场好戏。关皮皮咬牙，挺直脖子，不理他。

　　"介意就算了。"他扶了扶墨镜，微微一哂，转身要走。刚转过身，皮皮忽说："不介意。"

　　用脚指头想都知道，此刻的汪萱已快活得要笑出声来了。

　　脸上一股冰凉的空气，接踵而来的还有他身上惯有的那股深山木蕨的气息。伸过来的手指纤长而苍白，指尖却是柔软的。实际的情形并没有在场人想象的那样香艳。贺兰静霆只碰了碰她的鼻子，又碰了碰她的耳朵，然后低头回忆片刻，便说："嗯，认得。关小姐，我相信我的助手给你寄过邀请函。"

　　"我……弄丢了。"

　　"钱先生能否通融一下？"

　　工作人员很怀疑地看着面前的两个人，迟疑地说："既然是贺兰先生的客人，当然可以通融。只是……门外有服装店，会所有更衣室。关小姐能否穿正式一点的服装？"

　　皮皮正要说话，贺兰静霆淡淡地插了进来："我不认为关小姐需要更衣。"

　　"贺兰先生，请恕我——"工作人员十分坚持。

　　"关小姐，对面有家茶馆，不如我们一起去喝杯茶吧。"贺兰静霆拉住关皮皮便往外走。

　　"贺兰先生——拍卖会马上就要开始了。"工作人员傻眼了，语气不由得急促了。

　　"拍卖会嘛，年年都有，我明年再来。"

　　说罢，不管不顾地将皮皮带到门外，一起下了台阶，忽听身后一阵急促的脚步声，一人呼道："静霆——等等！"两人同时站住。

　　那是个穿着讲究的中年人。皮皮觉得他的年纪并不小，可能有五十多岁了。只是保养得体，又修饰整洁，看上去只有四十出头。

　　"康先生。"

　　那人来不及和贺兰静霆打招呼，却是非常真诚地伸手过来："关小姐，你好！我是康少江，桃园会所的总经理。"

皮皮只好和他握手："康经理你好。"

"关小姐里面请。对了，你走路是否不方便？我们这里备有轮椅，拍卖厅在二楼，我让人用电梯送你上去。"与那个固执要看邀请函的工作人员相比，这位经理的态度也太灵活了，简直是一个一百八十度的大转弯，令皮皮受宠若惊。

贺兰静霆面色不变，似乎在考虑要不要回头，过了片刻，才说："不必了，我送她上去就可以了。"

不知为什么，贺兰静霆先带着她去了自己的更衣室。

"把鞋脱了。"他说。

"脱了我穿什么？"

"地上是地毯，你可以光着脚。"

"……"

"光着脚不是更不正式吗？"她反问。

"你想不想采访这个拍卖会？"

"想。"

"那你脱还是不脱？"

"我的脚肿了，好不容易塞进去，现在想脱也脱不动。"

"这个好办，我来帮你。"

皮皮不禁抽了一口冷气。超级大帅哥真的俯下身去，居然在她面前半跪着，小心翼翼地帮她脱鞋。脱了一只，又脱一只，然后将球鞋往垃圾桶里一扔。

"哎！你干吗扔我鞋啊！别看它旧，这可是阿迪达斯的，全是双层牛皮的。"

贺兰静霆不理她，不知从哪里找出一个塑料袋，将她小包里的东西哗啦啦地往里一倒，又将她的手袋连同钱夹一股脑儿地扔进了垃圾桶。

"贺兰静霆！你有病啊！这是我的手袋，新的，才用两个月！还有钱包，是我爸给我的！"皮皮忍不住吼了。

"皮带。"他指了指她的腰。

皮皮连忙按住腰。

"如果你自己不肯解，我就要帮你了。"

皮皮很自觉地将皮带解了下来，如果不解的话可能会看到《画皮》里的镜头了。但她还是色厉内荏地顶了一句："这皮带值五十块钱，你若扔了就得赔我！"

"关皮皮，"贺兰静霆冷冷地说，"你若想和我坐在一起，身上就不能有任何皮的东西。听明白了没有？"

"皮的又怎么啦？难道你是动物保护主义者？哦！我明白了，你哪里是什么动

物保护主义者,你就是一只动物!"

"你说什么?"

"我明天就去买件狐皮大衣。"

话一出口她就后悔了。因为一听这话,贺兰静霆的脸顿时阴沉下来,他的双手忽然间就铁钳般地掐了过来,掐住了她的脖子。手还没开始收紧,皮皮已吓得魂飞魄散。

贺兰静霆的话音还是很平静,平静中带着威胁,一字一顿地道:"你说什么?你再说一遍?"

皮皮欲哭无泪,欲喘无气:"我……我想说的是,恕……恕我眼拙,看来……你真是一位狐狸。"

"你若是肯乖乖地听话,我今天就不为难你。"听她话音里分明在讨饶,贺兰静霆松开了手,居然还很绅士地替她整理了一下被拉歪的领子。

皮皮在心里咬牙切齿地骂,暴君啊暴君。

暴君的脸上还留着胜利者的笑容,却不料鼻梁间蓦地一轻,墨镜已被皮皮摘掉了。紧接着,垃圾桶的盖子翻动了一下。

"我的眼镜呢?"脸又沉了下去。

"你扔了我的东西,我也扔你的。"皮皮拍了拍手上的灰尘,抱着胳膊挑衅,"平衡平衡。再说,你不戴眼镜更英俊,是真的。"

"……"

其实皮皮是想看一看贺兰静霆不戴眼镜会是什么样子。或者说,他的眼睛在白天会是什么样子。会一直闭着吗?抑或是半睁着,露出大半的眼白?

然后,她又有一点点失望。因为贺兰的眼睛和常人并没有很大的不同。瞳孔很大,幽深的,黑不见底的,像时光隧道。但他凝视着她的时候,视觉中没有任何焦点,目光甚至都不移动,又的的确确像个盲人。任何人看见了这样的一双眼睛都会觉得很好看,同时也会觉得他的视力肯定有问题。

对峙了片刻,贺兰静霆忽然垂目,看得出他想发火,但尽量克制自己。他没有说话,径直走向垃圾桶,揭开桶盖,伸手在桶里摸了一阵,找到眼镜,用手擦了擦,戴了回去。

皮皮眼疾手快地跟了过去,也想趁机把自己的鞋子提溜出来,却被贺兰静霆不客气地一掌按住:"快开始了,咱们得走了。"

他不再提眼镜的事,却一把牵住了她的手,而且握得很紧。皮皮甩了两下,甩不掉,便不肯移步:"没鞋子我怎么走啊?"

"地上不是铺着地毯吗？"

"可我的脚还是痛啊。"

"我扶着你。"他的嗓音很温存，"如果你不想走，让我抱你上去，也可以。"

这话皮皮听得直起鸡皮疙瘩，她提起塑料袋，抽身就往门外溜："谁说我不想走了？走就走。"

"你看，你走得不是挺快的嘛？"贺兰静霆快步跟上，不忘记恭维一句。

他们的座位在靠走廊的第一排，皮皮无比郁闷地发现汪萱和苏诚就坐在她的右手边，中间只隔两个空位。

看得出，拍卖厅原是个小型礼堂。虽是临时布置，却十分豪华。客人陆续落座，又互相寒暄。除了一位录像师，几乎没有别的记者。

将皮皮送到座位之后，贺兰静霆便被一个熟人叫去寒暄了。她开始不安地看表，急切地期盼那两个空位的客人早日到来。而那两个位子，竟然一直空着。

她低头翻开采访本，本子是新的，上面什么也没有。汪萱的咄咄逼人让她芒刺在背。为什么生活会那么不公平呢？她不由得想起了高中的那些日子，想起了小菊和佩佩，想起了她们一起打的那一架。那是皮皮平生唯一的一次打架。她被汪萱揍得很惨，手臂和胸口都青紫了，回家还要瞒着大人，后来见了她也绕道走。那一次以后，她们互相憎恨，再也没有说过话。

可是一见到汪萱，皮皮在工作中好不容易培养出来的一点自信心顿时消失殆尽。她又成了高二七班的差生。

正思索间，想不到汪萱忽然开了口："皮皮，听说你分到了C城晚报社？"

皮皮抬头看了她一眼："嗯。"

不会吧。汪萱这么快就不计前嫌了？还是说，她们已经成熟了，要进行成人间的对话？

"多久了？"

"快两年了。"

"怎么还是实习记者？"汪萱看自己的指甲，慢悠悠地说，"现在的总编不是杜文光吗？我认识他。他和苏诚挺熟的。"

"哦。"

"上个月的校友会，你怎么没来？"

校友会。真是哪壶不开提哪壶。皮皮心里想。

高二七班每年都有校友会。通常是由混得好的同学出资，大家一起到餐馆歌厅

接着,工作了的互相递名片,读研的交换学习资料,每一个人都打扮齐楚,细心地在别人的目光中寻找自己。

工作之后皮皮和佩佩曾经参加过当年的校友会,遇到了分到 C 城三中教书的玉敏和在粮食学校宣传部工作的小倩。两人都抢着要佩佩的名片,对她格外恭敬,话音里透出一点淡淡的巴结。

皮皮暗暗地想,原来现实就是一个人不想接受却不得不接受的东西。

现实充满了戏剧性。果然,转过身来,小倩很不服气地嘀咕开了:"哼,瞧她得意个什么呀?不过是比别人多个有钱的老爸。要不是这样,就凭她第四十一名的成绩——脑子那么笨能当好记者吗?——早晚要出娄子,看她能发迹多久。"

皮皮急忙辩解:"其实佩佩挺有能力的,只可惜咱们的中学教育不适合她。"

小倩不接茬,直直地追问:"那你分到晚报,又是走的什么路子?"

"没路子,公平竞争。学校推荐了十个学生,面试、口试有三轮,最后选了我。"皮皮不无骄傲地说。

"还是你有运气。"小倩、玉敏齐齐地说道。

聚会到了一半,佩佩忽然拉着皮皮出了校门,辗转地找到一幢黑漆漆的宿舍楼。佩佩忽然从地上捡起一块砖头,对着一楼的玻璃窗扔了进去。

"喂,你干什么?"皮皮惊恐了。

"哐当"一声,窗子破了。她们拔腿就跑,发疯似的跑到大街上拦住一辆出租,钻进车里。佩佩犹在大口喘气:"我恨他!我再也不来 C 城一中了!"

皮皮抓住她的手,压低声线:"你恨谁?"

佩佩双手握拳,歇斯底里地叫道:"我恨王老师!我恨 C 城一中!我恨这帮同学!C 城一中毁了我的青春!你呢?你恨不恨?"

蓦然间,皮皮陷入茫然:"我……我不知道。"

大约是恨的。

见皮皮半天不发话,汪萱又说:"什么时候一起去吃个饭,我叫上杜文光,你带上贺兰先生?你和他……很熟?"

皮皮连忙摇头:"对不起,你弄错了,我不认识贺兰先生——我只是在采访他。"

话音刚落,背后吹来一阵阴风,皮皮一转身,发现贺兰静霆不知何时已站在了她的身后。他还是那样面无表情,嘴唇淡淡地抿着,微微勾起一条弧线,似笑非笑。

"皮皮你开玩笑哦,"汪萱看了贺兰一眼,哧哧地笑了,"这里的人都知道,贺兰先

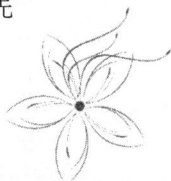

生从来不接受记者的采访。当年杜文光想采访他都没戏呢。"

"所以我也只是试试看，"皮皮不冷不热地回答，"我真的不认识贺兰先生。"说罢，她从塑料袋里掏出相机，假装检查了一下镜头，对着前面的屏幕取了几个景。又从椅背上取出拍卖目录，一页一页地翻着。

有人拍了拍她的肩，传过来一个很温柔的声音："皮皮，你想喝点什么吗？"

那声音美若天籁。皮皮禁不住看了看天，又看了看地，发现说话的人是贺兰静霆，又调节了一下自己的视线，一下子没反应过来。

"你吃过早饭了吗？"他又问了一句，绅士十足的样子。

皮皮迷惑地看着他，很提防地想了一下，半晌才答了一句："没有……"

"我去给你拿点东西吃，橙汁可以吗？"贺兰静霆俯下身来，在她耳边轻声地问，很关照的样子。

他的表情倒没什么变化，举手投足之间却透出一丝亲昵。显然这不是贺兰静霆在公共场合的惯有行为，汪萱的双眼禁不住眯了起来，嘴角轻轻一挑，视线在皮皮的脸上扫了一个来回，莫测地笑了。

皮皮尴尬地点了点头。

贺兰静霆掏出折叠的盲杖，到楼下大厅取橙汁去了。一个工作人员怕他看不见路，连忙紧紧尾随。

正当皮皮目瞪口呆之际，又有人拍了拍她的肩，递给她一张名片："小姐，我是瑞景升古董专卖公司的方大昌，请问您贵姓？有名片吗？"

"我姓关。我……我没有名片。"皮皮忐忑地回答。

"我们公司收藏了不少上品玉器，主要是明清时期的，宋以前的也有一些。关小姐感兴趣吗？什么时候带贺兰先生一起去看一下？"

关皮皮吸了一口气，红着脸说："对不起，我对古玉没研究。如果您想请贺兰先生，他马上就回来，您直接对他说就好了。"

那人怔了怔，硬把名片塞到她的手中："关小姐不肯给面子？"

"哪里……"皮皮窘住。这都是哪一茬对哪一茬啊。

"周末您有空吗？关小姐爱吃海鲜吗？"那人的嘴动得飞快，"我知道紫阳路上的'费记'鲍鱼汤不错。怎么样？周末晚上七点，赏个脸吧？如果贺兰先生不方便，关小姐您自己也一定要来。到时我让秘书提醒您一下。也麻烦您先写一个联系号码。就这样，说定了。"

"啊——我——"皮皮还想解释，转眼工夫那人就不见了，也不知到哪里和人说话去了。

剩下皮皮一人在椅子上长吁短叹，汪萱在一旁只是微笑："皮皮，看来你真的不认识贺兰。这里人人都知道，贺兰从不陪人吃饭的。"

"不会吧?"皮皮明明记得贺兰静霆陪她吃过水煮鱼，虽然他自己没吃，但肯定是陪了。

"难道……他请你吃过饭?"汪萱的表情十分八卦。

"……"不好回答。

"皮皮，你是贺兰先生的女朋友吗?"

"不不不不不……"她把头摇得跟拨浪鼓似的。

身边的椅子咯吱地响了一下，贺兰静霆已经回来了。手里拿着一瓶豆浆，一个纸袋。

纸袋上浸着油。皮皮说了声谢，打开一看，竟然是她最喜欢吃的生煎包子，禁不住问道："大厅里的早点不都是西式的吗? 怎么会有生煎包子?"

"我到外面买的。"

"豆浆也是?"

"我想你更喜欢喝豆浆。"

这么周到啊。皮皮的脸有点红，没说什么，静静地吃了起来。贺兰静霆顺手拿出椅背上放着的目录，皮皮小声说："想找什么，我给你念吧。"

"不用，上面有盲文。"

果然，给他的手册明显比皮皮的要厚，没有图像，没有文字，只有一排排凸凸凹凹的点。贺兰静霆摊开手指，用左手指尖摸第一行的前半部，又用右手指尖顺着摸同一行的后半部，同时左手寻找第二行。他的手指在纸面上轻轻滑动，动作很流畅，甚至带着节奏，皮皮在一旁几乎看痴过去。

"你平均每分钟能阅读多少个单词?"她忽然问。

"怎么，对这个感兴趣?"

"嗯。"

"三百多个。"

"等会儿拍卖的时候，他们会给你准备耳机吗?"

"不用，我的听力非常好。"

皮皮同时在采访本上记下：听力敏锐，每分钟阅读三百字。

过了一会儿，贺兰静霆附耳过来，轻声说道："那个汪小姐，你不太喜欢她?"

"高中同学，有些嫌隙。"

"等会儿你能帮我个忙吗?"

"行啊，说吧。"

"你能替我举拍吗？我要第278号拍品，战国玉虎。"

"这个……我可没干过。"

"举手你总干过吧？"

"干过，举手我会。"皮皮挺老实地点头。

"你替我举手就行了。"

"我举了能算数吗？"

"算数。我给拍卖师打电话说明一下。"

"你自己有手，自己不能举啊？"

"举手很酸。"

皮皮瞪了他一眼，失语了。

"当然，如果价钱太高，我不能承受，我会让你停手的。"他补充。

"行。"

他用手机打电话通知拍卖师。

大厅忽然安静下来，有人试了一下麦克风，然后宣布拍卖开始。前台的巨幅屏幕上闪出一张图片："第278号拍品：战国玉虎，长11.5厘米。"手册上介绍说，周礼有六器，玉璧、琮、圭、琥、璋、璜。这就是其中的"琥"，深绿色的玉料、高鼻、菱眼、耳后抵、尾上卷，作爬行状。目前出土中仅见一对，其中之一即藏于V市博物馆。

皮皮仔细看了看屏幕上的图片，虽然用的是高清晰的照相机，但那玉虎的尺寸很小，年代久远，看上去黑乎乎的一团，无任何吸引人之处。

"起拍价70万人民币。"拍卖师宣布。

70万啊。皮皮怔了怔，心咚咚地跳。这么小的一只虎，又破又旧，能这么贵吗？

后排有人举手，拍卖师叫道："75万。"

皮皮怯怯地举了举手："80万。"

她偷偷看了一眼贺兰静霆，发现他还在用手摸那个手册，很专注的样子。

紧接着，汪萱抬了抬手，嗓音清脆："100万。"

"100万，前排的这位小姐加到100万。100万，有人加吗？"

皮皮举手："105万。"

后排又有人举手，一个接一个，从110万一直升到180万。

"200万。"汪萱冷冷地道。

皮皮举手："205万。"

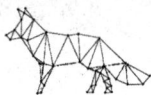

汪萱迟疑了一下:"210万。"

皮皮继续:"215万。"

汪萱奉陪:"230万。"

皮皮笑了笑,抬手:"235万。"

她开始觉得拍卖是个很有快感的游戏,特别是不花自己的钱的时候。

后排有人举手:"250万。"

大厅一阵沉默。

为了调节气氛,拍卖师开起了玩笑:"250万,还有人加吗? 250万。大家的手是不是举累了,要休息一下? 250万。250万,好的,这位先生,255万。前排的这位小姐,260万。260万,有人加吗? 现在我们拍的是第278号拍品,战国玉虎,起拍价70万,目前已拍到260万。好的,后排戴围巾的先生,265万。前排的小姐,270万。270万,有加的吗? 270万?"

汪萱举手,同时报数:"300万。"

众人沉默。

皮皮推了推贺兰静霆:"300万了,你还要不要?"

他头都没抬:"继续。"

皮皮举手:"305万。"

汪萱冷笑:"310万。"

"315万。"

"320万。"

"325万。"

"350万。"

"355万。"

这一次,汪萱的脸色有点发黄,表情也很僵硬。迟疑了近两分钟,才举手:"360万。"

皮皮毫不犹豫地跟上:"365万。"

拍卖师看了看皮皮,又看了看汪萱,调侃:"现在只剩下头排的两位小姐竞拍了,看样子都只二十出头。以前到这里来的人都是老头子老太太。真是长江后浪推前浪,自古英雄出少年啊。365万,还有人加吗? 365万? 365万?"

大约有近五分钟的冷场。

汪萱忽然举手:"370万。"

皮皮正要跟上,贺兰静霆蓦地按住她:"皮皮,咱们撤。"

"370万。这位小姐出到370万，还有人加吗？370万？目前最高价是370万。370万。"他一连喊了十几声"370万"，终于说：

"370万第一次。"

"370万第二次。"

"370万最后一次。"

只听得"咚"的一锤，拍卖师对着汪萱说道："恭喜您。370万成交。您的号牌是——"

汪萱取出一张纸牌："468号。"不知为什么，她看上去一点也不高兴，脸甚至有点发青。

皮皮不解，低声问贺兰静霆："她拍到了战国玉虎，为什么不高兴呢？"

"可能是觉得太贵了吧。"贺兰静霆的神情淡淡的，"皮皮，走，我请你吃饭去。"

第八章

祭司大人

台阶上满是积雪。还没走到门口，皮皮的袜子就被浸湿了。出租车就停在台阶下，她望着台阶上的积雪，逡巡了一下。一旁的贺兰静霆忽然说："别下去，我来帮你。"说罢不管三七二十一，将她一抱，手摸到车门，她还来不及发窘就在一瞬间被送入了车内。

皮皮转过头，面红耳赤地看着他。他一撩风衣，卷着一身风雪进了车。

窗外是无边无际的雪，路上是匆匆的行人。城市里千篇一律的风景，日复一日地上演。司机很年轻，戴着耳机，一面开车，一面听着摇滚乐。

贺兰静霆忽然说："这条街以前叫朱雀街。前面的那道坡，以前是条河，叫龙津河。河上有座桥，叫八仙桥。桥边有个香果店，店里的荔枝膏好吃。"

"以前？"皮皮愣了愣，"多少年以前？"

"八百年以前。"

"八百年前，"皮皮笑，不信，"你来过这里？"

"刚才那个会所，以前是个酒楼，叫龙霄阁。里面的太白花清酒，好喝。"他仰头，陷入了回忆，脸上带着微醉的笑意。

"是太白花——清酒，还是太白——花清酒？"皮皮不知如何断句。

"清酒贵，因为滤过，没滤的是浊酒。'金樽清酒斗十千'，清酒是要用金樽来喝的。喝的时候要压一下，所以是'吴姬压酒待客尝'。"

"那浊酒呢？浊酒什么时候喝？"

"浊酒惆怅时喝，所以是'浊酒一杯家万里，燕然未勒归无计'，是'艰难苦恨繁霜鬓，潦倒新停浊酒杯'。"

"这么说来，李白比杜甫爱花钱？"

"没错。"

皮皮不由得仰慕了，衷心地夸道："贺兰，我觉得你特有学问。"

他微微颔首："过奖。"

皮皮接着夸："最近流行的一个词特适合你。"

"什么词？"

"文化恐龙。"

这场雪弄得C城人十分狼狈。路上到处都是打滑熄火的车辆。皮皮昨夜受了寒，今天嗓子便有些嘶哑。偏偏司机手里还有小半截烟不肯扔掉，硬要半开着窗子吸完最后一口。虽然暖气是足的，烟圈也吐在了外面，但空气毕竟污浊了。贺兰静霆一直皱着眉，看样子便要发作。皮皮连忙按住他的手臂，让他忍耐。两人便全都

不作声,耐心地等司机吸完,皮皮在第一时间关上了窗。

"今年的大雪真是少见呢。"皮皮忍不住感慨。

"宣和年间这里也曾下过一场大雪,那时的风和今天一样,又冷又酸。不过,再过几个月,我种的牡丹就要开了。"

为什么时间在贺兰静霆的嘴里总是走得那么快呢? 皮皮偷偷地想,几百年、几个月就跟一阵风似的刮过了。

"你很喜欢牡丹吗? 我一直以为只有唐代的人才会喜欢牡丹。"皮皮问道。这几年市面上流行唐装,只要是条裙子,无一例外都绣着牡丹。皮皮不喜欢牡丹,总觉得牡丹花开得不含蓄。她喜欢花瓣很小的花朵,即使怒放也是含苞待放的样子,比如梅花,比如桂花,比如郁金香。

可是她发现,一提起牡丹,贺兰静霆漠然的脸上忽然露出了温暖的表情,仿佛有一缕阳光从心底射出来,照亮了整张脸。车内的寒气被扫荡一空。

"我喜欢牡丹,是因为牡丹花很好吃。"他侧过脸来看她。虽然什么也看不见,他仍然喜欢追随她的脸,哪怕视线是虚无的,"我常常想,烈日下盛开的牡丹会是什么样子。"

皮皮也正好转头看他,却觉得虽然他的整张脸似乎都藏在墨镜的后面,虽然他目不视物,然而自己在想什么,却无法在他面前遁形。而且,据她回忆,贺兰静霆从未用过这种脆弱的语气跟她说话。既然他已幸运地活了九百岁,这点遗憾算什么呢?

可是她的眼睛还是湿了:"你……从没见过太阳吗?"

他摇头。

"其实太阳就是比月亮暖和,样子都差不多。"皮皮极力描述着。

他取下墨镜,一双空虚的眼睛注视着她:"是吗?"皮皮的脊背一阵发寒,一种无形的目光在打量她,一直看到骨子里去。

"是的。"她的话音开始颤抖,"其实你真的不必戴墨镜,没有墨镜你会更好看。"

"我戴墨镜不是为了自己好看,而是为了他人的安全和健康。"他哼了一声,将墨镜又戴了回去。

皮皮赶紧问:"为什么?"

他沉默,似乎在考虑怎么回答这个问题。

"你不是看不见吗? 为什么还会影响别人的安全呢?"皮皮锲而不舍地问。

"虽然修炼多年,我对自身的能量却并不能收放自如。一般来说,不论看得见还是看不见,我的眼睛都会自动吸取他人的元气。假如我专心看一个人,是男人会立

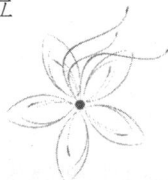

即阳痿，是女人会终身不孕。这种情况，连我也没办法控制。"

话音甫落，皮皮闪电般地后退一尺，彻底傻眼了："贺兰静霆，你早说啊！你都看我几眼了？……我是不是已经成僵尸了？"

"你这不是好好的嘛。"他笑道。

"停车！司机！我要下车！"皮皮不理他了，扑到前面，用手拼命拍司机的背。

车猛地停了，皮皮推开车门，以最快的速度跳下车去。岂知地上正好有一摊刚刚化掉的积雪，她只穿着袜子，一下子全湿了。一股寒意从足底直透到脑门，她被冻得一个趔趄，差点摔倒。

有人从后面扶住了她，将她拉到台阶上："餐馆到了，我们上去吃饭吧。"

"贺兰静霆，你离我远点成不？"皮皮禁不住哀求，"我从小数学就不及格，买彩票也没中过，我家上数八代都没人发迹，这说明我身上无论是元气还是运气都远远不够。你再吸，我就成傻子了！虽然我很渺小，可是麻雀虽小，五脏俱全，将来也要成家立业，嫁人生子……你是狐狸，这大街上元气好的女人多着哪，你放了我找别人行不？"

"干吗这么可怜兮兮的？我又没把你怎么样。你吃过我的血，相当于免疫了。"仿佛怕她滑倒，贺兰静霆紧紧地搀着她，"再说，你现在一切的生理现象都很正常，对不对？我发誓我绝没把你怎么样，一根寒毛都没碰过你。"

他越信誓旦旦，皮皮越吓得浑身发软："那你刚才还在车里瞪了我一眼……"

"我瞪你多少眼都没关系，真的。如果真有关系——你说得不错——我见你的那天你就得成僵尸。"

"……"皮皮虚脱了。

贺兰静霆趁机将她的腰一揽，几乎是半抱着她，很和气地劝道："进去吧，报纸上说这家的夫妻肺片挺不错的。"

"我还吃得下啊！"她万分郁闷地嚷道。

"怎么吃不下？你胃口不是一直挺好的吗？"

听他这么一说，皮皮猛地想起来自己第一次见他就吐了一天，自从那晚吃了带血的苹果，就立即不吐了。以后的饮食倒也十分正常，似乎暂时还是健康的。可是，看见贺兰静霆很殷勤很关切地扶着自己，以至于路过的人看见他们，都发出会心的微笑，以为他们是一对情侣，她不禁更要怀疑，难道他身上只有眼睛才能吸取元气吗？万一他的手，或者每一个毛孔都可以呢？

正当皮皮胡思乱想之际，贺兰静霆已经扶着她落了座。餐馆很干净，身后有一

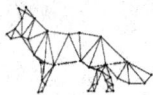

个巨大的鱼缸，里面养着很多鱼。皮皮刚坐下来，忽然发现鱼缸里的鱼整齐地分成了两部分，一部分拼命往左挤，一部分拼命往右挤。

"贺兰，这些鱼都怎么了？"

"什么怎么了？"

"为什么它们都挤向两边？"

"我怎么知道？我又看不见。"

"贺兰静霆。"

"可能是它们不喜欢我。"他耸了耸肩，一脸的无辜，"抑或它们彼此憎恨。"

"鱼都被你搅得不安宁，何况是人。"

"我向你发誓，我绝对是位善良的狐狸，学识渊博，品德高尚。"他叫来服务生帮他念菜单，很快就选好了菜："夫妻肺片、豆瓣鲫鱼、清炒黄瓜，三个菜够吗？"

菜很快就端来了，鲫鱼还在厨房里贺兰静霆就叹气："糟糕，胆破了。这是什么厨师啊。这菜你别吃了。"

"就你话多。"皮皮失笑，见他干坐在那里，又问，"你不喝点什么吗？"

"我要了冰水。"

"我让人到花市给你买点花吧。"

"我不在公共场合吃东西。"他垂首，"会有人觉得我很怪。"

"其实你们混迹人间也挺不容易的。"她表示理解。

菜吃到一半，手机响了。皮皮看见来电显示，是家麟。

"嗨，皮皮。"

"家麟！"

"昨天走得太急，忘了告诉你正事。我妈五十岁的会餐取消了，我爸决定带她去云南玩一趟。"

"……哦。"怎么不早说呢，皮皮一个劲儿地心疼那八百块钱的燕窝，还有奶奶做的五瓶豆瓣酱。

"对不起。不过，我想取消也好，省得你还要买礼物。"家麟在那边小心翼翼地道歉。皮皮恨不得捶自己的脑袋。

挂了电话，皮皮忍不住对贺兰静霆说："对了，你喜欢吃豆瓣酱吗？"

"不吃。"

"保证是纯天然绿色食品。"

"不吃。"

"你可以试着用花瓣蘸着吃，绝对好吃。光吃花瓣多单调。"

"不吃。"

"试一试行不？我有好多瓶等着送人呢。"

他想了想，终于点头："好吧。"

皮皮一阵高兴，正想谢他，手机又响了。是那种很简单的铃声，降 E 调小夜曲。贺兰静霆打开话机："喂。"

——"我明天过来。"

——"支票已经准备好了。"

——"我不担心长途，我担心的是消毒状况。"

——"谢谢，我不需要样品。"

——"好吧，晚上给您回话。再见。"

关了电话，他抬起头看了皮皮一眼，满腹心事的样子。

"你有生意？"皮皮问。

他点点头，忽然道："隔壁有商场，我陪你去买双鞋子吧。"

他们在商场的门口告别。皮皮改乘出租去报社。她从一个不常经过的路口进大门，路过一个报亭，看见上面挂着最新一期的《小说月报》。正待掏钱，发现那个装着自己钱包的塑料袋被贺兰静霆一直提着，临走时也忘记拿了，口袋里的零钱全付了车费。只好对报亭的老板说："对不起，我不买了。忘了带钱包。"

老板是个漂亮的中年人，很奇怪地看了她一眼，忽然说："不要紧，我送给你。"

"不不不，"皮皮连连摆手。自己父亲就是做小生意的，做小生意有多不容易，她太明白了，"谢谢你的好意，我下次再来买。"

那人硬要塞给她："拿着。"

"哦——好吧。那就算是我借的，等我下了班还你钱。"却之不恭，只好受了。

"一点小钱，不必还了，"他的表情很奇怪，迟疑片刻，似乎是壮了壮胆，"能请小姐赐个福吗？"

"赐福？"皮皮怀疑自己的耳朵听错了，她又不是活佛，"赐什么福？怎么赐？"

那人垂下头来，脱掉布帽，语气十分虔诚："请小姐用手摸一下我的头顶就可以了。"

这倒不难。皮皮很大方地摸了摸他的头顶，摸到一半，忽然省悟："难道你认识贺兰——"

那人急忙打断："祭司大人的名讳，是不可以随便说的。"

"呃——"皮皮瞪大眼睛，"是吗？"

他很认真地点点头，却不敢抬头看她。说话的态度既小心又恭敬，谦卑到了极点。

"你——认识祭司大人?"皮皮试探地问。

"不认识。祭司大人是不可以随便认识的，除非小姐您愿意引荐。"

皮皮呆呆地看着他，忽觉一阵头昏，禁不住用手扶住报亭。那人看见她的胸牌，怔了怔，忽然又说："小姐，您叫这个名字，祭司大人不会生气吗?"

"名字是我爸起的。"

她拿了杂志正打算离开，想了想，又转身回来："对了，你怎么知道我认识祭司大人?"

那人想了想，答道："因为小姐被祭司大人种了香。"

"种香? 什么意思?"

"也就是说，小姐的身上，有祭司大人专有的香味。"

皮皮着急了："请问，你们祭司大人很喜欢给别人种香吗?"

那人的表情忽然变得非常莫测，沉默了半晌，又很老实地答道："祭司大人从不给任何人种香——除非那人是他的女人。"

下午趁着主任外出采访，皮皮找同事借了一百块钱从单位溜出来，进了对街的中药房。

药房的伙计穿着白褂子，有点坐堂医生的气派："小姐想买什么药?"

"二两雄黄。"

"有处方吗?"

"没有。我是对面报社的记者。"她将胸牌亮给他看。C城当然还有别的报纸，但论订阅量和广告收入，却是晚报最大，商家不敢得罪。那人知趣地去称药，称完，将橘红色的药粉用一张白纸包着，缓缓抖入玻璃瓶中："小姐知道这药粉怎么用吗?"

"不知道，正好请教一下。"

"雄黄味寒热，杀百虫，主治恶疮、死肌、疥癣、梅毒，一切蛇虫犬兽伤咬。你可以用香油调和外敷或者研末少量服用。"听完之后，皮皮简单概括，觉得雄黄的主要功能就是杀虫祛毒。

"那它的主要成分是——"

"这是一种含硫和砷的矿石。加热氧化之后，就是三氧化二砷。"

"三什么二什么?"皮皮没听清。

"三氧化二砷。"那人清了清嗓子，"它还有一个通俗的名字，砒霜。"

"什么?"皮皮吓了一跳,"砒霜?"

"也就是潘金莲用来毒死武大郎的那个东西。"那人斜睨着她,半开玩笑地说。

"你干吗这么看我,我不过是身上不舒服想买点药而已。"皮皮说。

"我劝小姐慎用。雄黄这种东西千万不能加热,会有剧毒。如果你身上有蚊叮虫咬,我建议你用牛黄解毒片,里面也有雄黄。"他从柜台里拿出一盒样品。

"牛黄解毒片?"这个名字挺熟啊。皮皮记得以前奶奶身上长了疱疹,常常吃牛黄解毒片,自己小时候长包时也吃过。

"嗯。牛黄解毒片每片都含有五十毫克的雄黄,一天四片。不要长期服用,长期服用会导致慢性砷中毒。"

"谢谢,请给我来五盒。"

"雄黄粉你还要吗?"

"要的。两样都要。"

就着路边卖的热果汁,皮皮将两片牛黄解毒片吞进肚内,然后去了拐角处的报亭。

那个漂亮的中年人还在那里,一面听收音机,一面坐在炉边烤红薯。看见皮皮,连忙站起来。

"这是早上欠你的五块钱,谢谢。"她将钱塞到他手中,转身要走,那人忽然叫住她:"小姐。"

"什么事?"

"小姐现在要去见祭司大人吗?"

"有什么问题吗?"

那人一张白皙的脸上泛出了青色:"您身上带有雄黄。"

"对。我刚买的,怎么啦?"以为不过是个偶然,听皮皮的口气倒像是蓄意的,那人的脸顿时白了,不由自主地后退一步,小声道:"祭司大人会很反感的。您该不会是故意惹祭司大人生气吧?"

"祭司大人很容易生气吗? 生了气,会吃掉我吗?"皮皮瞪大眼睛,炯炯地看着他。

"……"那人抬头看了她一眼,欲言又止。突然从桌边拾起一个布包,匆匆忙忙地将钥匙、钱袋塞进去,连摊子都来不及收拾,便做出要离开的样子。

想不到他反应如此激烈,皮皮连忙道歉:"对不起,我不是故意的。你不用回避,我马上就走。"

"我的修行实在有限,请恕我无法奉陪。"那人说着,眨眼间已蹿到了离她十米之

外的地方,消失在对面公园茫茫的人群中了。

"哎——别走!你的红薯还在炉子里呢!"

下班路上皮皮接到一个电话。一位许久不见的邻居因为要出国两个月,想麻烦皮皮帮看一下她家的猫。那邻居住的地方和贺兰静霆的家共一个地铁站,只不过一个是出站往东走,一个是出站往西走。

邻居是个姓谢的女人,和皮皮的奶奶很熟络,奶奶叫她小秋,皮皮也跟着这么叫。谢家也是奶奶送豆瓣酱的对象之一。后来小秋结了婚就搬走了,住进城西的一个昂贵小区,还请他们全家去玩过。逢年过节,只要听说她在城里,奶奶就会做好豆瓣酱,打电话让她来拿。她家种的樱桃熟了,也不忘摘了送来给皮皮家尝鲜。可是,细算下来,和她也有整整一两年没什么联系了,偏偏皮皮的奶奶特别喜欢她,闲话的时候总是提起,倒让人觉得她天天都在似的。

当然,奶奶喜欢小秋还有更实质性的原因。皮皮高考之前,小秋帮她补习过一阵英语,后来她太忙,最后两次是她先生顶的班。就凭着夫妇俩近两个月的突击补习,皮皮的英文考了个意想不到的高分,全年级第三,不然她还够不到最低的本科分数线。小秋的先生姓王,从严格意义上来说倒称得上是迄今为止皮皮所见到过的最英俊的男人。而且是那种中国女人喜欢的英俊,不是玉树临风,不是风流倜傥,而是沉稳弘毅之中带一点赤子天真,高贵矜持之下含半分温婉亲和。那一张可以做模特的脸,见过的女人无论老少,都会脸红耳热。皮皮的抵抗力有限,自然也不例外。王先生来补习的那两次,她就只顾在一旁发呆,什么也没听进去。后来遇到家麟,问她补习如何,她还讪讪的脸红了半天。

时隔多年,皮皮对王先生的印象也渐渐模糊了。只记得他很英俊,然后是腿不好,走路有点跛,而且经常生病。每次去小秋家,忙前忙后的都是小秋,他基本上一直坐着,话很少,但态度很热情。如果聊得很晚,他会坚持开车将他们一家送回去。

从远处看,小秋住的那座白色的半山别墅非常醒目,一眼就能发现。为了省掉车钱,皮皮便在凛冽的寒风中跋涉上山,到了门口手已经冻僵。

按了半天门铃,门才打开,却是王先生,拄着一根手杖,可能正在洗碗吧,衬衣外面套着件防水的围裙。

"Hi,皮皮。"他有点吃惊,"快进来,外面冷。"

屋里扑面而来的暖气,皮皮脱下外套,王先生连忙接过去帮她挂起来:"这么大的雪,你怎么自己走来了?你奶奶没告诉你我会开车把 Mia 送到你家吗?"

"哦?她没说。我奶奶耳背,估计没听清。"

"对不起，我正在给孩子洗澡，你稍坐片刻。"

"要我帮忙吗？王先生？"见他行动不甚方便，皮皮尾随过去。

"小秋也在，放心吧。对了，小秋怀孕的时候你来过吗？"

"没有。"

王先生很斯文地笑了："那你过来看看我的两个宝贝。"

传来婴儿咿咿呀呀的声音。皮皮往浴室的方向看，却发现声音是从厨房里传来的。洗碗池有两个水槽，一边坐着一个一岁左右的女婴，正在欢天喜地地玩水。那对婴儿有着天使般的面容，定是同卵的双胞胎，一模一样，难以分辨。

王先生指了指左边的那一个，"这是安安。"又指着右边的那一个，"这是宁宁。"

一旁的小秋扑哧笑了："错了，正好倒了。"

"没错。除非你换了位置。"

"没换位置，刚才你一直叫错，我懒得纠正你。"

王先生笑了笑，也不分辩，对皮皮说："那么，这个是宁宁，那个是安安。"说罢，便将其中的一个婴儿从水里抱出来，用浴巾包着，抱在怀里。擦干了身子，很熟练地在婴儿屁股上撒了一层爽身粉，正要包上尿不湿，忽然指着婴儿屁股上的一块青记说："你看，我说得没错，这个才是安安。"

小秋低头仔细看了一下："好吧，你对了。"

王先生便很得意地给婴儿穿上衣服。

小秋从水池里抱出另一个婴儿，一边穿衣一边说："皮皮你来得正好。我们刚做了一碟FBI，你肯定喜欢吃。"

"FBI？"

"就是Fried Banana Ice－cream。刚刚炸好，得趁热吃。你喜欢什么味道的冰激凌？我这里有香草的、芒果的、绿茶的和巧克力的。"

"芒果的。"

"你先坐着，我去准备一下。"小秋正要将手里的婴儿放到婴儿座，王先生说："你不会弄，还是我来吧。"

结果两个人都去了流理台。一个拿冰激凌，一个拿炸好的香蕉，皮皮面对着婴儿座上的两个婴儿，不知该怎么办。宁宁和安安倒很安静，一人咬着一个奶瓶，专心地吸着。皮皮这才想起一个细节。以前她来小秋家补习英文，碰到晚饭时间，都是夫妇俩一起在灶台边忙碌，好像打排球那样配合默契。还有一次，他们居然两个人一起切一根黄瓜，一面切，一面低声交谈，身子挨在一起，真是令人艳羡的亲密，也不忌讳给外人看见。皮皮妈还说人家王先生是瑞士人，洋派，把个女人娇惯得不行，她

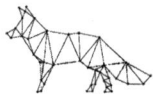

就看不过眼。

　　其实皮皮觉得，小秋的一家再平凡不过了，夫妻恩爱，不就是这样的吗？当然她一想到爱情和婚姻，脑中自然而然就浮现出家麟，以及家麟和自己一起切黄瓜的样子。这种会心的快乐只有家麟可以给她。从小到大，除了家麟，她也从没想过会跟第二个男人一起切黄瓜。

　　吃完冰激凌，皮皮不肯久留，王先生执意要开车送她回家。路面很滑，王先生开得很谨慎，寒暄了几句，皮皮告诉他自己仍在学英文，还报了托福班。王先生便问："皮皮你打算出国啊？"

　　"不是我，是我的男朋友。他正在申请美国大学的奖学金。"

　　"你男朋友是学什么的？"

　　"经济。"

　　"这个可不是很好申请的。国外的这种专业竞争很激烈。"

　　"是啊，不过他成绩很好，很有希望的。"

　　王先生想了想，又问："那你呢？你打算在国外学什么？"

　　皮皮沮丧地说："我一点也不想出国，我不喜欢英文，大学里也没认真学，现在捡起来特别难。"

　　"其实，如果你只是去读一般一点的学校，入学的要求不是很高的。"

　　"嗯，我在想，如果实在申请不到学校，我就在国内等着他好啦。他读博士，也就是四五年时间吧。我可以等。"

　　这是皮皮关于家麟出国这件事所做的最坏的打算。她甚至觉得，如果家麟能带她出国，她可以暂不读书，先打工，一边攒钱一边补习英文。或者就先结婚生个孩子，孩子大了她再读书找工作。皮皮在工作上倒是有野心，但凡事一沾上家麟就底线顿失，变得胸无大志。只要跟他在一起，什么都可以。何况妈妈和奶奶都是家庭妇女，皮皮并不觉得做个住家的老婆有什么不好。听说这在国外也是很普遍的现象。

　　汽车下山，开入城区。王先生一直沉默着，忽然对她说："皮皮，我在国外有些关系。如果你的男朋友或者你申请学校有困难，我很愿意帮助你们。"

　　皮皮听了，心怦怦地跳："王先生，您看我的英文水平，能申请出去吗？"

　　"你不是在上托福班吗？据我所知，国内的托福训练是非常有成效的。"

　　"嗯，我每天都背单词，还悄悄地报了今年六月的托福考试。不敢告诉家麟，怕他笑话我。"

　　"这样吧，你男朋友联系学校若有困难，你给我打电话。至于你的学校嘛，等你

考完托福我来帮你联系,保证你有书读。我父亲以前是大学教授,有不少朋友在大学里管事。这点小忙我还是能帮到的。"

"王先生——谢谢您!"皮皮简直要热泪盈眶了。

车到了,王先生拉开车门,从后座取下他的猫,将皮皮送到门边,又递给她一张名片,说:"如果你们很相爱,不要苦苦等待,要尽力在一起。守候是件很痛苦的事,人生也会有很多的变数,要两个人一起共同渡过难关,明白吗?"

皮皮接过名片,默默看着他,用力地点了点头。

第九章

木鱼茶庄

每一个人都有管理自己记忆的方式。

比如张佩佩喜欢写日记，像鲁迅那样，一天只记一两行。六年的中学时光概括下来不过薄薄的三本。她不忌讳给皮皮看，因为内容大多语焉不详。当中还冒出许多粗话，诅咒同学、批评老师、诽谤学校的句子比比皆是，就像一个野蛮人。比如她穿了一条好裙子，就被骂成狐狸精；汪萱穿了一条好裙子，就被夸成有品味。比如上课看《心有千千结》，被老师抓住，当场撕了，害她赔了三倍的罚款。比如和玉敏说自己喜欢某个男生，第二天就传遍全班。比如某同学的生日 party，座位前后左右的女生都请了，独独没请她。比如小倩借她的自行车买东西，被偷了，说了声对不起就不了了之。一言以蔽之，张佩佩的日记，就是一本高二七班的劣迹史——这正好证明了皮皮对张佩佩的印象：佩佩很聪明，却活得很糊涂。她父亲很有钱，却用错了地方。如果当初没靠父亲的钱进了 C 城一中，而是到了一所普通中学，她会有一个更灿烂的青春。

在 C 城一中这个以分数为等级的小社会里，佩佩只能用钱收买友谊。可是中学时代大多数人的价值观念还不成熟，钱的作用也没成年社会那么大，许多友谊就是有钱也不能完全收买。比如王玉敏，比如董小倩，佩佩花多少钱也不能左右她们，除非能考出个比她们更好的名次。这当然还不是佩佩最倒霉的地方。

高二七班作为一个集体，会有一种集体的情绪，或者说是某种"气场"。不可能天天积极向上，负面情绪也得要有个发泄的地方。这就好像一个国家，经济蒸蒸日上的同时，也得搞些球赛，让人民群众有个地方骂。高二七班四十名以后的差生，就承担了这项重任。那么多的竞争、妒忌、失落和不甘，最后都表现在对班里少数几名学生的彻底鄙夷和极度憎恶上。开始只是觉得他们笨，后来渐渐发现他们待人也有问题，品德更是有亏缺，怎么看都不顺眼，就像印度最低一级的种姓，和他们接触都成了禁忌。这少数几名学生中，有人被叫作"饭桶"，有人被叫作"神经病"，也有人叫作"马屁精"。那个被称为"妖精"的就是佩佩。知道自己是妖精的佩佩不久开始发胖，胖到要天天喝冻顶乌龙茶来减肥的地步。佩佩于是发明了一个动词，她被高二七班集体"冻顶"了。

皮皮也写过日记。在日记里写了很多首隐晦的诗赞美家麟，主要是纪伯伦风格的，有时也学拜伦的《唐璜》，写得很长。从表面看，皮皮是个温和乖顺的女孩，其实心底和佩佩一样野蛮，日记里充满了对家长、老师的牢骚和不满。尽管很谨慎地收藏自己的日记，那些不客气的牢骚还是被她妈妈从抽屉里发掘了。皮皮妈读罢大怒，有生以来第一次揍了女儿一顿。皮皮于是杯弓蛇影，改换策略，不再买那种一看就知是日记的装帧精良的厚皮本，而是改用三毛钱一本的练习本。写完一本就封起

来,交给家麟收藏。

因为有人安全保管,她的日记越写越长,三年内写了三十多本小册子,写到家麟表示连自己家也有点不安全了。于是,皮皮的日记被他装进一个纸箱密封起来,存在了宠爱他的爷爷家里。密封的仪式很正式,家麟当着皮皮的面贴上封条,皮皮在上面签字,写上年月日,封条和纸箱的交接处按满了皮皮和家麟的指印。家麟甚至很法律腔地问皮皮,万一在此期间皮皮遇到意外,离开了人世,这些日记将如何处理。皮皮表示日记绝不能落入家长们的手中,她希望家麟立即将它们全部销毁。

其实皮皮心里想的是,这些日记本来就是写给家麟的,家麟要是偷看了才好呢。可惜人家是正人君子,硬是没有打开过。

佩佩说,陶家麟是C城一中情窦初开的女生意淫的首要对象,因为意淫他是安全的。家麟总是一副谦谦君子宽以待人的样子,其实他和谁都不亲近,除了关皮皮。而关皮皮又被女生们一致认为是绝对没有竞争力的。似乎从一开始大家就把家麟和皮皮的关系界定为邻家大哥和邻家小妹的关系,是一种义务上的关照。谣言越传越多,什么皮皮爸在战场上救过家麟爸啦,什么家麟是皮皮奶奶帮忙带大的啦,什么皮皮妈和家麟妈是闺蜜啦……总之,家麟非得照顾皮皮不可。

情窦初开的女生们会订阅电影画报收集男影星的剪报,会看琼瑶的小说和日本漫画,会去学校的篮球场或游泳池。周五下午四点去体育馆游泳的女生最多,因为那是传说中的校草陶家麟最喜欢光顾的时段。皮皮则不怎么去,觉得自己身材不好,四肢细长,胸部完全不发育,一进水里就像一根面条。而家麟则向她抱怨说女生们泳技太差,搞得他也游得不畅快,下了水动不动就要去救人家。皮皮听了直笑,调情犯不着拿性命开玩笑吧。皮皮有皮皮的办法,她不是成绩差吗?不是数学不好吗?所以她总是请家麟教她习题。教来教去,数学越来越差,为了有更多的时间和帅哥相处,对的也被她故意算错了。

从三岁一起偷饼干到十岁一起讨论将来要几个孩子,皮皮坚定地认为,自己早晚是家麟的女人。虽然自己长相平凡、家世普通、成绩不佳,但家麟从未嫌弃过她,小时候没有,中学没有,大学没有,将来也更不会有。

所以,有一点她万万不能容忍。

那就是居然有人说她是贺兰静霆的女人!

德国人可以被希特勒洗脑,她关皮皮可不能被贺兰静霆冻顶。

木鱼茶庄。

皮皮不停地看表。贺兰静霆已迟到了四十分钟,不,四十三分钟。

这茶庄之所以名为"木鱼"是因为每一位客人进门时都会响起一声敲木鱼声。其实老板就是平常人,也不信佛,也不信道,菜单里五味俱全,什么都有。里面的人买的每一杯茶,吃的每一味菜都会有一分钱捐给对面的普慧寺,算是替大家积福。

白娘子不是怕法海吗?普慧寺的香火那么旺,木鱼茶庄的气场一定很好。所以皮皮选择在这里见贺兰静霆,有佛祖撑腰,感觉很强势。

一个电话就把他叫来了。理由也是现成的,她要她的钱包和手机。知道贺兰静霆什么也不吃,最多喝杯冰水,皮皮很大方地说她请客。

茶庄主要卖茶和冷饮,兼卖各色糕点,菜只有十几样,以清淡为主,而海鲜最为有名。午饭时间生意并不忙,人少正好说话。皮皮选了个临窗的座位,将那二两雄黄的瓶盖打开,放在窗台上。仿古的桐窗并不是百分之百的密封,冷气丝丝缕缕地挤进来,贺兰静霆坐的地方,正好在下风口。

其实楼上有更好的位子。可惜楼梯很窄,总有人上上下下,对盲人来说,不是很方便。何况万一贺兰静霆恼怒了,现了原形要吃她,从一楼夺路而逃会比较容易些。

雄黄里有一股硫黄的味道。

早上皮皮在家里的浴室洗澡,还没开水就见从墙上爬出一只奇怪的虫子。前半身像蜈蚣,后半身像蝎子,吓得她一声尖叫,裹着浴巾就跑出来了。彼时皮皮妈正在漱口,端着口杯去看了一眼,说:"皮皮快拿相机,咱们今天发现了新物种。"话音未落,奶奶进去"哪"的一下,拖鞋一拍,墙上的虫子变成了平面。她用草纸抹了扔到马桶里,对皮皮说:"好了,虫子没了,继续洗吧。再这么磨蹭就要迟到了。"

自从皮皮成了家里收入的主要支柱,全家人都表现出对她工作和生活的积极配合。相比之下,每天早上四点起床摆地摊的皮皮爸倒是无人过问了。皮皮爸也不甘下游,最近又找了一份兼职,专门替人疏通马桶。据说如今劳动力市场疲软,这种需要技术的工作还不是很好找,若不是皮皮爸在工厂就是管道工,还当过先进工作者,连申请的份都没有。当然这份工收入颇好,却不稳定,配合早上卖杂志倒还能马虎地过日子。除了奶奶,皮皮妈的工资最低,她年轻时颇有姿色,老了便爱买化妆品,工资到手不到一个礼拜就花光了。皮皮奶奶特看不惯她无钱还耍小资的派头,却也是敢怒不敢言。

便是拍虫子的一刹那,奶奶用力过度,将马桶架上的一个小瓶震落下来,不偏不倚,正好落进马桶。

"天啊,我的玉兰油眼霜!"皮皮妈妈一迭声地叫。气呼呼地去厨房找来一根棍子,捞了几下没捞到,便在一旁生闷气。

皮皮知道,这对婆媳暗战几十年,马上就会烽烟再起。

"妈妈,奶奶,我要洗澡了。"皮皮赶紧关上门。

果然,门外开始是一阵嘀咕,接着就是唇枪舌剑,然后是咆哮,最后是很大的关门声。皮皮知道走的是妈妈。

在皮皮大学时期,妈妈曾经有过一次婚外恋,对方是台商,闹得风风雨雨,全厂皆知。换句话说,皮皮妈曾背着这个家,悄悄地给人当过一年的二奶,还堕过胎。后来台商看上了别的女人,便不和她来往了。皮皮妈去大闹,触怒了人家,落得一身清风地回来了。还是皮皮爸思想开明,不计前嫌地和她重归于好。但皮皮奶奶从此就有了把柄。

"也就我家德辉要你这只破鞋!"

一句话说得皮皮妈要上吊。当然,是假的。

等了许久贺兰静霆还没露面,皮皮忽然想,会不会是他在百米以外就嗅到了雄黄的气息,不肯来了。也许她太低估这个人对雄黄的厌恶了。

正寻思着要不要撤,木鱼声响,贺兰静霆施施然地进了门,收起盲杖,准确无误地向皮皮坐的方向走来。

他穿了件质地挺括的风衣,纯黑色,暗暗闪着丝质的光泽。很短的头发,梳得一丝不乱,瘦长的脸上棱角分明却面无表情。像FBI的警探,又像混迹人群的影星,一路香风,惹得身旁的女人纷纷回眸。

"对不起,我来晚了。"贺兰静霆摘下手套。

"你怎么知道我坐在这里?"没等贺兰静霆回答,皮皮怪腔怪调地"噢"了一声,"想起来了,是有人在我身上种了香。""种香"两字,特地用了重音。

"'种香'这两个字,不是你字典上的吧?"好像没听出弦外之音,贺兰静霆坐下来,摘掉眼镜,用一双黑不见底的眸子凝视着她。

皮皮赶紧拿杯子挡住脸:"戴上墨镜,贺兰静霆。"

他一笑,将墨镜戴了回去。右手往桌上一摸,摸到菜单:"你说你请客,对吧?"

"是啊。"

"那我就不客气了。"他淡笑,"我饿了。"

"……"还真要点菜啊?皮皮无语了。她兜里只有两百块钱,看贺兰静霆的架势,两百块钱肯定打发不了,顿时很紧张地看着他。

服务生过来报了菜单,贺兰静霆很潇洒地问道:"说说看,你们这里有什么特色菜?"

"今天刚到的鲍鱼,特别新鲜,本店名厨料理的红烧鲍鱼是最受欢迎的海鲜。"一

看贺兰静霆的气派就像个有钱的主顾,何况还是请女客,服务生毫不犹豫地从最贵的菜报起。

"来两份好吗?"

"好的。"服务生往手中的纸片上写字。

皮皮连忙拦住他:"一份鲍鱼多少钱?"

"给两位打个九折,三百二十五块。"

皮皮差点没昏过去。还没等她反应过来,贺兰静霆又点了薏米冬瓜、清炒蘑菇外加一客冰激凌,指名要赫里特斯的。

"这个牌子本店没有,我们会派人去买,七十块钱一客。"服务生说。

"也行。"贺兰静霆笑笑,"暂时就要这些吧。"

那人正待离去,又被他叫住:"等等,麻烦你把这盒子里面的东西打碎,加上冰水和蜂蜜,装在杯子里送过来。谢谢。"

他从帆布包里掏出一个塑料饭盒。皮皮一看,里面装了半盒五颜六色的花瓣。原来他的食物在这里。

定了定神,皮皮说:"你不是不吃海鲜的吗?"

贺兰静霆很斯文地说:"我是不吃,我替你点的。"

"你别替我大方行不?"皮皮揶揄,"我身上只有两百块钱,多了你付。"

"你钱包里肯定有银行卡。"

得,这顿他敲定了。皮皮只剩下了翻白眼。

过了片刻,菜还没做好,贺兰静霆要的"花汁"倒是在第一时间送了上来。做冷饮的人还别出心裁地在上面加了一片柠檬。

贺兰静霆插进吸管,很悠闲地吸着。

看他吸得那么快,那么爽,皮皮不由得怀疑地看了看窗口。怎么回事?那瓶雄黄好像没发挥作用啊?她忍不住说:"你……吃得下?"

贺兰静霆将花汁一饮而尽:"为什么吃不下?"

"这里有雄黄。"

"我闻到了。"

皮皮等着他继续说下去,可是他什么也没说。

鲍鱼来了,那么贵,不吃是浪费,皮皮只好埋头吃鲍鱼。

"味道好吗?"贺兰静霆问。

"很不错,你要不要尝点?"

"不要,谢谢。"

独角戏啊。皮皮窘了。

吃完鲍鱼，她抹了抹嘴，将脸一板，沉声说："贺兰静霆，我要和你谈一谈。"

"谈一谈？谈什么？"他喝了一口冰水，故作不知。

"你为什么要在我身上种香？我和你有关系吗？"

"种香是一种礼遇。表示我很尊重你。"

"那这个呢？"皮皮指了指自己手腕上的红珠，"这是什么？里面会不会有窃听器？"

贺兰静霆嗤了一声："切，我若想听什么，用得着窃听器吗？"

"那你送我这个，有何意图？"

"一个小礼物，表示我很喜欢你，也希望你能喜欢我。"

"OK，贺兰静霆，打住。这个珠子我不要，现在还给你。"见他只顾兜圈子，皮皮一声冷笑，将手腕上的那个带子用力一拉，以为可以拉断，不料那绳虽细却很结实，一连拽了几次都扯不断。她转身去找钥匙圈上的瑞士军刀。

他按住了她的手，淡淡地道："我来。"他从颈后解开了自己佩戴的那块玉，上面有个尖齿。手摸到绳结处，用尖齿轻轻地一挑，带子就解开了，随即掏出钱包将珠子塞了回去。自始至终，他脸上的神态都很平静，很绅士，没有半分怨气。

拍出去的巴掌拍在了棉花上，皮皮有点讪讪的。

"你叫我来，就是为了说这些吗？"贺兰静霆淡淡地看了一眼窗口，有种想要离开的语气了。

"能把你在我身上种的香撤掉吗？"皮皮顽固地说。

"你介意吗？种香会让你变得很香，同时又省掉了香水钱。想想看进口香水多少钱一瓶吧。"他摸着自己手指上的骨节，循循善诱，"我向你保证，我种的香绝对是最好品质的。"

"当然不介意。可是，在你们的文化里，种香还有什么别的更深的含义吗？"

"没有了。"贺兰静霆双手一摊。

"说实话。"

"何必担心呢，"他幽幽地说，"只要你身上有雄黄的气味，香味自动解除，我根本不可能找到你。"

皮皮歪头看了他一眼："你找我干什么？"

贺兰静霆拒绝回答。

"你不喜欢雄黄？"

"你会不会喜欢厕所？"

轮到皮皮不吭声了。过了一会儿她才小声地说："贺兰静霆，如果你沾上了雄黄，会现原形吗？"

"你要试试吗？"

她想了想，点点头。

他伸手到窗台上一探，摸到那个瓶子，摊开左掌，将一些粉末倒在小指尖上。

他的手非常优美，十指修长，肤色白皙，骨节又细又硬，看似纤弱却有力量。几乎不到三秒钟，指尖便红肿了。紧接着，红肿的地方开始发紫，上面冒出了很多汗滴大小的水泡。

皮皮不由得连人带椅地向后退了半尺。

贺兰静霆的神色里有一点点遗憾，又有一点点失望："有没有人告诉过你，雄黄这种东西有毒？"他的指尖已开始发黑。黑到皮皮觉得眼前的指头正在被灼烧，似乎要冒烟了。

她的头皮一阵发麻，声音也开始哆嗦："可是你……你不会觉得痛，对吗？这个……又不是你的皮肤……"小时候奶奶给皮皮讲狐狸精的故事都是说狐狸需要死人的皮囊才可以变成人的。

贺兰静霆的神色仍很平静，脸上看不到一丝紧绷的肌肉，也没有半分的痛楚或慌张。可是他说：

"痛的，皮皮。很痛。"

然后他默默地站了起来，穿上风衣，戴回手套，也没有告辞，便消失在了门外。

服务生走过来收拾桌上残余的盘子。

皮皮的声音仍在发抖，她找到钱包，掏出银行卡："我买单。"

半年以来，除了周末，每个早上皮皮都会到青年路旁的同仁巷吃早饭。那个店仅供简便的早点和饮料。豆浆浓，油条脆，生煎包子里有花椒的香味。也卖咖啡，生磨的，哥伦比亚原味，比上岛便宜，且杯子还大。那是老式的房子，生意不是特别好，在这一带以白领为主的住宅区毫不显眼。

七点半的时候皮皮又看见了那个男人。

几个月来，有一对"夫妇"几乎天天都在这里相聚。他们显然属于不同的家庭，戴着各自的戒指，男子四十，女子三十五六，属于平凡的人，风度和长相都很般配。

他们来自不同的地铁出口，似乎住得都很远。男人总是先到几分钟，替女人叫好咖啡和早点，然后在一个僻静的角落等待。女人的打扮很时尚，手指上的钻戒闪闪发光，小巧的身材，高高的鞋跟，走起路来别有风韵。皮皮尤爱她耳朵上的一对红

宝石耳钉,米粒大小,在乌黑的短发中若隐若现,显得那张并无特色的脸风情万种。

他们的爱情就像这对耳钉,存在又似不存在。就有那么一丁点儿,什么全都有了。喁喁而谈不到十分钟,他们各自拿着咖啡,去了不同的大厦,消失在灰色的人群中。

每当看见他们,皮皮就会想妈妈和那个台商在一起时会是什么样子。她没见过那个人,只知道是个富态的中年人,很斯文,非常有钱,在这个城市有好几个玩具厂。听人说,他对妈妈并不大方,小恩小惠就捕获了。奶奶后来说,都是皮皮外公造的孽,有个女儿不晓得娇着养,喝酒发疯动不动把人揍得死去活来,长大了自然抵抗不了男人的诱惑。后来妈妈怀了孕,偷偷到医院打胎,大出血差点死掉。医院通知了皮皮,那时皮皮刚上班不久,带着自己的积蓄去善后,将面无血色的母亲接回了宿舍,天天给她炖甲鱼养身子。钱不够用,还向家麟借了三百块。家麟执意不让她还,皮皮就没还。

整个故事就像《廊桥遗梦》的通俗版。妈妈告诉皮皮,其实自己不是二奶,那个男人是离了婚的,生意做大了打算到欧洲发展,想让她跟着去。她犹豫着不肯答应,他就找了别的女人。皮皮听后就说,妈您实在喜欢他就离婚吧,一拍两散大家轻松。皮皮妈眼泪掉个不停,说,不是我不肯走,我舍不得你,若是没有你我早跟你爸离了。你奶奶那张刻薄嘴,眼里也能下刀子,我和她待一天都是受罪,跟她过肯定早死。

其实婆媳暗斗皮皮打懂事起就天天看见,总以为是人民内部矛盾,却不料会到你死我活的地步。后来她把这些说给小菊听,小菊还羡慕:"你还有妈,无论出了什么事最后还是回了家。我的妈呢?一去无踪影,临走时就扔给我爸一张纸条:'小菊已经会做饭了。'"

生活之于皮皮就像一幅张大千的水墨画,太多的模糊凌乱沉在水底,只有家麟那枝凌风独立的荷花是清晰的。清晰得好像是她的未来。

家麟是皮皮褐色人生中唯一可分辨的风景,而贺兰静霆则从未出现在她的蓝图之内。

于是乎,木鱼茶庄之后,皮皮再也没有见到他。

倒不是皮皮不知好歹。就在贺兰静霆离去的当天,皮皮满怀愧疚地给他打过三个电话:两次手机,一次座机,无人接听。怕他还在气头上,皮皮等了三天,再次打电话,还是无人接听。电话嘀了几声进入自动留言,犹疑半晌,皮皮怯怯地说了一句:"贺兰先生,那天的事很对不起。你——"她本来想说"你手指上的伤好些了吗?"话没说完,留言时间已过,电话嘀的一声关掉了。不知为何,她感到一阵莫名的羞辱,再也鼓不起打电话的勇气。

万般无奈之下，她去问了冯新华。冯新华说，贺兰静霆这个月要和馆长一起去看两个考古现场，行程排得满满的，人现在在陕西某县。皮皮又心神不宁地等了一周，仍无回音。想着好不容易到手的采访前途未卜，有些泄气。思前想后还是决定等贺兰静霆回到 C 城再说。

正好赶上这月卫青檀身体不适，请了三周假。而皮皮的托福考期越来越近，她天天下班就泡学习班背单词做习题。倒不指望能考个好成绩，只是昂贵的报名费摆在那里，蒙混过关太对不起钱了。

整整一个月就在忙碌和混乱中度过了。

第十章

爱情与真相

正月十五的那天，皮皮到麦当劳吃中饭，顺便会一会辛小菊。午休时间，小菊拉着皮皮的手溜到门外，忽然说："皮皮，我网恋了。"

"你，网，恋，了？"皮皮双眉一皱，将信将疑。

小菊非常肯定地"嗯"了一声。

除了打工，小菊所有的业余时间都耗在网络上：她是数个论坛的版主，加入的QQ群有五十多个。她非常积极地加入网上的"集体活动"，却与这些集体保持着理智的距离，拒绝和任何人单线联系。迄今为止，她QQ的个人好友名单上，大约只有皮皮和佩佩两个人。皮皮宿舍里没有网络，去了报社才在线上，佩佩只喜欢电话联络。她们都没有时间陪她聊天。

而小菊居然网恋了！

没等皮皮拷问，小菊就招了。他们是在一个名叫"芝麻开门"的论坛里认识的。那人二十九岁，数学所研究员。

"假的。"皮皮一口否定，"骗子。现在专有一些五十岁的老男人情场失意，在网上骗女孩子，一直骗到上床为止。"

"至少他懂数学，这个肯定假不了。"小菊努力替他辩护，"我扔给他一道非线性微分方程，一会儿工夫就解了。他扔给我一道，到现在连个近似解都做不出来。"

"好吧。他是一个懂数学的骗子。"

"我觉得……他说话还算诚恳。"小菊双手支颐，双目炯炯，"他要求见面。"

"这么快就要求见面？"皮皮的脑袋敲起了警钟，"会不会是色狼啊？"

"我的条件也不好啊。妈妈跟人跑了，爸爸是疯子，无学历、待业、打工、一无所成。如果他真是搞研究的，也许还嫌我呢。"小菊叹气。

"嫌你什么？你长得这么好看！"皮皮推了她一把，"你以为男人很看重学历吗？"

"唉，这些年，我也想读个夜大什么的。可是我一天都要打两份工，实在没精力读书了。再说呢，我爸又病了。"

小菊的爸爸是这样的。如果健康，他会在公园或者街头算数学题，饿了就随便买点东西吃。钱全是小菊供给，他记得一个月回家向女儿要一次钱。如果他病了，就不再露宿街头，而是哼哼唧唧地倒在家门口。小菊不得不照顾他，严重的时候还要请假。

"需要借钱不？"皮皮问。

"这回他的病有点麻烦，医生怀疑是癌症。"小菊想了想，说，"你能借我五百吗？我下个月还不了，年底才能还你。"虽然小菊偶尔会向皮皮或者佩佩借钱，但她很讲信用，说什么时候还就什么时候还，绝不拖欠。

"我借你一千吧。"

"我只要五百。"小菊望着远方，轻轻地说，"我在考虑换个钱多一点的工作。"

"别太累着自己了。"

"皮皮，上个礼拜我看见我妈了。"她脸上的表情怪怪的，"我一直以为她远走他乡了，不料她还住在这个城市。她又嫁了人，孩子都好大了。我从她面前走过，她都不认识我。死女人！我咒她祖宗八代。"

皮皮不敢和小菊谈她妈妈的事，这么多年她照顾那位神志不清的父亲已经是捉襟见肘。连忙将话头引开："哎，你今天都用眼影了呢。哪个牌子的？怪好看的，我也去买一个。"

小菊从牛仔裤口袋里掏出一个眼影盒："买什么，这是你送的，还记不记得？生日礼物。"

"天啊，那是两年前的事了。会过期的啦！"皮皮叫起来。

"过什么过，我看好好的。"她拿出小镜子，瞟了自己一眼，"等会儿我见他。"

"你见他？你见谁？"

"那个网友。"

皮皮紧张了："在哪里见？"

"他让我挑地方，我挑了 C 大门口的麦当劳。安全吧？"她狡猾地一笑，"以前我在那里打过工，里面的人都熟。"

她们说了一会儿话，小菊休息时间到，进去干活了。

到了三点钟，她给皮皮打电话："嗨，皮皮……"皮皮正在整理档案，将电话夹在耳边："怎么啦？"

"我不想见他了，打退堂鼓了。"

"这样吧，"皮皮忽然说，"我去替你会会他，怎么样？"

C 大门前的麦当劳在苏宁电器第二层，八点过后很冷清，大号咖啡七折，等于廉价咖啡馆，是谈情说爱的好去处。

除了服务生，里面只有八个人。其中四位是成对坐着的，谈笑风生，看上去像恋爱中的大学生。剩下的四个里有一个是女的，排除。只剩下三个男人，有一个明显年过五十，排除。最后两位看上去都在三十岁左右。

东边的那个，个子不大但肌肉发达，长得很像成龙。他正在啃一个巨无霸，生菜、蛋黄酱从手指头溢出来，掉了一桌子，酸黄瓜在腮帮子里咔咔作响。

西边的那个戴着一副眼镜，长相清秀，肤色白皙，穿一件方格子衬衫，桌上放着

第十章 —— 爱情与真相

一杯咖啡一盒薯条，正专心地看报纸。皮皮觉得他的样子很斯文，很像大学老师。

　　要见的人叫程少波。皮皮特意百度了一番，倒真有这个人，真在C城科学院数学所。皮皮又上期刊网查他的论文，还真不少。此君毕业于北大数学系，在国外留学数年，有国外大学数学博士的学位。

　　如果一切都是真的，对于小菊来说，程少波就是当之无愧的钻石男了。虽然年纪大了一点，但毕竟未婚，且工作稳定，收入颇丰，一个人的名下就占了一大堆基金。可是，皮皮又觉得很奇怪，像他这样的资历，在北京上海找工作都很容易，为什么要留在C大这个不起眼的城市呢？难不成他和贺兰静霆一样，也是只狐狸？

　　程少波说，相认的记号是他手里拿一张报纸。可是皮皮一进来就发现大门旁边挂着一个黑漆漆的木盒，盒里盛着一叠码好的报纸，供人任意取看。里面的客人只要不在聊天的，似乎人手一份。看来这人真是没经验。皮皮也有点傻眼，她在"成龙"和"方格子"之间权衡半天，想直接上前去搭话，又觉得还是先假装去买杯咖啡继续观察一下比较好。

　　店里只有两个服务生。一个勤快地擦着柜台。一个在旁边的水池里洗咖啡壶。皮皮点了咖啡交了钱，服务生指了指咖啡机说："稍等，我们正在做新的咖啡。"

　　她站到一边。没过几秒，门被推开了，又进来了三个男人。为首的一位五短身材，头大如斗，戴着礼帽，背着皮包，浓眉大眼，双耳垂肩，笑眯眯的好似弥勒佛。他的神情也很宗教。身子沉，走起路来，地板咚咚作响。身后尾随着两个时尚男生，奇装异服，戴着耳机。

　　服务生过来招呼："晚上好，先生您想要点什么？"

　　"咖，咖，咖……"

　　"咖啡？"

　　为首那人点头。

　　"多大杯的？"

　　"大，大，大，大……"

　　"大杯？"

　　那人又点头。

　　"您还要点什么吗？"

　　"不不，不，不不……"

　　"一共是八块五。"

　　"谢……"

　　不知是紧张还是天生结巴，那人说了半天，一个整句也没有。服务生倒是很耐

心,一面认真地听,一面及时猜测他的意思,迅速接住话头:"不谢。您要加牛奶和糖吗?"

"两,两,两……"

"两份奶?"

他点头,又说:"不,不,不……"

"不要糖?"

他又点头。

"请到这边稍等,咖啡马上就好。"

那人的样子有点尴尬,转身到旁边和皮皮一起等咖啡。其间,他们对视了一下,"弥勒佛"友好地冲她一笑,皮皮忽然发现他的胳膊里夹着一张报纸。

程少波?

"您是程先生吗?我是辛小菊。"皮皮礼貌地伸手过去。

那人微微地怔了,便很大方地握住了她的手:"辛,辛,辛……"他一路"辛"下去,皮皮耐心地等,等了一分多钟,他才说:"辛小姐您,您,您……"

"我很好。"皮皮只好帮他说完。

所幸这时咖啡好了,程少波赶紧接过两杯咖啡,做了一个请的姿势,大步流星地向窗口的座位走去。

不知为什么,虽然口吃得近乎有交流障碍,皮皮对这人的印象不坏。他非常镇定,无论多么尴尬的场面,他都能保持自己的尊严。

可惜他不知道小菊天生不仅性急而且挑剔。如果她的耐心有常人的一半,也不会像如今这样缺朋少友,孤独无助。她很庆幸自己接下这项任务,至少在两人之间可以起到缓冲的作用。可这位先生也实在太口吃了,皮皮不禁发愁怎么将谈话进行下去。正不知如何是好,不料这人从皮包里掏出一个 Tablet 笔记本,将屏幕一拧,对着皮皮噼噼啪啪地打起字来。

——对不起,我天生口吃,说话很慢,请耐心。

皮皮顿时傻眼。这个人打字赛过光束啊。每分钟至少两百五十字,参加打字比赛肯定能拿名次。

"嗯……放心吧。如果您愿意打字,我没意见。"

——小姐贵姓?

"辛小菊。"

——您不是的。您是小菊的朋友,对吗?

"您怎么知道我不是?"

——在出门之前我想象过小菊是什么样子,您和我的想象相距甚远。

皮皮愣了,指着自己的脸:"您指的是相貌吗?"

——要不我出道简单的方程您解一下?

一句话直戳软肋。皮皮只好承认:"好吧,我不是小菊,我是小菊的朋友关皮皮。她……爸爸病了,临时有点事来不了。"

——其实她可以事先给我打个电话,这样我比较不容易感到被戏弄。

那人的脸色有点发沉,将键盘敲得噼啪作响。

"程先生,我不认为您会愿意收到小菊的电话。"皮皮微微一笑,两手一摊,很外交地将话挡了回去。

屏幕上的字迅速地闪动,几乎是愤怒的。

——您以为我害怕小菊知道我结巴吗? 她不会介意的。我这人可爱的地方多了去了。

皮皮想忍住不笑,没忍住,一口咖啡喷到地上。

"您误会了。作为小菊的朋友,"她镇定地清了清嗓子,"我才不管她和谁约会呢。我主要是担心她的安全。你们是网友,互相不了解,贸然相会,万一出事怎么办。"

程少波掏出工作证摆在她面前。

皮皮毫不客气地拿到手中仔细审查,看看正面,看看反面,又对着灯光检查了钢印和水印。不错,是他的照片,出生年月籍贯部门一应俱全,如假包换的程少波。

检查完毕,双手奉还,她发现程少波眯着眼,不动声色地看着她。过了一会儿,打出几个字:"质检通过?"

皮皮点点头,到露台上拨通手机:"小菊,你在哪里?"

"怎么这么久才打电话,我都在一楼逛半个小时啦。我爸在家里哼唧都快把我的手机打爆掉了。他知不知道我这张卡接听也要一毛五一分钟的!"

"人见到了。还不错,挺有个性。当然也有点小问题,相信你不会介意。"

"什么小问题?"

"有点口吃。"

"没事儿,我爸还口吃呢,搞数学的都口吃。陈景润也口吃。"

"他告诉过你吗?"

"告诉过。还说口吃得很厉害,我若实在着急不如学哑语。他这人说话特逗,真的。"

皮皮彻底无语。对面的街头忽然响起了清亮的吉他声,她的视线飘了过去。

"皮皮——"小菊在那头叫道,"皮皮——"

街对面的楼下是一排小卖部,当中有个花店。新开的,巨大的花篮八字排开。今天也不是什么节日啊,可能就是开张庆贺吧,请来了校园乐队来助兴,门口站了很多人。皮皮看见了一个熟悉的身影。

不,不是一个,是两个。

她忽然间心如刀绞,连忙将视线移开。

"皮皮!"小菊继续叫道,"你还在听电话吗?我可要上来了。"

缓过神来,她努力镇定:"你上来吧。你去和程先生说话,我报社里还有事,比较急,先走了。"

"好吧,路上小心。"

"嗯。"

她深吸了一口气,缓缓地将视线放回去。

那儿,田欣手里拿着一串糖葫芦,偎依在一个高个子男生的胸前。男生的左臂亲昵地挽着她的腰,不时地歪过头去和她说话。

本来她还不能确定那个女生是田欣,但那件衣服肯定是的。浅红色的背后有个巨大的 V 字,皮皮见过不止一次。从高中时代起田欣就爱穿有文字符号的衣服,从内衣外套到袜子围巾,无一例外。

而家麟,她只用看后脑勺就能认出来。

大约是呼吸太急促,吸了太多的冷气,皮皮一连打了好几个喷嚏,睁开眼时已是泪眼模糊。楼下是喧闹的人群,往来的车灯划出一道道光影。所有的一切都在移动,偏偏她不想见到的两个人亲密相拥,形成一个定格,将她的视线牢牢冻住。

皮皮的脑中一片空白。

她不由自主地退了一步。身后正好有张椅子,上面还有一层积雪。她木然地坐下来,冰冷的水点点地渗进了她的牛仔裤。

他们还在那里。

先是进了花店,买了一束玫瑰。然后出来,手挽手地去隔壁喝珍珠奶茶。没过多久,一人捧着一大杯奶茶出来又一起走向烧烤城。在门口他们遇到了朋友,彼此开怀大笑,朋友拍了拍家麟的肩,反复地说两个字。

皮皮模仿他的口型。先是一个很小的 O,然后嘴角拉直。

无敌?舒心?松紧?流行?——究竟是哪个词呢?她在心里默默地数着。

第十章 —— 爱情与真相

没多久她就找到了一个最合适的。

恭喜。

那人在说，恭喜恭喜。

就在两人双双要进烧烤城的一刹那，皮皮拨通了家麟的手机。在那边，她看见家麟接通了电话。

"喂?"

"家麟，是皮皮。"

"哦，你好。"

"不是什么要紧的电话，就是找你聊聊天。"

"嗯，我正在外面有事，不方便说话，过半个小时再打给你，好吗?"

她深吸了一口气，让声音尽量保持平静："既然你忙就明天再说吧。再见。"

没等对方回答，她果断地挂掉了电话，又去拨田欣的手机。

话机打开时她正在和另一个熟人谈笑，而且笑到一半："喂，谁呀?"

"关皮皮。"

"噢，皮皮你好!"她大声说，皮皮可以看见从她口里呵出的白气，"你是问演唱会的票吧? 放心，包在我身上，过两天让陶家麟给你送过来。"

"这么热闹啊，在哪里玩呢?"

"正和同学们吃烧烤呢。"她的声音真是兴高采烈的。

皮皮只觉得一股无名的怒火从脚心一直烧到头顶，偏偏口气更加轻描淡写："对了，你最近见到家麟了吗?"

"没有。"

真果断。

虽然隔得很远，皮皮还是能看见田欣的脸色忽然变了。她抬起头，看了看家麟。

皮皮挂断了电话。

她噔噔地冲下楼，冲出麦当劳，向着对街跑去。一路上她都觉得热，浑身跟发了高烧似的，在一阵烧烤的浓烟中她冲进了烧烤店，对准一脸惊愕的家麟就是一拳!

家麟完全没有避开，她听见鼻梁骨断裂的声音。然后，他的鼻子开始流血。

皮皮继续挥拳，迎上来的却是田欣。田欣一把扯住了她的领子："住手! 关皮皮!"

皮皮冷笑着将她推到一边："关你什么事，今天是我和陶家麟之间的恩怨。你别插手，不然连你一块揍。"

田欣也冷笑："真是工厂里出来的，说撒野就撒野。你再敢揍家麟，我就揍你!"

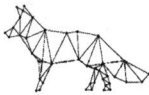

皮皮直直地又是一拳,田欣闪过,反手一扭,皮皮一阵抽筋地痛。顾不得那么多,她去踢田欣的腿,两人扭打起来。

她完全不记得四周都有些什么人,似乎大家都想看这场戏,有人上来拉她,她露出撕咬的模样,有个人企图抓她的手,她对着那人就是一脚。她好像听见家麟在大喝,可是她只顾拉住田欣的头发,专注地打架。两人在地上打滚,互相尖叫着掐着对方的脖子。

忽然间,一股大力从背后袭来,有人强行抱住了她的腰,强行将她从田欣的怀中拉了出来。她回头一看,是家麟,便咬紧牙关,不让自己的眼泪掉出来。

皮皮从不轻易掉泪,特别在这种时刻。

生平第一次,她被家麟很不客气地拽出了人群。他叫了出租,将她塞进车里,低声吼道:"皮皮,你先回去!"

皮皮一把抓住家麟的手,脸扭曲了:"家麟!告诉我,这只是误会!我会向她道歉。"

他没有回答,只是用袖子擦了擦脸上的血。过了几秒钟,他说:"皮皮,你可以打我,但不可以打田欣。她是我的妻子。"

"你……你的妻子?"

她吃惊地看着他,迅速注意到他左手无名指上有一枚黄灿灿的戒指。不禁双手捂住了自己的眼睛,结结巴巴地问:"你,你结婚了?"

"我们今天领的结婚证。本来打算过几天再通知你——"

"你和田欣?!陶家麟,这个世界,除了我……除了我,还有谁配得上你!"皮皮死死拉住他的手,绝望地质问。

——是的,她问心无愧。她关皮皮配得上陶家麟,不是因为她门当户对,不是因为她有前途有学历,而是因为她会对他好,会一辈子和他同甘共苦,尽自己所能对他好。这种承诺,在这世界上,除了自己的父母、奶奶和家麟,她关皮皮不会给任何一个人。

可是,他不要。家麟不要。

他强行拧开她的手,轻轻地说:"听着,皮皮。我不想我们之间是这种结局。"

"是为了出国吗?"她颤声地问,"是因为我英文不好吗?你是怕我拖你的后腿吗?家麟我忘了告诉你,有一位朋友,很有钱的朋友,他愿意帮助我们——"

"不是你想象的那样,"他摇头,"我喜欢她。"

"你骗我!"

"我喜欢田欣,"他一字一顿地道,"是那种有爱情的喜欢。"

车开了。卷起一地的风雪。

有人在打扫残局，拾起歪倒的桌凳。她看见家麟回到田欣身边，将自己的大衣脱下来，披在她身上。然后他们头挨着头，温柔地拥抱，互相抚慰，仿佛逃过一场灾难。

她的手划破了，脸被田欣抓得生疼。

她不知道自己都干了些什么，努力地回忆刚才的那一幕，只得到一些零星的碎片。

记忆正在以另一种方式组合着。

——可以上北大的田欣选择了和家麟同一所大学。

——他们在同一个 GRE 班上。

——那次下暴雨，田欣赶过来陪她过生日，因为家麟会来。

——再往前，田欣曾多次陪皮皮回家，她听皮皮讲故事比家麟还认真，还狂热。

——再往前，是田欣自己向班主任要求帮助皮皮学习而换成了她的同桌。

——在家麟面前，皮皮从未停止过对田欣的称赞。

皮皮直骂自己是傻瓜。她为什么就没有早点看出来呢？

"小姐您去哪里？"

"同仁路 43 号，C 城晚报宿舍大楼。"

回到家，皮皮倒头就睡。第二天她请了病假，又睡了一天。第三天她打起精神上班，一上班就接到佩佩的电话："皮皮。"

"嗨。"她的声音快快的。

"失恋了？"

"你怎么知道？"

"家麟给我打过电话。我到你家砸门你都不开。后来邻居说你准时出来丢过垃圾，才算没报警。"

"我睡了。"

"听着，你够狠的，你把家麟的鼻梁骨都打断了。他们明天去美国，机票已经订好了。"

"……"

"家麟说他一直想对你说清一切，但一直鼓不起勇气。田欣打从高中起就追他，到了大学终于成了恋人。因为一直珍惜着你的友谊，他们俩都不忍心向你直说。为此田欣还受了不少委屈呢。"

"好吧，是我 stupid。"她漠然地应了一句。

"我却不这么看。皮皮，你不能轻易放弃家麟。"

"你说得太对了。"皮皮打了一个哈欠，大大地喝了一口茶，"他们都结婚了，我还不放弃，我当第三者啊。"

"双双出国留学，这多半是家族之间的协议，未必有什么真爱。你只告诉我，你要不要陶家麟回到你身边？剩下的事情我来想办法。"

皮皮问："你怎么想办法？"

"是这样。他们明天上午十点坐飞机去北京。明天上午你一口气吞下五片安眠药，放心，死不了。我算好时间给家麟打电话，说你自杀。他只要对你还有一分怜惜，就非回来不可。"

皮皮失笑："佩佩，你真毒。"

"谢谢。量小非君子，无毒不丈夫。"

"知道吗？佩佩，昨天我终于认识了自己。"

"你认识了自己？"

"原来我也可以这么粗暴。"她继续喝茶，哂笑，"以前同学们笑我是从工厂里出来的，我还不服气，成天抢着要当淑女。"

"皮皮你真是行动的巨人，语言的矮子。我要对你刮目相看。"

一番话说得她又想起前天的事，心里一酸，几乎抽泣。有同事看了她一眼，她忙将一叠纸翻得沙沙作响，掩饰过去。

"今天别上班了，出来陪我喝杯咖啡吧。"佩佩忽然说。

"不行，我得上班，我不能回家，一回家我非得疯掉不可。再说你也忙。"

"不是回家，是喝咖啡。我不忙，你出来吧。你们主任都出来了，你积极个屁。"

"你怎么知道我们主任出去了？"

"我就在你们报社的门口。"

皮皮请假拿着小包出了大门，远远地看见了佩佩和小菊。

当着她们，她忽然泪流满面。

第十一章

计划与失算

计划是这样的,佩佩说。

——十点三十二分的飞机,他们会提前一个小时到机场办手续。国内航班提前三十分钟登机,我们不能把已坐上飞机的陶家麟叫出来,那时他多半已关掉了手机。因此我们会在九点四十五分给他打电话,报告你自杀的消息。他若对你还有一丝关怀,就会不顾一切地赶回来。路上是一小时车程,他正好错过那班飞机。C城到北京的班机每天只有一趟,坐火车则需两天两夜。错过了这一航班就等于错过了去美国的那一航班。

——是的,五颗安眠药非常安全,剂量只够你昏睡一天,我已向权威人士咨询过。如今安眠药的致死剂量是一次性吞食三十二瓶。就算如此,自杀的成功率也只有百分之八。抢救的过程包括洗胃、插管、呼吸机、心电、用药、血液过滤、后遗症以及大约三万块钱的治疗和康复费用。

——记得在你的枕下放一个录音机。如果家麟有什么忏悔和表白,尽管你在熟睡,以后还可以听到。

——不用担心家麟会识破。医院那边我有位朋友,他会尽可能地把你的病情说得无比严重。

……

说实在的,佩佩和小菊都说了些什么皮皮没认真听。

流了两天两夜的泪,她的眼睛受了伤,仿佛产生了白内障。看一切都很模糊,特别是人的脸。然后她不停地擤鼻涕,桌前的餐巾纸小山一样地堆了起来。

为了表示自己在听,皮皮抿了一口咖啡,直愣愣地看着面前的两张脸:"这么说来,你们两位谁也不觉得这个主意很蠢? ——是我交错了朋友,还是你们琼瑶剧看多了?"

佩佩和小菊立即表示她们完全清楚这个主意愚蠢无比,说到底就是天雷加狗血。可是她们又齐齐地说:"蠢不蠢不重要,重要的是有效。"

"皮皮,你现在是由和平时期进入战争时期,战争讲的就是兵不厌诈。何况你是爱家麟的。千假万假,这个不假。"佩佩握着她的手,企图使她镇定,"非常时期,就得用非常办法。"

皮皮几乎要冷笑:"我会干这事吗? 我关皮皮有这么可怜吗? 你们说说看,我犯得着用死去乞求他吗?"

不顾佩佩和小菊的劝说,她情绪激动地走到门外。雪后的阳光刺眼地射过来,如道道寒芒。空气中藏着凛冽,浮动的人群如海市蜃楼。她站立片刻,不知该走向何方。便在这一刹那间,她忽然意识到家麟明天就要离开她了,去国离乡,此生再也

不回。心中陡然一空，仿佛从高空坠落，一直掉向深谷。

她想也不想就回到了刚才的桌子，向佩佩伸出手："安眠药在哪里？给我。"

那一晚，靠着一颗安眠药，皮皮获得了稳定的睡眠。

临睡前她对自己说，明天她会想出一个办法把他弄回来。毕竟，明天又是另外的一天了。

那是《飘》里的最后一句话。

安眠药果然有效，直到八点三十皮皮才被电话的铃声弄醒。上班已经迟到了。

那端传来佩佩充满行动力的声音："我们要给家麟打电话了，你的药吃了没？"

"没，还没。"药瓶就在床头上，她将它抓在手里，不知是胆小还是心虚，脊背出了一层冷汗，"你确信我死不了，对吧？"

"绝对死不了。你若实在害怕就少吃两颗吧，不会洗胃的啦。快点吃，药效发作还要一段时间呢。如果他回来你还没有睡着就麻烦了，太假的戏没法演。"

白色的药丸在掌心滚动，她的手抖得很厉害，有一颗掉到地上，一直滚到床底。她连忙弯腰去找。

她想起家麟考 GRE 瘦了好几斤；想起他好不容易申请到了一个肯给他全额奖学金的学校；想起家麟的家虽远比皮皮的家富裕，但父母也就是一般的国家干部，不是肥差也不是贪官，最多能给他机票和零花钱，根本负担不起他在国外的学费和生活费。

她不可以在最后一刻破坏他。就算他不承认他们是情侣，是爱人，他们之间至少还有友情。

那个从小到大一直牵着她的手保护着她的人；那个在一切分数说了算的扭曲学校里小心翼翼护着她的尊严和信心的人；那个在她上大学第一天去看望她的人；那个从小陪她一起玩，一起捡玻璃，一起看杂耍，给她压岁钱的人。

她甚至后悔自己打了他。这一切只能证明自己是个索要无度的孩子，只能证明儿戏不可以当真。

也许爱情从来就没有产生过，他不过是她的邻家大哥，早晚要做路人甲。

那些一厢情愿的春梦，似是而非的调情，青涩得无法承认的山盟海誓……甚至田欣那充满阴谋的友情，都曾支撑过她度过高中三年的苦难时光。她和家麟让所有的人都认为皮皮很独特，独特到会有本年级最棒的男生和最棒的女生同时做她的朋友。谁都瞧不起她的分数，可谁都对她心存敬畏。

来路不明的交换，她不是没有得利。

"嗨,佩佩,"她捏着话筒,手心手背都是汗,"我改变主意了。你别给他打电话了。"

"哎哎哎,你这是怎么啦? 心软啦? 我告诉你关皮皮,机不可失,时不再来。过了这个村可就没那个店了。陶家麟这一去,五六年都不会回来。就算回来也变成孩子他爹了。"

"佩佩,"她闭上眼睛,眼泪哗哗地往下掉,"还用得着试探吗? 他已经做出了选择。选择了不要我,要田欣。就让我面对现实吧。"

"你真是死脑筋! 他陶家麟就是考试考多了,考成了一团面糊,被田欣那个小妖精鬼迷了心窍。你还记不记得他是怎么对你好的? 难道那个是假的? 整个 C 城一中的女生都妒忌你。他喜欢田欣? 我怎么就没发现? 我怎么就没看出来? 家麟天天只和你一个人回家,对别的女生全都不冷不热。当年汪萱那么明目张胆地追他,为了请到他还破天荒地请我们'桃花岛'一干人到水上公园开 party。结果呢? 你不记得了? 家麟就是不肯跟她近乎,硬在公园里教了你两个小时的游泳,把汪萱气得半死。你说家麟不喜欢你,我才不信呢!"

你也是个面糊,皮皮在心里暗骂:"别说了。你想想,那天全班的女生都去了,只有一个人没去。"

"咝——"佩佩在抽冷气,"田欣!"

"你记不记得,自那天以后,汪萱和田欣再也不说话了。当时我们还猜呢,汪萱人人都请了,怎么没请田欣。"

"……是啊。我以为她们吵架了。以前她俩不是挺好的吗? 一个第一,一个第二。我还奇怪呢,那田欣怎么忽然间就成了你的好朋友,你还跟我天天夸她。"

"她不是对你也挺好的吗? 替你补习过数学,还请你吃过冰激凌。"

"呸! 阴险的毒蛇!"

"怎么说呢? 她也算是用心良苦吧。"

"就这么算了,太便宜她了吧!"佩佩现在有了 power,她的性格正向女强人方向发展,"我去找人查一下她申请学校伪造了分数没有。哼,只要有一个分数是假的,我就告到她美国的大学去。"佩佩在那头大叫。

"佩佩,算了。"皮皮说,"她毕竟是家麟的妻子。也许她是真的爱他,我也无话可说。"

"受不了你,就算你想高尚也用不着这么快失去斗志吧?"

"我挂了,今天还得上班呢。再见。"

皮皮到浴室去找眼霜,回来时电话又响了。传来小菊的声音:"皮皮,佩佩说你

不干了?"

"不干了。"

"不干了就不干了,我出个新主意哈。我叫上一兄弟,现在就去机场把田欣揍一顿,把她揍进医院,家麟上不了飞机,剩下的那个回心转意啥的,你自己想办法——你也是的,昨天就该叫上我,揍人的事,我比你行啊。"

高中毕业这几年,小菊正迅速地向地痞流氓的方向发展,谈上恋爱还一身的戾气。

"喂,你们有完没完啊? 武侠小说看多了!"

"这不是要给你出气吗? 说实话我就不爱演什么感情戏。出气就是出气,出气就要有暴力。"

"您该干吗干吗去。"

"要不今天我带你去看电影。少波送了我两张票,是科技馆的球幕电影,讲外太空的,看不? 看完咱们去小桃园吃大餐,佩佩说了她请客。晚上去吉祥鸟 K 歌……"

"对不起……这几天我想一个人安静一下。"

"皮皮,你有爹有妈有奶奶还有我们这群不争气的姐儿们,你可别想不开啊! 再说,没准家麟跟田欣过不好,离婚了呢,你这不是又有指望了! 国外离婚率可高啦,美国都有百分之四十多!"

"小菊,"皮皮赶紧换个话题,"你和少波昨晚交流得怎么样?"

"没交流。我们在网上交流好几个月了。"

"那你们干什么?"

"我们 kiss 啊。他太结巴了,除了 kiss 还能干什么? ……哎,你怎么又哭了?"

"我和家麟都没 kiss 过! 我就牵过他两次手! 呜呜呜……"皮皮哭大发了,失败感太强烈了。

"怎么说呢,也怪不得人家。你也太差啦! ——我指的是技术上。"

叔本华说,人类的幸福只有两个敌人:痛苦与厌倦。你幸运地远离了痛苦,便靠近了厌倦;若远离了厌倦,又会靠近痛苦。

将自己的痛苦仔细一分析,皮皮顿时产生了厌倦。人生原来是这么一回事啊,大梦醒来,自己就是个傻子。

尼采说,偶像总有黄昏。在梦境和醉意中,悲剧诞生了。

此时此刻,皮皮准确地体会到了先哲的智慧。

她在脸上抹了一层厚厚的粉底霜，像往常一样，买了豆浆去报社上班。走进一楼的大转门，哲人的教导消失了，那股子无名的绝望从心底顽强地冒了出来。她糊里糊涂地跟着转门转了一圈，又转出门去。随着人潮，神情恍惚地去了地铁站。月票一划，又随着缓缓移动的人流，进了地铁。

地铁的最后一站就是机场。

没有座位，她就站着。一路上都觉得自己的腮帮子硬硬的，好像口腔里发了炎。

出了站台就是一道缓缓的斜坡，地面还是湿的，不过一点也不滑。有出租车司机问她是否要坐车，她摇了摇头。将围巾捂住脸，在寒风中往前走。

机场的门是自动的。她有点后悔自己什么也没有带，不接人也不送人，鬼鬼祟祟的像个劫机犯。其实皮皮从来没坐过飞机。莫说是皮皮，就是她爸爸、妈妈、奶奶也没坐过。有一次跟奶奶回老家，爸爸坚持要给奶奶买张卧铺，还被奶奶坚决制止了。

机场果然好大，好气派。头顶是高高的玻璃拱棚，上面挂着无数个水晶吊灯。

她只敢沿着墙边走，那里有一溜商店，人进人出，不易引人注目。隔着几个巨大的水泥柱子，她迅速发现了正在和田欣一起排队办手续的家麟。优美的侧影，修长的腿，玉树临风，飘飘欲仙，即使鼻子上包着块纱布他也是美男子。等在旁边的是家麟的父母和另外一对老人，估计是田欣的父母吧。

为了更加隐蔽，皮皮走进了一家咖啡馆，花三十块钱要了一杯最便宜的咖啡，隔着人群远远地打量他们。

人人都看得出那是新婚燕尔的一对，也没手挽手，也没肩并肩，但一举一动都透着亲密。陪伴他们的是四个巨大的行李箱，打着红格子的绷箱带。

一位高个子男人从他们的前面匆忙走过，风衣的纽扣带住了田欣的一缕长发。田欣轻呼了一声，那人连声道歉。家麟连忙托住田欣的头，用手将她的长发从纽扣中解开。他的动作很轻，很小心，生怕弄疼了她。

皮皮痴痴地看着，仿佛自己的头顶也被他的气息拂动了。

那一股绝望更深刻了。

他们正在款款交谈，可那低沉的声音不再属于自己，那温柔的手不再属于自己，那瘦高的背影也不再属于自己。这一念很短暂，却形同死亡。

家麟会想到这里还有个人来送他吗？会知道到她有多么伤心吗？他会看见她吗？会发现她吗？

他们如此沉醉的样子，令皮皮觉得自己正在看一场言情片的大结局。而她自己的模样与其说是来送别，不如说是个藏在人群中的刺客。她的眼睛就是个十字形的

瞄准器。如果她的目光就是子弹,田欣早已千疮百孔,轰然倒地。

可悲的是,除了愤怒的目光,她只能大口地喝咖啡。

时间迅速消磨了。

远处的两个人托运完行李,和家长们一一拥抱,然后消失在安检的大门内。

视线消失的那一刻,阵阵心酸袭来。怕人看见,皮皮悄悄地跑到洗手间,坐在马桶上失声哭泣。

过了一会儿,手机响了,是家麟的号码。

她没有接。

手机连续地响着,一直都是他的号码。

到了十点,不再响了。

他们登机了。

强打起精神回到报社,这个月有一年一度的档案大检查,皮皮便名正言顺地躲到库房里整理档案。大约在库房里待得太久,中午吃饭也忘了出来,下班时皮皮发现天早已黑了,同事们都走光了。

她不想回家,也不想回宿舍,便一人在街头乱逛。

她先去了一家饭馆胡乱地吃了一碗牛肉盖浇饭。没有胃口,吃了一小半就弃了。还令服务员将剩下的打了个包,预备当明日的中饭。然后她独自看了一场电影——《泰坦尼克号》,随着剧情又哭得稀里哗啦。

出了影院已是半夜,她又折进了一个酒吧。

那酒吧她不是很熟悉,但听同事们提过。很大,很热闹,定期有歌手来表演,是消磨时光的好去处。

开始她只想喝点冷饮,可是找不到感觉,于是她要了酒。威士忌加汽水,味道居然很好。入口有一点点麻,进了喉咙就舒坦,到了肠胃便化作一团暖气从腹膈中升上来。一直升到头顶,有股飘飘欲仙的味道。

她喝了一杯又一杯,不胜酒力,很快就醉了。有人问她住址,她稀里糊涂地报了门牌号,司机将她扶进了出租车。

皮皮是被冻醒的。

睁开眼就看见了月亮,一轮圆月挂在树梢上。她发现自己躺在一丛灌木当中,身后黑魆魆的,是一棵巨松。有人脱掉了她的羽绒服,冷便是从那里传来的。

她的酒顿时吓醒了。

面前有张陌生的脸,络腮胡子,一双粗壮的手正用力地脱她下身的衣物。兴奋

中的男人发出野兽般的咕噜声。

她开始尖叫，用力地蹬他。他扑过来，一巴掌掴在她脸上。她被打得眼冒金星，腮帮子顿时肿了。怕她大喊大叫，那人顺势捂住了她的嘴，将她的头按在灌木中。另一只手仍然用力地撕扯她的衣服。她疯狂地挣扎着，力气很大，但那男人的半个身子都压在她身上，一百多斤的自然重力，挣扎也成了徒劳。她的手在地上乱抓，抓住一把碎石向他扔去。那人穿着件很厚的大衣，碎石过去好像雨点，没半点效果。她却已经赤裸了，男人粗糙的手掌在她身上摸来摸去。就在这时按住她嘴的那只手忽然松了一下，立即被她猛咬了一口。那一口她用尽了全力，血滴了她一脸。那人吃痛吼叫了一声，站起来用腿踢她，很重地踢。她在地上滚，身上仍然重重地挨了几下。顾不了许多，她抱头大呼："救命！"

远处传来汽车声，似乎有人按了喇叭，不见得是发现了他们，可是那人却做贼心虚，撇下她，开了车一溜烟地跑了——原来是出租车司机。

她慌忙穿上衣服，向远处的灯光跑去。

那是一个很大很幽静的公园。地点有点偏，平时去的人不多。但这公园里有一个大湖，却是 C 城人避暑的胜地。皮皮还记得小时候春游，C 城的小学会有一半选择来这里。果然，那灯光就是湖边小道的路灯。她不顾一切地奔了过去，发现那里阒无一人，除了一潭墨色的湖水，一无所有。

应该怎么办？报警吗？她连自己是怎么从酒吧里出来的，又是怎么坐上的出租车都不知道。她也不知道出租车的车牌号，她身上只有陌生男人的汗味和烟味。

周围什么也没有，除了虚无的空气。

她的头很痛，抽筋似的痛，牵引着面部都跟着发抖。借着灯光，她将口袋里的手机掏出来。上面有十个未接电话，大约都是家麟的。她想打电话给佩佩，一看时间，凌晨三点。

蓦地，脑中跳出一个人影。

贺兰静霆。

他是昼伏夜出的。夜晚不怎么睡觉，至多是在晒月光的时候打个盹。可是那次雄黄事件之后，他们已有整整一个月没联系了。他会理她吗？何况，她也不应当向一个陌生男人述说这种事。

她在湖畔伤心地徘徊。心被侮辱，身体也被侮辱了。她被侮辱得如此彻底。她在冷风中打着寒战，双手抱着胸口，一股绝望突袭而来。她看见一座木桥，便迅速沿着木桥向湖水的深处走去。那是人们夏天游泳的地方，擅长游泳之人会在小桥尽头跳水。皮皮也会游泳，不过刚刚看完《泰坦尼克号》，她相信自己绝不会在冰冷的水

中挣扎太久。浸了水的羽绒服会变得很重，会把她一直带到湖底。

她没想太多便走到了小桥的尽头。在打算扔掉手机的一刹那，鬼使神差地给贺兰静霆拨了个电话。她不想打扰任何人，只是想在自己离开人世的那一刻，听一下别人说话的声音。

电话只响了一声就接通了。

"喂?"是他。

"对不起。"皮皮镇定地说，"这么晚给你打电话，其实我只是想说一声对不起。"

"现在是凌晨三点，"贺兰静霆的声音很清晰，"皮皮，你在哪里?"

"我……我……"她迎风打了一个喷嚏，"我在外面。你……你呢?"

"我在车上。"

"那么，不打扰你了，再见。"她打算关电话。

"等等，"他忽然说，"我要见你，有事找你。"

"明天再说吧。"

"是要紧的事，我现在必须见到你。"

"那就在电话里说吧。"

"关皮皮，"他冷冷地，一字一顿地说，"不许你挂电话。"

她被他蛮横的语气激怒了，幽幽地笑了："贺兰静霆，你若真活了九百年，对你来说，还有什么事情是要紧的呢?"

不等他回答，她就将电话直直扔进了湖中。

那汽车在黑夜中无声无息地驶进来，既无前灯亦无尾灯。

一个黑影推开车门。一秒之前人还在湖畔，瞬息之间便如鬼魅般地出现在她的面前。单薄的木桥，没有一丝震动。她居然都没有听见他的脚步声。

一切都包围在黑暗之中。墨色的天空，墨色的湖水，墨色的贺兰静霆。

他向她伸出了手："皮皮，把手给我。"深沉的低音，出奇地平静，阴森森的看不出一丝焦虑。

小桥的尽头有根柱子，大约是摆渡的人拴缆绳用的。皮皮后退了一大步，退到桥的边缘，紧紧抱住那根柱子，大声道："你别过来!"

月亮出来了，她终于看见了他的脸，扑克牌一般，死神一般，没有任何表情。突然间她很后悔打了那个电话，后悔自己在死前的最后一刻看见这个人。

他向前走了半步，她立即叫道："你别过来!"

伸出的手收了回去，插进了风衣的口袋。他脸上蓦地浮出莫测的笑。"你误会

了，"他说，"我不是来救你的。"

她冷笑："那你来干什么？收尸？"

他默默地看她，想了想，说："除了花，我还吃一样东西。"然后他的眼睛从上到下地打量她。

天已经够冷了，听了这话，皮皮还是起了一身的鸡皮疙瘩。然后她恍然大悟："你还……吃人？"

"具体地说，是人类的肝脏。"那笑容更加深邃，甚至还带着点志得意满，"皮皮，我八字纯阴，你八字纯阳，我们正好是一对。在狩猎的季节遇见你，我们是不是很有缘分？"

明白了，全明白了。

皮皮冷笑："我说您怎么对我这么好呢！祭司大人，狐狸先生，原来您是看上了我的肝。请耐心等待，我马上就去死，到时候，莫说是我的肝，把我整个人全吃光我都没意见。只是请您现在不要打扰我。"

"打扰？我打扰过你吗？是你先给我打电话的吧。"

"好吧，我错了，我不该给你打电话。麻烦你不必像一条鬣狗一样守在这里，你先走开，等会儿再来找我。"

他摘掉了墨镜，慢慢地摇头："你现在还不能死。"

"为什么！"

"有没有人告诉过你，祭司大人的口味很挑剔？"他不阴不阳地解释，"你的肝还没有到达最佳状态，此外，荷尔蒙的比例也不对。"

听到这里，皮皮怒极反笑："看不出，大人您还挺讲营养学。倒要请问，贺兰先生，我的肝什么时候才是最佳状态？"

他一言不发，只是凝视着她的眼睛，目光专注而奇特。过了很久，才缓缓地说："当你爱上我的时候。"

当你爱上我的时候。天下还有这样荒唐的事！

"哈哈哈哈……"皮皮发出一阵神经质的笑，笑声在空旷的湖面上回荡，"你听好了，祭司大人！我一点也不爱你！你休想得逞！此生此世，我关皮皮永远也不会爱上你！"

皮皮从来不说"永远"两个字。"永远"是个可怕的副词，对它后面的动词有着可怕的规定性。但她现在可以说了。对行将死亡的人来说，在这一刻，"永远"已经成了进行时。

说完这话时，贺兰静霆突然伸出了手。

就在指尖即将触及她的一刹那,皮皮跳入湖中。

冰冷的湖水一下子包围了她。她划了两下,身子开始麻木。

湖水里有一股浓重的腥味,长着长长的水草。

有人跟着跳入水中,试图抱住她,被她用力挣脱了。那人又试图抓她的头发,然而头发又滑又软,很快从指缝里溜掉了。

水的浮力将她顶到水面,她忍不住将头探出来,吸了一口气。

平静的月光,静悄悄的湖面,她有点害怕,却暗暗命令自己不许挣扎。吸满水的羽绒服越来越重,她的身体再一次下沉。冰冷的水再次将她淹没,耳膜咯咯作响。她无来由地慌张了,一连喝了好几口水,浑身冻得失去了知觉。

就在这时,一只手忽然抓住了她,将她的头送出水面。

她用仅有的力气跟他撕扯。那只手力大无穷,令她无力抗拒。而求生的本能已占了上风,她又把他当成了救命的稻草,不顾一切地抱紧了他。

她听见他低声地吼了一句:"皮皮,你得放开我……"

她不放,反而抓得更紧。他不客气地拧住她的手,扣在自己腕中,带着她一直游到岸边,将她像一条死鱼那样拖上了岸。

她趴在乱石中呕吐,冻得浑身痉挛。他什么也没有说,默默旁观。

最后,她用光了力气便趴在地上一动不动,半截身子还在水里,水草似的摆着。他这才二话不说,一把将她抱入车中,脱掉衣服,开足暖气,用一块毯子将她的全身紧紧裹住。她奄奄一息地蜷缩在后座,浑身不停地打着哆嗦,嗓子跟火烧了一样,一路一言不发。

车顶的天窗是透明的。冬夜的梧桐倒映在云中,仿佛月亮里的桂树。

她以为她会流泪,事实正好相反。她的眼睛发干,而且出奇地痒,恨不得要滴眼药水。她没问贺兰静霆会把她带向何处,也许是山洞,然后和她做爱。也许是井底,然后将她吃掉——对此她毫不关心。

不知过了多久,车子缓缓地停了。他拉开车门,抱着她大步走进自己的房间,将她扔到一张巨大的床上。

"我要洗澡。"她有气无力地说。

"你累了,先睡吧。"他的声音居然很温和。

"我要洗澡!"她忽然尖叫。

她的声音很高,灰尘都被她从天花板上震了下来。然后她直直地坐在大床的中央,双手捏拳,不断地发抖,连脑袋也跟着晃动。

他看了她一眼，不再说话，直接去浴室放水，然后到床边来接她。她浑身发软，几乎不能走路，但她还是挣扎着走进浴室，在水里一遍又一遍地往身上抹肥皂。

隔着浴帘，贺兰静霆就坐在外面。洗到一半，他忽然伸手进去，准确无误地拿走了浴架上放着的一把剃须刀。

她在浴缸里耗尽了剩余的力气，裹上一条浴巾后便再也走不动，任由贺兰静霆将自己抱回床上。

"我饿了，你不想和我一起吃点什么吗？"他很客气地问道。

她以为这是戏言，目光便直直地瞪着华丽的天花板，拒绝看他的脸："贺兰静霆，无论你要什么，我的人也好，肝也罢，现在就来拿。"

他迟疑了片刻，忽然说："我要你爱我，行吗？"

她坚决摇头："不行。"

他伸手过去摸了摸她的脸，替她拉上被子："你该睡觉了。"

皮皮疲倦地睡着了，凌晨时分却发起了烧，烧到全身滚烫，满嘴起泡。皮皮一贯相信自己的抵抗力，平时遇到这种情况都不去医院。如今更加不肯去，生怕被医生检查，便一味地裹紧被子发汗，到了中午烧便退了。

除了给她送过几次敷额的冰块，贺兰静霆一直很安静地坐在她床边的沙发上摸着一本厚厚的盲文书。

皮皮晕晕乎乎地坐起来，被子从肩膀上滑了下去。她发觉自己仍然赤裸着，不禁"啊"了一声。

"叫什么叫，我又看不见。"他冷冷地道。将手边的一叠衣服扔给她。

昨夜的衣裳已经全部洗好并烘干了，她接过去，道了谢，对他说："天不早了，我还得上班。今天下午部里要来检查档案呢。"

贺兰静霆站起来，走向门边："吃了饭再走。"

她愣了一下，问："你这里……有……有人吃的东西？"

他说："我会煎鸡蛋。"

屋子很暗，很干燥，飘浮着木蕨的香味。有暖气，所以很温暖。

大约是盲人的缘故，贺兰静霆不怎么爱点灯。

他带着她穿过昏暗的客厅来到东面的厨房，一路上都很有礼貌地扶着她的胳膊，好像她随时都会昏厥。

贺兰静霆有一个面积不大却设计摩登的厨房：绿色的拱顶，白色带着海藻图案的墙纸，头顶上挂着许多奇异的藤科植物，皮皮认识的大约只有吊兰和金藤两种。

窗边立着一台巨大的冰箱,一人多高。流理台似乎是闲置的,乱纷纷地摆着张牙舞爪的芦荟和开着红花的仙人掌。地板的一角种着两棵高大的香龙血树,枝叶扶疏,叶上绿蜡如油、一尘不染。因其形状色泽太过完美,皮皮差点以为是塑料制品。

"来认识认识我的厨房。"贺兰静霆拍了拍冰箱,说,"它的名字叫小白。"

皮皮吃惊地看着他。

他又指了指灶台:"我叫它小黑——我们狐族有强大的记忆,喜欢给各种东西起名字。"

原来每件家具都有名字。他养的每盆花也有自己各自的名字。皮皮指了指自己:"那你是不是叫我小黄?"

"我叫你皮皮。虽然我最讨厌这两个字。"他半笑不笑,"小黄是碗柜的名字。"

"既然你不吃饭,要灶台做什么?"

"嗯。我努力和人类打成一片,而且我也会有客人。"他摸索着从柜子里找出一只崭新的锅,放到燃气灶上。

点火的时候,煤气咝咝地往外冒,半天不着,过了几秒,又"嘭"的一声猛烈地燃烧起来。直把皮皮看得心惊肉跳。

一道烟从锅底冒出来,皮皮顿时闻到一股煳味,忙问道:"什么东西煳了?"

他将锅底翻过来,拿到她面前:"上面有什么东西吗?"

皮皮看了看,轻声说:"是不干胶商标,你忘记揭了。"说罢,用小刀将余下的纸揭下来,"现在好了。"

他从冰箱里拿出两个鸡蛋,磕破一只,放到锅里。这个动作他很不熟练,好像是生平第一次煎鸡蛋。不过皮皮觉得,贺兰静霆目不视物,能将鸡蛋准确地打进锅里已经很不简单了。

"好像应当放一点油吧。"她说。过了片刻,她忍不住好奇地问:"你也吃鸡蛋吗?"

"不吃。"他说,"我特地问邻居借的。"

他扔进去一小块牛油。很快,一面煎好了。贺兰静霆说:"好生看着我的手艺。"说罢,先将锅晃了晃,手腕轻轻往上一挑,鸡蛋凌空翻了个个儿。

然后他问:"鸡蛋呢?"

皮皮抱着胳膊:"在地上。"她找来一双筷子将鸡蛋夹起来,扔进垃圾桶。

等她站直身子,贺兰静霆已将另一只鸡蛋敲进锅里:"再来一次,保证不失手。"

这回他煎得很好。外焦里嫩,还往上面撒了点盐。

他很得意地笑了:"味道怎么样?"

"挺不错。"她三口两口地吃了，见他在一旁站着，又问，"你呢？你自己吃什么？"

贺兰静霆从冰箱里端出一只碟子，里面放着五朵水仙。他往上面滴了几滴蜂蜜，便用叉子一朵一朵地送进口里吃掉。

他的吃相很文雅，一边喝冰水，一边细嚼慢咽，也就是指头大小的花，他竟然吃了半个小时。末了还用餐巾擦了擦嘴。这哪里是吃早饭？简直是在享用国宴。

皮皮忍不住评论："我一直以为你很古典，没想到你的作风那么洋派。"

"我是游牧民族，喜欢刀叉，不喜欢筷子。"

皮皮走到玄关穿鞋子。临开门时，他将她堵在门上，很霸道地问："为什么不喜欢我？是因为我不够英俊，不够有钱，还是因为我是狐狸？你该不会有种族歧视吧？"

皮皮说："因为你太老。"

"太老？"他眉头一挑，不以为然，"我看上去老吗？别问我活了多久，我的生理指数只有二十六岁。"

"你大我八百岁。八百岁，贺兰先生。我们之间，岂止是代沟？世代沟还差不多。我最多只能接受一个男人大我八岁。对不起，我没法考虑你。你实在比我大太多了。"

"你知道，"他有点受打击了，"人类怕老是因为怕死。我又不会死，而且绝对活得比你长。"

"那我也不喜欢老气横秋的人，自以为洞察世事，其实生不如死。从里到外的腐朽，从里到外的乏味，好像生活在旧社会。"皮皮振振有词地反驳。

"皮皮，我不跟你吵，你今天心情不好。"他用食指按住了她的嘴，"其实我真的不老，而且活泼有趣。此外，我出身良好，是贵族。"

"啊哈，"皮皮做出一副夸张的表情，"贵族？哪个朝代的？"

"我的家族是整个狐族的首领。当然这对于你来说，是很遥远很古老的事。"

"我讨厌阶级社会。"

"那是因为你不在阶级的顶端。"

"贺兰静霆，你开不开门？"

他拿起自己的风衣，无可奈何地打开门："我送你。"

路过一个天桥，贺兰静霆说："如果我是你，我不会从这里跳下去，水泥地很硬。"他们一起等地铁，贺兰静霆又说："如果我是你，绝对不会卧铁轨，死相会很惨。"

"你有病啊，你话痨啊。"

"我担心的是你的身体。"他淡淡地说，"任何会对肝脏造成损害的举动，你最好

想都不要想。我不会让它发生的。"

她听了只想吐。

半路上他重新将那颗珠子系到她的手腕上:"千万别摘了,我可以随时找到你。"

"你不是已经种了香吗?"

"那是近距离的。"

"我为什么老要被你找到?"

"因为你一生的幸福都在我的手上。"

她发了狂,咬牙切齿地找剪刀,他一把抓住她的手,捏着她的骨节咯咯作响:"你若再敢摘下来,我今晚就把你吃了。我上辈子定是做错了什么,这辈子才会遇上你这没脑子的女人。"

她疼得脸变了色,车上的人都用异样的目光打量她。可是贺兰静霆就这么拽着她,过了好半天才放开手。

他一直将她送到报社的大门。

皮皮低声乞求:"贺兰,你放过我好不好? 最近我真的很倒霉。真的很需要安静。"

他又恢复了那张扑克脸,冷冷地说:"放过你可以,你得向我发誓保护好你自己。"

"我发誓。"皮皮正确地理解了他的意思,"我一定替你保护好那个……东西,我若真的想死,一定第一时间通知你。"

他走了。说话算话,再也没来找过她。

第十二章

阿归的演唱会

爱情的杀伤力是巨大的。

没人想象得出这一系列的意外对一个女孩子的沉重打击。皮皮的脸上先是长了一层雀斑,紧接着牙龈莫名其妙地肿了,疼得吃不下饭,怎么消炎也不管用。然后是体重骤减,头发脱落,食欲下降,双眼发黑。走起路来轻飘飘,像跳舞的海带。

失恋的消息传遍友人及同事,家人自然也全知道了。门不当户不对,小户人家对这样的爱情只是投机,有梦想但不抱过多希望,该打铁的时候加油,该熄火的时候抽薪,是喜剧是悲剧任其自然,破灭也就破灭了。倒是皮皮的奶奶很替孙女难过了一阵子,想陪她多聊几句,都被她轻描淡写地挡了回去:"其实我和家麟本来就是好朋友啦,只是好朋友而已。""家麟一直就是我的大哥,很铁的那种。""他和田欣的事儿我早就知道,懒得告诉你们。"

为了证明家麟挥挥手没带走一片云彩,皮皮甚至心平气和地当着全家的面接了家麟从洛杉矶打来的第一个电话,并友好地询问了以下问题:

A. 是否一路平安。

B. 时差倒得如何。

C. 加州的气候怎样。

D. 饮食是否习惯。

最后她一本正经地祝福家麟和田欣婚姻美满、早生贵子、白头到老、琴瑟和谐,并在全家目瞪口呆中神情爽快地挂断了电话。

穷人家的孩子到底皮实,父母先是对皮皮承受打击的能力叹为观止,进而怀疑她有如此度量是否已另觅新欢,并警告她此时不要轻易坠入爱河以免重蹈覆辙。皮皮连忙说,这当然是没有的事! 于是全家人都放心了,这孩子一夜之间成熟了,多么令人欣慰啊。

皮皮趁机宣布自己的近期目标是尽快完成夜大的学业,争取在最短时间内当上一名新闻记者。

雄心壮志只是掩护,皮皮猫在宿舍里神思恍惚,沉浸在悲伤之中,一日比一日颓废,整月整月地不回家。

她在宿舍里安装了网线,下班回来头一件事,就是访问家麟所在的加州大学经济系的网站。看看那里都开了些什么课,教授长得什么样,猜测哪一位会是家麟的导师。那网站倒也更新得快,来了访问学者,开了讲座,某人出书,都广而告之。系里的研究生还有自己的论坛。她很快猜出了家麟的马甲,大约还是新来的,且不习惯写英文,家麟很少发帖,也很少发言。不过他常去的是一个叫作"梦回唐朝"的中国留学生论坛,几乎隔不了几天就能留下一点蛛丝马迹。他在那里讨论过足球和电

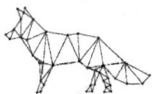

影,买过二手的电视机和自行车,还帮助过当地儿童医院募捐。

皮皮做得最离谱的事是用 Google Earth 找到了家麟租住的房子。那是一幢学校附近的白色小洋房,在一个宽阔的高尔夫球场旁边,有一道小河缓缓流过,背后是停车场。有一次皮皮甚至看见了几个人影,其中的一个极像是家麟。

那一刻她不知不觉流出了眼泪,继而越想越伤心,哭了整整一夜。她一面骂自己没出息,把时光耗在偷窥别人这种事上,比间谍还可耻;一面继续动用所有的引擎搜索家麟,得到的也就这么几条无关紧要、不痛不痒的消息。但搜索家麟竟成了皮皮每日必做的功课,指点逗留在滑鼠上,无穷无尽的链接点下去,一晚上就过去了。

这正是事情的滑稽之处。其实皮皮大可不必这样辛苦。

家麟每隔一个月都会给皮皮发一封邮件,问候她的家人,顺便提几句自己的近况。比如正在学开车啦,比如参加了学生会的篮球队啦,比如每门功课都拿 A 啦,比如学会烤排骨啦,等等。每封邮件的结尾他都会说一句对不起,绝口不提田欣,也不做更多的解释。

皮皮从不回信,也从不主动打电话。

这世界并不允许皮皮这么快地堕落。

就在她辞别贺兰静霆后的第二周,报社出了一件大事。一位临时记者利用职权变相向采访单位索要金钱和贵重礼物一事被媒体曝光。社长勃然大怒,为防止此事再次发生,他果断地取消了临时记者的采访权。皮皮视若拱璧的记者证就这样堂而皇之地被吊销了。卫青檀只得亲自出马约见贺兰静霆,可是接待她的却是当地一位著名的律师。律师礼貌而又严正地重申了贺兰先生拒绝采访的意愿。虽然心不甘情不愿,此事就这样不了了之了。

备受打击的皮皮不得不向卫青檀询问自己的出路。

"坦率地说,临时记者转正的先例的确有,但那是好几年以前的事。那时报社缺人手,地方宣传部里却有一批非常活跃的青年,虽然没有记者证,也缺乏专业训练,却和基层有着紧密的联系,所以写出了很多优秀的报道。报社雇他们做临时记者,不少人很快就转了正。"卫青檀看着皮皮殷切的目光,叹了一口气,"可是,现在情况不同了。新闻系的毕业生供过于求,连地方上都塞满了,谁还来稀罕一个没有过硬文凭的临时记者呢?

"如果你真的想当记者,只有一条路,"她最后说,"考研,提升你的出身。"

C 城大学有全国一流的新闻学院,竞争强度也是全国一流的。为了具备考试资格,皮皮需要一个新闻本科的文凭。这个她总算在报名以前呕心沥血地做到了。根据招考大纲,她买了所有的必考书,还花了一千块钱买了各种辅导教材和练习题。

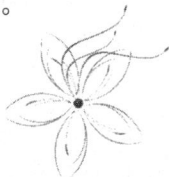

她参加了两个考前班，日以继夜地背书做模拟题。在考试之前，她拒绝想如下事实：

——C大新闻系研究生那年只有二十三个招生名额。其中十五个是保送生。需要考试录取的仅有八人。而报名人数超过三百，其中不乏往届毕业生和本地新闻界送来深造的记者。

因此，第一次参加考研，虽然各科都过了分数线，有几科还大大地超过了平均值，皮皮还是落榜了。

虽败犹荣，皮皮被自己的分数吓到了。她承认这一年她天天五点起床背单词，除了吃饭就是看书。为了考好政治，她认真看报纸，睡觉前还要将当天的新闻复习一遍。她对世界经济与政治有了前所未有的了解，对新闻、传播、广告、舆论、网络有了理论上的把握。她用了百分之五百的力气来备考，虽没考上，却给教授们留下了印象。有位老教授很和善地鼓励她说如果再接再厉，下次大有希望。

这一年皮皮过得很累，也很充实。考试让她暂时忘记了很多事。考完试后，她决定好好放松一下，买了两张NK演唱会的票，约了佩佩一起看演出。为了见到这位著名的摇滚歌星，皮皮特地找出了他所有的专辑，指望佩佩能利用职权给她弄个签名。

不料临到出发佩佩却被台里的一个临时采访拖住了，怎么也赶不来。皮皮忙给对摇滚完全不感兴趣的辛小菊打电话，却被告知晚上另有安排。

她只好提前半小时赶到C城体育馆退掉了一张票。买票的人锲而不舍地跟她砍价，她三文不值二文地卖掉了。

正嗟叹中，一抬头，看见了一个久违的人。

贺兰静霆。

并非心有灵犀，皮皮只是随随便便地往人群里一看，就发现了站在一棵松树下低头打电话的贺兰静霆。左臂打着石膏，吊着吊臂，看上去有点惨。早春二月，天暖风轻，他穿着件褐色的风衣。上身是柔软洁净的针织衫，灰蓝相间的条纹，配一条深红色的棉布围巾。下身是条洗得发白的牛仔裤，很宽松，很随意，很闲适。

皮皮觉得，如果男人也可以用"风情万种"这个词来形容，贺兰静霆就是了。他不动声色地站在那里，既不光鲜也不亮眼，路过的女人全都忍不住回头看他。

但这并不能改变贺兰静霆在她心中的基本印象。那就是，他是一只毛茸茸的大狐狸，而且是一只长满胡须的老狐狸。狼和狗是他的同类。无论看上去多么英俊可爱、财色迷人，他只对皮皮的肝脏感兴趣。

腕上的红珠似乎跳动了一下，虽然相隔百米，皮皮觉得，贺兰静霆一定是发现她了。但他的脸上毫无异态，仍然专心地打着电话，那只打了石膏的手也不闲着，居然

拿着一杯咖啡。

看着看着,皮皮忽然觉得自己应当过去打个招呼。毕竟贺兰静霆也算是个熟人,毕竟他曾经救过她。无论他属于哪一类野兽,毕竟,他没碰过皮皮。

她甚至对他产生了一点同情。莫大的世界,漫长的时光,他就这么孤零零地生活在一个完全不属于他的世界里,忍受着寂寞与黑暗。是人是妖,都不容易。

离演唱会开始还有一刻钟,皮皮想,过去打个招呼不会耽误她什么,便直直地走过去,大大咧咧地拍了拍他的肩:"嗨。"

"嗨。"贺兰静霆挂掉手机。

"手受伤了?摔跤还是车祸?"她问。

"骨折,快好了。"他淡淡地说,向她微微皱了下眉,"我最近有点倒霉。"

"我不记得你还喜欢喝咖啡。"

"里面装的是冰水。"他笑笑,向她扬了扬手里的杯子,"是不是很酷?"

皮皮失笑:"酷毙了。"

贺兰静霆将手机调成振动,然后漫不经心地问道:"近来过得好吗?"

显然他只是寒暄,皮皮却当了真,站在那里眉飞色舞地谈起了自己考研的经过,讲了足足十分钟。贺兰静霆倒也不烦,露出感兴趣的样子,还不时地问她各种各样的问题。最后他说:"所以你今天来这里面,是想放松一下?"

皮皮点点头,问道:"你呢?你来这里干什么?也是来放松的吗?"

"我是来修炼的。"

"修……炼?"皮皮诧异地看着他,压低嗓音,"贺兰静霆,你该不是想在这里干什么非法的勾当吧?"

"哦,不是你想的那样。"他连忙解释,"我只是喜欢在人多的地方练习吐纳。最理想的场合是大型球赛,气场好,男人多,阳气旺盛。摇滚歌星的演唱会、学校的食堂、火车站或地铁站是第二选择。我偶尔也去餐馆或迪斯科舞厅。"

"你能不能不要对我这么诚实?"皮皮忍不住堵住耳朵。

"诚实是一种优良的品质。"

"可是你修炼的时候,会打扰……或者说会损害他人的健康吗?"

"人多的时候不会。我很小心,我是个遵纪守法的狐狸。"

皮皮扑哧一下笑了:"那你就好好修炼吧。我先走了。"

"等等,我身边正好有空位,你愿意陪我一起看吗?"贺兰静霆忽然说。

"不愿意。"皮皮摇头,指了指自己的头,"我要考试,近来我非常需要一个完整的大脑。"

"那好，不打扰你，再见。"他很潇洒地挥了挥手。

看来和人聊天是有必要的。只是简单地聊了几句，皮皮的心情顿时变得很轻快。

走到检票口时她回头看了贺兰静霆一眼，却怔住了。

他一直站在原地，然后从口袋里掏出盲杖，辨认了一下方向，也慢慢地向检票口走去。体育馆的大门口站满了人，即使凭着盲杖贺兰静霆也走得很谨慎。他不想撞到人家，偏偏有不少人在他的身边挤来挤去，他一向自信的脸露出了不耐烦的神态。

不知为何，看到这样的情景，皮皮的心头闪过一丝尖锐的痛。她明明记得日落之后，贺兰静霆是可以视物的。现在明明是夜晚，日头早已落尽了，为什么他还看不见呢？虽然他嗅觉灵敏听力强大，可在这人声鼎沸、气息混乱的地方，他会迷路吗？

想到这里，她蓦然转身，拨开人群来到贺兰静霆的身边，一把牵住了他的手，低声说："贺兰，往这边来。这边人少。"

他微微一怔，站住了。

"现在已经是晚上了，为什么你还是看不见？"她轻轻问。

贺兰静霆似笑非笑地抬起头，嘴边掠过一丝揶揄："皮皮，你的同情心是不是有点太强了？"

"你的手受的是很重的伤吗？严重到影响了你的视力吗？"她继续问。

"这个你关心吗？"他眉头一挑，硬生生地放开她的手。

"我当然关心啦！"她大声地说，"怎么着我也算是认得你，如果你受了伤，怎么着我也得管管你，对吧，贺兰静霆？"

"既然你想管我，何妨一口气管到底？"贺兰静霆笑得更加诡异，"你嫁给我，好不好？"

"呸！"她踢了他一脚，"我叫你贫嘴。"

她很生气，下意识地按了一下他受伤的手臂，他痛得直咬牙。她赶紧松开手："说说看，你是怎么受伤的？和人打架了？"

他答非所问："演唱会你还看吗？已经开始了。"

"你怎么知道？"

"我听力好。"

"那就别磨蹭了。"她嘟囔了一句，牵着他的手，带他进了露天体育馆。

想不到有钱的贺兰静霆买的票居然比皮皮的还差，在最后一排。入场的人已进了大半，他们俩在人群中穿梭，一步一级地往上走，找到座位坐定。皮皮觉得自己就

好像是坐在了半空当中，恨不得要带个氧气瓶。往下一看，舞台只有巴掌那么大，里面的人变成了图钉那么大的点。所幸馆内装有先进的音响，舞台上还有一个巨大的屏幕。

NK乐队的主唱是个艺名叫作"阿归"的性感男生，声线淳厚细腻，带着浓重的古典腔调。四十岁以下的女人全被他迷得神魂颠倒，皮皮自然也不例外。

阿归的第一曲才唱到一半，她就跟着下面的粉丝团一起尖叫："阿归阿归我爱你，就像老鼠爱大米！"边叫边将手里的围巾舞来舞去，又唱又跳，一副发烧级狂热粉丝的模样。

第二首《朱雀街》是慢曲，由阿归独自抱着吉他清唱。这是他的成名作，富有深情，饱含沧桑，像他的嗓音，清纯而忧伤，高音飙到极致，微微一转，翩翩跹跹地折下来，真是一唱三叹的缠绵，掏心掏肺的熨帖。皮皮百听不厌，曾创下一夜间听了八十五遍的纪录。曲好，词更好：

> 寐里霓裳飘带，太液歌飞桃花。露上秋千架。
> 丝路天涯，风举寒衣乱，青钲影里红线绵，纤手成霞。
> 一羽鸿书衾边斜，听胡笳。
> 夜漏声催霜华，点点蹄铃踏梦，踏梦归来，长安月下。
> 长安月下，是谁家。①

而人群中的贺兰静霆却坐得很安静，他摘掉了眼镜，一向半闭着的双目完全睁开了，全神贯注而又面无表情地直视前方。从头到尾，整整两个小时，他一动不动，一言不发。任关皮皮在他身边如何地跳跃尖叫，他只当是没看见。

演唱会行将结束，皮皮从包里拿出光碟挤到最前排，伸出长长的手，索要签名。可是无论她怎么挤都被更前排的人挡住了。其中还有个粉丝很不客气地推了她一下，正好将她推出阿归臂力所及的范围。

皮皮怏怏地走回座位，一边喘气一边叹息。贺兰静霆站起来，说："你没拿到签名吗？"

"没。人太多了，根本挤不进去。"

他淡淡一笑："明知如此，你还凑什么热闹。"

"人家是归归的粉丝嘛！我最喜欢他的《朱雀街》，还喜欢新专辑里的那句'一点

---

① 此词《朱雀街》是我的好友龙空网站散文版版主凌天笑先生所作，特此注明，并深表感谢。

疼一点爱,一路都问你在不在'。"

贺兰静霆失笑:"你不觉得那句很肉麻?"

皮皮靡靡地说:"要的就是那份肉麻。"

歌手已经退场,听众渐渐地散了。皮皮心情甚好,牵着贺兰静霆的手,一路引着他走出了大门。还很关心地问他:"你需要我替你叫辆出租吗?"

"不用,我还要见一位朋友,自己散步回去就好。"

"可是,这里离你的住处很远呢。"

"那你愿意陪我走一段吗?"

"你不是要见朋友吗?"

"是他想见我,就说几句话而已。"

皮皮心里想,好事做到底,送佛送到西,再说今晚她也没有别的事,便欣然答应。

她依然牵着他的手,慢慢地沿着街边散步。默默地走过一个夜市,路上行人很多,街头的小店不时传来叫卖声。贺兰静霆的手很温暖,指腹有些硬,细细抚摸可以感觉到上面的纹路。他的身上仍然飘着那股深山木蕨的气息,越是靠近越是清晰可闻。

"你的朋友说好在哪里见你吗?"走了大约十五分钟,贺兰静霆没有停下来的意思,也没有接到任何电话,他好像是漫无目的地往前走。

贺兰静霆说:"他来了,就在我们的背后。"

果然,一辆黑色的加长轿车在离他们不远处停下来,走出一个戴着墨镜的青年。

皮皮一下子呆住了,揉了揉自己的眼睛,确信自己没看错。

是那个阿归。金碧辉煌的阿归,闪闪发光的阿归。皮皮顿时心跳加速,面色绯红。

他没有穿亮晶晶的演出服,而是换了一件灰色的套头衫,走路一晃一晃的,和街头的小青年没什么两样。皮皮本来也没有近距离见过他,但每张 CD 上都有阿归巨大的头像,她不可能认错。

"嗨,阿归。"贺兰静霆上前打了个招呼。

"先生。"

皮皮觉得阿归的语气很奇怪。他在歌坛以叛逆出名,摇滚的歌词里满是粗话,见了贺兰静霆,神态却像学生见了老师那样毕恭毕敬。

"这位是关小姐。"贺兰静霆介绍道。

"关小姐,您好。"阿归向皮皮笑了笑,笑容很腼腆。

"小姑娘想要你的签名。现在方便吗?"贺兰静霆说。

"当然当然，"他掏出笔，殷勤地问，"小姐，您需要我签在哪里？"

皮皮立在那儿，一直很花痴地看着他，半晌才回过神，忙从包里掏出预先准备好的CD递上去。阿归大笔一挥，在每张CD上都签了字，还写了长长的祝福。

皮皮激动得双腿发软，看着他签完，掏出相机，得寸进尺地说："阿归哥哥，那……请问……我可以和您合个影吗？"

"没问题。"

她拉了一个路人给他们照相，咔咔咔，不同的角度，一连拍了三张。

"恭喜你，演唱会开得很成功。"贺兰静霆说。

"过奖了。"阿归垂首，低声道，"先生，需要我送您回家吗？"

"不用。"

"下次的演唱会在北京，先生您有空光临吗？"

"嗯……恐怕我去不了。"

阿归没有坚持，只是说："先生，阿归需要您的祝福。"

贺兰静霆伸出手，摸了摸他的头："祝你一切顺利。"

"先生还有什么吩咐吗？"

"没有了。"

"那么，阿归告辞了。"

"请等一下，"皮皮赶紧说，"阿归哥哥，我能最后再问一个问题吗？"

阿归看着她，很温柔地说："请讲。"

"《朱雀街》那么美，那么动听，请问您是从哪里获得的灵感？"

阿归想了想，道："那是一首很老的曲子。"

"哦？"

"也许您得问一问您身边的人。"阿归道，"词和曲都是他写的。"

青石板的路上是晦暗的灯光。转过一条街，顿时冷清了，只有他们自己的足音。

不知为何，当知道是贺兰静霆写了那首《朱雀街》时，皮皮忽然有一点点失望。本来有很多问题想问，一下子都吞回了肚子里。这种感觉就像你很喜欢一本书，因此喜欢上了那本书的作者，结果他却突然告诉你那书不是他写的一样。皮皮喜欢阿归就是因为那首《朱雀街》，然后就成了他的铁杆粉丝。她做过所有铁杆粉丝都会做的事：收集CD，收集海报，收集新闻和照片。知道他的生日，知道他的口味，知道他最喜欢的颜色和电影。其实阿归不是经典意义上的美男。除了那性感的脸和声线，他的个子有些矮，学生气也很重。但他有一双忧郁多情的眼睛，皮皮对他的喜欢就如一江春水脉脉远山，滔滔不绝连绵不断。喜欢的女歌手她换过很多个，但男歌手

只此一位，别无分号。所以，一听见《朱雀街》不是阿归写的，皮皮对他顿时感觉全没了，有点像失恋。

一路上她都提不起精神说话，只是默默地牵着贺兰静霆往前走。她不敢走得太快，毕竟贺兰什么也看不见，只是盲目地跟从她。步子一快就显得自己不耐烦了。她小心翼翼地选择平坦、没有坑洼的大道，避开充满行人和地摊的夜市，为此宁肯绕道。结果转了几弯之后她有点迷路，步子禁不住缓下来，东张西望，寻找标志。

贺兰静霆这才说："往右转，走出去应当是东门街。"

皮皮一顿，停下来："你怎么知道？你能看见啊？"

"东门街有个清真牛肉馆，气味在右边不远处。"

"这城里至少有一百家清真牛肉馆吧？"

"是东门街的那家，我肯定。"

贺兰静霆超凡的嗅觉，她当然相信，便拉着他向右转，拐进了一条黑魆魆的小街。左边临着马路，右边是一排安静的办公大楼。后面大约是住宅区，皮皮听见了几声狗叫。

"这里有狗。"皮皮捏了捏他的手。

"拴着呢。"

"这狗真聪明，老远都能嗅出你来。"

贺兰静霆转身看了她一眼，面寒似铁。皮皮赶紧闭嘴。

走了几步，她终于忍不住问："那首《朱雀街》真是你写的吗？"

"嗯。"

"曲子也是你写的？"

"嗯。"

"你会很多乐器吗？"生怕他觉得自己问得太多，皮皮又说，"我什么乐器也不会，不过我很喜欢音乐。尤其是流行音乐。"

"我曾经喜欢过音乐。"他答非所问。

"那你会弹古筝吗？七根弦的那种？"皮皮忽然想起高一时候的一次文艺表演，汪萱穿着古装弹过一次古筝，那优雅的样子把全班的女生都羡慕坏了。皮皮于是回家吵着也要学古筝，奶奶带着她找了位老师一打听，一个小时一百块，且不谈古筝本身的价钱。不用奶奶暗示，皮皮就自动放弃了。

"那是古琴。筝一般是十二根弦，瑟是二十五根弦。"

"为什么要写那么忧伤的曲子？你有什么伤心事吗？"

"女士，你是在打听我的过去吗？"

"嗯,说出来,我好开导开导你。"她转过头,好奇地看着他。

他的反应有些奇怪,转过头去,避开了她的目光。显然这不是他喜欢的话题,便一字也不答。

"你们狐族……嗯……和人一样,也谈恋爱吗?"越是神秘越是有料,皮皮对他更感兴趣了。

"谈啊,"他说,"现在正是季节。"

"你是指 Mating Season(交配季节)吗?"不好意思说中文,皮皮差点把笑呛到喉咙里。

他看了她一眼,说:"是的。这很好笑吗?"

"倒也不是……"皮皮窘到了。

"人类也有发情期,只不过为了文化的需要,都压抑到潜意识里去了。"

"这是弗洛伊德说的吧。"

"他说得挺有道理。"

"那你们,信仰什么?"

"我是修仙的狐狸,当然信道。"

"道?是道家的道吗?"

"'天地与我共生,万物与我为一。'我很喜欢这句话。"

"就是那个'道生一,一生二,二生三,三生万物'吗?"皮皮庆幸自己总算认真学过大学语文,读过一点《老子》。

"不是,"贺兰静霆摇头,"正好倒过来。我们所说的道从来没有开端,也没有结束。世界是根状的,像爬满墙壁的青藤,又像水中交缠的水草,没有主茎,也没有支茎。每一条茎都可以变成一个独立的主茎,每一条根也可以发展成另一个根系——我们可不像人类那样把什么都想成一个统一的。"

这几句话很费咀嚼。皮皮顿时觉得贺兰静霆很深奥:"这是你自己的想法,还是你们狐族人人都接受的想法?"

"怎么想是自己的事,为什么要人人接受?"他扬了扬眉,摘下眼镜,插入裤子口袋。月光在他脸上投下一道阴影,令他的眉宇更加分明,显示出雕刻般硬朗的直线。那股若有若无的木蕨香气骤然间浓郁起来。

"今夜的月光很好,晒了这么久,你是不是觉得好些了?"皮皮问。

"什么好些了?"好像没听清她的问题,他侧耳过来。

"你的手,还有眼睛。"

"没有。"

那条街越来越窄,也越来越暗,她忽然听见身后有几个杂乱的脚步声。她顿时警惕起来,拉着贺兰静霆快步向前走,想甩掉身后的人。

那几个脚步声也加快了,几乎是小跑,离他们越来越近,且一直跟在他们身后。

皮皮低声说:"糟了,贺兰,我们有麻烦。"没等他回答,她又说,"快把你的钱包给我,看样子他们是要钱。"她掏出了自己的钱包,里面有三百块钱,她抽出两百放到口袋里。

贺兰静霆的手却没有动:"我为什么要把我的钱包交给别人? 再说我也没有钱包。"

皮皮这才想起贺兰静霆憎恶一切皮制品,自然就没有钱包。他的钱和卡就塞在口袋里,还抱怨说既然人类发明了口袋,又何必发明钱包。

可是,这是讨论问题的时候吗?

"听着贺兰,你手臂有伤,眼睛也看不见,后面有三个人来意不善,咱们不是他们的对手。"

"好吧。"他想了想,很老实地从兜里掏出了一沓纸币,塞到皮皮手中,同时晃了晃手机,"我们是不是应该报警?"

"来不及了,肯定是忙音。如果真打起来,你自己先跑。我会一点散打,估计可以抵挡一阵。"皮皮很英勇地拍了拍他的肩。

贺兰静霆的嘴角抽动了一下:"对不起,我没听清。你是说——你保护我?"

"当然啦。哪次不是我保护你,贺兰同学?"

"我好像有点感动。"他说,"这是要还的人情吗?"

"不用还,免费的。"

这半年的时间里,除了准备考研,皮皮还参加了一个散打班。起因是佩佩给了她一张体育中心的年卡,最低级别的那种。除了健身和游泳,只能参加一些初级学习班,比如舞蹈、瑜伽、武术、散打之类。皮皮本来想报瑜伽,发现早已满额,只有女子散打班还有几个名额,便去报了名,一周两次地学了起来。师傅说她进步很快,打算让她代表全班参加全市的女子业余散打表演赛。因为这个表演赛,皮皮练习得很认真,沙袋都让她踹破了好几个。可是实战经验嘛……一次也没有。

等她转过身去看见了后面的三个人,心里的那点胆子顿时缩成了一个点。

来的是三个男人,个子都不高,而且很瘦,很有肌肉的那种瘦。可怕的是每一个人的手上都有一把明晃晃的刀子。

在距离两米的地方,双方都站住了。

"喂,你们两个,借点钱给兄弟们买烟吧。"当中的一人粗着嗓门嚷道。

二话不说，皮皮将自己的钱包扔了过去。

其中的一个大胡子指了指贺兰静霆："小子，你的钱包呢？"

皮皮大声说："难道你们没看出来他是个盲人？他能有什么钱？"

"嗬，小丫头还挺护着他的。怎么，你的心上人啊？"大胡子向她走了两步，叼着烟，咝咝地笑道，"他是瞎子吗？眼睛睁得挺大的嘛。"

说罢，很猥琐地将一口烟喷到她脸上。同时扑面而来的还有一股呛人的酒肉之气。皮皮忍不住咳嗽了一声，被他色迷迷的样子恶心到了。

"他不用钱包，这是他的钱。"她将手中的纸币卷成一团，扔了过去。

那人扫了一眼纸币的厚度，将它扔给旁边的人，忽然一笑，说："嗯，这小子钱不少嘛，银行卡里的钱应该更多吧！这附近正好有个提款机，你的银行卡呢？"

贺兰静霆扔给他一张卡，顷刻间，又被他扔了回来。

大胡子突然将皮皮一拉，拉到自己的怀中，将刀子往她的脖子上一比，狞笑："卡里有密码，还是你自己去取，我们要两万块。先扣着你的女朋友。"他的手臂牢牢地圈在皮皮的颈上，浓密的胡子发出一股难闻的酸味。他的身子紧紧地贴着她的腰，还不怀好意地扭动了一下。

虽然近在咫尺，贺兰静霆并不知道他做了些什么，眼睛却渐渐地眯了起来。

就在此时，皮皮的身子猛然一转，右手扣住了那大胡子拿刀的手，一脚踹过去，将他踢了个趔趄！那人也不迟疑，拿着刀就向她扑来。

接下来发生的事谁也没有料到。一切都进行得太快，谁也没看清。只见大胡子的身子连同他的刀忽然间便飞了出去，越过一人多高的路栏，落到车来车往的马路上。从各个方向传来紧急的刹车声，接着便是一声惨叫，那人似乎被撞了，身子在地上打了几个滚，便一动不动了。

剩下的两个人完全呆住了，怔怔地望着贺兰静霆，张大嘴，半天说不出一个字。

"我想，你们的朋友刚刚出了车祸。"贺兰静霆淡淡地道，"两位是不是也想出点车祸？"

两个人如同大白天见了鬼一般，扔下钱和卡，拔腿就跑。

直到此时，皮皮才感到颈上火辣辣的有点痛。用手一摸，摸到一些血，那个人的刀还是划伤了她。

可是令她纳闷的是，贺兰静霆的左臂仍然吊在吊臂里。难道他只用一只手就把那一百多斤的人扔了出去？太不可思议了！武侠小说也不是这样写的啊。

她拾起地上的钱和卡交给他，认真地说："刚才的事，谢谢你。"

"你受伤了？"他转过身来，正对着她的脸，问道。

"一点小伤。不要紧。"她到钱包里找创可贴，找来找去找不到。

"你介意我来帮你止血吗？"

"哦？你会？当然不介意。"皮皮笑了笑，"你身上有烟吗？烟叶能止血。"

"我有更好的办法。"他拉着她走到一个墙角。

然后，他双手托着她的腮，头低了下去。冰凉的嘴唇划过她的鼻尖，停留在她的伤口上，在那里轻轻地吮吸。他的动作很轻柔，却是来来回回的，好像一只猫在舔一碗蜂蜜。

皮皮浑身一震，几乎发起抖来。不禁怀疑面前的人究竟是狐狸还是吸血鬼。

这是什么？是疗伤吗？

她的伤口本来有点痛，被他芳香的气息一吹，立时变得痒酥酥的。他们的身体挨得更近，近到可以感觉到他块状的胸肌。而且，他几乎是拥抱着她的。

皮皮心里一阵慌张，手无处可放，死死地抓住他的头发。

"哦……是这样啊……"她面红耳赤，浑身发软。

"动物嘛，不都是这样……"

"需要……需要很长时间吗？"

"一会儿就好。"

第十三章

观音湖派对

到底，那天晚上皮皮没有跟着贺兰静霆去闲庭街。

虽然贺兰静霆英勇地救了她，可后面发生的事却让她觉得情形不妙。她谎称要准备考试将贺兰送到山下，替他叫了一辆出租便离开了。

回到家后她认认真真地洗了个澡，对着镜子检查颈上的伤口。一道浅浅的红线，像被铅笔划了一下，已经完全愈合了。她用手轻轻地抚摸着那道伤痕，回忆他唇齿之间的一丝甜美印迹，心中那个坚硬的壳正在悄悄地变软。可是镜子里面出现的那张脸，又令她一阵气馁，心头涌起了种种疑虑。无论是长相还是家世，她都是个再平凡不过的女孩，或许能够吸引他的只是自己的肝脏吧。何况，她也不能确定在贺兰静霆英俊的皮囊下面会是些什么。张牙舞爪的野兽吗？千年不散的阴魂吗？他会一直纠缠她吗？她会爱上他吗？如果真的爱上了，他会吃掉她吗？

她害怕第二天会收到贺兰静霆的电话，会借口救了她让她做各种各样的事，比如晒月光之类。结果她白白紧张了一天，贺兰静霆根本没来找她。接下来，整整两个月都没有他的任何消息。皮皮松了一口气之余，禁不住又有些好奇，从好奇里，又滋生出一点期待。

四月中旬的一天，她正在总编室里统计记者的稿件，办公室的电话响了。她拿起听筒，很职业地自报家门："你好，C城晚报总编室。"

"嗨，皮皮。"那端传来一个男人的声音。

"嗨——"皮皮一时没听出来，因为背景有些吵，"请问您是哪位？"

"贺兰静霆。"

"哦！贺兰你好！"不知为什么，听见他的声音皮皮有点兴高采烈，等她觉察到这一点，连忙将嗓音压低，"找我有事儿吗？"

"晚上我有群朋友要去森林公园春游，大家一起烧烤、打球，很多人，很热闹，你愿意来玩吗？"

"几点钟呀？"

"八点半。"

"好啊。需要我带什么去吗？"

"不需要，你人来了就可以了。对不起，这么晚通知你。本来是下周的，有几个人说来不了，就提前了。"

"没问题。是西边的那个观音湖国家森林公园吗？"

"对。七点半我到你宿舍来接你，可以吗？开车大约要一个小时的时间。"

"好的，到时候见。"

放下电话，皮皮的心怦怦乱跳。她有点紧张，又有点兴奋。不得不承认，皮皮好

久没有约会了。除了报社的年终晚会,也没参加过任何派对。她像个地道的失恋者那样天天闷在屋里,杜绝一切社交,除了学习、锻炼,以及搜索家麟的行踪,心无旁骛。

下班之前皮皮赶紧给佩佩打电话请求援助:"佩佩,今晚我有 party,怎么穿衣服? 你过来给我参谋参谋!"

"Party! 你现在肯 party 了?"认识佩佩之后,皮皮才知道 party 原来是可以用作动词的。电话那头佩佩嚷开了:"上个星期我让你来我的 party 你为什么不来? 我还说给你介绍个人呢,你也不感兴趣。话说,你现在有兴趣吗? 我让他 call 你好不好? 人家条件很不错哟。放心放心,不是演艺圈也不在宣传口,记者多花心啊,千万不要碰。那人姓徐,是个医生,脑外科的,年纪轻轻便是副主任医师,有房有车,挣得可多了。"

"没兴趣,条件不错你自己要吧。"到底是好朋友,不需要虚伪的应酬,皮皮一句话就驳回了。倒不是皮皮对自己的终身大事不关心。和家麟分手之后,佩佩曾经给皮皮介绍过两次对象。男方的条件都不错,一位是电视台的编辑,一位是大学的体育老师。抹不开老朋友的面子,皮皮硬着头皮去相亲。心里也劝自己,不能一辈子都掉在家麟这个坑里嘛,新的生活还是要开始的!

岂知"开始"并不是件容易的事。那两位男士都没看上皮皮,见了面客气地交谈了几句就走人了,没了下文,回头连个电话也不打。皮皮窘到家了,佩佩更是不好意思,连连责备自己失职。经过一番仔细分析,她和小菊同时认为皮皮需要换一换口味。也许她来自工人阶级,对工人阶级出身的男人会更有好感。于是,小菊牵线,把一位英俊的出租车司机介绍给了皮皮。皮皮也去见了面,头两次那人给人的印象不错,诙谐可爱,力大无穷,帮皮皮家换过一次煤气,两人还到公园去划过船。后来在一次谈话中皮皮不小心提到自己考研的事,那位司机就不自在了,紧接着就失去了联系。后来一打听,他倒不是嫌皮皮人不好,而是对学历高的女人心存畏惧,怕成家之后自己没地位。皮皮觉得十分沮丧,以后但凡有这种事,一律不见面,直接拒绝。

说来说去还得怪家麟。家麟给了她太多不切实际的自信。她关皮皮只是个平凡不起眼的女孩子。

回到宿舍佩佩已在门口等她了。当下一起进了门,将皮皮的衣柜打开。两人翻来翻去,翻出一件湖绿色的针织长袖,下面连着一条短裙。这还是两年前皮皮和佩佩一起逛街时买的,当时正值大降价,降到五折还是贵,回来发现只能干洗,皮皮悔个没完,一直不舍得穿,后来放着放着就忘记了。

现在穿了在镜子前一照,果然秀丽,衬着她的细腰长腿显得身段越发高挑。

佩佩替皮皮在脑后高高地绾了个髻，像芭蕾舞演员，露出她巴掌大的小脸和细长的脖子。又拿小钳拔她的眉毛，拔得她嗷嗷直叫。

"这么粗的眉，跟灌木似的，平时也不打理吗？修个眉也就十块钱。"佩佩一面拔一面数落，一直拔到皮皮眼皮红肿才收了手。又吆喝皮皮去洗脸、做面膜，最后替她画了一个淡妆，戴上一对长长的耳环。

耳环是佩佩的，也就是一颗珍珠，但有长长的吊线，头一低就到肩上，有点怪。

"还是换对耳环吧？"皮皮到自己的首饰盒里找出一对珊瑚耳扣，被佩佩一把拦住，扔了回去。

"不行，就得带这对。这是我的幸运耳环，带着它见男人，无往不利。记住，不管你自己长得什么样儿，也不管你会见到什么人，头都要抬得高高的，好像你是公主。如果发现耳环碰到了肩膀，就说明头抬得不够高。这耳环就是用来给你提个醒儿的。"

原来是这功能。皮皮不吭声了。她从小就怕见大人。在家怕家长，在校怕老师，在单位怕领导，去银行怕柜台，买东西算错钱也不敢找人理论，怕吵架，时时刻刻都是一副羞怯的样子。可是熟识皮皮的人又知道她的脾气其实并不温顺，属于火山形，要么沉默，要么爆发。平时看上去蔫蔫的，温吞水一般，一旦惹急了比谁都凶。

既然是贺兰静霆的 party，皮鞋是万万不能穿的。皮皮换了一双帆布球鞋，下班临时买的，朴素的料子，式样很别致，鞋面上镶了几块绿松石。

最后她找出自己喜爱的香水。佩佩却说："别用了，你自己够香的。"

皮皮闻了闻自己的衣服："我香吗？我没洒香水啊。"

"挺香的，还是好闻的香味。什么牌子的？下次我也买一瓶。"

皮皮呆了一下，继而释然。那么，这就是贺兰静霆种的香了，自己闻不到，别人却可以察觉。当下只好敷衍："可能是商场里的销售小姐喷的吧。"

谢天谢地，佩佩没有继续盘问。自从两次相亲失败，佩佩对皮皮去见任何男人都持谨慎和不评论态度，除非结果是积极的。

日头落得很快，佩佩离开不久天就黑了。

天际的亮色一点一点地收敛，墙上钟声微弱，七点过后不久，皮皮就从窗外看见一辆黑色的轿车停在宿舍大楼外的梧桐树下。

南方的春季本来就早，一连晴了十几日，气温骤然攀升，暖风吹来，已是初夏景象。

怕冷的皮皮觉得天气还没有那么热，贺兰静霆却已是夏天打扮。纯白的亚麻衬

衣,淡灰的休闲裤,赤脚穿着沙滩鞋,露出白皙的脚趾,整个人看上去黑白分明、清清爽爽。大约刚刚洗过澡,他的身上弥漫着一股潮气,混合着剃须水的香味,头发湿湿的,又黑又亮,不知是忘了吹干,还是特意上了摩丝。

他正要按楼下的门铃,蓦地看见皮皮走出来,便摘下墨镜,对她一笑。

其实贺兰很少笑,嘴角都不弯一下,多数时候不过是眼眸微动,笑意仿佛一个从心底浮出的气泡,瞬间便释放了。皮皮微微一怔,觉得那笑容似曾相识,甚至那张脸也仿佛以前在哪里见过,仔细一想又毫无头绪,不觉有些恍惚。

"嗨。"

"没让你久等吧?"他问。

"没有,你太准时了。"

寒暄完毕,贺兰静霆绅士十足地替她拉开了车门,看着她扣好安全带,然后到驾驶座上开车。

"是很大的 party 吗?"皮皮问。

"不很大,二十几个人吧。"

"是你们博物馆的同事?"

"不是。只是我的一些朋友。"他淡淡地说。

皮皮乐了:"原来你还有很多朋友,我一直以为你只喜欢一个人呢。"

"我是喜欢一个人,"他说,"不过我也有几个朋友。"

然后,皮皮开始问自己最关心的问题了:"会有很多吃的吗?"

但凡听说有聚餐,皮皮中午就不吃饭了,将肚子留到晚上。所以她现在真有些饿。

"嗯。会有很多你喜欢吃的东西:烤鸡翅、烤香肠、烤鱼、烤螃蟹、烤龙虾、烤蔬菜、各种点心和水果……"

"听起来有好多荤的,有你喜欢吃的吗?"

"我没让他们准备。不过我不介意陪你吃点水果。"

"你的朋友喝酒吗? 我带了两瓶葡萄酒。"皮皮指着放到后座的一个大袋子。

"当然会喝。你太客气了——"

两个人不冷不热地聊着。皮皮觉得贺兰静霆今天特别友好、特别客气。

汽车很快出了城,向西驶往本地一个著名的风景区。那是一座面积巨大的森林公园,群山环绕,北面临着一个本省最大的淡水湖。因为山上有个观音寺,所以也叫观音湖。湖边是一溜白色的沙滩,旁边是茂盛的桑林。因为离城较远,皮皮只去过一次,还是五年前的事。

车在高速公路上开得飞快。皮皮注意到贺兰静霆的手臂已能运动自如，便说："嘿，你手上的伤好了？"

"好了。"

"眼睛也——"

"看不见路我能开车吗？"

"对。"

没话说了。贺兰静霆本就不是个多话的人，问一句答一句，都很简洁。皮皮觉得有点闷，便把车上的收音机拧来拧去，拧到那个降 E 调的短波台，里面放着一段舒伯特的小夜曲，呜呜咽咽，如泣如诉，听得让人直打瞌睡。她渐渐有了困意，几乎要睡着了。没过多久，汽车驶入森林公园，在幽暗的林间小道上曲折向前。十分钟后，眼前蓦然一亮，却是一处银色的湖滩，当中熊熊地燃着一堆篝火。

停车场已停满了车，有十几辆之多。清一色奢侈的牌子，先锋的式样，亮眼的颜色，倒显得贺兰静霆的奥迪十分朴素。一下车皮皮就习惯性地牵住了贺兰静霆的手，紧接着就意识到他其实不用引路，便要悄悄松开手，手心一紧，却被贺兰静霆握住了。

他握手的样子看上去很自然，可皮皮却觉得自己的整个右半身都僵硬了。她拧过头去瞪了他一眼，贺兰静霆笑了笑，手仍是握着不放。

越过一排橡树，一股浓郁的烧烤香味迎面扑来。同时传来的还有男男女女的笑声和交谈声。

这是皮皮有生以来见过的最奇异的 party，里面的人各有特色，但全是俊男靓女，就算是名模明星光临，也不一定有他们光鲜出色。这么一想，皮皮有些泄气，耳环顿时触到了双肩。

与此同时，贺兰静霆的手指却紧了紧，甚至将她往自己的身边拉了一下。皮皮不由得想起佩佩说过的话："走路的时候，如果你肯将自己的双肩用力向后，会显得你的胸比平时高，腰比平时细。"当下挺胸抬头，微笑着向四周扫来的目光致意。

贺兰静霆拉着她向里面的人介绍："这位是关小姐，在报社工作。"

皮皮友好地和他们握手、寒暄。有人递给她一瓶汽水，热情地指给她烧烤的地方，很客气说："您不用去烤，有专人负责，烤好了您直接拿着盘子去取就可以了。"

皮皮向他指的方向一看，一共有三个烤炉，各由一位男士负责。长长的餐桌上摆满了食物。皮皮暗想，这些东西贺兰静霆是绝不会吃的。只要自己守在烤炉旁边，就等于摆脱了他。便笑眯眯地去取碟子，正要去炉边排队，不料贺兰静霆居然嫌

那里的油烟大,不让她去,接过她的碟子说:"想吃什么？我替你拿吧。"

就这样,他终于放开了皮皮的手。皮皮轻轻地吁了一口气,自由了。但自由有自由的代价,皮皮立刻觉得很孤单。

她悄悄地想,这会是一群什么样的朋友呢？每一个人看上去都很年轻很美貌很富有,好像来了一群言情片里的男女主角。可是,他们显然来自不同的地区,说话南腔北调,有两个男子看上去明显是亚欧混血,说一口带着浓重英文口音的普通话。

奇怪的是,他们看上去又好像彼此都认识,见了面都没有自我介绍。

仿佛这里只有皮皮一个人是新来的。

皮皮四下一看,发现不远处聚着一大群和她年纪相仿的女孩子,便信步走了过去。

女孩子们个个容貌艳丽,打扮得花枝招展,每人端着一个盘子,一边吃,一边唧唧咕咕地说笑。见皮皮过来,都微笑着向她打招呼。

皮皮觉得有些紧张,声音不免拘谨:"你们好,我是关皮皮。"大家纷纷报了自己的姓名,都是些很普通很雅致的名字,比如"方近雪"、"李青青"、"冯晓月"之类。

其中一个人问道:"皮皮,你有几年了？"

皮皮以为她是问自己的年纪,忙说:"我二十二了。"

那一群人都笑了:"那你是最小的哦。"

又有一个人小声说:"贺兰就是喜欢雏儿。"

皮皮有点窘。看来她们和贺兰静霆也很熟识。便仔细打量每一个女孩,她们虽然个个千娇百媚,但是年纪看上去都不大,都只有二十出头。有几个看上去更小,只有十七八岁。心下不禁纳闷,为什么说她是最小的呢？她的个子也不算小,比其中一半的人都高呢。

转念一想,她就吓到了。

难不成这些人……全是狐狸？

皮皮只觉大脑里面轰的一声,几乎要昏倒了。

"嗨,皮皮,你不舒服吗？"那个李青青问道,"贺兰喜欢开快车,你是不是晕车了？"

"没……没有。"虽然强作镇定,皮皮的脊背都被冷汗打湿了。

接下来的话证明她猜得果然没错。

"皮皮你真不错,才二十二年就能修炼成人形,贺兰一定帮了你不少吧？"有一个穿着夜光绸的女孩子插口道。

"嗯……是呀。"皮皮的嗓音有点哆嗦,"你呢？你有多少年了？"

"来这个 party 的人修行至少五百年，不然没资格。我今年刚刚够。"女孩子显示得很兴奋，"我是从沈阳坐飞机来的呢。"

原来是高层聚会。

皮皮急得只想擦汗。好嘛，这回可是到了狐狸窝了。

见很多人的碟子里都有鸡翅，显然没人吃素，皮皮不禁好奇："鸡翅很好吃吗？为什么贺兰总不爱吃呢？"

"这里只有贺兰一个人吃素。我们道行浅，抵御不了鸡的诱惑。"那个叫方近雪的大眼女孩说，"天啊，我都不知道吃了多少鸡翅了，会不会长胖啊？"

"长胖不会，长出只鸡翅膀倒有可能。"另一个女孩取笑她。

"死妮子，看我等会儿把你的小吴偷过来。"

"偷什么偷嘛，你拿冰璇哥哥来换就可以啦。"

大家一阵乱笑，其中一人笑得太厉害，盘子里的鸡翅都滑到了沙里。

"唉，也不知今晚有没有戏呢。"人群中忽然有一个声音幽幽地叹道，"头儿每次都忽悠我们——"

这话一出口，众人的目光齐齐地聚到皮皮的脸上，欲言又止。

皮皮的肚子本来就饿，被她们看得左也不自在，右也不自在，双腿不禁一阵发软，便攀住一条柳枝，瞪大眼睛，盯着她们："怎么啦？有什么事和我有关吗？"

忽然间，有人轻呼道："天啊，你们看，她的腕上有贺兰的魅珠！"

顿时有几个人捂着胸口叫了起来："啊！天啊！我的神啊！这是真的吗？这是真的吗？"

"肯定是他的。味道能有假吗？而且就他一个人的珠子是红的。"

"哎呀，皮皮你也太有福了。你是怎么让贺兰看上的？说来听听。"冯晓月哀哀地叫道，"我们努力了几百年也没戏呢！"

"他没看上我。"皮皮矢口否认，"我没觉得他看上了我啊。"

"魅珠都给你了，那是当然的啦。皮皮你真是修行时间短，怎么什么都不知道呢？"

"哦……"皮皮心里说，他哪里是看上了我，不过是看上了我的肝而已。但在这种情况下，她觉得还是什么都不说为妙。

又有一个人问道："可是皮皮，你的媚珠在哪里？"

皮皮知道狐族男女都会有一颗珠子以做定情之物，女人的珠子称为"媚珠"，男人的叫作"魅珠"。

说话的人立即被另外一个人推了一把,语气明显有些鄙夷:"别为难她了,修行不到一百年哪里会有媚珠嘛。"

"嗨,别这样和新人说话!"有人纠正。

"贺兰傻了才会看上她,"那人偏不买账,双眉一挑,"年限相差那么远,和她在一起完全是浪费工夫!"

说话的是个紫衣美人,胸前挂着一串闪闪发光的珍珠,个子有些高,披一头长长的秀发,样子看上去很温顺,想不到说话这样厉害。

这就是人们常说的狐狸精吧。皮皮叹道,话没说几句,就开始争风吃醋了。她也不动气,站在一旁,只是笑眯眯地看着大家。然后指了指天上的月亮,道:"今晚的月亮真圆,大好时光,大家要好好珍惜哦!"

人群忽然沉默了。

有人轻轻说:"贺兰来了。"

她一转身,果然看见贺兰静霆端着碟子向她走来。向众人微笑致意之后,递给她一个装着鸡翅和水果的碟子。仿佛嗅到人群中的气氛有点不对,他向皮皮低声建议:"你不想到篝火那边坐一会儿吗?"

篝火旁边坐着几个喝酒的男人,皮皮觉得更加恐怖,连忙说:"我先在这里聊一会儿。"

"他们叫我打排球,我先去了。"

贺兰静霆一离开,女孩们又开始叽叽喳喳。

"完了完了,祭司大人一定是爱上你了。"冯晓月说,"我认识他几百年了,也没见他给我端过一次盘子。"

"我们真的只是认识而已。"皮皮徒劳无益地辩解着。

"可怜的千花……"有个声音低低地叹道。

人群中出现一阵短暂的沉默。

过了片刻,又有一个人悄悄地说:"今天千花没来呢。"

"一定是贺兰没请她。"

"千花也太高傲了。"

"别这么说。论资格她比我们高多了,连贺兰跟她说话都很客气的。"

"贺兰和谁说话不客气了?我最喜欢他穿这件亚麻的衣服,迷死我啦。"

"姑娘们,等会儿他打排球会脱衣服,到时候咱们尽情地花痴吧!"

"皮皮在这里,你们不要乱说啦。把人家吓到了。"

"哦……皮皮,我们是开玩笑的,你别介意好不好?"

皮皮正专心啃鸡翅："不介意，一点也不介意。"刚打算消灭第二只，方近雪忽然问："皮皮……那个，今天你会和贺兰去桑林吗？"

"桑林？什么桑林？"皮皮明显地摸不着头脑。

有人指了指左侧的那一片黑魆魆的树林："就是那里。"

观音湖畔的桑林是这个度假胜地的一大风景。特别是每年夏季桑葚成熟的季节，很多人家带着孩子过来采桑葚，吃得一嘴的紫色。桑林的背后就是大山，在夜幕中只是一道深黑的轮廓。山顶禅院的飞檐隐约可辨，偶尔传来一道钟声，悠远喑哑，似乎来自另一个世界，另一个时间。

皮皮不解地问："去那里，干什么？"

大家全都不吭声。

过了几秒，有个女孩小声说："皮皮是新来的，估计贺兰也不会把咱们的规矩告诉她。近雪，你和她说说吧。"

近雪连忙摇头："我才不说呢。等会儿去不去，你们一看贺兰不就知道了？"

"贺兰总是不去。这都多少年了？"

"就是呀……这都多少年了？至少有一百多年了吧。这都是些什么日子啊，当我们是清教徒哪！"有人忍不住发牢骚。

"哎，也不能这么说。干这种事对修行没半点好处。贺兰哪里做错了？"

"阿湄你就知道替贺兰说话。也没见他多看你一眼。"

"看了哦，他今天看了我好几眼呢。"有个声音低低地哼着，待皮皮要认真地寻找说话的人，却不见了踪影。

皮皮好奇心顿时大起："你们是不是有什么困难，需要我帮忙？"

众人齐齐点头。

"那就说吧，究竟桑林是怎么一回事？"皮皮问。

"嗯……皮皮你知道贺兰是祭司大人，对吧？"近雪终于说道。

"知道。"

"祭司大人就是头儿。"

"对。"

"我们的规矩，如果头儿不……那个。我们也不能……那个。"

"对不起，我没听清，"皮皮心里浮出一个词，又不敢确认，"那个……指的是什么？"

所有人的表情都很奇怪，其中有一个人说："姑娘们，我一直不相信有代沟这回事，现在我信了。难怪贺兰喜欢她，她太摩登了，居然连什么是桑林也不知道。"

皮皮赶紧说:"我知道我知道。只是想确认一下。那个是指……嗯,云雨,巫山云雨,对吧?"

有人点头,有人的脸上浮出暧昧的笑。

"可是,你们若是想云雨,随处都可以解决的吧? 需要等这么久吗? 会这么麻烦吗?"

"就是这么麻烦的。"

"《聊斋志异》里可不是这么写的呢……"

"蒲松龄那老头,他懂个屁! 他写的不过是那些修行刚过五十年的小雏儿,得了人形便乐不可支,除了像婴宁那样见了男人傻笑之外,什么也不会!"

"是这样的啊——"皮皮不觉汗如雨下。

"在头儿面前不要有压力。你只要跟着他去桑林就可以了,后面你想怎么做是你们自己的事哦。"李青青说,"不论你们是不是玩真的,我们都可以……那个了。"

有几个人同声附和:"是啊是啊,皮皮你帮帮我们吧。修行很苦的,我们十年一聚,也就只有这一次机会。"

皮皮笑着说:"不就是跟他去桑林嘛,这不难呀!"

大家连连拍手:"皮皮你真好! 难怪贺兰喜欢你!"

"哦,姑娘们,排球赛开始了!"

除了散打和跑步,皮皮并不熟悉很多体育项目。据她看,贺兰静霆他们玩的就是普普通通的沙滩排球,不过不是一边两个人,而是一边六个人。当中一个网,场子比电视里面放的要大,贺兰静霆一个跳发球,在网边一旋,对面接球的人向上一扑,没接住,飞了出去。

"贺兰好棒!"女孩子们齐声尖叫。

其实球员们是清一色的美男子,全都光着上身,穿着宽大的沙滩裤。和这群人相比,贺兰静霆不算是最高的,甚至也不算是最好看的。可是,倘若仔细辨认,皮皮又觉得那些英俊的脸上都有某位偶像派男歌手或男影星的痕迹。比如其中一个人,笑起来的样子很像年轻时的周润发。另一个人则有一双和张国荣一模一样的眼睛。只有贺兰静霆的相貌浑然天成,有一种耐人寻味的好看,和谁也不像。此外,他比当中的大多数人瘦,却有古罗马角斗士那样漂亮的胸肌。腹部收紧成龟甲一样的垒块,却不像健美运动员那样有夸张的鳞状起伏,际线很光滑,沟壑微微凸凹着,一齐从腰部瘦削下去。

皮皮看着看着,视线恍惚了。

家麟也有这样的腹肌。家麟也喜欢打排球。

高二下学期时，C城一中和外校有过一场声势浩大的排球赛。家麟是校队的队长，当众立下了夺冠的军令状。皮皮每场必去，为了占前排的位子还翘了几节课。和她一起去的有佩佩也有田欣。只记得田欣总是不肯和她一起坐，总是一个人默默地坐在她身后。而且她也不是看得很投入，手上一直有个作业本，得空做一下英文习题。决赛那天体育馆里挤满了人，没有多的座位，田欣只得坐在皮皮身边。那是一场艰苦的鏖战，对手是上届冠军C城六中。两边拉锯得很厉害，比分一直紧咬着。到了最后一局，双方队员都已精疲力竭，还是家麟一个漂亮的扣球定了胜负。

结束之后，好多女生下到场子里去给自己班上的队员送水。一直不动声色的田欣扬了扬手里的两瓶蓝色佳得乐，说："皮皮，你不下去给家麟送点喝的吗？你看他那样子，累得都快脱水了呢。"

皮皮可不好意思在大庭广众下献殷勤，虽然她也准备了一瓶矿泉水，磨蹭了半天，还是摇头说不去了。

田欣整理了一下自己的裙子，轻快地说："那我可去了。我去给王鲲送水，顺便也给家麟送一瓶吧。"王鲲是高二七班的男生。

皮皮也没往深处想，还挺高兴有人代劳："那谢谢你哦！"

结果田欣不但给家麟送了水，还用手巾替他擦了擦汗，又跟着他一直到后场。皮皮当时有一点点不舒服，随即便笑自己狭隘，居然对好朋友猜忌了，最终也没太放在心上。

真是不一般的懊恼呀！怎么这么不开窍呢！皮皮悔得恨不得打自己的脑袋。

这一腔子心事勾起来，便没完没了。她越想越多，越想越气，伤心得几乎要掉泪了。

正在这当儿，有人吹了一声哨子，大约第一场打完了。

显然也是一场恶斗，两边的人都汗流浃背，气喘吁吁。女孩们的尖叫声此起彼伏。皮皮只顾着沉思，是哪边赢了都不知道。只见贺兰静霆也是一身的汗水，从地上拾起一块白色汗巾擦汗。然后他抬头四望，似乎在找水，皮皮忙将手边的一瓶矿泉水向他扔去。与此同时，她鬼迷心窍地叫了一句，声音很大：

"家麟！接住！"

第十四章

桑林之吻

现场的噪音够大，篝火也噼噼啪啪作响，却不足以挡住这清晰的一唤。清晰到所有的男士都转过头来，所有的女士——虽然明白是谁的声音——仍要回头确认一下，还有一道不知从何方传来的叹息："可怜的贺兰——"

真是众目睽睽。皮皮赶紧低下头，恨不得找个地洞钻进去。

旁边有人捅了捅她，悄悄地问："哎，皮皮，八卦一下，谁是家麟？"见皮皮一脸想要上吊的表情，吞声了。

过了好几秒，皮皮才小心翼翼地伸出脖子，隔着人群，偷偷观察贺兰静霆的动静。心里悄悄地想，这下贺兰可是糗大了，会不会暴怒之下，一口将她吞了？

还好，还好。看不出很生气的样子。

他很镇定地拧开矿泉水的瓶盖，一饮而尽。将空瓶往回收桶里一扔，继续上场打球，好像什么事也没发生。

可是，他心里一定很不高兴吧！

所以，那场球皮皮也看得不自在，开始还知道哪一边在换发球，哪一边得了多少分。看着看着，视线飘过球场，停到远处一望无际的湖面上。

她想起了家麟更多的往事，无一不是甜蜜的，除了那个雪夜刺心的一幕。她仔细回忆每个细节，回忆家麟说过的每一句话，家麟从没对不起她。恰恰相反，家麟对她太好了，好到让她以为除了"天造地设、命中注定"没别的解释。而那一刻的羞辱、背叛、愤怒、伤心重现眼前，却令她感觉万分无力，就好像又回到了高中时代，同学们说的一切都应验了。在她身上不可能有好运，她永远得不了第一名，爸爸永远也不会发财，家麟永远不可能爱上她。一切都是事先安排好了的，她想发生的事，都不会成功，都不会如愿。所有的结局都以不可更改的面目向她压来，就像一道墓碑将她死死地钉在地下，除了接受，别无他路。是这样吗？永远是这样吗？她就不能摆脱，也不能改变吗？她脑中一团混乱，腮帮子咬得咯咯作响，就这样无休无止地质问自己。直到球赛结束的哨声响起，才骤然惊醒，忙随着人群使劲鼓掌。

有人抢着收拾餐桌，皮皮捡起地上散落的几个空瓶和餐巾纸，将它们一一投入回收桶。观众渐渐散开了，只剩下贺兰静霆独自留在场中折叠球网。皮皮默默站在原地等着他。

月光下的贺兰是那么的不真实，就像一道孤影，风一吹便会羽化登仙，变成沧海一粟。她怔怔地站着，那道孤影忽然折向她，她听见贺兰静霆说：

"怎么样，刚才的鸡翅好吃吗？"

"挺好吃的，谢谢。"她咬了咬嘴唇，讪讪地道，"对不起，刚才我把你的名字叫错了。真是不好意思。"

贺兰静霆"嗯"了一声,嘴角溜出一道讥讽的笑:"没关系。其实我和家麟还挺有缘的。"

"……"皮皮瞪大了眼睛,"有缘?"

"你发现没?家麟、静霆,这四个字,又双声又叠韵,难怪你记错。一次两次不要紧,老这样可不行,没准以后你一提起静霆就想起了家麟,那就更糟了。要不我干脆改个名字吧?"

呵呵,她在心里苦笑,这狐狸挖苦起人来,还真是不动声色。当下赶紧解释:"真的只是口误,你不要当真,好不好?何况刚才我拼命鼓掌替你喝彩,也算是将功补过了吧?"

贺兰静霆很窝火地看了她一眼,想说什么,终于忍住。过了一会儿,他叹了一口气:"我去篝火那里弹吉他,你想来听吗?"

皮皮连忙说:"好啊好啊!"

到篝火边坐下,李青青正好坐在左边,附耳过来说:"皮皮,你和贺兰有仇啊?"

皮皮摇头:"没有哇!"

"那他的球打输了你还拼命鼓掌?"

"啊?"皮皮窨出一脑门的汗。完了,这下完了,有她关皮皮来搅局,祭司大人在狐族几百年的声望今宵可算是毁于一旦了!

人群忽然安静下来。

贺兰静霆拿起吉他,拨弄了一阵,弹出一段悠扬的前奏,然后用很低沉的声音唱道:

> 离酒榷须眉长,
> 见斗茶掩鼻忙。
> 数说朝市屈伸量,
> 睨窥衣履皂白状,
> 撩拨左右浮沉望。
> 蓠缯绢晨钓德生堂,
> 沐白身宿歌甜水巷。[①]

---

① 凌天笑先生应邀为此文特撰《寄生草》一词,作者在此深表感谢。

他的嗓音非常动听，低缓而富有磁性，有一种难以捉摸的浪漫。这像是很古老的曲子，歌词也令人费解。皮皮却听得心头一震，不禁抬起头来，久久凝视贺兰静霆，痴痴呆呆的，直到自己脸上的颜色顿失。

然后她听见很多人鼓掌，有人叫好，有人说再来一个，有人推了推她："皮皮，大家都等着呢！你来唱个《十索》吧！"

皮皮忙问："什么是《十索》？我不会啊？"

那人说："怎么可能呢？是个女的都会啊！"

皮皮心里想，我还是别再继续给贺兰丢脸了。当下站了起来，走到贺兰静霆的身边，大大方方地向四座拱了拱手，朗声说道："诸位盛情相邀，我关皮皮也有一道小技献上，仅供取乐，希望大家不要见笑！"

她这么一大方，倒让在场的人愣住了，过了一秒，又齐刷刷地鼓掌："关皮皮，来一个！关皮皮！来一个！"

皮皮说："我给大家表演一套二十六式七星螳螂拳吧！"当下也不啰唆，抱拳挥掌，踢腿推背，一招一式地打了起来。

这还是皮皮在散打班时学的副产品。教散打的教练其实是位南派拳师，同时开着武术课。如果散打班因事取消，他会让学生们去他的武术班补课。这套七星螳螂拳便是皮皮补课时学来的。有段时间早锻炼天天打，被几位练气功的中年妇女看中了，要求跟她学，所以皮皮打得浑熟，几乎是不假思索，一气呵成。

众人看罢，哗啦啦地鼓掌。音乐又起，大家喝酒的喝酒，猜拳的猜拳，不少人围着篝火跳起了迪斯科。

跳舞皮皮可不在行了，深知自己舞戏之状，如同猕猴，便识趣地走到一边的桌子旁，假装要休息，给自己倒了一杯汽水。一转身，正好碰上贺兰静霆。

"皮皮，这七星蟑螂拳是从哪里学的？打得还真不错。"他说。

皮皮差点把汽水呛到肺里："不是蟑螂，是螳螂。"

"你确信你学对了？"

"确信。"她说，"我打得真那么难看吗？"

"不难看，就是不像螳螂，像蟑螂。"

"噗——"皮皮喷了一地的水。

过了片刻，她忽然问："你唱的那首歌是从哪里听来的？"

贺兰静霆说："是我自己写的。怎么啦？"

"那你以前经常唱吗？或者说，也像《朱雀街》那样流行过？"

"没有。"他不解地看着她，"这是我第一次在公共场合唱，绝对没在外界流传。"

"不对，"皮皮轻轻地说，"这首歌我以前听过。很小很小的时候。"

"不可能。"

"是真的。这首歌我从小就会，是我奶奶教给我的。"

贺兰静霆愣了愣："你奶奶？"

皮皮点点头："我不大记得歌词，但调子就是这样的，绝对没错。我奶奶还说，这首歌的名字叫《寄生草》。"

"这是词牌名，是叫《寄生草》。"贺兰静霆想了想，又问，"你确信是你奶奶教的你，而不是你教给你奶奶的？"

皮皮笑了："我怎么可能教给我奶奶？这么古老的歌，这么怪的歌词，就算你写给我看，我也不明白。"

贺兰静霆神情古怪地看了她一眼，继而一言不发，低头喝水，显然想回避这个话题。

皮皮偏要追问："既然是你写的，你能告诉我德生堂是哪里，甜水巷又是哪里吗？我从没听说过这两个地名。小时候还问过我奶奶呢，我奶奶说她也不知道。"

"唔……我也不知道。"他说。

"你知道，这曲子是你写的。"

"很多年前的事，我忘记了。"

"你们狐族有强大的记性。"皮皮目不转睛地看着他，"这话是你说的。"

"好吧，我知道。"他说，"可我偏偏不告诉你。谁让你刚才把我的名字叫错了呢。"

"你不告诉我，我就要去一个地方。"皮皮说。

"去什么地方……"

她转身向桑林跑去。

身后传来众人狂喜的尖叫。

她跑得飞快，贺兰静霆却在桑林的边际一把拦住了她，淡淡地说："皮皮，咱们今天不去桑林。"

"为什么不去？"她甩开他的手，大步走向桑林的深处，"这里多浪漫啊！"

她走了一百多步，发现贺兰静霆一直跟着她，却不肯和她靠近，而是有意保持一段距离。

"啊！"她恍然大悟，"贺兰静霆，是不是一到了桑林，你就会现出原形？变成一位大狐狸？"

"皮皮,跟我出去!"他厉声喝道。

"我不出去,"她说,"除非你告诉我什么是德生堂,什么是甜水巷,为什么我会知道这首歌?难道你从我小时候就盯上我了?贺兰静霆,你想要我的肝,由来已久,是吗?"

"如果我真的变成了狐狸,你怕吗?"他冷笑。

"我不怕!因为我根本不知道你是谁!也根本不知道这是一群什么人!也许你不是狐狸,是狼,是蛇,是任何一种动物,随便你说,除非你在我面前显现原形,别想让我把你当成一个人!或者狐狸!或者板凳!或者任何一样东西!因为我不知道你的本质!"

"本质!"贺兰静霆笑了,露出洁白整齐的牙齿,"怎么?关皮皮同学,你被爱情吓破了胆,终于关心起人的本质来了?告诉你,我可以骗你,可我从来不骗你!我是狐狸,这就是我的本质。我或者吃花,或者吃肝,这也是我的本质。好吧,皮皮,你这么质问我,好像你的本质很充分似的。那么你的本质是什么?说来听听?"

皮皮说:"你过来,我告诉你。"

他走到她面前,发现她站在一个树桩上,他们几乎是同一个高度了。

月光如雨,从叶隙间洒落,在他光滑的面颊上投下一道淡淡的光影。皮皮注意到他有一张十分性感的嘴唇,饱满的唇峰,他的目光格外柔和纯净,混合着怜爱和期待。她伸出双手,捧住他的脸,忽然吻了他。

皮皮曾经想象过不止千次自己的初吻会是什么样子。有好几次她和家麟也站得有这么近,她也像这样循循善诱地鼓动过他,都未成功。暗暗地想,这是她的初吻,功夫一定要做足。她把言情小说里说的技巧都用上了,几乎是侵略性地吻了他。可是贺兰静霆不是很配合,甚至有点想逃避。她不管三七二十一,将他的脑袋死死地按住。

他的呼吸很急促,带着芬芳的花香。看得出他很渴望,却不是很有技巧,他浑身发抖,比皮皮还紧张!皮皮在心里悄悄地打赌,此时他的心跳绝对不止三下,三百下都不止。

这一切发生的时间不过是数秒,她却感到自己的身体已迅速地起了化学反应,她紧紧搂住他的脖子,整个人都几乎跳到了他的身上。贺兰静霆的身子却猛然一震,紧接着,便将她强行推开了。

"皮皮,"他的眼神一片迷茫,似乎不相信刚刚发生的事,"刚才你,是不是……吻了我?"

皮皮很大方地点点头,觉得他一本正经的样子很滑稽:"嗯。你都几百岁了,这

总不会是第一次吧?"

可是,听了这话,他脸上的神情何止是震惊,简直是恐惧了。

他忽然拉住她的手,颤声说:"皮皮,我们得马上去一个地方!"

紧接着,不由分说地拉着她就往林子外面跑,跑得飞快,皮皮几乎跟不上。她一边跑,一边大口大口地喘气:"什么事这么急啊! 我……我跑不动了!"

他们已经跑出了桑林,贺兰静霆将她打横一抱,继续往前跑,一直跑到停车场,将她塞到车上,扣上安全带,便发动了引擎。

汽车飞快地出了公园,上了高速公路。贺兰静霆几乎是一脚将油门踩到了底,当中有好几个转弯都没有减速。皮皮紧张得将双手紧紧扣住扶手,车窗大开,外面的树影水波般地向后倒退,风在车门外呼啸。她看了看仪表盘,时速已超过了一百八十迈。

在这样惊险的速度下,贺兰静霆还只是用一只手握方向盘,另一只手,居然在拨手机!

皮皮想提醒他,却老实地闭住了嘴。这种时候,稍有闪失便是粉身碎骨,她只能相信开车的人是狐狸大仙了。

手机响了几下,似乎有人接了,皮皮听见他说:"宽永,是我,贺兰。"

——"我有麻烦。"

——"嗯。我正往你这儿赶。"

——"没那么严重……不敢说……只是一个吻。"

——"时间?"

他回头问皮皮:"我们吻了多少时间?"

"……"皮皮瞪他,"你说什么啊! 你猪头啊! 干这种事我会按秒表吗!"

他不理她,对电话里的人说:"我觉得,可能超过了五秒。五秒到十秒之间。"

——"是的。"

——"好的。"

贺兰静霆的神色很不镇定,挂掉了这个号码,又去拨另一个号码。显然那个号的主人不在,对方半天也没有动静,似乎留言机响了。皮皮听见贺兰静霆说:"嗨,休闲。是我,贺兰静霆。起来接下电话,有急事找你。"

他等了一下,那边电话通了,皮皮听见他说:"哦,宽永已经告诉你了。那我就不废话了。你现在能马上去医院吗? 你们同时在我会比较放心。"

——"谢谢。等会儿见。"

他将话机一放,一言不发,专心开车。

皮皮莫名其妙地看着他，见他双眉紧蹙，似乎在咬牙切齿，便觉事态严重，忙问："怎么啦？发生了什么事？为什么要去医院？"

他握住她的手，轻声说："皮皮，你有什么地方感觉不舒服吗？"

她摇摇头："没有啊。我感觉挺好的啊。"

然后，她打了一个哈欠："就是……有一点点犯困。"

他拍拍她的脸，急切地说："皮皮，你能向我保证一件事儿吗？"

"什么事儿？"

"无论你有多困，都不能闭眼睛。"

"我只是有点困，但还不至于要睡觉呢。"她笑了，很轻松地向他眨眨眼。

可是就在那一瞬间，她感到一阵胸闷，眼皮便开始打架："奇怪，你不提还罢了，你一提，现在我想睡觉了。我先打个盹吧。"

他把她的手拿到自己的嘴边，狠狠地咬了一口。

"嗷！"皮皮吃痛，大叫了一声。

"叫你别闭眼睛，听见了吗？"他吼道。

"我就是困了！"

他又咬了她一口，是真的咬，她的手背上不但有牙印，还出了血："你若敢闭眼睛，我就继续咬你。"

皮皮也火了，叫道："你神经啊！我招你惹你了？"

"皮皮，你不可以随便吻我。如果想吻我，得事先通知我。至少提前三天，我们得先做计划。"

"什么？"皮皮傻掉了，这辈子只听说过计划生育，没听说过计划接吻啊，"你说什么？"

可是，她好像立即就明白了："是不是我吻了你，就会有……就会有生命危险？"

对于这个问题，他没有直接回答，只是说："放心，我认识两个很好的医生。"

她不敢再问下去了，因为贺兰静霆现在的车速已超过了两百迈，她不敢打扰他，便努力地和渐渐袭来的睡意做斗争。艰难地斗争了二十多分钟，她的心跳越来越快，浑身不断地流汗，那感觉就好像虚脱了一样，身子不禁一歪，头靠在了贺兰静霆的肩膀上。

"贺兰静霆，我……我是不是快要死了？"她忍不住抽泣起来，"为什么我老是这么倒霉？老是做错事呢？"

他握住她的手，柔声说："这不是你的错，是我事先没告诉你。相信我，你不会有事的。"

"那你告诉我,趁我还活着,德生堂和甜水巷是怎么一回事?"

"我不告诉你。因为你肯定能活着。"他的话音忽然变冷了,紧接着,车速忽降,皮皮抬头往窗外一看,汽车停在了一家医院的入口处。

可是,等她一看到医院的牌子,脑袋又要炸掉了——千美医院。

这是C市最大的一家整形专科医院,据说无论是设备、技术还是医疗团队在全国都数一数二。不少知名的影视歌星都曾慕名到这里来整容,就连张佩佩都曾带着她的两个表妹到这里来拉过双眼皮。

皮皮觉得自己病得再怎么厉害,也不需要整形。这一惊,非同小可,她紧紧抓住贺兰静霆的手,声音都哆嗦了:"贺兰静霆,你该不是病急乱投医吧? 这是一家整形医院!"

"我知道。"他说。说罢,不由分说地将她抱下车。早有三个医务人员推着一辆车赶过来,众人七手八脚地将她放到车上,盖上一张薄毯,再用皮带捆好。

为首的医生三十出头,身材颀长,白面微须,仪容英俊,一脸镇定的笑。他过来拍了拍贺兰静霆的肩,道:"阿西。"

"宽永。"贺兰松了一口气。

皮皮微微一怔,原来他还有别的名字,叫"阿西",似乎还是昵称。

宽永的样子很和善,笑容更是迷人,他握了握皮皮的手,说:"你好,我是赵宽永,这里的主治医生,也是阿西的朋友。"

见她一脸惊恐的样子,他的语气变得很安慰也很自信:"放心,阿西已经及时地将你送来了,你不会有事的。不过,我得先检查一下。"

他翻了翻皮皮的眼皮,又摸了摸她颈上的动脉,对手下的人说:"送她去手术室。"

皮皮本已困得不行,头一垂,发现了一件怪事。

那个赵医生穿着一尘不染的白大褂,浑身上下,无一处不洁净,却光着脚,穿着一双和贺兰静霆一样的沙滩凉鞋,露出一双白净的足。

这是专业人员吗? 穿着这样的鞋子能进手术室吗? 皮皮不觉头皮一阵发麻。

紧接着,她就发现一件更奇怪的事。

那医生的右踝上系着一根黑色的丝带,丝带里穿着一颗湛蓝色的珠子。

如果他是个十七八岁的叛逆青年,这样的打扮当然不算太诡异。可是他看上去明明是个很成熟稳重的男人,而且也是个事业有成的专家,再穿这么一双不专业的鞋子,就实在太奇怪了。

而且,那珠子的颜色和皮皮手腕上的那颗很不一样,但形状和大小却极类似。

那是一颗魅珠。

在手术室的门口她遇到了另外一个穿着黑色西装的漂亮男人,面白似雪,神态高贵,有一头丝缎般光滑的垂肩长发。皮皮觉得,那人看上去比贺兰静霆还要好看,有一股阴森森的媚态。他更随便,连凉鞋都不穿,穿着一双拖鞋,左踝上也系着一颗湛蓝色的魅珠。显然他在医院里的地位很高。推车的护士看见他,立即停下来,向他致意。

那人走到皮皮的面前,用一双如梦似幻的眼睛打量她,半晌,轻蔑地哼了一声,道:"怎么又是你?"

皮皮受不了他的语气,眉头一挑,问:"你认得我?"

"当然。"

皮皮说:"请问阁下您是——"

"我姓休,叫休闲。"

"休闲,"她打了一个大大的哈欠,"这名字有趣啊。"

"不是休息的休,是修养的修。也不是悠闲的闲,是那个闲字再加一个鸟字旁。"

"也就是说,你是一只闲鸟?"

"对了。"

他不再说话,因为推车已经进了手术室。皮皮看见他和那个白面微须的人一起尾随而至。然后,修鹇转了一个身,打开抽屉,似乎要拿什么器械。

皮皮看了他的背影,又吓了一跳。

他西服的背面用白色的涂料画着一只鸟。

皮皮的心中有数不清的疑问,可是,眼前的那只白鸟忽然飘动起来,接着那件西装也飘动起来了,好像变成了一面旗帜。旗帜越变越大,向她头顶盖来,她只觉一阵窒息,情急中想伸手向修鹇求救,可她全身发软,根本抬不起一根指头。就在顷刻间,她昏迷了过去。

那是一种半梦半醒的昏迷,眼前一片黑暗,同时又是清醒的。她听得见四周有模糊的说话声,话音在耳间回响,好像进入了一个闹哄哄的电影院。有人将她的上半身抱了起来,替她脱掉了衣服,将某种冰凉的液体涂在她的胸口上。有针头刺入了她的手背,不知为什么,很痛,针头仿佛将她的整只手都穿透了。紧接着,一股冰凉的液体输入到她的体内,令她寒彻肺腑。

她彻底地失去了意识。

醒来的时候,皮皮发现自己躺在另外一间屋子里,雪白的墙壁,雪白的床单,屋

子里飘着一股淡淡的酒精味。她的手上挂着点滴，一整瓶药水已快滴完了。窗外是黑色的，不见一点星光，大约是深夜的光景。

头顶的光很亮。她的眼睛对光线还不是很适应，等她看清了房中的一切，她发现贺兰静霆并不在她的身边，坐在她身边的是那个叫修鹇的大夫。

他正埋头写病历，听见了床上的动静，抬头看了她一眼，飞快地写了一行字，放下笔，来到她身边，替她拔掉了手背上的针管。

修鹇的身上也散发着一股神秘的香气，他的脸庞有一副比贺兰静霆更深的轮廓，浓眉深目，双颊瘦削，鼻子异常坚挺，有点像外国人。他熟练地将点滴架移开，用听诊器听了听她的心脏和肺，然后又埋头在病历上写开了。

看样子，他只是例行公事，并不怎么想理睬床上的病人。

皮皮深深地吸了一口气，道："请问，贺兰静霆在哪里？"

"在门外。"

虽然贺兰静霆也不是很熟，听见他在门外，皮皮还是松了一口气。她的好奇心又来了："为什么你们叫他'阿西'？你们很熟吗？阿西是他的小名吗？"

"阿西是他的名字。"

"他的名字难道不是贺兰静霆？"

"他叫贺兰西，静霆是他的字。"

"哪个西？西方的西？"

修鹇抬起头，脸上露出了神秘的笑："不是。这样吧，我给你十次机会，如果你猜中了他是哪个'西'字，我输你五百块钱。"

好玩哦，这个人。皮皮心里想，你不知道我是学新闻的吧，新闻系和中文系靠得很近呢。十次机会我都猜不中，这个研究生我也不要考了。

"你说话算话吗？"

"当然。"

鉴于贺兰比她年长八百多岁，她决定从比较古雅的字猜起。然而猜了十次，修鹇均说不是，便给了她最后一次机会。

她想出来一个怪字，以前看古文时查过一次字典，只知道它读作"西"，但不知道会和什么词一起用："那个……月字旁的腑？"

"你是指'芬腹腑腑'的腑？"

她不知道什么是芬腹腑腑，显然修鹇也很有学问："那个腑是月字旁吗？"

"是的。"

"那我猜对了？"

"不是。"

"好吧,"皮皮叹了一口气,很气馁,"我放弃,你告诉我吧,究竟是哪个'西'字?"

"不如你自己回去查字典吧。"他笑得很得意,"给你一个线索。他的'西'字,无论是在同音字还是在自己的那个偏旁里,都是笔画最多的。"

兜了那么大的一个圈子还没有问到答案,皮皮觉得自己被戏弄了。顿时想找他的碴:"我昏迷的时候你没在我身上干什么吧? 如果你要替我做手术,改变我身体的结构,需要征得我的同意哦。"

修鹖冷冷地盯了她一眼:"小姐,你就是这么对待自己的救命恩人的吗?"

皮皮脸不红心不跳:"怎么就救命了? 我不过是头昏了一下,想睡觉而已。"

紧接着她想坐起来,脸色陡然变了。因为她想动一动手指头,发现胳膊一点力气也没有,手指头抬了一下就软了下去。她又想抬抬脚,发现两条腿像灌了铅一样,沉甸甸的,不能举动。她顿时有些惊恐。

修鹖端起手边的一杯茶,懒洋洋地喝了一口,看着她徒劳无益地在床上挣扎,轻轻一笑,道:"竟敢擅自亲吻祭司大人,哼哼,不是找死是什么? 也就是这个朝代,若是搁到九百年前,在狐族,无论是你还是他,都是杀身之祸。"

"自由恋爱,国家提倡、政府支持,你管得着吗?"

修鹖的手中忽然多了一把又细又薄的手术刀,他完美的脸上没有半点表情,只是拿着那把刀在她的脸上来来去去地比画,用一种梦呓般的声音说道:"关小姐,既然来了一趟,不如我替你做个整形吧。就你这副脸配阿西,太寒碜了。"

她一时无语,被他阴森森的神态吓着了。

那森然的目光在她的脸上扫来扫去,从各个角度研究着。然后,他伸出冰凉的手指,在她的脸上画着各种草图:"怎么说呢,你的眼睛不够大,如果开个眼角,去掉内眦赘皮,会更有神采。嗯,鼻子也有点低。垫个鼻梁,再取自体耳软骨隆隆鼻尖吧。放心,放心,手术会在鼻孔内切口,不会留下难看的疤痕。"

他抬起她的下巴,看了正面又看侧面:"嘴长得还行,就是下颌角太宽,下巴有点短,做个下颌角切除术吧。顺便再取出来的骨头垫垫下巴。"然后他掀开了毯子,眼睛继续往下瞟,"身材也不怎么样,胸太小。不如把腰上的脂肪吸出来填充到胸部……"

皮皮反唇相讥:"难怪你的脸看上去那么好,大概是做过一千次手术吧。"

"没有,我从没做过手术。"他说,"我是天然美。"

"我的脸蛋虽然不够好看,也是天然的。我可不喜欢人工美。"

修鹖看了她一眼,没有接话,好像和女人抢白很让他丢面子。

沉默了半晌,皮皮忽然说:"我以前来过这里,是吗?"

他拒绝回答。

这个城市的很多人都知道,千美医院的前身是一家著名的肝病专科医院,成立了几十年,不是什么百年老店。

"是多少年以前?"

他没有回答,冷冷地看了她一眼,说:"请你远离阿西。"

"为什么?"

"你早晚会害死他的。"

她的心猛然一凛,继而咚咚地乱跳起来:"为什么? 我从来不害人!"

"他不是人。"

"我连一只蚂蚁都不会伤害!"

"等会儿他进来,会要求带你走。你要坚持留下来,留在这个医院,十天。"他的眼光很奇怪,"我保证这十天你会受到很好的照顾,十天之后,身体完全康复。"

这又是为什么? 她不能和贺兰静霆在一起吗?

皮皮的嗓子有点痛,她想让自己尽量显得很理智:"修医生,你我初次相识,我为什么要信任你,将我的健康交到你的手里?"

"因为我是医生,而且,我救了你的命。"

"你以为我真的相信亲吻了一下贺兰我就会死掉?"她躺在床上,挑衅地说道,"你以为我是傻子,无论你告诉我什么故事我都会相信?"

修鸲淡淡地说:"这个世界上只有一个傻子,那就是贺兰静霆。所有的人都比他聪明。"他还想说什么,但很快地闭住了嘴。因为门开了,贺兰静霆进来了。

修鸲很自觉地站起身来,向他点了点头。

贺兰静霆说:"我需要和她单独待一下。"他的神色凝重,却是充满权威的。修鸲无声无息地退出了病房。

皮皮抬眼看他,发现他的脸色有些憔悴,下巴冒出了很多胡楂。他还穿着那件白衬衣,却皱得很厉害,领口不对称地耷拉着,好像在哪个不舒服的地方和衣躺了一夜似的。床边明明有张椅了,他没有坐,而是握住她的手,将它拿到唇边轻轻吻了一下,然后屈膝半跪在地板上。

"你觉得好些了吗?"

皮皮迷惑了,虚弱地哼了一声,她一辈子也没听见过这么温柔的声音。

"挺好的,就是浑身发软,没力气。"她轻轻地说道。

说话的时候,贺兰静霆一直默默地看着她,从那双深情的眼睛里流露出来的怜

惜几乎要将她吞没了。他摸了摸她的脸，问道："皮皮，你信任我吗？"

她觉得莫名其妙，不过还是很爽快地点了点头。

"从现在开始，十天之内，请你完全信任我，就像信任你的家人一样，可以吗？"他诚恳地问道，神色非常郑重，目光坚定不移地停留在她的脸上。

皮皮觉得，被这种目光审视，自己的灵魂都无法遁形。

"出了什么事吗？"她吓到了，"我……我会死掉吗？"

"不会。"他的声音很能抚慰人心，几乎是在对小孩子说话，"你只是不能动，需要我照顾你。"

皮皮小心翼翼地说出了自己的猜测："是不是……我吻了你，你就……就自动地吸掉了我的元气？"

他迟疑了片刻，点点头："原理很复杂，不过简单地说，就是这样。"

"那你……那你能把我的元气……还给我吗？"皮皮急忙恳求，"我倒不是吝惜我的元气，只是我最近正在准备考试，我很需要元气的！"

他笑了，嘴角并没有动，是那种浅浅的笑意，埋在眼光里："你的元气一旦进了我的身体，就变成了我的。我没法还给你，不过我会用我自己的元气替你疗伤。会有些麻烦，所以需要十天。"

皮皮觉得，十天并不是很长。因为以前她得肺炎住院，都住了两个月。但她迅速想到了修鸬的话，连忙说："如果很麻烦的话，不如我就住在医院里吧，也不要动用你的元气了。修医生说他能治好我。"她尽量让自己的话音显得很坚决。

"小丫头，你是在担心我吗？"他的眼光一晃，摸了摸她的鼻子。

"不是……你是祭司大人，元气一定很多，只是……只是……"大约是昏迷的时间太久了，皮皮觉得自己的脑子不是很好使，平时她看上去很木讷，一到关键时刻就变得寸土必争，伶牙俐齿。现在，她想找个理由都找不出。

他的眼光沉甸甸的，见她支吾了半天也没说出一个完整的句子来，终于说："皮皮，还有一件事我没告诉你。为了救你，他们给你输了一种药，会有很大的副作用。"

一听这话，皮皮立即觉得头皮发麻，喘不过气来了："什么……什么副作用？"

"你会掉头发。"

她松了一口气："不要紧，我天天都掉头发，掉一点没关系，我头发多着哪。"

"是会掉光的。"

"什么？什么？"她大叫了起来，"这是什么药啊？早知道我会掉头发，你也不拦着点？知道头发对女人有多么重要吗？"

贺兰静霆轻轻掩住了她的口："如果你跟着我，十天之后，头发会渐渐地长回来。

如果你跟着修医生,头发就长不回来了。你究竟是跟我,还是跟他?"

To be, or not to be.这还有的挑吗?

皮皮看着他,怔了半天,没有作声。过了一会儿,她问:"他们叫你阿西,你的名字是贺兰西,对吗?"

他点点头:"我有名,也有字。静霆是我的字。"

"是哪个西?"

他掏出圆珠笔,在她的手心上写了一个很大的字。很大,是因为那个字的笔画很多,真的很多,而且皮皮从来也没见过这个字。

贺兰觿。

她一向自诩学识渊博,这下可有点窘,只好问:"这个字是什么意思?"

"这是古代人用来解结的锥子,有用骨头做的,也有用玉做的。"

然后,她就看见了他颈上吊着的那块玉,一头尖,一头圆:"就是这个东西吗?"

"是的。"

"为什么叫这个名字?"

"是我父亲起的。"

皮皮看着他的脸,神情很古怪:"你……你还有父亲?"

"我不是孙悟空,不是从石头里蹦出来的。"

"那你父亲还健在吗?"

皮皮悄悄地想,贺兰静霆都九百多岁了,那他父亲会有多少岁呢?

贺兰静霆迟疑了一下,说:"他大概还健在吧。"

"你不知道你父亲健在不健在?"

"嗯。"

"你从来不和你父亲联系?"

"我不大知道他的事。"他脸上的表情十分勉强,似乎极不愿意谈论这个话题。

"那你……母亲呢?"

"很早就去世了。"

"你不是说你是狐仙吗? 狐仙是长生不老的,对吧?"

"如果我们一直都有元气的话。"他果断地中断了这个话题,"你别问个不停了,还是多休息一下吧。"

"最后一个问题,"皮皮锲而不舍,"贺兰觿——"

"我喜欢你叫我静霆或者贺兰。再说,以前你……"他忽然意识到自己说错了什么,连忙改口,"你一向喜欢简单的东西。什么东西一复杂,你就糊涂了。"

皮皮是喜欢简单，所以讨厌数学。她喜欢简单的颜色、简单的式样、味道简单而浓烈的菜，甚至人与人之间，一旦变得复杂，变得充满阴谋，她就觉得不可理解。

"这么说来，贺兰，我们……以前认识？"

他笑了笑，轻轻地拍了拍她的脸："不认识。如果认识，你怎么会不记得我？"

"那么，告诉我，那两位医生是不是你的朋友？"

这个问题他显然很乐意回答："是的。"

"你和他们，谁的年纪更大？"

"嗯……我比他们大。"

"可是，为什么昨天他们没有去那个 party？"

"是前天。小姑娘，你睡了一整天了。"

"哦……是吗？"皮皮继续问，"那他们为什么不去 party 呢？"

"首先，他们不是在这里出生的。修鹛来自意大利，宽永来自英国。有人将他们从国外带了过来，因为他们是种狐。换句话说，他们有非常优良的血统。有人希望他们的加入能改善本族的基因。"

第十五章

疗伤

就算皮皮不知道种狐是什么意思，她至少知道种马或者种犬是什么意思，也知道它们的主要任务是什么。想到这里，她顿时对修鸬产生了深切的同情。

"可是，狐族难道也和人类一样分国界吗？"她不屈不挠地问道。

除了像个瘫痪病人那样虚弱无力，她没有任何不适。而且，她发现贺兰静霆今晚的脾气好到了极点，像个幼儿园的老师那样认真地回答了她所有的问题。在此之前，鉴于他对隐私的敏感，皮皮从来不敢想象自己会有这种待遇。

贺兰静霆沉吟片刻，说："我们当然也有自己的领地，不过我们不像人类那样分国界……这样说只是为了让你好理解。对我们来说，最大的分界线是北纬三十度。所有的狐狸都生活在北纬三十度以北，而狐仙则多半在北纬三十度以南活动。"

很奇怪呢。皮皮一直觉得狐仙是从狐狸变来的，但是看样子，他们好像是两个圈子。

"是不是所有狐狸都想做狐仙？"

贺兰静霆摇头："当然不是。狐狸在野外的寿命很短，最长也不过十二年，大多数狐狸在出生之后的两三年内就死掉了。不过，我们对寿命的长短并没有你们人类那么看重。作为狐狸你可以选择留在狐界，也可以选择修行，留在仙界。修行是件很痛苦、很寂寞的事，成功的机会也不大，并不是所有的狐狸都想这样。"

"那你呢？你为什么想修仙？"

贺兰静霆淡淡一笑："我一点也不想修仙，只是不得已。"

"为什么？"

"我双目失明，像我这样的狐狸，如果不修行，根本无法在野外生存。"

皮皮仔细看他的眼睛，有些不信："不会吧。我总觉得你的眼睛可以视物，只是怕光而已。"

他显然不好意思被她近距离观察，头一偏，看着窗外："我有视力是很晚的事，这是我多年修行的成果之一。"大约是跪得太久有些累，他终于找了张椅子坐下来。自上而下地俯身看她。他故意和她靠得很近，说话间，气息吹到皮皮的脸上，有一股鲜花的气味。他的眸子闪着星光，看她的神态却带着异样。好像面前的人不是一个人，而是一张画，甚至他不是在对她说话，而是在对藏在她脑中的某个灵魂说话：

"我很高兴可以看见这个世界，哪怕只是在晚上——"他唏嘘了一声，"有很长一段时间，这都是我的梦想。"

如果狐仙一说是真的，皮皮觉得，贺兰静霆也可以算作是仙人了。仙人至少应当是高兴的吧？仙人长命百岁，仙人餐风饮露，仙人呼风唤雨，仙人点石成金……这世上没什么他们想要而不可得的。可是，贺兰静霆的眉宇间却总含着一丝抑郁，他

很少笑,好像并不是很开心,好像有很多的烦恼,甚至于……好像正在受着某种煎熬。一个活了九百年的狐仙,这世上该看到的,该享受的,他都经历了吧?他还缺什么呢?难道他也有想要而不可得的东西吗?

皮皮乐呵呵地反对:"如果我也能活九百岁,我可以放弃我的视力。"

他的眉头微微一皱,很诧异:"真的吗?"

她点头:"真的。"

"你知道黑暗是怎么一回事吗?"

"你知道死是怎么一回事吗?"皮皮说,"死是无穷无尽的黑暗。相比之下,失明只是丧失了众多知觉中的一种而已。"

贺兰静霆叹了一口气:"皮皮,你并不了解死亡。"

太沉重了,皮皮不想讨论这个话题。和一个活了九百年的狐仙谈论人生的意义,不是很荒唐吗?她忽然想起了那次音乐会。这是她所知的贺兰静霆唯一的一次夜不能视物的情况。便问:"如果你元气大伤,视力便不能维持。是这样吗?"

"是的。"

"骨折这样的伤也算吗?"其实皮皮真正想问的是,作为狐仙,贺兰静霆会生病吗?他也会像人一样感冒发烧吗?还有,在漫长的岁月中,他的容颜会改变吗?他们也有忌讳吗?

可是,贺兰静霆没有回答这个问题。

如果贺兰想回避某事,他的反应会很直接。他会沉默,会突然转变话题。然后无论皮皮怎么努力也休想从他的口里套出一星半点的答案。就这么沉默地对峙着,病房里的气氛陡然紧张了。

皮皮自动换了一个话题:"对了,说到国界和领地,你的家乡在哪里?"

他的回答很模糊:"我的家乡气候很冷。"

"我的家乡气候很热。"皮皮说,"我就出生在这个城市,我是本地人。"

他笑了笑,说:"我知道。"

"其实如果你有口音,也许我能猜出你来自哪个地区,可惜你没有。我一直以为你是北京人,或者是东北人。"皮皮继续说。

贺兰静霆说的是字正腔圆的普通话,但不像新闻播音员那么硬那么快,而是很轻柔、很舒缓的那种。他的话音很低,却很清晰,絮语绵绵的,带着一股说不出的从容和优雅。即使在他生气的时候,说话的声音也很动听。

"我没有口音吗?"他反问。

"你有吗?"

第十五章——疗伤——

"可能是你没听出来吧。"他说，"不过你猜得不错，我的确是北方人。"

和贺兰静霆谈话是需要技巧的。他想说的会直接告诉你，不想说的就会不停地兜圈子。皮皮只好又兜回到修鹏和宽永："修鹏他们不能去 party，因为他们是种狐?"

"那倒也不是。一来，他们的修行没有超过五百年，不够资格。二来，由于他们被迫做了太多不情愿的事，以致对所有的女性产生了厌恶，不怎么愿意和其他人来往。"

皮皮小声说："你是说……他们是 gay 吗?"

贺兰静霆想了想，不知道什么是更合适的词，只好说："差不多吧。由于他们不肯履行自己的职责——当然他们不承认这是他们的职责——所以他们属于被歧视和被打击的一群。像他们这样的狐，曾经有很大一批，这些年逐渐被消灭殆尽。他们是这一地区最后的两个。"

"可是，有谁会来歧视他们呢? 你不是祭司大人吗? 难道你不是最高的头目?"

贺兰静霆摇头："我不是。"

皮皮若有所悟："我明白了，最高头目是你的父亲?"

贺兰静霆的视线很漠然，一副不置可否的样子。这是他第二次表现出这种神态，腮帮坚硬如铁，甚至有点咬牙切齿的味道。

他站起身来说："你的点滴已经打完了，我们现在就回去吧。"

"帮我治疗会消耗你很多元气吗?"她再次想起了修鹏的叮嘱，"会伤害你吗?"

"当然不会。"他皱了皱眉，似乎恼怒有人将这种事情透露给她。

"可是——"

没有什么可是。一个半小时之后，他们回到了闲庭街 56 号，贺兰静霆的家。

皮皮觉得自己是被贺兰静霆绑架回来的，而且是在凌晨三点月明星稀的时刻。虽然有很亮的路灯，但整个城市整座山峦都在沉睡之中。

汽车悄悄驶进车库，贺兰静霆从后座抱起她，穿过客厅，将她放到一间卧室的大床上。皮皮立即意识到这不是上次落水时她住的那间卧室。这是主卧，或者说是书房，面积很大，四壁嵌着书橱，一隔一隔的，从地面一直到天花板。整个房间弥漫着一股淡淡的墨香。

即使在夜间，贺兰静霆好像也不喜欢很亮的灯。无论是客厅还是卧室，照明都很暗。卧室里虽有很多盏灯，却没有一盏亮到足够让皮皮看清对面书架上任何一本书的书名。贺兰静霆说他不习惯在夜间看书，他习惯了盲文，喜欢用手摸着读。然

后他又抱怨世上的书大同小异,新鲜的故事越来越少,没什么好看的。他有一台非常高级的手提电脑,安装了特别的语音软件,可以读出屏幕上出现的任何一个字,但他不怎么喜欢用,嫌那个软件发出的声音不好听。他的绝大多数夜晚用来修行,比如说晒月光,或去人多的地方看球赛、看电影、听音乐会。修行完毕他会有些疲劳,但睡觉的时间很短,两三个小时足矣。

将皮皮放到床上,贺兰静霆就去了浴室。她听见浴室里哗哗的水响,过了好一会儿,水停了。贺兰静霆走出来,站在她的床头,居高临下地对她说:"在治疗之前,我得先帮你洗个澡。我们叫作斋戒。"

墙壁是淡绿色的,本来很温馨。可是,贺兰静霆高大的身影投在墙壁上,光线顿时暗了很多。皮皮惊恐地看着他,问:"可不可以不洗澡?"

他摇头。

皮皮咽了咽口水,只好说:"那……请你将我放到浴缸里,我自己来洗。"

"水很深,你不能动,会淹死的。"

"对不起,我需要一点个人隐私。"她口气坚决地说。

"在这种时候,我能不能建议你暂时放弃一下?"他不为所动。

"不能。"她坚决摇头,"要么我自己洗,要么就不洗,臭死拉倒。"为了配合自己的口气,她扬眉板脸,双目圆睁,露出挑衅的姿态。

贺兰静霆哼了一声,没有回答,径直将她从床上抱了起来。她的身上穿的就是病号服,式样最简单的那种,只系了一个带子。他将带子一拉,她就全身赤裸了。

"哎——你想干什么?!"她尖叫。

"请礼待祭司大人。"他冷冷地道,"在狐族,任何人见我之前都得斋戒沐浴。"

"我不是狐族!少拿你们的规矩跟我说事儿!"

"你当然不是。你是一只猴子,上蹿下跳的猴子。你什么都吃,肚子里一堆垃圾。"

"贺兰静霆!我不要洗澡!"

"小姐,你非洗不可。"

浴室里没有灯,关上门后就黑漆漆的不见五指。皮皮立即发现这也不是那间上次落水回来时她用的浴室。这个浴室很大,在里面说话居然有回声。而贺兰静霆显然习惯了在黑暗中走动。横抱着她穿过整间房,没有碰到任何障碍。这期间她在他的怀里挣扎了一下,努力地想抬起臂膀,可惜手臂软绵绵的,根本不听使唤。全身上下唯一能动的地方只有手指头,也不是很灵活。她忽然想到这十天的日子肯定会很

不好过,比如,吃饭穿衣怎么办,上卫生间怎么办?难道一切都由贺兰静霆来照料吗?他有这个耐心吗?会不会心一烦,干脆把她吃了呢?

想到这里她就有点心虚,觉得自己刚才不该和他对着来。但她同时又有一种奇怪的安全感,知道贺兰静霆不会伤害她。她不知道这份信任从何而来,就像是在他们相遇的那一天,虽然素不相识,皮皮仍不顾一切地替他挡住了那条狗。她与贺兰静霆之间有一种奇妙的亲近感,他们可以裸裎相对而不需要任何解释。

"为什么这么黑?浴室的灯坏了吗?"她问。

"灯没坏,你不是要隐私吗?"

她张了张嘴,又闭上了。

浴缸好像很大,也很深,她的身体一到水里就漂浮了起来,几乎是不由自主地。她害怕呛水,神情有点慌乱,徒劳无益地动了动手指。然后她发现自己没什么可担心的。贺兰静霆一直用左手托着她的颈子,让她的头露出水面。

他拔掉水塞,放掉了大半的水,让她的身体触到水底,然后从头到脚地给她涂肥皂,一寸一寸地洗浴。甚至还帮她刷了牙。

一切都在黑暗中进行,谁也看不见谁。

可皮皮的脸却悄悄地发烫了,心也怦怦地乱跳。洗到一半时,贺兰静霆将她抱了起来,翻了个身,去洗她的背。她的上半身便全靠在他的怀里了。水很热,蒸腾出丝丝汗气,仿佛空气中都充满了水滴。每一次俯身,他的下巴都会微微地摩挲她的额头,硬硬的胡楂扎得她生疼。让她意乱情迷的是他胸口散发出来的木蕨之气,充满了雄性的诱惑。他的汗水打湿了她的脸,有几滴滴到她的睫毛上。他像捧着一只酒杯那样捧着她,认真地擦洗,同时又谨慎地避开了几个敏感的部位。尽管如此,她还是被撩拨了,咻咻地喘息。他迅速觉察了,停下手,问道:"怎么啦?不舒服?要不要打电话找医生?"

"我觉得闷。"

"窗子是开着的。"

"也不是闷……"她虚弱地哼了一句,情不自禁地吻起了他的脖子,那种死缠烂打的吻法。她听见他的喉结滚动了一下,以为他会回吻过来。

不是不能吻嘴吗?别的地方……总可以吧?

可是,他却只是怔了怔,不理睬,也不回应,专心洗浴,好像不知道她在干什么。她一怒之下,轻轻地咬了他一口,他"嗷"了一声,仍旧不理她。她在黑暗中气呼呼地瞪大眼睛,忽然说:"贺兰静霆,低下头来!"

"干什么?"

"吻我一下。"

"哪里?"

"哪里都成。"

"胆大妄为的女人,居然敢勾引祭司大人,你一定是不想活了。"他揶揄了一句,轻描淡写地在她的额上吻了一下。

"这不算!再来!"

"就这么多,没了。"接下来,无论她说什么,他都不再理睬。

也不知用的是什么浴液,她的身上鼓起了一大堆的肥皂泡。他也没用任何毛巾,只是用手不停地揉搓着她,一丝不苟、面面俱到却又点到为止。她的欲望却被那只手连同那堆肥皂泡搅成了一团乱麻。

所幸贺兰静霆的效率很高,赶在她发狂之前结束了战斗。

她觉得很干净,同时感到很疲惫。以为马上可以睡觉,不料贺兰静霆却抱着她出了卧室,向地下室走去。

不对劲!她顿时警惕了:"哎,咱们现在去哪里?"

他只说了两个字:"疗伤。"

"在……在什么地方疗伤?"

他又说了两个字:"井底。"

穿过一道曲折的甬道,通过几扇朱漆小门,他们进入了一个漆黑的密室。紧接着,贺兰静霆按动机关,头顶石块缓缓移开,皮皮眼前豁然一亮,他们又到了井底。

头顶上的星空没有月亮,月光却通过光滑如镜的石壁折射过来。

与月光同时渗进来的还有几许凌晨的寒气。

皮皮的身上穿着一件贺兰静霆的睡袍,纯白的颜色,充满坠性的丝料,很薄,很宽大。穿在身上飘飘欲仙,好像穿的不是衣裳而是一道清风。刚刚出浴的身体还带着几分潮意,透过光滑的丝袍,在月光中冒着淡淡的白汽,转眼间,又被晨曦的山雾凝住了。皮皮的肌肤不由得战栗起来。

贺兰静霆的丝袍是纯黑的。他将躺椅的椅背抬高,抱着皮皮,让她背对着自己坐了下来。然后,他们双手紧握,掌心相合,十指相扣。皮皮整个人很舒服地靠在贺兰静霆的怀里。他的呼吸很轻,胸腔和掌心十分温暖。

"有点冷呢。"皮皮看了看天,天仍然很暗,井外只有浅浅的风声和嘤嘤的草虫声。

"很快就会热起来的。"他在她的耳边轻轻说道。

果然，她迅速感到有股热气从他的掌心传出来，没一会儿工夫，她的额上就出了一层细汗。

"你已经开始了吗？"她问。

"是的。"他迟疑了一下，"你会掉很多头发。"他的声音低低的，充满了歉疚，似乎是他的罪过。

"没关系，"皮皮轻轻地安慰他，"不是说它们还会长回来的吗？"

"肯定会长回来的，"他重申，"我会尽全力让它们长回来。"

听起来像是个艰难的过程。

出了太多的汗，皮皮的喉咙有点发干，一连咽了几次口水。就这样一动不动地坐了三十分钟，直坐得皮皮腰疼腿麻，几乎成了个木乃伊。她有些坚持不住地问道："像这样要坐多久？"

"坐到天亮，最后一缕月光消失。"

其实现在离天亮并不太远，但至少还得等两个小时。皮皮回头看了贺兰静霆一眼，他双目紧闭，呼吸缓慢，如入定的老僧一般，一动不动。

山雾不停地涌进来，又过半个小时，皮皮的上身已被汗水和雾气濡湿了。薄薄的丝袍贴在身上，十分难受。彼时天色微明，井外月影单薄，云层涌荡，近处的鸟声、远处的车声，乃至山下工地水泥搅拌机的轰鸣声一阵一阵地传过来。

城市正在渐渐地舒醒，井底却依然黑得看不清自己的脚趾。平时在这种时候，贺兰静霆多少会和她聊几句，或者至少会让她听那个 FM1097，《潘多拉心里话》。如此长时间的低头闷坐一言不发对她来说简直是个折磨。她活动了一下身躯，问道：

"哎，我可不可听听音乐？你不是有短波收音机吗？"

"不可以。"

"口渴了，要喝汽水。"

"忍着。"

她四下张望，过了一会儿又说："这里有 cable 吗？能看电视吗？这井底机关那么多，一定有插头吧？贺兰静霆，你替我搬个电视进来吧。"

"我住的地方没有电视，"他的语气有些不耐烦，"你能不能少说几句？真烦人。"

"我的包里有 MP3。"皮皮说，"麻烦你去拿一下，我要听 MP3。"

他一动不动，继续练功，对她的要求不予理睬。

"贺兰，我要听 MP3。"皮皮坚持不懈地在他耳边念叨。

身后的人猛然松开手,披着袍子跳出井外。不到两分钟,"当"的一声,有个东西从上面扔下来,正好扔到皮皮的腿上。皮皮气得直嚷:"喂!你扔什么扔啊?落井下石啊!"

低头仔细一看,正是她的MP3。当皮皮的同事们纷纷用SONY和IPOD的时候,皮皮给自己买了这个橡皮大小的MP3。粉红色的外壳,很便宜,很花哨,有亮闪闪的彩屏且功能巨多。只是按键用了不到三个月就开始失灵,非得像挤青春痘那样用力才能调节音量。

紧接着,轻轻落下一道黑影,贺兰静霆板着脸,拾起MP3,解开耳机,塞到她的耳中。

岂知皮皮一听就觉得重音的位置不对:"这耳机是有左右之分的,你正好反了。"

"你将就一下。"

"没法将就,音质完全不对,听着头昏。"

面前人黑压压地站着,脸上一片乌云,正待发作,见皮皮双目圆瞪,已做好了战斗的准备,忽然轻哼一声,俯下身来,将左右的耳机一换:"还有什么要求?小姐。"

"想喝汽水,没有汽水的话,冰水也成……"她一直在出汗,口渴得要命。

"我很想替你拿,不过——"他指了指天色,"我的视力正在下降,而且喝水会影响我治疗的功力。"

不知道是不是注射了兴奋剂,还是大病之中缺少耐心,皮皮毫不买账地叫道:"你骗我!你找借口!我要喝水!"

他不理她,仍旧坐回原来的姿势,与她十指相扣,声音里含着明显的克制:"皮皮,你究竟想不想要你的头发?"

"我要喝水,"她执拗地说,"而且我坐得也不舒服。"

"你怎么坐得不舒服?"他冷声道,"什么地方不舒服?"

"我的背后有个东西……很硬。"

他偏偏把她抱得更紧了:"现在是不是好些了?"

她简直欲哭无泪了:"好什么啊……你性骚扰啊。"

他的声音很无辜:"我是个男人,你叫我怎么办?"

"既然这样,不如干脆——"

"不行。"他毫不犹豫地打断了她,拒绝得斩钉截铁。

然后,他蓦地松开了手,手指沿着她的脊椎一直溜到耳后,在她耳根下的某个穴位轻轻一按:"你太能闹腾了,还是先睡一会儿吧。"

皮皮正要据理力争,一张口,忽然不能说话了,头一低,在贺兰静霆的怀里睡了

过去。

那是一种很浅的睡眠，皮皮梦见了自己的母亲。

从日记被妈妈偷看并被她狠狠揍了一顿的那一天起，皮皮对妈妈的感情爱恨交织。虽然妈妈总是说她小时候吃母乳一直吃到三岁半，吃得她乳房干瘪下垂，不给就尖叫，吵得左邻右舍不得安宁；又说她从小就淘气，夜里不肯睡，早上不肯醒，婴儿期一个小时醒一次，又哭又闹，两个大人轮番带还累得吐血。大约是幼儿期的艰辛耗尽了妈妈的耐心，到了小学，在皮皮心里，妈妈已经变成了一个恶魔。她不停地与奶奶和爸爸吵架，发誓要离开这个家，但她最远也没出过这个城。

在单位里，皮皮妈是出了名的好耍嘴皮、爱挑剔、难伺候，也就是俗话说的"贫家养娇子"。她挣不了多少钱，花钱却大手大脚，吓得爸爸不敢把自己的工资交给她管，不然不到半个月就能花个精光。全家老小因为她买了一瓶昂贵的化妆品，或者一件漂亮的套装而节衣缩食的事儿屡有发生。皮皮还记得有一次妈妈领到工资，架不住一位同事的推销，买了一瓶价格奇贵的螺旋藻。结果那个月，皮皮一家吃了整整三十天的白菜炖豆腐，气得奶奶天天背地里骂她败家精。还拎着皮皮的耳朵说，你以后可不能像你妈那样散漫使钱，除非有本事找个有钱的老公。又说，你妈太不俭省，将来你嫁人，家里面半分陪嫁都出不起，过了门也是蝎蝎螫螫，让婆家人小看。

被奶奶的话吓着了，皮皮的性格迅速向妈妈的反面发展，变得格外节俭。万事记得省钱，购买欲几乎为零，不到清仓大放血不会逛商场买衣服。她都不知道什么是不打折，因为她从没买过不打折的东西。既然父母靠不住，她一开始工作便省吃俭用。买国债，买基金，存定期，替自己攒钱出嫁。所以不论是辛小菊还是张佩佩，一时半会儿没钱了都来找她借，知道她肯定有，而且有不少。

皮皮万万想不到，在伶牙俐齿、刁钻古怪这两样上，自己和妈妈如此相似。以前和家麟在一起，从来都是家麟让着她，不想让也经不起她的一顿敲打和磨叨。和家麟虽也说不上耳鬓厮磨，这耍娇弄嗔的把戏也不知做了多少，左右不过是小儿女豆点大的心事。家麟也不介意，总是一笑了之，好男不和女斗嘛。这么一想，皮皮的心头猛然一沉。也许家麟不喜欢自己是有缘故的吧？也许在别人眼里，她并不是个讨人喜欢的女孩子。也许家麟早就悄悄地厌恶她了，只是找不到理由分手。别的不说，论到待人谦和、说话得体、家教出身，乃至学历前途，田欣哪点都比她强。皮皮不得不承认，田欣比自己更配得上家麟。

然后，那个雪夜的情景又出现了。皮皮看见自己像个泼妇似的挥着拳冲进人群，又和田欣在地上扭打，颜面不顾，斯文扫地，不知在一旁的家麟看了有何感想。

他会娶这样的一个女人做自己的妻子吗？也许他正庆幸自己没有娶皮皮吧！

在那一刻，家麟对皮皮是前所未有的恼怒，一改往日的温存，几乎是将她扔到了出租车里。

何必骗自己呢！当然是家麟不要她了！

梦到这里，她忽然惊醒，发现自己出了一身的冷汗，枕头也湿了一大片。

皮皮比任何时候更深刻地觉得自己是个衰人，地地道道的衰人。

床对面的钟指着下午三点。她独自睡在贺兰静霆的大床上。

屋内一片宁静。只有缓慢的钟声和黄昏的鸟声。

皮皮动了动手，惊喜地发现自己的胳膊有了力气，披上睡衣坐起来，她扶着床边的小桌自己下了地。腿还有些发软，但已经可以走路了。她去了洗手间，对着镜子一照，又吓得几乎摔倒。

她那一头垂肩长发，一夜之间，已掉了个一干二净，头顶比那刚出家的姑子还光亮。她用手摸了摸头顶，头皮有些痒，却摸不到一根发楂，头发好像被某种药水化掉了一般。好在贺兰静霆有言在先，脱发只是暂时的，不然她就要疯狂了。

皮皮飞快地洗了个脸，又刷了刷牙，便慢腾腾地在屋内走动，四处寻找贺兰静霆的身影。

客厅的南面有扇玻璃门，被落地的门帘掩住了一半。

推开门，她怔住了。

好大一个花园，比一个足球场还大。四周是草坪，当中整齐地辟着一道道花畦。用万紫千红来形容绝对不夸张，因为里面种的花肯定超过了一万朵：牡丹、芍药、木香、杜鹃、荼蘼、夜合、薝卜、锦葵、山丹、茉莉、凌霄、凤仙、鸡冠、玫瑰……繁花乱眼，看着看着，皮皮就觉得累了，门廊处正好有一张秋千模样的吊椅，她顺势坐了下来。

贺兰静霆跪在不远处的一道花畦上，正为一株鲜红的玫瑰刨土。花铲就在手边，他却弃而不用，也不戴手套，白皙的手指插入土中，将结实的土块拾起来，一一捏碎，又细心地培好。修长的手指捋过一株花茎，抚摸到叶的梢头，试了试长短，用剪刀轻轻一剪，修理掉多余的花枝。他的神态很专注，专注中又带着一丝亲昵，指尖在花瓣上逗留，如双飞蝴蝶般轻轻一点，那花朵仿佛被催了魂似的颤动起来，发出呻吟的香气。他忙用指尖按住，不料却触动了更多的花枝，直惹得几片花瓣在清风中摇摇欲坠。他索性摘下来，放进口中细细地品尝，双手同时用力挤压花茎下的泥土。在这当儿，其中的一朵最高最美的玫瑰忽然绽放了，花心荡漾，几滴露水悄然滑入他的指间。他忽然回头，发觉皮皮不知何时已站在了他的身后。

"嗨。"她说。

"这么早就醒了?"他站了起来,手上全是黑乎乎的泥土,"你需要躺在床上多休息。"

摇动的花枝让她头晕目眩。她的身体一阵摇晃,贺兰静霆及时地扶住了她。

"我觉得好多了。"她定了定神,同时舔了舔嘴唇,"这些花都是你种的吗?"

他点了点头:"实在忙不过来的时候,会有一位花农过来帮我。"

她倚在他的怀里,微微地喘气,为自己的那点欲望烦恼,又千方百计地遮掩:"刚才你真的是在种花吗?"

"你以为我在干什么?"他的笑很神秘。

"嗯……你很细心呢。"她只好说。

"如果,你是那朵玫瑰,"他轻轻地说,"会不会喜欢我这么细心?"

她愕然了,脸一直红到了耳根,吓得都不敢看他的手。

他却戏弄地将泥土抹到她的鼻尖:"闻闻看,这泥土的香气。"

"你是狐狸,当然喜欢泥土。"

"你也应该喜欢泥土。泥土是我们共同的生命啊。"他喃喃地说。

她闭上眼,任由他将泥土涂了自己一头一脸。他的手摩挲着她的肌肤,掌心里含着沙粒。手指从她的脊背长驱而下,到达腰际又沿着小腹折回来,轻轻地抚摸她的颈窝。她抑制不住地哼了一声,被他的手捏着扬起了脸。

"嗨,干什么……"

他忽然垂下头用力地吻她,是那种狼吞虎咽、面面俱到的吻,不容喘息不容挣扎。她只觉全身上下都笼罩在馨香的花气之中,哪怕是他的唇齿也充满了玫瑰的气味。而她自己却有些窒息,被他弄得腮帮子很痛,不禁踮起脚,恼怒地踢了他一下。没踢着,反而被他用手抓住。然后,她整个人都被他举了起来。

她继续挣扎,用力地拧他的耳朵,他总算放她下来喘了两口气,眨眼间又将她提起来,嘴唇压了回去。这一次他的动作比较轻柔,如路旁垂柳,依依不舍,缠缠绵绵。但他霸道地将她堵在一棵石榴树下,用身体挤压着她,不容半点反抗。

仿佛过了一个世纪,他才缓缓松开手,身子微微后退,还很厚脸皮地问了一句:"喜欢吗?"

皮皮满脸通红,想的却不是这个问题:"你这么放手……是不是我昨夜用了你很多的功力?"

他笑了笑说:"可以这么说,你这制造麻烦的女人。"

笑到一半,他的脸忽然一硬:"哎,你想干什么?"

"看你太难受，我帮帮你。"

他低声喝止："你别乱来。"

可是，她已经开始了，一发而不可收。

"皮皮我们不能——"他用力抓住她的手，"我不想你有任何危险！"

"我知道，"皮皮说，"这只是间接的嘛。干吗这么紧张？你不是都九百岁了吗？"

某人彻底无语，非但表情僵硬，而且脸红得赶紧低下头。慌乱中他只得用双手按住皮皮的脑袋："行了，皮皮，别胡闹。我带你去洗澡吧。"

他们一起进了屋，春光一暗，两人之间又莫名其妙地拘谨了。到了浴室的门口，皮皮的脚步忽然停住。贺兰静霆知趣地问道："你还需要我帮忙吗？"

"谢谢，不用了。我自己能行。"她接过他递来的浴巾，脸不知为何唰的一下红了。偷偷地看了一眼贺兰，发现他眸光暗淡，怔怔的，似乎在猜测她的神情。

"你……还不进去？"他终于说。

"哦，好的，好的。"皮皮飞快地逃进了浴室，三下五除二地洗了澡。也不知是双目不便，还是有洁癖，皮皮出来之后居然等了贺兰静霆半个小时。

两人在客厅相遇，不知为何，都有些发窘。

皮皮只好没话找话："今天天气真不错。上个礼拜一直下雨呢。唉，梅子早就黄了，这梅雨也该结束了吧——"

贺兰静霆半天没吭声，过了一会儿，走到门边找盲杖："我带你去吃午饭吧。"

他们散步去了山下的一间饭馆。一路上虽一直牵着手却气氛古怪，两人都没怎么说话。皮皮心中暗想，这形骸都放浪了，为啥感觉没跟上呢？滋味连初恋都不如，也不知是错在哪儿了。闷闷地进了馆子，闷闷地吃掉一碗贺兰静霆给她点的散发着药气的双参炖鼍鱼。又喝完一大杯冷饮，皮皮两手一摊，问道："接下来干什么？"

像往常一样，贺兰静霆坐在旁边一直看着她吃，连杯水也没喝，回答道："今天我要去博物馆，你跟我一起去吧。"

皮皮连忙摇头："我不去，就在家里休息。"

"不行。"他站起身来，抽出盲杖，将她从椅子上拉了起来。

"为什么？"皮皮觉得很奇怪，又不得不跟着他走，"我不想打扰你工作，宁愿在家里看看电视。"

"我家没电视。"

"那送我回宿舍吧，我抓紧时间复习下功课。"

"治疗期间无论是体力劳动还是脑力劳动，都要减少。"贺兰静霆不为所动，"这样会消耗你的元气。"

"好吧，我不喜欢去博物馆，"皮皮坦白，"是因为那里面死气沉沉，像个千年古墓。"

她随口一说，没往心里去，贺兰静霆却不禁双眉一挑："死气沉沉？千年古墓？积极地说那应当叫文化积淀吧？"

贺兰静霆不高兴的样子其实挺凶，脸板得跟切·格瓦拉似的，皮皮忍不住想笑。

"你紧张什么？我又没说你。再说你离一千年不是还差一百年吗？你不是特别老，真的不是。"皮皮指着窗外一株合抱的古柏，"这棵树肯定比你老多了……"

对面的人一脸乌云，眯起的眼睛里寒气森然。皮皮赶紧改口："是这样，博物馆里有那么多游客，我可不喜欢让人家参观我的光头。"

这话管用，贺兰静霆终于没有发作。过了两秒钟，他说："我可不可以建议你戴一顶帽子？"

帽子是从商店里临时买来的，式样简单，圆圆的正好将头包住。皮皮戴着它往镜子里一瞧，觉得自己就像个大号婴儿。

她很不情愿地跟着贺兰静霆坐车来到博物馆，进了他的办公室。

这办公室皮皮来过，当时只顾着找痰盂也没认真看。只记得里面放着的全是古董，连痰盂也不例外。她找了一把硬邦邦的椅子坐下来，打了一个哈欠，毕竟还有些虚弱，走了这么一程有些倦了。

"如果累了的话你可以躺在沙发上，不会有人随便进来的。"贺兰静霆指了指旁边待客用的一组蓝布沙发。

"你白天明明看不见，为什么还要来这里？"皮皮换到沙发上，歪着身子问道。

"我一向不在家里办公。"他说，"家是休息的地方。"

办公室其实很大，里面摆满了东西，看上去有点挤。显然贺兰静霆不喜欢很宽敞的空间。即使是他自己住的房子，里面也满是书和植物。

"为什么一定要让我跟着你？"觉得其中有隐情，皮皮锲而不舍地问道。

"我怕你出事，"贺兰静霆打开了桌上的电脑，"虽然你现在看上去很精神，那不过是靠着我的元气支撑着。你随时有可能倒下去。"

原来是这样。皮皮被他负责的精神感动了，急忙说："如果我真的倒了，你能救我吗？"

"是的，我可以随时给你输元气。"

"这元气是再生资源吗？"

"是的。"他微晒，"现在你是不是庆幸我比你大了？真元修炼不易，也只有像我这么老的狐狸才会有足够的资源供应你。不过，别担心。你很年轻，有旺盛的精力。如果不出意外，你会在很短的时间内恢复如初。其实后面几天我所要做的只是尽快让你的头发长出来。"

他顿了顿，补充："你可能不相信，对我来说，令你长头发比恢复你的体力要难办得多。"

"哦！"皮皮又问："如果那天晚上我们不是接吻，而是干了更严重的事呢？我会……会立即死掉吗？"

贺兰静霆沉默了一下，点点头："是的。"

皮皮只觉脊背一阵发凉："祭司大人，你不能阻止吗？"

"别忘了我们是狐，不是人。我们身上所有'人'的那一部分只是为吸取人类的精元而设计的。倘若你我之间发生了你所说的那种事，你的真元会自动流入我的体内。"他表情复杂地看着她，"这个，就连我自己也无法控制。"

"难道你们狐界就没有一个人有这种能力吗？"皮皮说，"上千年的修行也不行吗？"

"人类只是我们修仙的工具，我们从不与人类通婚。你所说的那种能力只有一个人有，"贺兰静霆说，"我的父亲。"

"也就是说，整个狐界只有令尊大人可以娶人类的女子，而不令她死亡。可是——"

"对不起，我要工作了。"贺兰静霆打断了她的话，戴上耳机，打开电脑的语音提示系统。

他不愿意再讨论这个话题了。

皮皮皱着眉头想了一会儿，忽然站起来走到桌边，摘掉他的耳机，一字一顿地问道："贺兰，你的母亲是谁？她是人，对吗？"

她还想问更多，但她的喉咙却被贺兰静霆猛地扣住了。手指渐渐收拢，她感到一阵窒息。

"放……放开我！"

他慢慢地站起来，脸逼近了她，气息在她的眼前打转："既然你想听下面的故事，我就不妨讲给你听，关小姐。"

"放，放手！你要掐死我啦！"她拼命地挣扎，用尖尖的指甲抓他的脸。

"是的。我的母亲是人类。"他的语气如冰山般寒冷，"我父亲很喜欢她，不慎让

她怀了孕。他本该立即杀了她,却在我母亲的苦苦哀求下,一直拖到孩子生下来的那一天。"

皮皮的胸腔剧烈地起伏着,贺兰静霆早已松开了手,她却紧张得呼吸着,而且越来越喘不过气。

他拍了拍她的脸,冷笑:"现在你是不是已经明白,招惹祭司大人是件多么愚蠢的事?"

过了半晌,皮皮方咳嗽了一声,说:"祭司大人你错了。我从没有招惹过你,是你先招惹的我。"她也拍了拍他的脸,恶狠狠地回敬,"我关皮皮也不是那么好招惹的。"

贺兰静霆没有说话,喉结滚动,脸上的表情几乎能将她撕碎。

第十六章

孤馆夜宴

正在这时,电话忽然响了。

贺兰静霆拿起话筒:

——喂。

——您好,潘先生。

——龙纹玉璜。1982年山东滕县不是出土过吗?

——这是西周贵族流行的佩饰,南方北方都有发现。

——我觉得最多只能是二级品。

——底端有残损?嗯……那估计连三级品都算不上了。

——不要,谢谢。我这里倒有一件人龙合雕的西周玉璜,二级品,您感兴趣吗?

——当然不是国家文物。是我老师的收藏,去世之后赠给我的,证件俱全,附有鉴定书。

——一百六十万,我接受银行汇票。

——对不起,潘先生,这是实价。

——看货?当然可以。我五点以前有空。可以在银行交易,那里很安全。

——行。那么,四点见。

——不需要接,谢谢。我会带我的助理一起来。

——我记得您的手机号。等会儿见。

他挂掉了电话,按了一下自己的手机,里面传来机械报时:"现在是北京时间下午两点二十五分。"

拉开键盘,来不及接通耳机,他迅速地往电脑上敲字。同时传来的是语音识别器里款款的女声:"玉器鉴定书。换行。换行。标题,宋体三号,居中。换行,换行。"

贺兰静霆手打的速度绝对超过了专业打字员,而且不带任何错字。

"黑体三号,单面人龙合雕玉璜。换行。换行。空格,空格。"

识别器的女声枯燥地读道:"宋体四号,长9.5厘米,逗号,宽2.9厘米,逗号,厚0.3厘米,句号……青白玉制。青白色,有数处红褐色斑点。质地细腻、温润光洁,半透明。正面饰二组对称的人龙合纹,背为素面。人形无四脚,身体蜷曲。鼻、眼、耳、发纹样俱全。龙身盘曲,头有角,鼻上卷,椭圆形眼睛,口露獠牙。器身雕边有牙形饰,两端各有一个穿孔,在人龙纹间有透雕孔。年代鉴为西周晚期。明嘉靖年间出土,为礼部尚书徐阶家族世藏,后流入民间。玉器二级。换行,换行,换行。文字右对齐。鉴定单位:中国文物学会专家委员会。鉴定人:贺兰静霆。"

草稿完毕,贺兰静霆从文件柜中拿出一张有水印的纸塞进激光打印机。

鉴定书一秒钟就打印出来了。皮皮正好奇他怎么能找到签名之处,只见他将桌

上的一把塑料尺上下一比,手摸到签名的空档,龙飞凤舞地签上大名,盖上图章,就要将鉴定书塞进一个大信封中。

皮皮忽然说:"需要我帮你检查一下吗?你不会把图章盖反了吧?"

贺兰静霆漠然地看了她一眼,抓住她的手指轻轻放在自己的图章上:"摸摸看,这里是不是有一个字?"

她摸到了一个阳文的"上"字。呵,皮皮一笑,原来是这样。

幸运的是,经过方才一顿打断,贺兰静霆的情绪奇迹般地恢复了:"皮皮,我要见一位客人,你能跟我一起去吗?"

可是皮皮的心中还在纠结:"这么说来,是你爸爸……吃了你妈妈?怎么吃的?"

"关皮皮,"贺兰静霆的脸又板了起来,"这种话题就算在茹毛饮血的狐界,听起来也是一样要起鸡皮疙瘩的。"

"是只吃了肝,还是整个人都吃了?"

"只吃了肝。"他将信封装进包里,"你听了是不是特有快感?"

"我特有恐惧感。究竟是怎么吃的?生吃吗?"

"皮皮。"

"吃的时候你妈妈还活着?"

"皮皮!"

"好吧,我陪你去见客人。"

到了大门口他们一起等出租,皮皮拉了拉他的胳膊:"最后一个问题。当你爸爸吃掉你妈妈的时候,他流泪了吗?他伤心了吗?"

对于这个,贺兰静霆回答得很快:"没有。"

"所以你恨你爸爸。"

"没什么好恨的,"贺兰静霆侧过头来看她,眼神很空洞,"我和他是一样的人。早晚我也会把你给吃了。"

"你不是。"皮皮肯定地说。

"你怎么知道不是?"

"如果你想吃掉我,早就吃了。"

"没到时候。"

"呵呵,贺兰,你真可爱。"

"你说什么?"

"你真可爱。你舍不得吃我吧。"

"要不这样,今天我先吃掉你的手指吧。"他把她的手指放到自己的口中轻轻地咬。

她没有半点恐惧,忽然紧紧地抱住他:"我喜欢你,贺兰静霆。告诉我,我的某个前世是不是你的妈妈?"

他连忙将她的手指吐出来:"呸! 呸! 恶心死了!"

汽车停在青年路 101 号,建行 C 城分行。

皮皮顿时有些不自在。

这银行就在报社旁边,同一条街,隔了两家商店,和报社关系密切,皮皮每月都从这里领工资。

果不其然。一进大门迎面遇到了皮皮的两位同事:财务部的小岳和小方,一个是会计,一个是出纳。因她们住同一间宿舍,就在皮皮的斜对门,素日往来甚多,所以颇为相熟。

避之不及,皮皮硬着头皮打了一声招呼。

岂料这两人虽是一路说笑着迎面走来,其实未曾注意到她,这么一"嗨",欲盖弥彰,两人同时尖叫起来:"皮皮! 出什么事啦? 你的头发哪里去了?"

这一叫引得大厅里排队的人纷纷侧目,众人的眼光在皮皮的头顶上溜来溜去。

"你病了吗,皮皮?"小方抓住皮皮的手,连声问道。

"嗯——啊——那个——"向有急智的她这回也没了辙,一面苦恼地思索着,一面捏了捏贺兰静霆的手心,指望他能救驾。可是抬头一看,却发现贺兰静霆比她还要愁眉紧锁、茫然若失。

"没病。"皮皮舔了舔干枯的嘴唇,眼珠滴溜溜一转,呵呵笑道,"上个月咱们社不是参加了一次癌症基金会的捐款活动吗,为了鼓励病人抵抗癌症,我决定剃发支持!"一面说,一面举了举拳头,做了个青年志愿者的手势。

小岳以手捂胸,笑得东倒西歪:"哎呀皮皮,你可舍得这一头青丝啊。要支持病人,多捐点钱不就完了,犯不着付出头发的代价吧? 刚才差点吓死我了,还以为你得了癌症呢。"

"你乱讲,我天天跑步,怎会身体不好?"谎圆过去了,皮皮松了一口气,"介绍一下,这位是贺兰先生,我的朋友。"

三人互相握手,问候了几句。

小方附耳过去,悄悄对皮皮说:"唉,真是旧情难忘啊。喜欢家麟也犯不着找个和他长得一模一样的吧?"

皮皮惊悚地看着她，怔了怔，转头瞄了贺兰静霆一眼，压低嗓门："一模一样？我不觉得啊，哪里像了？他俩只是个头相似而已。"

"不信就算了。"小方笑了笑，拖着小岳的手飘飘然地走了，走了两步，掉过头来，对皮皮眨眨眼。

穿过大厅，一位工作人员带着他们到银行地下储藏室取了玉璜，然后径直上了二楼的一间私人会客室。皮皮故意找了张贺兰静霆对面的椅子，趁着他与客人交谈之际，悄悄打量他的脸。

看来看去，她还是没觉得他们之间有什么特别相似之处，除了他们都长得挺英俊。贺兰比家麟瘦，看上去比家麟高。两人的眉宇远看上去都很分明，可是贺兰的鼻梁更加挺直，太直而有点冷酷的味道。贺兰的瞳孔颜色也比家麟深，漆黑得不见一点亮光，看人有些森冷，透着股捉摸不透的神秘。再加上他老戴一副宽大的墨镜，几乎罩住了半张脸，像极了传说中的职业杀手。

现在，连皮皮都承认，贺兰静霆与陶家麟最大的区别正是在这副墨镜上。无论是睁眼还是闭眼，贺兰静霆在皮皮心目中的印象只有三点：一、戴着墨镜，二、怕狗，三、走路常常牵着她的手。

等她终于明白这就是她第一次见到贺兰的印象时，古董交易以意想不到的速度结束了。

那位潘先生五十来岁，圆圆的脸上有两个大大的眼袋，一副饱经沧桑的样子。他拿着聚光电筒将玉璜反复查看，又掂了掂重量，就点点头。在此之前他们可能还谈了些别的，不过皮皮都没往心里去。对方验货完毕立即交了汇票，皮皮一阵小跑地到柜台将汇票存入贺兰静霆的账号。一切验明无误之后，潘先生便提着那只装着玉璜的锦盒乘车离去，仿佛是公务一般，从头至尾，无一句多余的话。

一直顾着比较两人的相貌，出了银行的大门，皮皮的脑中还是乱的，再看贺兰静霆时视觉都分裂了，整个人都成了一幅毕加索的画。到这时，她终于承认，这两个人是长得有些像，而且是越看越像。她恨不得马上找个相机把贺兰静霆拍下来，拿回家里和家麟的照片仔细对照。

"现在你的事儿办完了，我总可以回家了吧。"她说。

"七点半我有一个饭局，是我请客。"贺兰静霆说。

皮皮摇头："那你自己去吧，我要休息了。我的宿舍就在这条街的后面。"

"不行，你得陪我去。"

"我真的累了。"

"那我陪你回宿舍。"

"嗯……嗯……刚才是有点累，可能是晕车吧，现在好了。"皮皮赶紧说。

事实是这样的。

皮皮的宿舍里挂了不少家麟的照片，当然不是刻意挂上的。家麟喜欢摄影，出国读书挣的第一笔外快就买了一个尼康的相机。他会寄照片给她，大部分是风景和花卉，偶尔也会寄一两张自己的近照。瀑布之下大树旁边，浩然庞大的背景之下淡淡小小的一个人影，穿着各种颜色的 T 恤，脸色模糊难辨。皮皮觉得这些照片很美，风景都是异域的，宿舍的墙壁那么白、那么空，总得有个装饰吧？从家具城买装饰画动辄几百块，不如买几个相框装上，也是很好的点缀。

于是床边的墙上便挂满了相框。睡前眯眼斜睨，就好像皮皮自己也曾这样眯着眼对着相机，从一个孔里看见了一样的风景。

商量了半天，贺兰静霆提出要去西街的游乐场坐摩天轮，皮皮则坚持要看电影，两人便去了不远处的电影院。时间不凑巧，皮皮想看的古装片没有，只有一个新上映的谍战片，打打杀杀的很是热闹。柔软宽大的情侣座，皮皮一靠上去就睡着了。迷迷糊糊地睡了很久，睁开眼发现自己窝在贺兰静霆的怀里，谍战片早完了，换成了另一个动作片。

皮皮坐直身子，轻声问道："对不起，我实在太困了，睡了很久吗？"

"嗯。"

"那咱们快出去吧，别耽误了你请客。"

"不着急，我给他们发了短信，让他们晚一点再来。"

皮皮摸黑掏出手机看上面的时钟，已经八点过五分了。换句话说就是自己睡了整整三个小时！

旁边有人盯了她一眼，咳嗽了一声，态度不是很友好。皮皮小声说："那个……我没打呼噜吧？"

"没有，"贺兰静霆淡淡地道，"你说了梦话，不是很大声。"

皮皮愣了愣，随即不吭声了。她又梦见了家麟，是个浪漫的场景。然后田欣出现了，骂她是第三者，她们又打了起来。皮皮不记得自己在梦中揍了谁，很可能是家麟。在梦里她一次又一次地揍家麟，不是恨他，而是觉得这样很性感。

"我……我没说什么不好的吧？"她心虚地咕哝了一句。

"没有，"他笑了笑，"我什么也没听清。"

皮皮研究他的表情，发现他笑得很诡异，将信将疑地问道："真的？"

"真的。不过，"他说，"在梦里你狠狠地打了我一巴掌。我是不是应当有权知道

为什么打我？"

"打在哪里了？"

"脸上。"

"梦里的事儿都是假的。哈哈。"

"那一巴掌是真的，关小姐。"

她以为他在开玩笑，出了大门才知道是真的。他的脸上还有几道浅浅的指印。

餐馆在城外，出租车开了近四十分钟。皮皮心里直纳闷，市中心那么多家餐馆，什么风味没有，为什么会舍近求远，要去这样偏僻的地方？

而且餐馆也不像餐馆。

一条荒凉的小道，一栋孤零零的两层楼。外面看上去很破落，室内的装修却很雅致，垂花的拱门、嘀嗒作响的珠帘、泥青色的石砖。门边立着一个半人高的漆木方盒，透雕着《西厢记》的人物，皮皮正琢磨这盒子有何用处，忽听"当"的一声，贺兰静霆已随手将她吃剩的半盒爆米花扔了进去，原来是个垃圾筒。

周末的晚上，这里居然没有一个客人。前台的酒吧里坐着一位美貌的女子，二十五六的年纪。穿着牛仔短裙，修长的腿犹如两道光线撒下来，尽头是涂着蔻丹的脚指甲。

夜色中贺兰静霆已能视物，他在玄关处微微停了一下，忽然低声说："皮皮，等会儿上菜，无论上的是什么菜你都不要吃，好吗？"

"为什么？菜里有毒吗？"

"不是。不要多问，你能听我的吗？"

"……行。"

女人听见动静款款地迎上来，眸中带着浅浅的笑意："贺兰先生。"

贺兰静霆颔首示礼："小清，好久不见，近来好吗？"

"很好，谢谢。"她指了指楼梯，"修先生已经到了，在二楼。"

修先生，那就是修鹏了。不知为什么，一提起他皮皮的脊背就开始发寒。

贺兰静霆又问："赵先生还没来吗？"

"来了，出去替修先生买东西了。"

二楼大约是雅座。四月的天气也不冷，不知为什么要开着空调。皮皮一进门就打了一个喷嚏。"对不起。"她连忙掩嘴。修鹏看了她一眼，"嘀"的一声将空调关掉了。

迄今为止，在皮皮所认识的狐狸中，似乎只有修鹏对贺兰静霆的态度比较随便，

见他进来只是点了点头。而贺兰静霆对修鸲则十分尊重，甚至很迁就。

刚一落座，门又开了，进来的是宽永，提着一个纸袋。打了声招呼之后，他从塑料袋里取出一只碗和一双筷子，一次性用的那种，到洗手间洗净之后摆到修鸲的面前。

贺兰静霆笑着说："抱歉得很，刚才皮皮不大舒服，我让她多休息了一下，让你们久等了。"

"久等倒没有，趁这当儿，修鸲正好给我找了一大堆差事。"宽永谑笑。

"我给你找什么差事了？"修鸲冷哼了一声，"是你自己忘记了。"

"OK，在我脑子还没被你气炸之前，你说说今天上午的手术是怎么一回事？我都 call 你一百遍了。兄弟你架子也忒大了点吧？"

"笑话。院长先生，今天我不当班。"

"前天晚上你也不当班。阿鸐一个电话你不就来了？"

"请问，你是阿鸐吗？"

"你不当班？说说看你一周当几天班啊？我干三天你干两天，你还不肯值夜班……"

"我现在正饿着，"修鸲阴阳怪气地道，"我觉得我还是待在家里比较好。"

"我也很饿。"宽永说。说完又很客气地对皮皮道："关小姐，谢谢你的豆瓣酱。味道真好。下次如果还有多的，一定记得送给我们。"

皮皮想起有一次家麟说他母亲的生日晚会取消了，自己向贺兰静霆推销奶奶做的五瓶豆瓣酱，贺兰自己肯定不吃，估计顺手送给了这两位，忙说："不客气。以后我奶奶做了一定送给你们。既然大家都饿，那就快上菜吧！我到楼下说一声，让师傅快点炒。"说罢刚要起身，贺兰静霆一把按住他，不动声色地道："菜马上就上了。"

果然，没过一分钟，楼下的女子端来一个三层的漆盒，从里面拿出七碟精致的小菜，不多，看样子全是肉类，也不是成块的，肉糜那种。桌上飘着奇异的香味。接着，服务员又端来一只水晶模样的玻璃碗，里面一层清水，上面飘着两朵半开的牡丹，花间洒了一些蜂蜜。贺兰静霆用餐巾擦了擦手，像洋人吃面包那样将花拿到手里，一片一片地掰着吃，模样很斯文。

"关于捐款的事，我捐五百万，钱下周五到账。"他从容地说，"如果不够，你得去找唐淳。"

"唐淳——"宽永叹了一口气，"他倒是肯捐，就是有条件。他要修鸲去一次大兴安岭。就一次，他出两百万。修鸲不肯去，也不让我去。对不对，修鸲？"

"他以为我们是什么？藏獒吗？"修鸲冷笑，"就这么一点钱想打发我们？告诉

他,一千万,或许我们可以考虑。"

"兰陵区现在也这么紧张了吗?"贺兰静霆问道。

"唐淳在电话里说,他们的总数五年内减少了三分之一。那里近来要新建两个风景区,还要建一个巨大的采石厂。那一带水质下降,目前剩下的一千中,有一半打算修仙。"

"那就修吧。"贺兰静霆叹道,"也是一条出路。"

"听说赵松对此事很是恼火。"宽永继续说,"你最近没听收音机吗?"

"没有,有什么新闻吗?"

"赵松下令从这个月开始,不再批准任何修仙的申请。"

"是吗?糟糕,我上周还批了二十个。"

"我这里还有十五个,走后门的,你批一下吧。"宽永从帆布包里抽出一叠纸,递给他一支笔。

贺兰静霆擦了擦手,龙飞凤舞地签字:"你收了人家多少钱?"

"一个二十万。"

"我是不是应当提成?"

"祭司大人对医院一向是慷慨的。"

"宽永,你不应当收钱。"贺兰静霆淡淡地说,"把钱还给人家吧。"

"这个……"

"宽永。"某人的声音里面加了一点威严。

"好吧。"

"你还缺多少,我去给你想办法。"

"算了,我们还是去一趟大兴安岭吧。"

"别去了,赵松正在找你们。去了就回不来了。"

"听说,他也在找你?"

"我们见过一次。"

"谈得好吗?"

"不好。"签完了字,贺兰静霆腾出手,又开始慢慢地撕花,"我警告他不要动不动就打老头子的旗号。"

"你们……干起来了?"

"嗯。"

"阿觿,他很危险,你还是离他远点。"修鸸忽然说。

"是他来找的我。"贺兰静霆笑了笑,"而且语气挺硬。我记得以前他对我还算客

气,估计是老头子不想管事儿了,他觉得天下应当是他的了。"

他们似乎在谈本族的公务,皮皮觉得自己不便插嘴,便傻呆呆地坐在那里。每个人的面前都有一盘菜,一杯水。可是皮皮的面前什么也没有,没有碟子,没有碗筷,连杯水和餐巾纸都没有。她的任务真的就成了纯粹的"陪坐"。好像大家已经商量好了,她关皮皮什么也不吃,所以什么也不放。这么一想,皮皮郁闷了。可是,她心里暗暗地想,这一大桌子的菜,怎么就没一个给她吃的呢?这些男人只顾着自己吃,也太不 gentlemen 了吧?何况贺兰静霆还叮嘱她无论什么菜都不要吃,这样一来,她就只剩下了干坐陪客,真是无趣得很。

想到这里,她偏不信邪,拿起一个大勺,从其中的一碟肉糜舀了半勺放到自己的碗里。这一做不打紧,谈笑正欢的三个人立即放下了筷子,目光炯炯地盯着她。

"呃——"皮皮两手一摊,解释,"这菜看样子不错哦,我尝一下。"说罢就往口里送。

贺兰静霆一把夺过她的碗:"这是蛇肉,皮皮你不会喜欢吃的。"

"谁说的?我奶奶是广东人,就喜欢蛇肉,蛇肉可香了。我一直想尝一尝。"拿起勺子又要吃,勺子也硬生生地给贺兰静霆抢了过去:"刚才我都跟你说什么了,你当耳旁风啊。"

"你说什么了?我没记住。再说我也饿了。"

"你——"贺兰静霆欲言又止。

宽永赶紧圆场:"关小姐,你想吃什么?我去给你买。你还是病人,不太合适吃蛇肉的。"

"请问,这真是蛇肉吗?"很平常的一句话,大家都怔住了,既而面面相觑,都不知道该怎么回答。

一阵沉默。气氛莫名其妙地紧张起来。

修鹇站起来拍了拍贺兰静霆的肩,道:"阿觹,这顿饭你下次再请吧。关小姐,我和宽永今晚还有一个手术,我们先告辞了。"

贺兰静霆想了想,微微一笑:"也好。那咱们改天再聚。谢谢你们救了皮皮。"

这群人是怎么啦?怎么说走就走呢?皮皮窘得满脸通红:"哎,你们这就走吗?我没别的意思啊。只是看见大家都吃得很香我也想吃一点。为什么要走啊?既然这样我什么也不吃了,你们都留下来吧!"

宽永已走到了门口,听见这话,身形微微一顿,回头说道:"关小姐,那天你在医院里心脏停跳了整整四分钟,阿觹差点吓死了。"

心脏停跳四分钟？那还救得活吗？

皮皮迷惑地看着他："四分钟？怎么会——"

"从医学的角度讲，心跳停止五分钟就会脑死亡，不死也会变成植物人。"修鹠在一旁冷冰冰地添了一句。

一时间，皮皮的脸惊得煞白，莫非自己已成了鬼？她吓得连忙看地板，影子还在，又看了一眼贺兰静霆，发现他的头也盯着地板。

"是……是谁救的我？"她颤声问道。

"修医生。"宽永说。

"哦——"皮皮本来挺不喜欢修鹠，现在他成了自己的救命恩人，情况全不一样了，皮皮连忙说，"谢谢你救了我，修先生！"

修鹠不客气地"嗯"了一声："从今往后，你要乖一些，不要动不动就和贺兰顶嘴。"

"哦……好的。"

"贺兰的脾气不好，你多担待些。要不然他一怒之下就不让你长头发了。"宽永也加了一句。

"……"皮皮看着面前的两个人，无语了。

正踌躇着，贺兰静霆隔着软帽摸了摸她的光头，又拧了拧她的耳朵，然后将她的肩膀一拢，和自己靠得紧紧的，笑着道："你们不用联合起来吓她，不管用。她就是喜欢淘气。"

修鹠无可奈何地摇摇头，扔给他一把钥匙："天晚了，我和宽永一起走，你开我的车回去吧。"

施定柔
——
著

结爱

异客逢欢

JIE AI

下

浙江出版联合集团
浙江文艺出版社

谁说重复都是无效的呢？
生命在重复中被一点一点地修改，
我们在重复中走向新的开始。

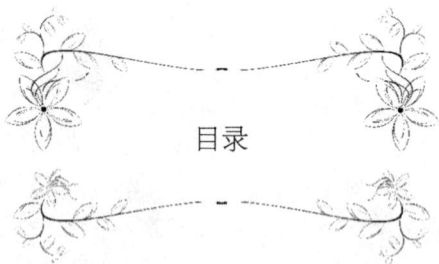

目录

contents

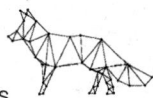

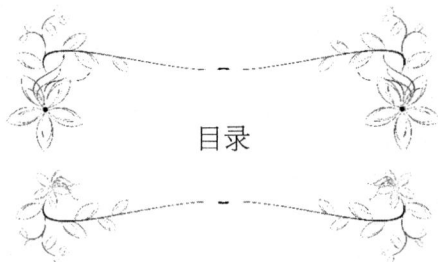

contents

目录

第十七章

食尸族

汽车一从岔道拐入高速公路，立即开始提速。

虽然贺兰静霆一向开快车，可皮皮却觉得这次是因为他生气了。于是她很紧张地坐在旁边，看着道旁的路灯飞快后退，道道光影雨点般打在车窗上。

这条高速是新修的，竣工时报社还派记者来采访过。皮皮隐隐觉得这地段眼熟，自己以前似乎来过，尤其是马路旁边的那条河以及岸上的垂柳，还有对面工厂的烟囱。

不知是修鹇自己身体的气味还是洒了香水，车子里面香喷喷的。其实这香味单闻起来并不坏，有股松木的味道，但不知为什么皮皮闻了就觉得头昏。她悄悄地看了一眼贺兰静霆，发现他很专注地开车，一直没说话。

可能就是得罪他了吧。皮皮心里想，不顾祭司大人的叮嘱，非要吃那桌子上的菜，祭司大人怎能不生气呢？不过，祭司大人可能不知道皮皮有低血糖，一饿起来就奋不顾身地要吃东西。食色，性也，皮皮觉得自己刚才的"无礼"是可以被原谅的。

可是祭司大人不理她长达十五分钟，这是从未有过的事。

就在这时，皮皮忽然说："其实这地方我来过。"贺兰静霆的头歪了一下，露出倾听的样子。

"辛小菊的家就住在这附近。"

这显然不是他猜到的答案，头又偏了回去，继续开车。

过了一会儿，见皮皮也不说话，他终于问："辛小菊是谁？"

"我的好朋友，也是中学同学。"皮皮指了指河那边的一片墓地，"小菊总是说她这一生之所以倒霉就是因为她家住的地方风水不好。后面是火葬场，左边是烈士墓，隔壁是花圈店。这条河的对面就是烈士墓了。以前这里是乱葬岗，埋死刑犯的地方。"

贺兰静霆的眼光闪烁了一下，"嗯"了一声。

"刚才那顿饭，你为什么不让我吃？"皮皮问。

"不是说了吗？你不能吃蛇肉。"

"别骗我了，那肯定不是蛇肉。难不成是人肉？"皮皮觉得这话很有趣，干笑了两声，心头一闷，笑不起来了。

耳边传来贺兰静霆若即若离的声音："我们狐族有很多部落，每个部落都有自己的饮食习惯。"

皮皮点点头："比如那天晚上的 party，很多人都是吃鸡肉的。"

"这是大多数。他们非常温和，专心修炼，与世无争。有点像蜂巢里的工蜂。"

"你是指他们负责采集元气，以供给少数几个人吗？阶级社会都这样。"

"不是。"贺兰静霆回头看了她一眼，对她的阶级敏感性很是吃惊，"我是指，他们没有繁殖能力。他们可以寻欢作乐，但是不能繁殖。"

"女性也不能吗？"

"男女都不能。"

"那……是这样啊。皮皮心里开始打鼓："贺兰你也是工蜂吗？"

他的唇边滑出一丝浅笑："你希望我是呢，还是不是？"

"嗯……"皮皮嗯了半天，答不出来，只好冲着窗外傻笑。

"对于我们来说，爱情并不指向繁殖。一个人无论可不可以有后代，都可以有爱情。"

这个道理谁不懂啦。皮皮郁闷地说："这么说来，你是工蜂？"

贺兰静霆不置可否："修鸺和宽永不是。在狐族中他们属于凶猛的肉食类，但他们不吃活食。为了便于理解，我暂且称他们为食尸族吧。"

"也就是说，他们吃的是动物的尸体。"皮皮觉得这不难理解，"我们人类也吃啊。肯德基店里不是天天卖炸鸡？这没什么奇怪的。"

贺兰支吾了一下，说："你能理解就好。"

"所以他们的身体素质和大多数狐仙不一样，有很强的繁殖能力？"

"我们称之为BWO。"贺兰静霆看着远处的路灯，声音有些缥缈，"他们只有一具身体和一个繁殖器官，没有内脏。"

皮皮惊讶地看着他，以为他在说一个比喻，这话题越谈越抽象。

"难道他们连心肺和肠胃都没有吗？那么，他们怎么呼吸、怎么消化呢？"

"皮皮，欢迎你来到狐狸的世界。"他沉稳地打着方向盘，"如果你把我们的身体想象成某种有组织有系统的东西，你根本就想错了方向。"

"可是，一个虚无的身体怎么可以大量地繁殖呢？"

贺兰静霆忽然笑了。

"你笑什么？"

"你不了解虚无。"他说，"繁殖本来就是从无到有的过程。正因为什么也没有，才可以不停地有。"

"如果什么也没有，这个身体怎么能保证它繁殖出来的东西肯定和原件一模一样呢？"

"不保证。他们有时候会原样繁殖，有时候会出现新的完全不同的种类。可是随着滥用和环境的恶化，他们产生后一种类的情况越来越少。实际上当大家发现种狐们不能产生全新的种类时，有些人担心了，认为这是狐类衰亡的象征。我就是这

些人之一。另有一些人却认为生存的第一要义就是繁衍。换句话说，这世界要有足够数量的狐，而不是狐仙。因为繁殖是修炼的大忌，除非他是种狐。千百年来，我们狐类一直把长生和修炼成人当作自己的最高梦想。我们梦想变成人，现在，这种梦想垮掉了。于是有人主张我们应当放弃修行，放弃模仿人类。一位狐狸的天年是十二岁，活到十二岁就应当自然地死去。我们生存的首要目标应当是繁衍和扩大生存空间。"

皮皮想起了刚才餐馆里的谈话："所以有人开始下令不再批准任何修仙的申请。"

"是的。"

"赵松是谁？"皮皮忽然问。

"他是贺兰鹣的弟子。狐族一共有两个祭司，左祭司和右祭司。他是左祭司。"

"你是右祭司？"

贺兰静霆点点头。

看样子，狐族的政治也很复杂呢。可是皮皮只关心一个问题："那你究竟是不是工蜂呢？"

"我们不能和人类繁殖。"

"你应当是半人半狐吧？"

"所以我是个盲人。"

"那么……嗯……在你身上，是人的部分多一点呢，还是狐的部分多一点？"

"这个对你来说很重要吗？"

"我不过是想更了解你嘛。"

"我除了长得像人之外，没有任何地方是人的。我是一位地地道道的狐狸。"

"你是说……是说……《动物世界》里播放的，长着毛的那种？"

"嗯。"

这些事实在需要消化，于是，皮皮沉默了。

过了一会儿，见她半天不说话，贺兰静霆摸了摸她的头："怎么，皮皮同学，你害怕了？"、

"这有什么可害怕的？孔子说，四海之内皆兄弟也。"皮皮很豪爽很男性地拍了拍他的肩膀，"我一点也不怕，至少你没让我害怕过。"

话音未落，车子忽然震动了一下，既而猛然加速，迅速换向边道。

皮皮伸长脖子看了看车外，发现后面有一辆白色的越野吉普紧紧尾随着他们，丝毫没有减速的意思，若不是贺兰静霆闪得快，就撞上了。就在他们换道的一瞬间，

那车子弹般飚了出去,很快变成了一个点。

"天啊!"皮皮吓得出了一身冷汗,"这司机怎么搞的,是不是喝醉了?"

"多半是。"避过它之后,贺兰静霆加速追上去,"我的时速已经一百八了,他开得比我还快。"

他们渐渐地追上那辆吉普。贺兰静霆谨慎地和它保持着一段距离。那司机果然像是喝醉了酒,不但不停地换道超车,有一秒钟还碰到了道旁的栏杆,擦出一道亮眼的火花。

"看样子要出事。"这场景好像是动作片里的追车,皮皮的心怦怦乱跳。没过两秒,猛听见"轰"的一声,那车果然在远处失了控,整个车子在空中连翻了好几个跟头,越过栏杆,从他们的视线中消失了。

"糟糕!肯定出人命了!"皮皮第一反应就是拿起手机拨110。拨了半天居然占线,忙对贺兰静霆说:"快停车,咱们去看看还有没有救。"

车很快就停在了出事地点。

四周静悄悄的,没什么汽车路过。贺兰静霆关掉车灯,说道:"你继续报警,我下去看看。"

栏杆下面是个斜坡,通向一道极陡的草沟。皮皮下了车,往草沟里一瞧,黑魆魆的,什么也看不见。

皮皮往左移了两步,忽然踩到一个软软的东西。定睛一看,那东西不成形状,只是血肉模糊的一团,皮皮只觉一阵毛骨悚然,尖叫一声,不管三七二十一,紧紧抱住了贺兰静霆的脖子,同时指着地上,半天说不出话。

"贺兰,那……那个东西是什么?"

贺兰静霆看了一眼,没说话,将她抱回车内,关上门,说:"醉酒开车,还是这种速度,人肯定是没救了。我去看看,你在这里等着。"

"那你快去快回好不好?"皮皮觉得四周阴森森的,说话都哆嗦了。

她在车内发疯地打手机,过了几分钟终于接通了,便结结巴巴将发生的事说了一下。可是她说不清地点,只知道这是207号高速公路,城西方向,在永和区烈士陵园附近。接话员说马上派救护车过来,就将电话搁下了。

其实车祸地点很好找。马路上一片狼藉,满地的碎玻璃,掉下来的车门和保险杠全扭歪了,路上还有几道漆黑的刹车印。

过了好一会儿,皮皮才看见贺兰静霆从深草中走上来。回到车上,一言不发。

"找到司机了吗?"

"找到了。"他开始发动汽车。

皮皮急忙按住他的手："先别急着走,我报了警,接电话的人说请我们留在现场,他们需要采证。"

"人已经死了。他没系安全带,整个人被甩了出去。"贺兰静霆拿开她的手,"你也看见了,四分五裂,身首异处,一片狼藉。"

"那我们也需要留下来配合警方的调查。"皮皮认真地说。

"皮皮,"贺兰静霆冷冷地说,"我不喜欢和警察打交道。"

"可是——"她觉得贺兰的态度很奇怪,不禁诧异地凝视他的脸。车内不是很明亮,路灯的余光通过车镜折射到他的脸上。皮皮的心猛然一沉,一直沉到地狱里。霎时间,肺里的空气仿佛被抽空了一般,不能呼吸。

贺兰静霆的嘴边有一抹淡淡的血痕。

"嗨,"她说,"你这里溅了一点血,我帮你擦擦吧。"

"是吗?"贺兰静霆对着车镜看了一眼,随手抽出张纸巾将那血痕擦掉了。

然后,他转过身来说:"现在干净了吗?"

"干,干净了。"皮皮瞪大眼睛,一眨不眨地看他,声音一阵发涩。

"系上安全带,我们回去吧。"贺兰静霆说。

她一头冷汗地坐在那里,一动不动。

"皮皮,安全带——"

"贺兰——"她突然打断他,"刚才你下去干什么了?"

仿佛料到她会这么问,他眉毛微微一挑,说:"没干什么。"

"你是不是把那个司机——给吃了?"她很紧张地问道,心里一阵发毛,浑身都哆嗦起来。

他回头过来看了她一眼,目光有些异样。张开嘴想说什么,过了半秒,什么也没说,又闭上了。

皮皮双目圆睁,狠狠地瞪着他。

过了片刻,他才说:"我只吃了我喜欢吃的那一部分。"语气很淡定,甚至有一点冷酷。他目光紧锁住她,嘴微微地抿了一下,露出一抹戏弄的神态。

他打量她的脸,观察她的反应,玩味她的一举一动。皮皮只觉得头皮一紧,整个身子都被他神秘的目光冻结了:"你,你吃了他的肝,肝脏吗?"

"味道不算好,酒精太多了。"他闭上眼,若有所思地摇摇头,嘴唇动了一下,仿佛在回味着什么。然后他竟然诡异地笑了,一道月光洒在他洁白的牙齿上。

皮皮推开车门,拔腿就跑。拿出了百米冲刺的速度,沿着栏杆的方向狂奔。跑

了不到五分钟,便重重地撞到一个人的怀里。

"别碰我!"她尖叫了一声,忽然捂住小腹。

她的脸煞白了,胃很痛,便趴到栏杆上对着外面的草沟呕吐。

她不停地吐,直到吐光了胃里所有的东西,这才筋疲力尽地转过身,一面愤怒地看着他,一面咻咻地喘气。

两人仅隔一尺,目光强有力地对峙着。

过了片刻,贺兰静霆的视线飘到别处,淡淡地说:"你吐完了吗?"他的声音很轻柔,似乎含着一丝关切。

不知道是恐惧还是愤怒,皮皮却说不出话,只听见自己的牙齿咯咯作响。

"回车上吧,我们需要马上离开这里。"他伸手去揽她的肩,她将身子一拧,挣开了他的手,冷冷地看着他,一脸的抗拒。

他原本态度嚣张,这一下,竟然失笑了:"生气了?"

"你一直在逗我玩吗?贺兰静霆!你也在等我的肝脏是吗?其实你用不着等,月黑风高,趁着没人,你尽管来拿!"她不停地喘气,眼冒金星地对他吼。

她的心在号哭,觉得自己又被骗了。一年前雪夜的场景复现眼前,一向温柔和善的家麟忽然间变得冷酷无情,而斯文高雅的贺兰静霆,竟是茹毛饮血的野兽!为什么一切人一切事都有可憎的一面?为什么每次都要轮到她来发现真相?

"我不想吓到你,皮皮。"贺兰静霆不温不火地说道,"只是我最近透支过度,需要补充元气。"

话刚刚说完,他居然摸了摸她的头,又将她的下巴抬起来,不阴不阳地说:"我其实一向很挑食的。"

她推开他的手,大声道:"你知不知道对死人最大的尊重,就是尊重他的尸体?人之所以异于禽兽就是要盖棺而葬、入土为安。你可曾想过他的亲人如果看到这一切,会怎样伤心吗?"

"你扯得也太远了吧?"他冷笑,"他的亲人关我什么事?我又没酒后开车。"

"难道你不知道吃人是件多么肮脏的事吗?"

"不知道,"他继续冷笑,眸色一霎时暗了下来,"我习惯了。谁让我不是人呢。"

他说得没错!错就错在她一直不肯相信。不相信他是兽,不相信他把人命看得如此轻贱。闭上眼,她不敢想象贺兰静霆吃人是什么样子。脑中只是不断浮现《画皮》里的场面。那个披着人皮的妖怪,血盆大口,锯齿般错落的牙齿……

"你走!我再也不想见到你!"她愤怒地喊道。

地上的人影拉长了,阴森森地向她压过来。但他的口里还保留着调侃的语气:

"这么说，你终于了解了我的本质，你恐惧了。"

黑洞洞的目光扫过来，同时过来的还有一股杀气。皮皮只觉脊背发寒，脚趾也跟着一阵抽搐。但她却凛然地扬起脸：

"岂止是恐惧，祭司大人。还有厌恶，还有憎恨！我替死者感到恶心！"

"真是这样吗？"贺兰静霆的目光比月色还要冰凉，"世界这么大，生物那么多，你以为只有你们人类的死才有尊严，才配得上葬礼吗？"

他掉头而去，几秒钟的工夫，人和车都消失在了夜色之中。

皮皮独自坐在路灯下。夜已深了，星光暗淡，空气中飘浮着几许寒意。

她抱着胳膊哭泣了一阵，抬起头来，又感到一片茫然。只知道自己在 207 号高速公路上，离家还有一半的车程，掏出手机叫出租，手机响了一声就黑了。没电了。真是便宜无好货，这手机需要天天充电，有时恨不得一天充两次。徒步回家只怕要走好几个小时，就地拦车吧，又担心遇到歹徒。皮皮想了想，决定还是在原地等待比较好。她报了警，相信不久警车就会来了。

正这么想着，远处一辆灰色的轿车忽然减速，连穿两道车道，戛然停在她面前。

车门打开，下来的却是两个她认识的人——修鹇和宽永。

"嗨，皮皮，你怎么在这里？"宽永有点吃惊地问，"贺兰呢？"

"他，他走了。"食尸族的来了，皮皮不由自主地连退几步，身子僵硬，已经抵在栏杆上了。

"不可能，他应当就在附近。"修鹇淡淡地说。

"是贺兰打电话让你们来的吗？"假装镇定，皮皮问道。

"没有。"修鹇气定神闲地看着她，缓缓地道，"听说这里有车祸，我们顺路过来看一看。"

"人已经死了。"

"阿门。"宽永一脸肃容，"关小姐，请在这里稍坐片刻，我和修医生下去检查一下，然后就带你回家，好吗？"

一面说，一面很专业地将一双医用橡胶手套戴在手中。

皮皮这才发现修鹇不知何时又从车上拿出一个铝合金的盒子，很沉重，里面似乎装着医疗器械。他走到栏杆旁边，忽然停住步，问道："宽永，你带电池了吗？"

"我会忘记吗？"

"等等！"皮皮突然大喝一声，"他的家人还没有来和他道别，请你们放过他好吗？"

两人怔住，继而对视了一下。

修鹇淡定地解释："我敢肯定，他的家人绝对不会想知道他最后一面是这种样子。还是我们来替他收拾比较好。"

"请放心，"他居然拍了拍她的肩，语气如神父般关切，"我保证我们一定是带着尊敬的心情来完成这件事的。"

说完这话，他们翻过栏杆，消失在深草之中，草丛里随即传来一阵窸窣声。

皮皮不寒而栗，又忍不住好奇地往下看。

显然他们做这些事已驾轻就熟，下面一片漆黑，他们却不需要手电。她以为自己会听见咀嚼的声音，切割的声音，吞咽的声音，或者器械触碰时的响动，可是除了喓喓草虫声和远处的车笛声，夜色如此安详，仿佛与他们合谋掩盖这一场罪恶。

正在这当儿，草丛中传来隐隐的电器声。在工厂长大的皮皮熟悉这种电器：某种小型电钻，马力不是很强，声音也不刺耳。可是皮皮却觉得那声音就是一把电钻，直接钻进了她的脑袋。

仓皇中，她拔腿就跑，发现不远处有辆出租车正向着自己的方向驶来。她迎着那车跑去，一边跑一边做出搭车的手势。

那车在前方停了下来，车顶亮着"吉运出租"四个字，还有一串电话号码。这是本市最大的一家出租车公司，司机资料全部备案，都是有证可查的。皮皮大大松了一口气。

从车窗里钻出一张扁平的脸，是个年轻小伙子，三角眼，狮子鼻，板寸的短发。他口里叼着一根烟，扬起嘴角笑了一下，说："小姐，这么晚搭车？去哪里啊？"说到"小姐"这两个字，声调微微上扬，目光间有点暧昧。

可是皮皮却不生气。因为他说的是本地口音，连哪个区都听得出来。

"劳驾，我去青年路。"不管答不答应，皮皮拉开车门跳进前座，说，"快走，这里不安全！"

司机斜睨了她一眼，油门一踩，车开得飞快。

风呼呼地往车窗里灌，皮皮长长吁出一口气。

"深更半夜荒郊野地的，小姐怎么一个人在这里？"司机问道。

"朋友的车子坏了，找人去修了，说是来接我，等了半天也没来。"她随口编了个理由。

司机呵呵一笑，摇了摇头，不相信这话，也不想继续打探，换了个话题："今天天气——"

话未说完，突然双手拽住方向盘，猛地踩了个刹车。整个车子被强大的冲力拧得横了过去，在马路当中打了一个九十度的大弯。皮皮只觉身子顷刻间被甩了出去，又被安全带死死勒住。第一反应就是双手抱头，弯腰屈膝，保护自己珍贵的头骨。

隔了半晌，震惊中的两个人才缓过神来。司机"呸"地吐出烟头，皮皮则小心翼翼地直起身子，向窗外看去。

夜灯朦胧，车子的正前方依稀站着一个人，一动不动。

天啊，皮皮心想，是什么人这么想不开啊，这可是高速公路啊！幸亏司机反应快，不然一条命可就交待了。

司机一脚踹开车门，伸出半个身子对着那个人吼道："你小子中什么邪了！不想活找死也不找个好地方！老子的脚再慢一步，就把你轧个粉碎……"

他唾沫横飞地乱骂，正好左道上有辆卡车开过，车灯直射到那人的脸上。皮皮和司机同时看见了一张俊美而苍白的脸，瘦削挺拔的身影被灯光打成一道斜线。他仿佛亘古时就站在那里，黑色的风衣在夜风中飞舞，双目直视如两道寒芒。

皮皮的呼吸停顿了，整个人突然僵住。她感到自己的脸被他的目光牢牢紧锁，大脑一片虚无。

是贺兰静霆。

司机虽然越骂越欢，却不敢从车里面出去。贺兰静霆忽然上前几步，修长的手臂向前一探，将他从车窗里直拖了出来，一直拖到路边，"嚓"的一下，撕掉了他的上衣。

冰凉的手指在腹间摸索，似乎在寻找什么。

任何人到了此时都不免魂飞魄散，那司机的腿早已软了，整个都吊在他的手中，皮皮听见他结结巴巴地叫道："你你你……想干什么？想强奸你对人好不好？我是个男的！"开始他还嘴硬，过了一秒钟他的身子就剧烈地晃动起来，在贺兰静霆的手中拼命挣扎，嗓音飙成一条直线："救命呀！有人杀人了啊！！"

大约是吓破了胆，他的声音很细，几乎是哼哼着的，皮皮一直以为只有女人才会有这样凄惨的叫声。她越急越解不开安全带，折腾了十几秒钟才冲出车外，大声制止："贺兰静霆！住手！"

面前的人腮帮子动了一下，一把将司机提起来，大步流星地走到出租车边，一脚挑开门，将他往车里一扔。

过了整整一分钟那司机才缓过劲来，油门"嘎吱"一响，车子猛然掉头摆直，顷刻间便飙了出去，迅速变成一个点。

贺兰静霆快步走回来，双眼眯成一条缝，审视了皮皮片刻，然后，似乎嫌那个人不干净，他掏出一条纯白的手绢，慢慢地擦自己的手。

莫非是还未吃饱？皮皮惊恐地看着他，心怦怦地乱跳，嗓音近乎呻吟了："祭司大人……您还想干什么？"

他蓦地伸出手，将她紧紧地抱在怀里。他的动作很猛，几乎是粗暴的，她的脸撞在他结实的胸肌上，就好像撞在一面墙上，火辣辣的疼。

"放开我！"她拼命挣扎，反而被他抱得更紧，一时间，自己的每寸肌肤都紧贴在他身上。他一言不发，只是狠狠地将她往自己的怀里挤压，皮皮觉得自己的整个肩和背都被他的双手环住。自己正在缩成一个小点，简直无法喘息。

她对着他的胸膛狠狠地一咬。血迸了出来，洇湿了他的衬衣。

虽然吃了痛，他却根本不放手。

"放开我！"她在他怀里尖叫。

他的手臂放松了一点，却仍然紧紧地圈着她。忽然间，他开始亲吻她的脸。

从他的胸口散发出一团氤氲的香气，致幻剂般令人心旌摇荡、神魂俱散。她难以自拔，迅速沉沦，甚至主动去吻他的唇。

他自制地避开了，将唇印到她的耳根上。她听他轻声地说："你宁肯跟着那吸大麻的司机，也不肯跟我回家吗？"紧接着，她的耳根一片清凉，传来一声悠长的叹息，"慧颜，我怎么可能伤害你？"

她的心猛地一震，霍地抬起头，迷惑地看着他。

那已不是她惯见的祭司大人。

面前的男人目光涣散，神态凄楚、气息凌乱又无限深情地看着她："跟我回家吧。"

她的心忽然软掉了。乖乖地点点头，牵着他的手，跟他进了车。

一路上他们没说一句话，进了市中心，皮皮忽然道："请送我回我妈妈家里，我好久没回家了。"

她报了门牌地址，他将她送到家门口，没有道别，一言不发地离开了。

谁是慧颜，她没有问。

同是天涯沦落人，相逢何必曾相识？

贺兰静霆是消失了的家麟；她，是消失了的慧颜。

第十八章

慧颜的故事

客厅的灯熄了，厨房的灯却亮着。

皮皮爸刚回来，一碗剩饭，一包榨菜，腮帮子铿锵有力地咀嚼着。

她忽然感觉到一阵温暖。多么现实的世界啊！尽管家里很窄小，家具很破旧，为了节约电，灯光很昏暗，可是这是皮皮生活了二十年的家。

"皮皮，这么晚回来啊？"听见动静，皮皮爸抬起头，有点吃惊的样子，"你怎么剃了个光头？"

"单位发起的活动，我自愿的，支持癌症病人。"

"哦。"他继续埋头吃饭。

皮皮注意到爸爸的手上缠着一块纱布，连忙问："爸，您的手怎么啦？"

"干活时不小心给割了一下，小伤，没事儿。"

"您去医院看了吗？小心感染啊。"

"家里有创可贴，一贴就好。"他粗着嗓门说，"去医院多麻烦，排队等好久呢。"

"您又不忙，怕什么排队。"她失口说了一句，随即后悔了。父亲摆地摊挣不到钱，近来修马桶的生意也远不如从前。以前BB机老响，修一次就有七十块，如今经常是一两个礼拜才接到一个电话。有一次，一家人马桶堵了，修了半天才发现堵住的只是一根牙签，雇主硬是不肯给钱，皮皮爸一恼火骂了几句，那家人的儿子不乐意了，两人打了起来。皮皮爸年老体衰，不是对手，鼻青脸肿地回来了。皮皮妈于是一个劲儿地怪老公没出息，那么多人下岗做生意都发了，偏他一个大子儿也没捞到，害得全家跟着他节衣缩食喝西北风。

所幸父亲的神经跟皮皮一样大条，也没往多处想，只是说："太晚了，去睡吧。"

卧室里传来电视声。皮皮妈爱看电视，睡得晚。皮皮拉开冰箱，想给自己找瓶汽水，可是冰箱里空空的，除了一包白菜、十几包榨菜，什么也没有，连鸡蛋都没一个。她禁不住抽了一口凉气："爸，这个月的工资我交了啊，家里没这么穷吧？弄到您要吃榨菜。"

"嗯。"他三下五除二地将碗里的米粒扫荡一空，"你妈买了个美容俱乐部的半年卡。她说单位的人都买了，集体买打七折，自己不买很没面子。"

皮皮掏出自己的钱包。她也没剩很多钱，翻出三百块给爸爸，然后递给他一张龙卡："这是我的存款，家里用度太紧就取出来用吧。密码是330027。"

卡里存的是皮皮的嫁妆钱，一点一点积攒的。

说罢她噔噔噔地进了里屋，将电灯一开，皮皮妈吓得从被窝里钻出来："皮皮？"

她径直去了衣橱，将妈妈的皮包打开，找出那张美容卡："妈，您明天把这卡退了吧。家里现在困难，全家都在节约，您支持一下。"

皮皮妈脸"腾"地一下就紫了:"这也没多少钱！让我去退？多没面子！"

"您的面子比全家人的命还大啊？"

"哎哟哟,大小姐,你可真孝顺。你看你崔阿姨家的老二,在外面挣大钱,一个月给她两千块零花,还请钟点工做饭。对门龙家老大,人家跟你一个学校毕业,现在呢？嫌家里房子小,给了她妈三十万现金买房子。我也没指望你太多啊,你还管我的事啊？"

皮皮二话不说,拿起电话递给她:"妈,要不您现在就给龙家老大打电话,告诉她您愿意当她亲妈,问她愿不愿让您住她家去。愿意的话您请便。"

皮皮妈的嗓门一下子高了八度:"哈！你以为你挣了点钱就可以嘚瑟了是不是？老妈我要你养了吗？老妈我养不起自己啊？早让你盯着家麟,盯着家麟,看你平日里也伶牙俐齿的,聪明劲儿都跑哪儿去了？如果跟他结了婚,现在不就是吃香的喝辣的,住花园洋房了？就算不结婚,也犯不着拿他当仇人啊。多一个朋友多一条路哪。人家家麟可是好孩子,生意不成仁义在,出了国还惦记着你。告诉你,这钱不是你的,是家麟给我寄的。"

她的脸顿时白了:"家麟？家麟还给你寄钱？"

"我看他写给你的信你都不回,我就给他回了一封,讲了讲家里的情况。实话告诉你,你爸还不让我说。我们这房子以前是国有资产,现在都要转让给个人,虽然不是商品房,也要交好几万。家麟在国外,美元和人民币的比值是一比七。人家拔一根毛比我们的腰还粗呢——"

"妈,您收了他多少钱？"

"也不是很多,两千……"

"美金？"

"那还能是人民币？"

"妈您知不知他只是个学生？还在打工！他有家有老婆,自己也有父母要孝敬,国外生活费用又那么高,您跟他叫哪门子的穷？想当丈母娘您想疯了啊？把钱给我,我给他寄回去！"她忍不住嗓门也高了。

皮皮妈两手一摊:"早花掉了。上次你爸说好多人炒股发了,他也想试一试,我把一大半都给他了。哪知他手气这么不好,现在全给套住了。"

见皮皮的脸越变越黑,几乎是气势汹汹的,皮皮妈有点吓到了,喘了两口气,小声说:"算了,这美容卡我明天去退,总行了吧？你犯不着一回家就对我大呼小叫的。我好歹是你妈,生你不容易！"

皮皮咬了咬牙,憋了一肚子的气,最终选择不和妈妈计较:"对不起,妈妈,刚才我态度不好。家麟寄来的信在哪里？他还说了些什么？"

"就寄来了一张支票，让我不要告诉你。还说这事儿他知会过田欣，所以让我们放心地用。还说小时候老在咱们家混饭吃，我和你奶奶都疼他，这是他孝敬给我和你奶奶的。"

皮皮走出卧室，觉得妈妈的话里含着水分，又回头问了一句："您肯定他只寄了两千吗？"

"唔……嗯……寄了两次，每次两千。"

皮皮气得说不出话，跑到洗手间里洗了把脸，气呼呼地抱着毯子在客厅的沙发上睡了。

那一夜，不知为什么，她却梦见了贺兰静霆。满头满脑都是他的影子，在月光中，在花丛里，在树荫下，四周环绕着一股木蕨之气。开始她以为是家麟，可是梦中的男人一直戴着墨镜，穿着只有贺兰才喜欢穿的亚麻衬衣。

不是家麟，因为这种直截了当、无须铺垫的亲密，她和家麟之间从未有过。

次日清晨，奶奶买了早点回来，皮皮问起了那首《寄生草》。

"什么《寄生草》？"

她哼给奶奶听："离酒榷须眉长，见斗茶掩鼻忙。数说朝市屈伸量，睨窥衣履皂白状，撩拨左右浮沉望……"

"哦，那首。"奶奶点头，"想起来了。你三岁的时候常唱，这不是幼儿园老师教给你的吗？"

"不是啊……不会吧？"

"我以为你是从幼儿园学来的呢。幼儿园的田老师你还记得吧？她就住在前面一栋的三楼。她女儿小庆不是你的小学同学吗？昨天买菜我还碰见田老师，人家还问起你来着。"

皮皮立即给田老师打电话。

"……没有。我绝对没教过你这首歌。我从来没听过。"田老师肯定地说。

"您会不会记错？这是十几年前的事儿了。"

"不会。我带你的那一年是我参加工作的第一年，可认真可积极了。所以对每个孩子的印象都很深。"

皮皮只觉耳朵嗡嗡作响，心头的一些东西轰然倒塌了。

上班之前皮皮去了趟银行，将自己的存款兑换成四千美元给家麟汇了过去。同时给他留了一条短信："多谢你的帮助。"看着存折上的两万多块人民币顷刻间就消

失了,皮皮心痛得喘不过气来,在心底里嗷嗷直叫:"我的嫁妆啊!"

接下来皮皮有一个多月没见过贺兰静霆。

开始她以为贺兰会主动打电话。事实证明,祭司大人的自尊非同寻常。然而,皮皮虽是小人物,小人物就没气节了吗?所以皮皮也不打电话。

两人就这么杠上了。

若在平时,皮皮也没什么脾气。贫苦人家的女儿烦恼多,她没工夫也没资本耍脾气。可是在她短短的人生历史中偏偏凭空添上了一个"慧颜",好像她既是一个人,又是另一个人的鬼魂。皮皮觉得有点冤,同时又有点累。蓦然间肩膀都沉重了好几斤,走路更不轻松,好像顶着两个脑袋。

更重要的是,皮皮受打击了。

闹了半天,原来贺兰静霆喜欢的不是关皮皮,而是她 N 年之前的某个化身,一个名叫慧颜的女孩。他们之间的亲密顿时打了折扣。敢情那双温柔多情的眼不是为她多情的,那双修长性感的手不是为她性感的,那颗忠诚专一的心也不是为她专一的。

也许他和慧颜有什么尚未了结的恩怨,也许他们前世是一对落难情侣,无论他们之间发生过什么故事,这个慧颜跟她关皮皮没关系!

倒也不是事不关己高高挂起,如果祭司大人有什么未了的心结,皮皮很愿意帮他。可是她也不是什么超人,自己尚且生活在水深火热之中。皮皮全家赖以生存的国营大工厂已进入半停产状态,妈妈被勒令提前退休,退休工资少得可怜。厂里已经有人因为吃了一个月的白菜帮子,痛苦不堪地自杀了。爸爸天天打零工,收入又低又不稳定。奶奶完全没收入。在全社会都在迈向二十一世纪的时候,皮皮的全家正在退回战争时期。在周围所有人都被商品经济弄得眼花缭乱的时候,皮皮全家恨不得勒紧腰带实行实物配给制。

皮皮觉得当前的要务就是认真工作,努力挣钱,挽救这个家的经济危机!因此,她很需要元气!而不是消耗元气!

可是,既然她不去找贺兰静霆,贺兰静霆也不来找她,皮皮就不得不面对这样一个后果:整整一个多月没有头发!是那种绝望的没有。头皮锃亮,寸草不生,苍蝇落在上面都嫌滑脚。皮皮每天起床第一件事就是摸自己的脑袋,寻找毛发生长的痕迹。摸了半天,一根毛楂儿也摸不到。于是她咬牙买了一瓶 101 毛发再生精,天天涂抹也不见效,急得恨不得撞墙。

莫非祭司大人的元气含有剧毒?新生的毛发在头皮下就夭折了?

当然,这还不是她的最大打击。

眼看着研究生报名就要开始了,报名需要单位盖章。以前单位都是睁一只眼闭一只眼,这一回办公室的张主任居然不肯盖了。据他说,这几年都是镀金热,想考研的人太多,不安心本职工作,社长一怒之下出台了一项新规定。所有打算考研的员工,必须要在工作和学习中选择其一。递了辞职报告才给盖章,不然就休想。

皮皮在宿舍里蒙着被子思想斗争了整整三天,将研究生报名申请表放在手里捏了又捏,都快捏出水来了,最终长叹一声撕得粉碎扔到马桶里冲掉了。且不说她不是科班出身,考上的可能性有多大。就算考上了,读书的日子没有工资,她将有三年时间没什么收入。家境如此贫困,皮皮不敢冒这个险。所谓人穷志短、壮气蒿莱就是这个意思吧! 皮皮欲哭无泪,咬咬牙,将备考的书全部收进纸箱,塞到床下,眼不见为净。

从那天起,皮皮养成了买福利彩票的习惯。一周买一次,认真对着兑奖号。是啊,也许有一天她中了大奖,一切烦恼就都解决了呢。

把这些说给小菊听,她听了直笑:"皮皮,你老了。"

"为啥?"

"你开始相信奇迹了。"

"可是,你觉得我应当放弃考研吗?"皮皮双手抱头,苦恼地说。

"不应当。"小菊回答得很快。

皮皮微微一怔:"为什么?"

"曾经有位老先生对我说,这世上有三种人:有些人能让事情发生,有些人坐看事情的发生,还有些人奇怪为什么事情发生了。皮皮,你不能像我这样坐视着一切事情发生在自己身上而无能为力。你得拼搏! 你得抗争!"

皮皮觉得,小菊其实是个哲学家,特别是在批评人的时候。说这话时她很激动,一双枯瘦的胳膊,摇得皮皮的身子直晃,好像劝的不是皮皮而是她自己。

"可是,我的家怎么办? 我爸下岗我妈退休,没有我这点工资全家都过得不宽裕呢。"

"咱们算一下,你家一个月开支有多大?"

"生活费至少要两千块吧。我爸我奶奶的身体都不好,万一生病就不够了。"

"两千块? 你打两个工就赚回来了。要不你辞职到我这里来吧? 麦当劳最近还招人呢! 我怎么着也能混上个白班经理。包汉堡这种活儿累是累,但不用动脑筋。"

"可是,这样的话,我不是没有时间复习了?"

"嗯——这段时间你就全天在家复习,用你的存款过日子好啦。等你考完试,我

再设法给你弄个位置。"

"我的存款——"皮皮心里一凉，苦着脸看着她，"被我爸买了股票，套进去了——"

小菊沉吟片刻，问："现在离考试还有几个月？"

"还有半年呢。"

"你能找人借点钱吗？或者你到我们这里来打个半天工，挨过这阵子再说？"

"借钱？唉，还是算了吧。我宁肯打工。"皮皮最怕借钱，特别是在没有偿还能力的时候。

"皮皮，看着我，在做选择的时候要往光明的地方想。"见她的头又快快地低了下去，小菊捏了捏她的肩，"想想看，如果你成了真正的记者，干上了你梦寐以求的职业，那该多么爽！何况你是有潜力的。上次考试你不是都过了分数线吗？不是有教授说你挺有希望的吗？你离梦想只有一步之遥，为什么要放弃呢？"

是啊！为什么要放弃呢！没有钱就啃汉堡！就算考上研究生也可以半工半读！皮皮被鼓动了，人生关键的时刻来临了，不知是恐惧还是激动，她忽然间泪流满面。

可是……这么大的决定，需要三思而行吧。皮皮的眸子闪亮了一下，又迅速地黯了下去。

"皮皮，你一定要明白什么是你真正想要的！是要当小秘书还是要当大记者？"

"大记者！"皮皮脱口而出。

"那就下决心辞职吧！"

皮皮扔下汽水瓶，一溜烟地奔回办公室，花了两分钟在电脑上打出一份辞职报告，直奔三楼交到张主任的手中。

她不敢"三思"，三思的结果肯定是放弃。

在总编室里忐忑不安地坐了几个小时，快下班的时候张主任找她谈话，企图挽留她。皮皮铁了心拒绝了。

主任的脸黑了，半是安抚半是威胁地说："这事儿我已经向社长请示了。如果你坚持考研，我们会对你做自动离职处理。工资发到下月底。小关，"他意味深长地看了她一眼，"你要想好。万一你没考上研究生，想回来，社里不会再有你的位置了。"

霎时间，皮皮仿佛坠入万丈深渊。她低头想了好一会儿，用力点了点头："主任，我想好了。"

她终于拿到了那张盖着鲜红大印的报名通知书。

疯狂的复习开始了。

不知不觉中，三个月一晃而过。

皮皮白天去麦当劳打工，晚上在家复习功课。日子过得比老年人还有规律。辞了职，单位的宿舍当然不能住了，家里虽然舒服，却要忍受妈妈无穷无尽的唠叨和数落。

大好的工作丢了，响当当的铁饭碗砸了，家里的用度紧张了——皮皮妈的心那叫一个堵啊，差点没把皮皮骂得想上吊。她死活不信皮皮是因为考研而放弃了工作，觉得她一定是得罪了领导，被报社变相地开除了。

可是妈妈毕竟是妈妈，从皮皮辞职的那一天起，她再也没买过化妆品和高档服装，也再没提美容俱乐部。居然天天早起走两站路替皮皮爸看地摊，让他腾出时间接更多的活儿。

看到妈妈的转变，皮皮惊到了。

原来人这么有弹性啊。

皮皮仍然没见过贺兰静霆。

正如小菊所说，皮皮就算不能阻拦一些事情的发生，至少能让某些事情不发生。

如果她不打电话，不去招惹贺兰静霆，高傲的祭司大人不会无缘无故找上门。

于是乎她的头皮还是光溜溜的，每天不得不戴着假发。那套假发是佩佩送的，很高级，可以在上面梳出自己想要的发型，戴起来很方便。冬季即将来临，天气渐渐转冷，皮皮戴假发已成习惯，几乎忘记了光头这件事。

十月的最后一天，报社里有位女记者开生日派对，邀请了一群同事到本市最大的迪斯科舞厅跳舞。辞职之前皮皮与那位记者关系颇佳，所以对方特地打电话来邀请她。那时皮皮的复习已过了白热化的阶段。毕竟是第二趟，该背的都背了，英文和政治习题做了十几本，参加的考研复习班也结束了。她觉得很疲劳，想休息一下，加之同事的盛情难却，便答应了。

舞厅名叫"龙城"，门票很贵。皮皮以前去过几次，都是佩佩带着她去玩的。二楼有近千平方米的舞场，震耳欲聋的音响，变幻多端的灯光，十几位领舞小姐在半空的舞台上扭得淋漓尽致。下面的人手舞足蹈，如痴如醉，如吸食了鸦片般沉浸在狂野奔放的音乐中。

皮皮跳了不到一个小时就累了。跑到洗手间脱掉发套，擦了擦汗。虽然舞场里有良好的通风，但几百人一起挥汗如雨共同喘气，二氧化碳的含量还是蛮高的。她觉得口渴，兴味索然地到一楼咖啡厅去喝水。要了一杯果汁，找了个清静的位置刚

坐下来,不远处有位女郎忽然上来打招呼:"皮皮?"

女郎容颜艳丽,身材玲珑,打扮时尚。皮皮看着她,一时半会儿想不起来是谁,有点尴尬:"请问你是——"

"苏湄。"

皮皮觉得这张脸似曾相识,但名字肯定是第一次听说。

"那天晚上,观音湖的 party,记得不?"

皮皮恍然而笑:"对,对,你是阿湄。对不起,我不知道你姓苏。"

"方便坐过来吗? 貌似贺兰没和你一起来?"她笑着问,笑容十分妩媚。

"没有。请坐请坐,我正想找个人说话呢。"皮皮很热情地邀请她。

苏湄抿了一口葡萄酒,问道:"那天发生了什么事? 为什么你们刚进了桑林又离开了?"

"嗯……出了点情况,不得不提前离开。"鉴于贺兰静霆在狐族中的身份,皮皮不想替他制造更多八卦,回答得很谨慎。

苏湄低头喝酒,很识趣地没往下问。

皮皮只好反问她:"那你呢? 那天晚上过得如何? 尽兴吗?"

"挺尽兴的。"她笑了笑,"所以看见你特地来道个谢儿。希望那天没有令你太为难——看上去你们好像真的认识不久。"

"是啊。"皮皮虚弱地叹了一声,心事被勾起来了。

"怎么? 不开心?"苏湄敏锐地嗅出了她的情绪,"说出来给我听听,我年岁比你大,或许能替你开解开解。"

长达四个月没有贺兰的任何消息,要说心里没有一丝挂念是不可能的。皮皮几乎夜夜梦到他,且次次都是……春梦。可是,人妖殊途,她实在不能接受他的……饮食方式。

"嗯——"皮皮犹豫了一下,试探着说,"湄湄姐,你知道慧颜的事吗? 贺兰和慧颜?"

"你是指那个沈慧颜吗?"

皮皮眼睛 亮,连连点头:"是啊。"

"那是很多年以前的事了。"苏湄的睫毛很长,像洋娃娃那样忽闪忽闪地眨了两下。皮皮怀疑那是假睫毛,仔细一看,竟是真的。

"多少年?"

"九百年前吧。"

九百年? 那也太古老了吧? 本来皮皮觉得自己跟慧颜多少有点亲近,结果掐指

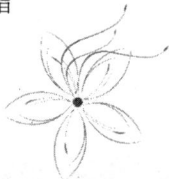

一算，慧颜成了宋代人物。宋代的女人她只知道一个李清照，还记得上课时老师用投影机放过画像，一位模样清秀的中年妇女。皮皮甩了甩头，中年妇女立即变成了白发苍苍的骷髅。

这样的人，会不会是慧颜？

她还在琢磨慧颜是啥长相，苏湄又说："你知道'真永之乱'吗？"

她茫然地摇头。

"不怪你不知道，你修行的年限太短，这事说来话长。"说罢，苏湄下意识地扫了一眼自己的手表。

"等等，咱们边吃边说。"皮皮殷勤地跑到前台给她要了一杯酒和一块蛋糕，"湄湄姐，你慢慢说哦，说详细点。"

她拿起蛋糕吃了一口："你这小姑娘，敢情是想打听情郎的过去呢。"

"不会是本族机密吧？"

"这事儿也不是尽人皆知，不过像我们这样超过五百年的肯定是知道的。"苏湄将酒杯晃了晃，冰块在蜜色的威士忌中轻轻爆裂。她浅啜一口，在酒杯上留下一个鲜红的唇印，"贺兰的母亲不是狐族的，这个你听说过吧？"

"听说过。"

"人狐异类，不能通婚，所以贺兰一生下来体质就很差，而且双目失明。按照本族的规矩，不健康的幼崽出生之后应当立即弃置荒郊，任其自生自灭。"

皮皮哑然："啊？这么残忍吗？"

"这很正常啊。野外生存特别艰难，如果他不能自己捕食，谁也顾不上他。修仙以前，狐类在大自然中的年平均死亡率高达百分之六十五。别的不说，光是每年被汽车轧死的狐狸就超过十万只。强健的都不一定活得下来，更何况是残疾的。"

死狐狸皮皮倒没见过，但孟春之季，马路上被汽车轧死的小动物真是比比皆是。这么一想，皮皮就产生了强烈的同情心："哦，是这样啊！"

"可是，贺兰是首领唯一的儿子。贺兰的父亲——我们叫他青木先生——对于他万年寂寞的修行生涯中获得了自己的血脉还是非常高兴的。贺兰在他身边长大，享受了漫长的哺乳期。这期间，一切觅食都是由他父亲命人来完成的。爱之深不免责之切，他对这个儿子总有些不满意，觉得他的身体和能力很不完善，无法接替自己至高无上的地位——"

她停顿了一下，见皮皮两手托腮，目光炯炯地注视着自己，正听得津津有味。于是微微一笑，继续说道："所以贺兰比有史以来的任何一位狐狸更早开始修行。他很

用功也很专心,功力提升得很快。同时他父亲派人到人间替他捕猎,供给他修炼所需的原料。通常情况下,我们需要修炼五十年才能初显人形。可贺兰只修炼了十七年就变成了一位姿态翩翩的美少年。他可以不需要父亲代劳了,于是便开始了有生以来的第一次狩猎。"

"湄湄姐,你说的狩猎指的是——"为了澄清自己的疑惑,皮皮指了指自己的肝脏。

"当然啦。"苏湄点点头,"这次行动意义重大。因为修行的头十七年是个门槛。这十七年所获得的元气决定了他以后修炼的功底和速度。对于贺兰来说,那一年正好是阳年,如果他在那一年遇到一位八字纯阳的人间女子,并令她爱上自己,那么,在某个八字纯阳的日子里享用她的肝脏会对修行大有裨益。具体来说,就是极有可能令他重见光明。这种机会他一生只有一次。"

皮皮的心开始怦怦乱跳。

"所以,青木先生对此事的关注几乎到了偏执的地步。他亲自出马搜索目标,终于有一天欣喜地告诉贺兰他已选了一位将军家的女孩,叫沈慧颜。她会在正月十五的那天晚上去逛元宵灯会。贺兰闻风而去,凭他的魅力,自然是所向披靡。据陪他一起去的人说,那女孩对他一见钟情。两人迅速坠入爱河。这期间,贺兰不仅迟迟不肯下手,而且极少回来,甚至避免见到他的父亲。青木先生派人催了几次,他都以时机不当为由故意拖延。眼看着八字纯阳的那一天就要到了,他父亲见他还没动静,就下了最后通牒,声称要亲自来找他。于是乎,贺兰一听见消息就带着这位沈姑娘连夜逃跑了。

"他很聪明,处处掩饰自己的踪迹。可是山高高不过太阳,过了三天,他还是被他父亲派去的人找到了。他们双双被押了回来。听人说,贺兰曾经苦苦请求他父亲放过慧颜,他宁肯终身失明。可是这一切都被青木先生看作是软弱的表现。他对心慈手软的人本就深恶痛绝,于是越想越气,在纯阳的那一天,他亲自主持祭仪。祭仪一过,便当着贺兰及全族长老的面,将那女孩子的肝脏活生生地剖了出来,命他立即进食,以证明他是一位合格的继承人。据在场的人说,那女孩子不愧是将军家的后代,整个过程没叫一声,她痛苦了好一会儿才断气。甚至说,如果这样能治好贺兰的眼睛,她很愿意。"

手背轻轻一凉,皮皮发现自己滴了一滴泪,同时肝脏隐隐作痛。她觉得心底一阵发寒,颤声问道:"那……贺兰究竟吃了没有?"

"没有。"苏湄研究着皮皮眼中的泪痕,继续说,"他不但坚决不吃,而且当着众人的面要求父亲立即杀掉自己。不然此生此世,只要他还活着,定要替慧颜报仇。这

话在场的人听来都觉得蹊跷。因为贺兰的性格正好是他父亲的反面，他是出了名的温良恭让，不到关键时刻不说硬话的，族里人有什么难事都愿意找他疏通。突然间他竟对自己的父亲如此刚硬绝情，翻脸不认人，元老们全都震动了，认为这是前所未有的忤逆。更多的人说，贺兰之所以能轻易陷入如此荒唐的人类情感，是血统本身的问题，他根本不配领导本族。青木先生自然是怒不可遏，将他禁闭了一百年，之后又下令放逐。于是，父子间有两百多年没见面。再见面时，贺兰在南方势力强大，羽翼丰满。于是，就有了长达三年的真永之乱。"

"真永之乱？是像人类那样的战争吗？"皮皮问，"贺兰修行时间那么短，怎么可能胜过他的父亲呢？"

"我们所说的战争不是成千上万的人拿着兵器在战场上厮杀。在狐界，战争只在头人之间进行。比如说，如果部族甲要进攻部族乙，只要这两个族的首领相互挑战即可。胜的一方就可以统治败方的部族。所以我们的首领不用自己觅食，吃的永远是最好的。就算整个族的人都快饿死，最后一点食物也要供给他。他最大的任务就是接受别人的挑战，打败对方，以保证本族的地盘和安全，这就是我们意义上的战争。"

"可是，贺兰不是已经被放逐了吗？那么他在本族的地位也一并失去了吧？凭什么来号召别人呢？"皮皮问道。

"贺兰出生后不久，青木先生就祈示天地，宣布了他继承人的地位。这是向天的承诺，改弦易辙会招天谴。此外祭司的职位是终生的，也不可以更改。"苏湄抿了一口酒，继续说，"真永之乱的最后一年，父子之争到了白热化的地步。其实大多数时候贺兰都处于劣势，被他父亲派去的杀手追得四处逃窜，受过很多次伤，有几次几乎死掉了。在最后的一次厮杀中，贺兰潜入他父亲的洞穴发动夜袭。青木先生受到重创，被他劫持。但贺兰似乎也有把柄握在父亲的手中。三天以后，父子达成协议：他们南北分治。北纬三十度以北，是青木先生的地盘；北纬三十度以南，是贺兰的地盘。他保留贺兰在本族重要事务上的一切权利及原定的继承权。"

"那么，"皮皮问，"他们父子再也没见过面，说过话吗？"她觉得狐族的战争也太惨烈了吧。而且是儿子打老子，又争地盘又偷袭，还划势力范围，这不是黑社会吗？

"没有。几百年来都没有。"苏湄看着自己艳丽的指甲，"听人说，青木先生对贺兰已完全失望，他们的仇恨已到了相互憎恶、水火不容的地步。真永之乱后，青木先生便大力扶植自己的得意门生赵松，特地为他设立了左祭司一职，将自己的不少权力转移给他，力图与贺兰抗衡。"

皮皮低头沉思，半天不说话，狐族的政治也很复杂啊，而且几乎和人类一样历史悠久，不是她这种小人物一时半会儿搞得清楚的。

苏湄玩味地看着她,过了一会儿,忽然问:"皮皮,你是从哪个山区出来的?"

"我……我就是本地人。"

"不会吧?"苏湄的眉头皱了起来,"北纬三十度以南只有狐仙,没有狐狸。"

皮皮只得老实地承认:"我不是狐狸。"

"你——"苏湄的口张成一个大大的"O"字,似乎不相信自己的耳朵,"你不是狐狸?"

"不是。"

"可是贺兰却告诉了你他真实的身份?"

"嗯。他不应当告诉我吗?"

苏湄看着皮皮的脸,神情很古怪,欲言又止。

"我想他是看上了我的肝,"皮皮说,"我八字纯阳。"

苏湄开始收拾自己的小包,一面收拾一面讪笑:"看来贺兰将你掩饰得很好,凭气味真分辨不出来。"

"他对我很坦白,从没刻意隐瞒过什么。"皮皮看出她有点不安,连忙安慰她,"再说,若是不幸出了意外,我很愿意向他捐献肝脏。"

苏湄的表情更加尴尬了,她支吾了一下,说:"刚才我说的那些……你权当是传闻吧。其实贺兰的事情我们知道得很少。除了轰动一时的真永之乱,我们对他几乎一无所知。"她想了一下,又说,"不过我不相信他看上了你身上的什么东西。"

"是吗?"皮皮眉尖一挑。

苏湄站起来,从椅背拿起一件紫色的披肩披到身上。皮皮差点被她身上的香风吹晕过去。她将余酒一饮而尽,半笑不笑地说:"祭司大人从不勉强任何人。无论他看上了谁,被他看上的那一位都会觉得很荣幸。为之九死尚且不悔,何况只是区区的一块肝脏?"

皮皮一脸黑线,架不住心里一阵嘀咕,食人大仙有这魅力? 不觉得啊……

"湄湄姐,最后一个问题,"皮皮站起来跟过去,"你能给我一个手机号吗?"

第十九章

不一样的求婚

苏湄走后，皮皮跟着溜出了舞厅。假发的散热性不是很好，出汗的时候头皮会痒。皮皮取下发套，换上一个棉布帽子，被街上的冷风一吹，舒服多了。

手机响了，一看号码是佩佩。

"皮皮，你在哪里？"

"我在街上——"

"今天下午我去C大采访，碰到你的那位朱教授了。"

朱教授就是皮皮今年打算报考的硕士导师。和大多数学生一样，三个月前皮皮曾提着两条烟两瓶酒去拜师。倒不是要走他的门路，只是听有经验的考生说，考研之前最好见一下导师，互相好有个印象。如能趁机套出点考试范围，那就再好不过了。这位朱教授的新闻传播学今年只有四个名额，报考的学生不下一百个，大半还是本系的应届毕业生。新闻传播是热门嘛。朱教授怀抱一只波斯猫在自己的书房里接见了皮皮，两人大致寒暄了一下，不到十分钟就送客了。皮皮觉得自己没谈好，一个月前又去拜访了一次。这次她是有备而去，拿着自己发表在省报上的几条新闻给他看，又说了说当前新闻报道中的某些假大空现象，这才算把老先生的脸上说出了点笑容。朱教授对皮皮在新闻单位工作很感兴趣，看了她发表的习作，觉得很有基础。又听说皮皮是第二次考研，头一次的分数也不低，很喜欢她的执着。皮皮的心里这才有了一点底。

皮皮"哦"了一声。佩佩是个爽快人，有急事才会打电话。既然她这么提，一定是出了什么事。

"和我一起去的裴主任是他多年前的学生。我让他委婉地提了一下你的名字，说你是他的一个亲戚。"

"谢谢，谢谢……那位裴主任我都不认识。"皮皮感动了。朋友就是朋友，佩佩和小菊时时把她放在心上。

"认识不认识这不是关键，关键是，这位朱老先生忽然问起了你的身体情况。"

皮皮的脸色变了："身……身体情况？我身体没情况啊。"

"他问你为什么老是光头？是信佛，还是有病？他说新闻事业是国家的喉舌，记者要有很强的政治信念和敏感度。此外，搞新闻还是个体力活，身体不好，跑不动，哪里能抓到新闻？"

皮皮傻眼了，一时间紧张得几乎昏厥过去。

没想到事态如此严重。当初只是觉得拜见长者应当以诚相见，所以没戴假发，只戴了一顶软帽。光头的样子很容易被看出来，她以为老先生不会介意。

"我这不是……不是得了皮炎吗？一直没好呢。我也着急啊。"

"皮皮,你赶紧想办法。这老先生可不是一般地执拗。为什么他的学生个个厉害?因为他挑得厉害!听老裴说,他本来就不喜欢招女生,因为他的老婆就是他以前的学生,特别厉害。倒不是说以貌取人,如果他心存芥蒂而你的成绩又是可上可下,那就麻烦了。"

皮皮走着走着,正好旁边有个花坛,急得一屁股坐下了:"那我该怎么办?"

"赶紧治皮炎,只要长出一点头发就去见他,向他表明你一切正常。要不要我给你介绍医生?"

"不用不用。我……我自己想办法。"

挂掉电话,在马路边发了一阵呆,皮皮当机立断地去了渡口花店。

正值秋季,南方城市气候偏暖,花市里的花目不暇接。

她急急地逛了一圈,对花的知识有限,竟然找不到想要的花,便停在一家大铺子的门边问老板:"请问您这里有牡丹吗?"

"有。"老板正用剪刀剪一批玫瑰,头抬了一下,吐出一个字,又低了回去,手不停地动,仿佛在赶工。

"牡丹不是四月开吗?"

"温室里种的。"

"用过化肥吗?"

他指了指旁边的绿色招牌:"百分之百绿色花卉。"

"请给我来十朵。"

"什么颜色的?"

"……白的。"

"两百块。"

"两百块?!"

这么贵啊!不就是几朵花吗?皮皮暗暗抽了一口冷气,趴在柜台上和老板磨叽开了,企图打个折。区区十朵算什么生意,老板轻蔑地摇头:"我说的是实价。"

"我……我身上只有 百五十块钱。"

"你可以买红色的。红色的牡丹便宜点。"他建议。

"请问……红色与白色,哪种味道好点?"

"都是牡丹,一个味道。"那人横了她一眼。

"我是指……我是指吃起来的时候。"

那人打量她的眼神更怪了,不过还是以专业的态度回答了她:"慈禧太后喜欢吃

白牡丹,据说味道很甜美。"

"请给我七朵白牡丹吧。"

没奈何地交了钱。她挑了七朵半开的牡丹,在家里放了一晚,早上起来,正好盛开。一路花气甜美地捧着,好像捧着一尊佛像。在早班地铁上为了花她挤在最后,地铁的玻璃门正好合在她身后。几个男人挤着她,她兀自抵挡着,但人气毕竟是污浊的。出了地铁,人憔悴,花亦萎靡了三分,几片花瓣卷了起来。皮皮不得不折进洗手间,给花茎洒了一点水。公交车倒不挤,这里是别墅区,几乎人人有车。但下车时一位胖大嫂正好打她的面前过,手一抢,一朵花掉下来,没来得及拾,又给人踩了一脚。到达闲庭街 56 号时,只剩下了六朵。

六朵也好,六六大顺。

皮皮不大记得一年前自己第一次到这里来的情景,虽然很多细节至今令她惊悚。仍旧是静悄悄的四合院,老式的朱漆大门,没有风,看得见铁马上的锈迹,一株苍柏遮了半个庭院。唯一不同的是门上没有锁。主人今天在家。

环视一周,没找到门铃,她叩了叩门上的铜环。

过了一会儿,她听见了脚步声,紧接着门就开了。

一缕熟悉的气味传过来,她把花当作盾牌挡在胸前,说了声:"嗨。"

几个月不见,贺兰静霆的面容有些憔悴,穿着件黑色的衬衣,身子越发清瘦挺拔。他没戴墨镜,脸很漂亮,漆黑的双眸没有任何焦点,脸上也没有任何表情,好像不知道站在自己面前的人是谁。

"是我,关皮皮。"她又说。

他点点头,神情有点倨傲。

哦,祭司大人还在生气……

其实贺兰静霆的脾气一直是倨傲的,皮皮觉得他多少有点端着架子。与人交结也是矜持自守,不冷不热,说话做事更是含而不露,满是玄虚。与苏湄故事里那位情感丰富的主人公大相径庭。

见他半天不开口,她更加卖力勾搭:"最近好吗? 对不起,我工作上出了点事儿,我……我换了个工作……一切都是新的……熟悉起来需要一段时间……所以没跟你联系。"皮皮还想加一句"其实我很惦记你",又觉得太肉麻,从脑子里删掉了。

"你带了花?"他说。

她忙把花塞到他手中:"白牡丹,喜欢吗?"

眼角微微一动,他露出狐疑的神态:"你——给我送花?"

"不，不行吗?"她被他咄咄逼人的气场压住了，一紧张，说话跟着也结巴，"你，你不喜欢吗? 不是说你想知道烈日下盛开的牡丹是什么样子的吗?"不管他看不看得见，她指了指天，又指了指花:"现在，头顶有烈日，牡丹也是盛开的，喏，就这样子，你摸摸看。"

他轻轻摘下一片花瓣，用手捻了捻，放进口中慢慢品尝。

"味道好吗?"

"挺好。"他说。

"贺兰，你能把头发还给我吗?"她忽然说。

话一出口追悔莫及。

皮皮有点窘，很心虚地看了一眼贺兰静霆，希望他宽宏大量不与她计较。祭司大人只是穆然闲立，一只手插在口袋里，很放松，很自在。

"你来得不是时候，"他说，"我正准备出门旅行。你能等一段时间吗?"

"出门旅行? 出……出去多久? 什么时候回来?"

"顺利的话，三四个月吧。"

还有两个月皮皮就要考试了。复习已不是大问题，她务必要在这两个月中再见朱教授一次。

她着急了，语气里带着明显的哀求:"能推迟十天再走吗?"她记得贺兰说过，疗伤的话，十天就可以令她长出头发。她只需要十天啊。

"抱歉得很，我已经买了机票，是要紧的生意，今天下午就动身。"

怕她不信，他从口袋里掏出一张打印的电子机票，在她面前晃了晃。

扫了一眼出发日期，果然是今天。

她刚要说话，花坛的另一头又传来一阵脚步声。

很轻，很细碎，带着一股淡雅的香气。

她不知道为什么这些狐狸都很香，香得连这满坛子的花都挡不住。皮皮揉了揉鼻子，歪着头往里瞄，看见走廊边有一个美丽的女人，抱着胳膊站在荼蘼架下，细挑个儿，穿着件印花细布的旗袍，空谷幽兰一般，见了她，眼波微漾，款款地说:"静霆，有客人吗?"

"是的。"他应了一声。

"干吗在门口站着，快请人家进来喝杯茶。"她说，"我去泡茶。"

人影往厨房的方向去了。

皮皮只觉脑袋被人打了一枪，立在原地，失魂落魄;又像是站在山顶看风景，忽然来了地震，山哗啦啦地往下垮。

幸好贺兰看不见她的脸色。

"她是千花，"他解释，"我的一位朋友。这次生意她和我一起去。"

千花。

皮皮当然记得这个名字。观音湖的 party 贺兰没有请千花，她的朋友愤愤不平，为此还损了她几句呢。

生意顺利的话，他们会有三四个月的时间在一起。如果不顺利呢……

一时间，皮皮的心乱了。

其实，她不是一直害怕贺兰的吗？现在他终于有了女伴，狐狸大仙因此会放过她，这不是很好吗？

越分析心越乱，她咬了咬嘴唇，扬起脸问道："贺兰，你要去哪里？"

"先去西安，还有几个别的地方。"

"我能和你一起去吗？"她忽然说。

"你？愿意和我一起去？"他严重怀疑，"不会吧？我记得你说过，你对我除了厌恶只有憎恨。"

"我试图以你的角度来理解问题，这……这总需要一个过程吧？"皮皮小心翼翼地说。

"这么说，你现在可以理解了？"

"可以了。其实你这么做也没什么错。我不是也常去肯德基吃鸡块吗？我也没问过鸡是什么感受啊。话说，我现在看见鸡块都不敢吃了。"她无条件投降，"我和你去西安，你让我干什么都成。"

他皱了皱眉，琢磨她的意思："真的吗？"

"真的!"皮皮心里想，狐狸大仙能让她干什么呢？就是陪他谈生意呗，吃吃饭，喝喝酒，做个陪衬。大仙外出目不视物，需要有人照顾，帮他订个车票、带个路什么的，皮皮觉得这些自己都可以胜任。

贺兰静霆缓缓地说："皮皮，既然你知道这世上所有事都有代价，求祭司大人办事，代价自然很高。"

"是，是。"皮皮点头，"不是谈生意吗？我可以帮你跑腿，我可以帮你带路，我可以帮你拿包，我可以——"

他摇摇头，好像一位慈爱的家长纠正孩子的语法错误："求祭司大人办事，不是你来说你可以做什么，而是我来说，我想要什么。"

皮皮被他的话绕糊涂了："你……你想要什么？"

他将空洞的眸子对着她的脸，似乎在寻找她眼睛的位置："皮皮，我要你嫁给我。"

"啊？"

"我觉得你是喜欢我的。"

这就是狐仙大人的表达方式吗？

皮皮的大脑一片空白，呆了半晌，结结巴巴地说："你……祭司大人……你这是在向我求婚吗？"

刚才还在攻城略地，转眼间就成了亡国之君。皮皮觉得亏大发了，郁闷得直想打自己的脑袋。

"可以吗？"他把那捧牡丹硬生生地塞进她手中，一对深不见底的黑瞳里有一丝亮晶晶的东西在闪动。皮皮想看清那亮晶晶的东西是什么，瞪大眼睛一瞧，发现那是她自己的影子。

"什么？你说什么？"她怀疑自己的耳朵有问题。那一把牡丹在手中，沉甸甸的，她拿也不是，不拿也不是。

"皮皮，你能嫁给我吗？"他握住她的一只手，将它放到自己胸前，双目微阖，喃喃地说，"不要拒绝我，好吗？"

"我不——"

他猛然睁开眼，手腕猛然收紧。

手骨"咔"地响了一下，皮皮叫道："你别捏我的手啊！"

他懊恼地松开手："对不起，我不是故意的。我一受打击就有点控制不住……"接着他叹了一口气，样子很沮丧。

"我没打击你啊。"皮皮说。

"你刚才不是说不吗？"

"我是说，我不拒绝……嫁给你。"她兀自地说，"你能替我弄个波浪卷的头发不？这样以后我就不用烫发了。"

她摇头晃脑地笑，戏弄他，有点得意。然后，她的头顶便被他按住了："皮皮，在这个时候跟祭司大人开玩笑，他一怒之下真有可能吃掉你。"

然后，他的手便捏着她的下颚，将她的下巴微微一抬，强迫她的脸对着自己："如果你不愿意请直说，我不介意你说实话。"

虽然什么也看不见，他却有办法让她知道他的内心一直都在凝视着她。虚无的目光中仿佛藏着一股吸力，像一道黑洞连接着另一个宇宙。她的心不知不觉地沿着黑洞往下滑。她不知道自己说了些什么，或者答应了什么，只觉得自己在重复着某

个诺言。那张脸似曾相识，且异常亲切。她曾经将一切都交给过他，所以没有什么不放心的。

"没，没有不愿意呀。"她说。她的手仍然停留在他的胸口上，感觉到他的心跳得很快，祭司大人很少这么激动。

他默然而长久地站在那里，一动不动，好像迷失在某个时空之中。庭前草坪的自动洒水器忽然喷出一排水雾，紧接着细细的水丝纷纷扬扬地洒下来。他没料到，却本能地转了个身，替她挡住水珠。他回过神来，双手一点一点地抚摸她的脸，仿佛在识别某个雕像，轻轻地说："我去和千花解释一下，然后送她回去。"

他从口袋里抽出一张卡："这是银行卡，你先打电话到旅行社取消千花的机票，然后到书房用我的电脑在网上再订一张。行吗？"

"行。"

书房就在卧室的旁边，落地窗正对着花园。这大约是贺兰静霆每日停留最多之处。书架边有一个舒适的单人沙发，地上铺着一块圆形的地毯，仿古式样的落地灯从背后照过来。左手边的茶几上放着一本厚厚的盲文书，书里别着几个大号的塑料回形针。贺兰静霆喜欢用五颜六色的大号回行针做书签，这个习惯皮皮很早就发现了。她在书房里站了一会儿，发现书桌上的电脑是开着的。屏保状态下，一只色彩斑斓的球在屏幕里跳跃。皮皮迅速在网上修改好机票，就听见门外响起了脚步声。

贺兰静霆已经回来了。

"机票订好了。"她连忙说。

"这么快？"他的眸子一贯是清冷的，此时却有了一丝笑意，若有若无的目光扫在她脸上，"我正想说，我忘了告诉你银行卡的密码。"

她的脸白了白："密码？"

"系统没问你要密码？"

"……问了。"

是的，系统问过她密码，她不假思索地打了一串数字进去，立即通过了。过程太快，她急着订票，也没有多想。现在想起来，她打的是自己的密码，居然和他的一模一样。

"啊——"她抽了一口冷气，差点跳起来，"贺兰，你是不是通灵的？是不是会读脑术？"

"不是。"

"我钱包里有多少钱？"

"不知道。不然的话,我岂非还要借钱给你?"他倚在门边,诡秘地一笑,"只能说咱们心有灵犀。"

皮皮看着他,有点哭笑不得。虽然也有不少高中同学嫁了人,生孩子的也有好几个,但皮皮一直觉得自己不属于那个行列。和家麟相处十几年,连个正式的女朋友都没混上;而面前的贺兰静霆,几乎还是个陌生人,见了几面就谈婚论嫁,她这一生还从来没有如此孟浪过。这么一想,皮皮的心里立即冒出两个字——逃跑,哪怕是暂时的。她需要找个地方冷静一下。

"我得回家收拾一下行李。"她说,"咱们机场见,怎么样?"

"不行。"他摇头,同时伸出胳膊挡住了门,"你得陪着我。"

"为什么?"

"你得照顾我。"他摸到她的手,将它拿到自己的唇边轻轻地吻了一下。

一抹阳光照进来,他的眼窝多了一道阴影。皮皮觉得,从这个角度看他就像个真的盲人。他抚摸着她的手,一节一节地捏着她的指骨,轻轻地道:"你得管着我,不然我就会做坏事了。"

皮皮觉得祭司大人很肉麻。身子不由自主地往后躲,却被他一把拉进怀里。

很浓郁的男人气息。她仰起脸,感觉到他的嘴唇在自己的额上擦来擦去,似乎在寻找一个停留的位置。浅浅的胡楂扎得她有点儿痒。皮皮很嫉妒,哪怕把这点胡楂借给她当头发也是好的啊!至少那个变态教授就不会起疑了。

吻落在她的眼皮上,顺带着含她的眉头。同时落下的还有他热烘烘的气息,带着薄荷的香甜。

"留下来,好不好?嗯?"他说。怕她不肯听,用一只手揪着她的耳朵。

她心花乱坠,顿时没了主意。一时间,脑海回到了真永年间。仿佛这是他期待已久的幸福,得立即享用,不然就会失去。

机场是一个多么陌生的空间啊!他会不会迷路?会不会误机?一切都需要有人指引,有她在身边一定会方便很多。

"好吧。"她妥协了,牵住他的手,用力地握了一下,让他知道自己的存在。

他的手微微有些颤抖,然后,整个身子也微微颤抖了一下。

"怎么啦?"她问。

"谢谢你。"他轻轻地说,"你对我一向慷慨。"

她随他去了客厅,看见茶几上有一杯沏好的茶,有点过意不去地说:"这是千花沏的茶吗?我喝一口,正好口渴。"

"别喝。"他按住了她的手,开始脱她的衣服。

面面俱到的前戏，她被弄得意犹未尽，身子在他掌中，骨头被他捏着，一点一寸地发软。

"喜欢吗?"他说。

她双臂攀着他的脖子，脸窝在他的肩上微微地喘气，轻轻地哼道："很喜欢啊。"

"喜欢还这么多天不来找我。"祭司大人硬是在她最欢喜的时候生生地住了手，"别缠着我啦。穿上衣服，我去给你沏杯茶。"

看着他的背影，皮皮一下子没反应过来。流着薄汗的香躯霎时凉飕飕的，有种被打入冷宫的感觉。难道她要嫁的人就这样变化无常吗?

皮皮踮起脚尖躲到窗边，第一时间拨了苏湄的手机："湄湄姐，昨天你的故事全部讲完了吗?"

"讲完了呀。"

"后来呢?"

"什么后来?"

"沈慧颜去世之后，几百年了，贺兰静霆是怎么过的?"

那边似乎错愕了一下："我怎么会知道?"

"祭司大人难道再也没有结过婚吗?"

"没有。据我所知，没有。"

"他身边再也没有别的女人了吗?"

那边迟疑了一下："这倒不是。他偶尔会带女伴参加 party，每次来的人都不一样。除了千花，其他的几位我们都不认识。"

"那么你最近的一次见他带女伴是什么时候?"

"我想想……嗯，三十年前吧。是个挺乖巧的女孩子，白白净净的，很害羞，从头到尾都没怎么说话，看样子还不到十八岁。那女孩身子好像有病，风一吹就咳嗽，贺兰将她照顾得无微不至。"

"后来呢? 后来你还见过她吗?"

"没有了。"

"你还记得那女孩子的名字吗?"

"嗯……她说她叫宋贻，住在北京。人挺和气的，还送了我一个毛主席像章呢。"

"宋贻? 你确信她是狐族的吗?"

"这个……本来我一直确信的。既然你不是狐族的，那她也有可能不是。反正她的手上也戴着贺兰的魅珠，身上也被种了香，凭我们是分辨不出来的。"

皮皮听见门外有动静,抢着问了最后一句话:"湄湄姐,那你知道贺兰最喜欢的是什么吗?"

那边停顿了一下,说:"祭司大人嘛,当然最喜欢仪式啦。"

仪式?什么仪式?皮皮不能多问,脚步声近了,她说了句"下次再聊"就匆匆地挂了电话。

果然是贺兰静霆端着茶托走进来,辨认她的方向,准确地将茶杯递到她手中:"刚接到机场的电话,我们的飞机晚点两个小时。"

机票是下午两点的。皮皮看了看表,现在才上午九点。于是说:"那我还是回家一趟比较好,出门旅行,好歹得拿点换洗的衣服。"

贺兰静霆思忖了一下,点点头:"也好。既然回去,就顺便把户口本也拿出来。"

"户口本?"她一头雾水,"要户口本做什么?坐飞机有身份证就可以了。"

他走到她对面的沙发坐了下来,翠绿的窗帘半卷着,只有半边脸有光,影子印在米色的墙上,是个漂亮的剪影。他舒展着双眉,用手指抚摸着扶手上的雕纹,沉默了片刻,淡淡地说:"还有这么长的时间,怎么打发呢?不如我们就去登记吧。"

登记!

皮皮的脑袋一下爆掉了:"什么登记?"

沙发上的人对她惊讶的态度明显地不悦:"当然是结婚登记。"

皮皮不自觉地摸了摸自己的下巴。今天惊愕的次数太多,下巴有点发酸。

原来祭司大人喜欢的就是这仪式啊?这也太快了吧?还没登堂就要入室,皮皮心中叫苦不迭,天啊地啊爹啊娘啊地呼唤着。

答应嫁人是一回事,结婚是另一回事,皮皮觉得这两件事之间有个漫长的过程。具体到贺兰静霆,就是要培养深厚的感情。因为皮皮从没想过这一生除了家麟她还会嫁给另一个人。所以嫁谁她都没有准备好,嫁谁都不如嫁给家麟。既然家麟不要她了,她嫁谁不是嫁?也就不那么挑剔了。这正好说明一个人的爱情是不能受打击的,受了打击容易把婚姻当儿戏。不是吗?如果她不那么荒唐透顶,怎么会连狐仙都肯嫁了呢?且不说门不当户不对,就连种群都乱掉了。

于是乎,皮皮郁闷了,跺跺脚,她嚷嚷开了:"哎!贺兰静霆,我怎么越看你越像个骗子啊。"

"我怎么是骗子了?"

"你了解人类文化吗?结婚这是咱俩的事儿吗?告诉你,这是一大群人的事儿。我得先问我爸、我妈,还有我奶奶。你得找位长辈上门提亲,然后商量日子办婚礼、

请客、喝酒、闹洞房、回门……这么大的事,怎么能随便呢!"

皮皮脑中关于结婚的所有知识都来自她住的厂区。这几年她身边结婚的亲朋好友不乏其人。无论是哪一位,婚礼都办得热热闹闹,从策划到搞定花掉几个月的工夫,不少新郎忙到结婚那天都累垮了,不得不到医院打吊针哩。最马虎的一对没办婚礼也去了丽江度蜜月。皮皮越想越委屈,她一没失身,二没怀孕,三不是二奶,从头到脚清清白白的黄花大闺女,怎么能这样偷偷摸摸地和人登记呢?

再说,贺兰静霆又不是陶家麟,如果是陶家麟她关皮皮私奔都可以的。

见她语气不善,贺兰静霆好脾气地解释:"这不矛盾啊。咱们先登记,然后你想怎么办就怎么办。我保证配合。"

不管他怎么说,皮皮继续往下数落:"婚纱照总得拍吧?"

"……"

"伴郎伴娘总要请吧?"

"……"

"总要有蜜月吧?"

"……"

皮皮越想越多,不由得怒从心头起,恶向胆边生:"还有——我还没问过你的婚史呢,你这是第几婚啦? 十几婚了吧!"

"我未婚。"

"真的假的? 九百多岁了你还未婚,是棵树都结婚了!"

"我甚至是处男。"

皮皮窘倒了,咽了咽口水,有气无力地说:"难怪你功力那么高,原来你练的是童子功啊。"

"所以我要今天登记。"贺兰静霆说,"你好不容易答应了我,万一改主意我就惨了。"

"改主意? 才不会呢! 我说话算话。贺兰静霆,我可以嫁给你,但不能这么随便就嫁了。就是这样! 你耐心点!"

她还要慷慨陈词,面前的人忽然站起来,一把将她拉入怀中,低声请求:"皮皮,九百多年了,这是我第一次有机会做你的合法夫君。我还不够有耐心吗? 你能体谅我的心情吗?"

什么是柔情似水,什么是佳期如梦,这个就是啊。皮皮被他的声音蛊惑了:"人家不是答应嫁你了吗……"

然后,蛊惑的声音一下子变得很强硬:"你现在就得嫁给我。马上! 一分钟也不

能等。"

他们坐着出租回到皮皮家,家中无人,连奶奶都出去买菜了。皮皮一脸黑线地偷出了户口本,和贺兰静霆一起去了他们那个区的婚姻登记处。

好在是周一,排队的人不是很多。

"你不怕婚检吗?"皮皮心里烦,一张口就冒酸水,"万一人家检查出来你是一只——"

"现在不婚检。我有个同事上周刚刚结婚。他说,只要证明我们既不是直系血亲,三代以内也没有旁系的血亲关系就可以了。"贺兰静霆微微一笑,回答得头头是道。

"我们当然没有啦,别说三代之内没有,一千代之内也没有。"皮皮冷笑。笑了一半,嘴被贺兰静霆捂住:"哎,在结婚登记处门口拌嘴,这不吉利吧?"

"我都没有告诉我爸妈……"皮皮捂着脸直想哭,"他们若是知道了一定会杀了我的。"

"怎么会杀你? 最多杀掉我。"某人居然哧哧地笑了。

工作人员上来给他们发了两份表格:"你们填一下。"

皮皮碰碰贺兰静霆的手:"咱们还得填表。"

"什么表?"

"《申请结婚登记声明书》。"

"那就填呗。"

皮皮领命,将两人的证件摊开,三下五除二地填好了。自己的那份签好字,想到贺兰看不见,签字不方便,问道:"表填好了,需要你签字,要不要我替你签上?"

贺兰静霆认真地摇了摇头:"签字这种事是很慎重的,事关你我一生的幸福。怎么可以冒充呢? 不可以,绝对不可以。"

好心当作驴肝肺。皮皮翻了翻白眼,递上一支笔,将落款之处指给他。

摸了摸那支笔,贺兰静霆眉头又是一皱:"请问,这是什么笔?"

"圆珠笔。"

"我要毛笔。"

就这一支圆珠笔还是皮皮借来的,她环视四周,莫说毛笔,连支铅笔也找不到:"这哪有毛笔啊?"

"我就要毛笔,还要一得阁的墨水。"某人严肃地说。

皮皮没好气地说："哎，是你吵着闹着要登记的，你别没事找事，行不？"

"干吗这么大嗓门？"

"为什么一定要今天呢？"终于找到时机发泄，皮皮立即发难，"既然你这么看重形式，又要这种笔，又要那种墨水，我们何妨三思而行，过几个月再来？"

那只是个街道办事处，很小的屋子，里面站着十几个人，大家的眼睛齐刷刷地看过来。

皮皮不知道自己为什么会变得很焦躁，只是觉得咽不下这口气。她找贺兰，明明只想要回自己的头发，说着说着，忽然间就答应嫁给他了；又说着说着，忽然间又登记了。恋爱都没开始谈，忽然间就成了别人的老婆。等那红本本一到手，法律保障都有了，再要闹翻就得离婚了。皮皮觉得贺兰静霆今天是得寸进尺，而自己则是一败涂地。平时她既不胆大也不爽快，除了被狐仙大人施了魔法，没别的解释啦。

旁边一位干部模样的男人笑了，过来说："别吵，别吵。这种时候都容易激动。姑娘，小区里有个文具店，就在这楼背后的一条街上。一定有毛笔，我去替你买。"

没等皮皮拦他，那人顷刻间已出了门，不到五分钟就拿回一支毛笔一盒墨水。皮皮一看，还真是"一得阁"的。

"不好意思，太麻烦您啦。多少钱？我给您钱。"皮皮惭愧地掏钱包，那男人连连摆手："不值几个钱，就当我送你们的吧。新婚快乐！"

"那——太谢谢您啦。"皮皮真诚地道了谢。见毛笔上有胶，跑到水池中将毛笔化开，蘸好墨递给贺兰静霆："签字吧，大人。"

祭司大人优雅地签上了自己的大名。

"哇，好漂亮的行楷。"那人赞道。

贺兰静霆摘掉眼镜，意味深长地看了他一眼，淡淡地说："谢谢你。"

那人说了句不客气，回到自己的队伍中。

皮皮这才发现他站的是另一条队伍，往前一看，队伍的前面有一个牌子——"离婚登记处"。和他一起来的是个二十多岁的女人，打扮得很时髦，大约是他的妻子。那人对妻子毕恭毕敬，妻子对他却爱搭不理。

皮皮捏了捏贺兰静霆的手，悄悄说："刚才你瞪他一眼做什么？人家明明帮了你。"

"我没干坏事，只是帮他解决了身体上的一个问题。"

"什么问题？"皮皮没听懂。

"男人的问题。"贺兰静霆淡定地摸了摸她的光头，很晦涩地说，"放心吧，我没问题的。"

结婚证当然是大红色的。

合影很周正，男左女右，贺兰静霆笑得雄心勃勃志得意满，一旁的皮皮却只象征性地弯了弯嘴角，像个受了委屈的小媳妇。

"这是什么相机啊？怎么没把你的原形给拍下来呢？难道光线也会骗人？"皮皮不失时机地损道。

"我的原形也挺英俊的。"某人面不改色地顶了一句。

第二十章

蜜月

在飞机上，贺兰静霆满意地抚摸着结婚证上凹凸的钢印，破例喝了两杯威士忌。

在他醉醺醺的时候，皮皮趁机问道："喂，贺兰，宋贶是谁？"

"你怎么知道宋贶？"他立即清醒了，"谁告诉你的？"

"打听出来的。"

这话触到了他的心思，他有十来分钟没说话，也不理她。

"哎，我问你，"她推了推他，"宋贶还活着吗？现在也该有六十多岁了吧？你不去看她吗？你和她是什么关系？你们结过婚吗？"

"她去世了。"他说。

"是生病吗？"她记得苏湄说过宋贶的身体不好。

"和同学出去游泳，溺水。"

"对不起，"她小声说，"你一定很难过吧？"

他点点头，将手中的半杯酒一饮而尽。

"哪一年的事？"

"二十二年前。"

"你看，如果她及时投胎的话，也就跟我一样大了。"她笑了笑，笑到一半，面容僵住了，口里好像吞进了一只苍蝇，"我的天啊！"

直到下了飞机，她的心情还是阴沉的，走路都不禁要回头看一眼，生怕身后多了一道影子。贺兰静霆搂了搂她的肩，笑道："干吗这么绷着脸？别想太多了。这些人都和你没关系。你根本不认识她们。"

"她们都是我的前世吗？"

"是的。"他半笑不笑地说，"如果你相信有前世这么一回事的话。"

"你没和我的任何一任前世结婚？"

他摇头。

这个答案简直是令人大跌眼镜："为什么？"

"皮皮，你知道这个世界有多大吗？"

"再大也不过是个地球。我总不会跑到冥王星上去吧？"

"总之，我需要很长时间才能找到你。每次找到你时都晚了一步，你已经爱上了别人。"

"难道你就没有一点办法吗？"

"皮皮，你是一个意志坚定的女人。"

"我不是，我真的不是。帝王将相才意志坚定，"皮皮举手反对，"我特容易转弯，真的。"

"那就是我的魅力不够。"

"你？魅力不够?"皮皮怀疑地看着他,"怎么可能?"

皮皮暗暗地想,祭司大人仪表出众风度翩翩,居然还有人看不上他,难道就因为他是狐狸吗?转念一想就更郁闷了。为什么大家都没看上,偏偏自己就看上了呢?难道她就是传说中的冤大头?

"或者说你越变越傻,终于傻到我不费吹灰之力就到手了。"他忍不住摸了摸她的光头,"我要好好地谢谢陶家麟,一定是他把你变成这样子的。"

下了出租,进了贺兰静霆订的一家宾馆。他说他对陕西的很多县市都熟,西安也来过很多次。皮皮则完全没到过西安。她家里穷,从小到大没怎么旅游,心里很是兴奋。

因为一直有皮皮牵着手,贺兰静霆没用盲杖。到了宾馆的前台,皮皮交出身份证,正准备定房间,贺兰静霆忽然说:"请问这里有蜜月套房吗?"

皮皮暗地里拧了一下他的手,又狠狠地瞪了他一眼。贺兰静霆不理她,脸上的表情似笑非笑。

"当然有。"女服务员说,"不过,我们要看结婚证。"

红本子递过去,鲜红的大印,崭新的日期,墨迹尚未干透。皮皮窘了窘,见那服务员扫来怀疑的目光,又镇定地笑了笑,还故意将身子往贺兰静霆的身上靠了一下,做亲密状。

宾馆从进门到前台要经过好几处台阶,长短高低各不相同。皮皮牵着贺兰静霆,走路不能太快,上台阶时还要先停下来提醒他一下,告诉他台阶的数目、栏杆的位置。大厅的客人不算多,见这对情侣中居然有一位盲人,不免纷纷侧目,打量皮皮的目光里多出了一分同情。皮皮暗暗地想,今后的白天便是这样过了,出门在外贺兰便要这样依赖她,心底顿时生出了一种庄严的使命感。是啊,她喜欢这种感觉,胜过家麟扔了她远走高飞。

她听见服务员笑道:"哎呀,两位今天刚刚结婚,恭喜恭喜。"

拿了钥匙正要离开,服务员忽又附耳说道:"浴室的镜橱里备有新婚用品。进口的牌子,放心用吧。"

她愣了一下,不知所指何物,见服务员一脸暧昧的笑,回头看贺兰静霆,脸上没有笑,顿时明白了。

"电梯间往右走。"服务员说。

"不用,我们走楼梯。"贺兰说。

皮皮只好带他去了楼梯间。她依稀记得贺兰静霆喜欢走楼梯，还以为他有幽闭恐惧症。唉，皮皮望着茫茫的楼梯，对自己说，既然嫁给了祭司大人，就要习惯祭司大人……

套房在六楼，早有人将他们的行李送了进去，爬到三楼时，皮皮终于忍不住说："明明有电梯，干吗不用？有人追杀你吗？"

"节约电。"

"这是宾馆，又不用我们付电费。"

"那还是要节约。"他依然抓着她的一只手，跟着她，保持着半步的距离，"爱护环境，人人有责。"

好吧，爱护环境。皮皮只好带着他往上爬，终于，她喘着气道："六楼到了，这是最后一步台阶，前面没有台阶了。"

他轻盈地走上来，忽然将她堵在墙边："皮皮，今天的洞房怎么过呢？"

"什么怎么过？我们是不能那个的，对吧？"皮皮说。

他的手滞了滞，脸靠上来，顶着她的额头："可是，皮皮，我等这一天很久了呢。几百年了呢。"

"有什么解决的办法吗？"皮皮虽然年纪不大，在报社跟着记者们混，也算见多识广，"用双层的，可不可以？"

"我没试过，不过一定管用。"他吻她的脸，找到她的嘴唇，舌尖挑进去，凶猛地吻她。她怕人看见，用力地挣扎，他按住了她的手，身子绞到她身上。

她不由自主地推他。

"别担心，我预先吃了药，现在我的功力很弱，不会伤害到你的。"

"你吃了什么药——"

"别问。"

"贺兰，我喘不过气——"

他不肯放过她，牢牢地将她揽在怀里，仿佛将一只蚕塞进了蚕蛹，口吐丝线将她层层封住。她企图抓他的头发，他的头发很硬，而且很短，她只好用力拧他的耳朵。

"轻点啦——"她叫道。

"好吧。"

他放开了她的嘴，又去吻她的胸膛，用力地吸吮，她的全身都开始滴水……

打开门，他们直奔卧室。

卧室的当中是个心字形的水床。他将她横抱起来，抱进浴室，在她的指点下，四

下摸索着找到那盒保险套。

然后她倒在床上，隔着薄薄的床罩，温暖的水波在身下荡漾着。她的眼亮晶晶的，腮若桃花。他喂了她一杯水，却仍然饥渴，而且全身都干涸了。

"你怕不怕？"他问。

"会很痛吗？"

"我尽量小心。"

"那我……会不会死？"

"不会的，我保证。"他微笑，"你不是要你的头发吗？这样是最快的办法了。这叫内丹。通常情况下我们在一起你是人丹，今晚就让我做你的人丹吧。"

他的指尖带着一股寒意，如一枚棋子轻轻抚过她光滑的脊背。她背对着他，看见床裙上镶着的闪钻在灯光下五颜六色地闪烁着，地板上有一道长长的身影。

他进来得很快，痛得她抽了一口气，身子随即僵硬了，几乎不能动弹了。他双手握住她的腰，似乎要帮她站起来。可是她不但起不来，胸腔都似被一股森冷的锐气充盈着，呼吸一下都痛。她大口地喘气，胸口被他抚弄得坚硬起来。修长的手指抚到她的唇间，按进去，她轻轻地叼住，然后她吃了痛，用力地咬了一下。

一定很痛，他却没有缩手，一直让她咬着，仿佛这样所有的疼痛都有了着落。

她只觉整个身子都跟着他下坠，无边无际的深渊，不知何时是底。然后，他一下子将她顶到高处，火热地撞击着。她顿时失去了重力，全身被他举起来，像一道彩虹升到半空，所有的肌肉都被他拉扯得近乎强直。他们一直紧绷着，他从各个角度挤压她，没完没了地要着她。然后她便喜欢了，换了姿势，角力般纠缠上去。

她流了很多汗，开始只是呻吟，叫着"贺兰"。后来渐渐气短，连名字也叫不出了，只是双眼惺忪地看着前方，没有思考，没有顾忌，只有最原始的快乐。

他们配合默契，像一对野兽在丛林间跋涉，没有目标，只是不停地向前走，向前走。

不知到了什么时候，他终于停下来，她已累得没有半分气力。踉踉跄跄地到浴室洗澡。水有点冷，她还是不清醒，猫在他身上叫痛。他轻轻地抚慰她，帮她清洗，帮她擦净身子，温存休贴、深情款款。

她忽然想，《聊斋志异》不就是这样的吗？一见钟情，日日缠绵，狐狸精一点一点蚕食着人的元气，直至干涸。也许她也是这个结局吧？

他将她送到床边坐下，披上睡袍，从行李中找出盲杖，问她冰箱和饮水机的方向。她又迷茫了，觉得这一切不过是生活中最普通的一幕，新婚燕尔，乏累了，丈夫给妻子倒杯水，如此而已。

在陌生的屋子里他完全找不到方位，只能沿着墙走。倒了水，一只手摸索着送到床边。她一饮而尽，喝得太快，几乎呛住，他轻轻替她拍背。

"还要喝吗？"他问。

"不要啦。"

"好点没？"他说。

"挺好的。"皮皮觉得，在祭司大人面前也不能失掉了气度。自己刚才的表现太哀怨了，明明想要，到最后都是自己缠着他，却摆出一副受虐的样子。

"这么说……"他坐到她身边，"你很享受？"

"那个……"皮皮想说，当然不是啦。又怕祭司大人自责技术不好，要改进。技术还是挺好的，就是很折腾，颠来倒去，反反复复地折腾。贺兰解释说，若不是为了她的头发，其实也不必用这么长时间。皮皮左思右想，没想出合适的回答，一抬头，黑影又压了下来。

半夜，皮皮愤愤地说："那一盒是不是被你全用光了？"

"还剩两个吧？"

"那你是不是吸了我很多的元气？"想着自己的头发，皮皮欲哭无泪。

"你吸了我的还差不多。"他说。

"为什么我的腰很痛呢？"

"我给你按摩。"

他用手指在她周身的穴位按压。她原本已累得昏昏欲睡，经他一按，就像点了火一般，身体又开始发热。他像瑜伽师那样用手扳动她身上的每一个关节，过了一个小时，她已完全清醒了，不知不觉满脸通红，犹如喝醉了酒一般。

"看你，脸色多好。"他幽幽地笑道。

他轻轻地将她的身子一拨，让她面对着自己。将牡丹的花瓣撒在她身上。

"我饿了，要吃夜宵了。"

他用蜂蜜洒满了她的全身，然后用嘴衔着花瓣递到她口中："要不要尝尝牡丹的味道？"

这回他是缓缓地进来的，态度很温柔，动作很节制。他一面慢慢地深入，一面俯下身去，用嘴一点一点地咬掉她身上的花瓣。

"我要这样吃掉你。"他说，"伴着蜂蜜和花瓣。"

她轻轻地喘气，瞪大眼睛，看着他像一只趴在树上的树獭，来来回回地舔掉了她身上的每一处蜂蜜。

"喜欢这样吗？"他问，眼中带着一丝顽皮的笑。

祭司大人很喜欢游戏哦。皮皮轻轻地抚着他的头,悄悄地说:"喜欢的,贺兰。"

什么是故事?

故事就是这座宾馆,四平八稳的建筑,年深月久地立在那里,风雨无阻地等着你进来,进来扮演一个角色。

你进入了角色,心灵千变万化,你倾泻了欲望,忘了承载这个故事的房间。

你走进不同的房间,你走进不同的故事。

皮皮和家麟之间是不需要故事的。他们曾经如此亲密,他们拥有共同的童年、记忆和伙伴。可是,从一开始,皮皮与贺兰之间就有一个巨大的空隙,靠着强大的故事来支撑,强大到你只能相信,无法置疑它的真相,强大到你不自觉地陷入其中,扮演了一个角色。

可是,自从家麟离开了皮皮,在皮皮的心中,另一样东西同时也垮掉了。

信任。

每当一个人企图靠近她的时候,她变得非常疑心。

天亮的时候外面开始下雨。雨声很大,夹杂着雷声。

皮皮听见自己包里手机不停地在振动,回头看了一眼身边的贺兰静霆。他还在熟睡,头压着枕头,长长的睫毛偶尔闪动一下。

她蹑手蹑脚地走到客厅打开手机。

"皮皮!"

"啊,奶奶?"

"你妈说你去西安了?"

"是啊,您没看见我写的条子吗?"

"皮皮,别怪奶奶迷信,你能赶紧回家吗?"

"怎么啦?"

"今天早上我到金福寺门口给你算了一卦。师父说,你这几天有大灾。"

皮皮奶奶每天早上都去金福寺晨练,有段时间和门口算命的老头子混得很熟,经常可以免费咨询包括股票、健康、婚姻、子孙乃至如何找到丢失的钥匙之类的信息。

"唉,奶奶,您知道我不信这个的啦。我还有事,挂电话啦。"

"喂喂,你等等。我们关家就你这一根独苗,万一出了什么事,你让你奶奶怎么活呀!"

"您又来啦。上次不就是您听信哪位大仙的话硬让爸买了个什么股,结果把全家的钱都套进去了? 您还信哪? 亏还没吃够吗?"

"这不是上次那位师父。这是一位新来的师父,人人都说他算得准。皮皮,人家说'纯阴不生,纯阳不长',你八字纯阳,命硬克夫。今年是阳年,这个月是阳月,你是金命,今年土旺,土旺埋金……"

"好啦好啦,"皮皮打断奶奶的话,"我这几天过马路小心点,总可以了吧?"

"好好的你干吗突然要去旅游? 是学习太紧张了吗?"

"是啊,奶奶。"

"那你万事小心,天天给我打个电话报平安吧,奶奶惦记着呢。"

"好。"皮皮挂了电话,心头一动,鬼使神差地拿起手机,按了几个从来不用的功能键。

手机上有万年历,她查出了这一周的天干地支。电脑就在手边,皮皮立即上网查询。

今天是"戊戌"日,纯阳,到了黄昏就是"丙戌",再次纯阳。

她的脑中乌云密布。

多米诺骨牌忽然间倒向另一个方向。疑心发动,细节开始了新的组合。

天天接触新闻的人都知道故事的背后还有故事。同一个故事从不同的嘴里说出来,会有不同的版本。

那个和她只有一面之缘的苏湄,为什么会碰巧出现在舞厅? 那个九百年前的故事她为什么知道那么多的细节? 是偶然相遇,还是刻意安排?

祭司大人和她结婚,是为了更快地拥有她吗? 昨夜他那么卖力地"调动"她的情绪,是为了让自己想要的东西到达最佳状态吗?

还有,还有……

慧颜的故事是真的吗?

起码第一次听时,皮皮很感动,因为那是个煽情的故事。皮皮在这方面缺乏免疫力,她是那种看动画片都能感动得涕泗滂沱的女人。如果是佩佩,她可能会说这不过是某个玄幻小说的知音版。如果是小菊更会嗤之以鼻。

想到这里,皮皮从心底打了一个寒噤,全身不自觉地哆嗦起来。

难道今天就是她的末日?

她进入百度,敲了一句:如何杀死一只狐精。

百度里跳出几万个相关链接。

狐精最怕三样东西:雄黄、狗血和死掉的喜鹊。

她关掉了电脑。

冰凉的硬木地板,令她觉得脚很冷。她到衣橱找来袜子正要穿上,一抬头蓦地在墙镜里看见了自己的脸。

那是她吗?

苍白的脸,泛青的额,眉间一道笔直的黑气。瞳孔发暗,眼白冒着血丝。双眼上各有一个可怕的眼圈,不知道的人还以为她画了烟熏妆。

她木然地看着镜中人。

一双手轻轻地按住了她的头。她身子猛地一抖。

"吓到你了?"身后传来贺兰静霆的声音。

心咚咚乱跳,她强自镇定:"没,没有。"

他的个头并不小,为什么总也听不见动静。他从身后揽住了她,将脸贴在她的肩上,轻轻地摩挲着。胸前满是他的呼吸,甜美中荡漾着情欲。她感到一阵恐惧,想避开,却被他搂得更紧。

帘外雨潺潺,秋意阑珊。水珠滑过树叶,点点滴滴,发出清脆枯燥的响声。那不是雨,是生命的钟摆。

她下意识地又看了一眼镜子,幽微朦胧的光线肆意地切割着镜中纤弱的魅影。身后的贺兰犹自不停地吻着她的后颈,手从背后伸过来,解开衣带的花结。她被挑逗得轻哼了一声,身子一倒,扑到镜上,仿佛扑进了一潭深渊。镜中的人影像拼图般地被拆碎了,道道呼吸腾起一团薄雾,顷刻间又被汗水化去。她像一道雨刮器被他推来推去,镜中人被揉搓得变了形,身子绞着汗,如一道暖风掠过冰凉的湖面。他的身子有一种无法形容的舒适,她一次又一次沉溺其中,无法自拔。

他们像孩子般嬉戏玩要,在镜中消磨了短促的晨光。

是啊,一切都可能是假的,但此时彼此的欢乐却是那么的真实,令她贪恋不舍。她一次一次的索要他都无私地给予。

他们紧紧拥抱,静静等待呼吸的平静。

过了一会儿,他问:"外面下雨了?"

"是啊,很大的雨。"

"我去洗个澡。"他松开手,拾起地上的睡衣,给她披了回去。

"我去看看外面的花店里有什么花卖。"她飞快地换了衣服,佯装镇定地向门外走去。

他突然一把抓住她:"别走,就在这里陪着我。"他的语气很轻,孩子般地乞求着。

"我会怀孕吗?"她忽然问。

"当然不会,"他能轻易嗅出她身上荷尔蒙的含量,"今天不是日子。"

"你去洗澡吧。"她说。

"浴室在哪个方向?我记不起来了。"他伸出手,摸了摸门沿。

贺兰静霆白天什么也看不见。她微微松了一口气,刚才太紧张,忘了这一点。

"在这边。"她牵着他的手,将他带到浴室的门边。

"你知道吗?皮皮,"他拉着她的手,不肯放开,"供应热水会耗掉家庭用电的百分之二十五。"

"不,不知道。你是指……你想洗冷水澡吗?"

"不是。我是指将来我们的生活要有环保意识。"他笑了笑,说,"如果我们一起洗,就会节约很多水,就对保护环境做出了贡献,对不对?"

"不,你自己洗。"皮皮面无人色地说,觉察到自己的口吻太冷漠,怕他起疑心,又呵呵地笑了两声。

他果然有点尴尬,顿了顿,又问:"皮皮,今天是几号来着?"

"三十号。"

"哦。"

"为什么要问这个?"

"约了人谈生意,怕误了时间。"

水声一响,皮皮拿着随身的小包就往外跑。

外面大雨倾盆,她到对街的小店里买了一把伞,叫了个出租向火车站开去。

这个月是旅游旺季,火车站人山人海,人多气杂,贺兰静霆很难找到她。

她去了售票厅,排了半个小时的队才知道三天之内开往 C 城的火车票已全部售空。正在着急,手机忽然响起来。她一个哆嗦,差点把手机掉到地上。

果然是贺兰静霆的号码,她不敢接。手机一遍又一遍地响着,眼看着电池就要被耗光了,她只得接了。

"皮皮,你在哪里?花店吗?"

"我……我……贺兰静霆你别来找我啦!"

那声音立即警惕起来:"出了什么事?"

"你知道今天是什么日子吗?"

他瞬间明白了,沉默了一下,镇定地说:"皮皮,不要相信那些。我不会伤害你的。"

"只要你别来找我，你就不会伤害到我。"

"皮皮，我正在找你。"他的声音很冷，夹着一丝怒火，"这是个陌生的城市，到处都有危险。无论你在哪里，待在原地不动，我很快就能找到你。"

她蓦地一惊："你怎么知道我在哪里？"

回答很自信："我知道。"

她的心猛地一沉，随即瞥见手腕上那颗贺兰送给她的魅珠，一阵慌张地掏出钥匙扣上的瑞士军刀，用力一割，拔腿向邮局跑去。她将魅珠塞进一个结实的纸袋，写上贺兰静霆的住址，寄了特快专递。

然后她关掉手机，站到候车大厅的正中央，看着旋涡般的人群在自己的周围缓缓移动，仿佛她是银河系中某颗不知名的小行星。

她慢慢地呼出一口气。

贺兰静霆，现在你找不到我了吧？

一个小时之后，皮皮从车站后门去了南街，那里有几排密密麻麻的小吃店。她找了好几圈才找到一家声称卖狗肉的火锅馆。她花了十块钱向师傅要了一瓶狗血，又去药店称了半斤雄黄，将这两样护身符放到随身的小包里。

长途汽车站离火车站不远，买不到火车票，皮皮打算坐汽车回家。出了街口，她在大雨中等绿灯。

大风将她的伞吹翻了过来。雨水劈头盖脸地浇下来，将她淋了个六神无主。旁边有个行人好心帮她将伞翻过来，她道了谢，再回头时，就发现了街对面的贺兰静霆。

他穿着件纯黑的风衣，戴着墨镜举着黑伞，领子竖起来，遮住了半边脸。

他的右手拿着一根盲杖。可是他的样子不像个盲人，更像一个杀手。

隔着马路都能感觉到汹涌而来的杀气，皮皮紧张地在雨中凝视，手脚冰凉，大脑一片空白。

魅珠不是寄走了吗？怎么贺兰静霆还是能找到她呢？她的身上不会被安装了电子跟踪器吧？或者他其实并没有找到她，只是路过这里？

红灯在闪，秒表　点　点地变化：

7－6－5－4－3－2－1－0。

这条街是去客运站的必经之路。她是过，还是不过？

正在这当儿，贺兰静霆的头忽然朝她的方向偏了偏。虽然大雨冲刷了一切痕迹，他还是迅速觉察到了她。皮皮本来打算装作陌生人和他擦肩而过，又担心被他

种下的香气会暴露自己。就在红灯变绿之际,她果断转过头,疾步向另一条街走去。

一阵猛然刮来的大风将她的伞吹到几米之外,仓皇中她顾不得去捡,顶着大雨,快步向前走,像一只猎物逃离猎手的射程。

在途中她数次回头,都看得见贺兰静霆以同样的速度不紧不慢地跟在她身后,保持着十来米的距离。他的盲杖偶尔在路面上轻敲几下,可是他走路的样子令她觉得这只不过是为了让行人让路的一种伪装。

这时迎面走来一大群人,皮皮迅速从人群中穿梭而过。可是贺兰静霆却被他们挡住了,不得不停下来让路。他们的距离迅速拉开。抢在红灯之前皮皮又过了一条街,那个红灯却正好将贺兰静霆拦住。皮皮终于将他远远地甩在了另一条街上。

她折进一个商场,坐在洗手间里喘气,吓得忘记了冷也忘记了哭。她不敢逗留太久,商场里充足的暖气会令她的气味迅速散发。她果断地出了门,四处张望了一下,没有发现贺兰静霆,便沿着一条小街向前走。没多久,她发现自己折入了一条小巷。小巷又深又长,还有众多的岔道。她在里面转了几圈,立即迷失了方向,不得不向行人问路。有人指着一个街口,说从那里再向西走五百米就是长途汽车站了。

她像一个亡命之徒在风雨中奔逃,全身湿透。北方的深秋,冻得她牙齿咯咯地打战。

拐过一户人家,眼看出了小巷,忽然不知从哪里闪出一道人影挡住了她的去路!

她猛然止步,只觉浑身的血都涌到了头顶。

人影慢慢向她走近。

她连退几步,忽然举起那瓶狗血,大声道:"你别过来!"

他站住了。

她的心剧烈地跳动着,又暗暗松了一口气。原来他是怕那东西的。

"听见了吗?贺兰静霆!请你立即在我面前消失!"她挥舞着那个瓶子向他尖叫。

她说些什么,他根本没有听见。眨眼间他就已如鬼魅般地来到了她的面前。他本可以在一秒之内夺走那个瓶子,可是他一只手举着伞,一只手拿着盲杖,根本没有碰她。

他究竟是怕,还是不怕?

她恐惧地盯着他,紧张得大声喘气,见他的脸上一片漠然,她大声叫道:"我说的话你听见了吗?别过来!再往前走一步我就动手!"

他缓缓地取下眼镜,用一双空洞的眸子看着她:"皮皮,听我说——"

"我不听!我什么也不听!我知道你在想什么!你骗我!你,还有家麟,全是

骗子!"

"慧颜——"

她立即打断他："贺兰静霆你听好，我是关皮皮，不是沈慧颜。我既不认得她，也不想跟她有任何瓜葛。无论你想要我的什么，我现在都不能给你。我在这世上有太多未了的事，我不能因为一个故事相信你，把自己最珍贵的生命送给你。你没有资格要求我这么做，我暂时也没有那么高尚。我只是个小人物，是你漫长人生中的一个匆匆过客，你放了我。"她哭着说，"求你放了我!"

他默默地"看"着她，过了很久，说："对不起皮皮，我不能放你走。请相信我，我想和你在一起，只有好意没有恶意，我只想尽量多给你一些……幸福。"

"不，我不相信你! 我不要你的幸福!"皮皮断然拒绝。

他的表情很奇怪，但他的眼中并没有恐惧。

"既然你这么想，也许你是对的。我的存在对你来说没有半点好处。"他深深地叹了一口气，"不过，想要杀掉我，一瓶血远远不够。如果你想看一看狗血洒在我身上是什么效果，现在就动手吧——"

他将盲杖一扔，向前走了一步。

她打开了玻璃瓶盖，眯起眼睛，如豹子般看着他："听着，我不想伤害你! 请你不要逼我! 我知道你很需要我的……那样东西，我真的不能给你!"

他停住了。手一松，伞立即被风刮走。

"我不要你的什么，皮皮。"他说，"我只想找一个地方，在那里躺下来，休息。"

"告诉我，那地方在哪里? 我帮你找!"

他沉默，没有说话。

"告诉我!"

"皮皮，你就是那个地方。除了你，我无处可去。"他垂下头，"我会到你想要我去的任何地方——无论是天堂还是地狱。"

她耳边有很多嗡嗡的声音,很杂乱,像到了一个工地。然后有个引擎发动了,她的身子飘浮起来。

有人一直握着她的手。

她陷入无边无际的睡眠,和沦陷的意识作战。她试图睁开眼,努力掀动眼皮,却什么也看不见。就这样浑浑噩噩地过了很久,她的肌肤忽然有了感觉。

她掉进水里,冰冷的水像刀子一样切割着她。

猛然睁开双眼,她发现自己坐在浮满了冰块的浴缸里。身体软绵绵的,没有一丝气力。有人从背后扶住她,防止她滑入水中。她不能说话,喉咙好像被堵住,只能大口地喘息。

过了片刻,那人将她从水里捞出来,裹上毯子,抱到床上,盖上厚厚的被子。

是贺兰静霆,除了他,没有第二个人会有那种深山木蕨的气味。

这么说,她还是落到了他的手中。

她躺在床上,一言不发。没过多久,身子就迅速发热,热得口干舌燥,五脏六腑都似在炉膛中烘烤。贺兰静霆量了量她的耳温,同时叹了一口气。

"口渴吗?要不要喝水?"他低声问道。

还是那间套房,卧室宽敞得能听见回音。

她睁开沉重的眼皮,呆呆地看着他,点了点头。

他去客厅给她倒了一杯水。她一饮而尽,同时发现自己的头上放着一个冰袋,有半个枕头那么大。贺兰静霆坐在床边的沙发上,握着她的一只手。不是很用力却给人以依赖感。皮皮看了他一眼,他的脸隐没在黑暗中,看不清神色,只听得见若有若无的呼吸。

"现在是什么时候?"她忽然问。

卧室里只有一点微光。这是贺兰静霆的习惯:任何时候都不喜欢很亮的照明。他给她看手表,夜光的,十一点二十分。

"要吃东西吗?你一整天都没吃东西了。"他说,语气很平淡。

她有点饿,又觉得不该麻烦他,就说:"我不饿。"

卧室里垂着厚厚的窗帘。偶尔有车灯从帘缝中闪进来,好像一支笔在他脸上涂抹了一道。转瞬即逝的光亮令她感到自己仍在人世。她便没再说话,浑身滚烫,躺在床上默默地流汗。

床单很快就被汗湿了,她翻了一个身,换到干燥的地方。他立即觉察了,拿起毛巾帮她擦汗,换了睡衣,又换了床单。他的举动没有任何亲昵,却还是小心翼翼。她像个婴儿一样被他抱来抱去。

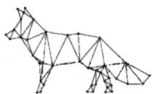

"屋里真热。"她说。

"你在发烧,四十度。"他拿出电子耳温计,"嘀"地一响,为她测温,"如果再过一个小时还降不下来,我只好送你去医院了。"

"对不起。"她轻轻地说。

他的腮帮子动了一下,没说话。

"我……没伤到你吧?"她怯怯地说,不记得那瓶狗血究竟泼了没有。

"伤到了。"他说,"伤到心了。"

然后他们之间就冷场了。

在漫长的冷场中,皮皮郁闷地睡着了。

身体强健的皮皮第二天已全面退烧。天亮醒来,神清气爽。她觉得脑袋发痒,手一摸,惊喜地摸到一层软软的毛楂。奔到镜前细看,真是头发!像非洲人那样微微地打着卷儿。

她在客厅的沙发上发现了熟睡的贺兰静霆,愁眉紧锁,抱着一个枕头,听见响声动了一下,没醒,翻了个身,差点从沙发上掉下来。她轻轻走过去将茶几移了移,挡住沙发,站在那里默默地看着他。心尖柔软,充满了怜惜。目光成了春水,一点一点地化开了。她悄悄地拿了条毯子搭在他身上。以前夜里贺兰静霆不怎么睡觉,至多是练完功,乏累了,躺两个小时就起来。可是到了西安,他的生物钟却来了个三百六十度的转弯,变得越来越像一个"人"。皮皮什么时候上床,他也什么时候上床,缠着她在床上玩耍,然后一觉睡到大天亮,醒得比她还晚。

整个早晨他们都保持着礼貌的距离,互相只说最简单的话。比如:"楼下有免费早餐,你去吃吧。""借下房卡,我的弄丢了。""没零钱,借我十块钱。""手机充电器呢?"

其间皮皮殷勤地说:"我去花店给你买束花,顺便买点蜂蜜。"话一出口脸就红了,想起他们曾用这两样东西干过的事。结果惨遭祭司大人的拒绝:"不必了。"

有点受伤害哦。她将脑袋一缩,惨兮兮地想。

当然,昨天她连杀他的心都有,人家这点反应还是可以理解的。

祭司大人没好脸色,她只好独自下楼吃饭。

早餐中西合璧,还有粤式早茶。皮皮这才发现自己一整天没吃东西,早已饥肠辘辘,便津津有味地吃了起来,还和对面的一位大姐聊了起来。反正也不急着回去,回了房间贺兰静霆也是爱搭不理。

最后,她端了喝剩的半杯咖啡,慢慢腾腾地上了五楼,却发现房间里根本没有

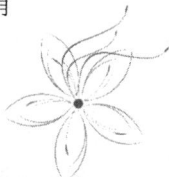

人，只有一位打扫卫生的大嫂。她一阵心慌，连忙跑去看卧室的壁橱，祭司大人不会一怒之下休妻了吧？

还好，还好，两人的行李都在。

她连忙给他打电话："贺兰，你在哪里？"

电话响了好几声才传来他不冷不热的声音："我在一楼大厅。"

"等等，我马上下来。"她拎着包，以最快速度冲出房间，嫌电梯太慢，几乎是三步一跳地走下楼梯。

满大厅地找贺兰静霆，发现他站在一个办公室的门口，手里拿着盲杖，双眼茫然地看着前方，好像在排队。

犹犹豫豫地蹭到他身边，不敢贸然地牵他的手，她期期艾艾地问："这里……卖什么？你，你在排队吗？"

"我在申请导游。"

"不是有要紧的生意吗？"

"谈生意的人被急事耽搁了，我们改在明天见面。"

她的神色越发凄惶，咬了半天嘴唇，说道："你想去哪儿我陪你去。别请导游啦，浪费钱。何况这西安你应该来过很多次了吧？人家会有你知道得多吗？"

"我不要人家的历史知识，只需要一个人带路。"

她讪讪地说："我给你带路不行吗？"

他坚定地摇头："不行。和你在一起我有生命危险。"

"嗳……人家已经向你道歉了啦……"

他的脸还是板着，不理她，继续排队。

一位服务小姐接待了他们："先生想去哪条线？我们有东线一日游、西线两日游，还有华山专线……"

皮皮觉得，这位服务小姐不够专业。明明看见贺兰静霆拿着盲杖，还把一叠花花绿绿的小册子往他手里塞。东线、西线，人家这时候分得清东西吗？

"我只需要一位导游帮我带带路，"贺兰静霆倒是不介意地拿了一本小册子，"就在市里逛逛就可以了。"

那小姐连忙说："对不起，我们公司的导游都是和旅游车绑在一起的。如果您需要单独的导游可以试试南二环路上的天鸿旅行社。不过他们的收费可能比较贵。我有名片，想要吗？"

贺兰静霆刚要张口，皮皮抢着说："不要不要。谢谢你。"

说罢硬拉着他出了大门，拍了拍他的肩，笑语盈盈："说吧，想去哪儿我带你，保

证服务周到、任劳任怨。"

闷了半天，他终于说："我想去看古城墙。"

"没问题！小心，下面有三级台阶。"她自然而然地抓住了他的手，他也自然而然地握住了她。

古城墙是在旧墙的基础上修建的。只要游客能摸到的地方，砖头多半是新的。虽说站在上面可以看到钟楼、鼓楼、清真寺和城隍庙，但也得看得见才成啊。

他们从南门进入，在瓮城里转了一下，发现城墙之大，超过了想象。徒步走一圈，至少要两个小时。皮皮觉得自己的腿肯定会酸掉，可是贺兰说喜欢，两个小时就两个小时吧。

一路上贺兰静霆倒是很安静地跟着她，听她没完没了地唠叨："你别看空气挺冷，其实今天是个大晴天，有太阳，不过太阳光很冷。没办法，深秋的西安就是这样啦。摸摸这里，这就是南门，也叫永宁门，据说是城墙里最老的门，建于隋代……这是箭楼，窗子是方的，摸这里，古代的人就躲在这里射箭。"

冷不防祭司大人从口袋里掏出个巴掌大的袖珍相机，对着前方按了一下。皮皮觉得好笑，这人什么也看不见，还拍照呢，肯定没对准。可是他居然拍上了瘾，只要她说哪里的风景好，他定要按一下。

"南门的夜景也很好啊，你若喜欢，咱们晚上再来，你可以痛快地拍个够。"话毕，她觉得有点心酸，眼中不禁蒙上了一层湿雾。

"对我笑一个。"他浑然不觉。

她大大地咧了一下嘴，不料一滴眼泪流出来，快门"咔嚓"一响。

"会不会没照着？"

"多照几张晚上回去拼一下。"他轻描淡写地说，"我常这么干，反正是数码的。"

她释然一笑，帮他调好角度。

"那，是这样啦，对准这里。可以照到那个大灯笼。"

有人骑车从他们身边路过。大约是印度人，很兴奋的样子，对她叫道："杜米帕罗！"

皮皮琢磨了一下，说："我觉得他说的不是英语……"

"是孟加拉语。"贺兰静霆说，"他问你好。"

皮皮惊悚了："你懂孟加拉语？"

他轻笑，没有点头，也没有摇头，像是承认又像是不承认。

"假如陈寅恪先生还在世的话，一定会很高兴见到你。"她兴致勃勃地说。

她还想说，那些死去的语言，那些甲骨的残片，那些敦煌的书卷，也都愿意见到你。可是她没有多说，她很知足。在贺兰静霆漫长的人生中，她只愿意占据一个小点。除此之外，别无他求。

"既然你来了西安，我倒真要向你推荐向达先生的一本小书：《唐代长安与西域文明》，写得非常好，通俗易懂。就连陈寅恪先生对他也是佩服的。"他认真地说。

皮皮歪着头，盈盈地看着他笑。贺兰静霆终究还是个学院派，喜欢掉书袋。他家书架上一排一排的书，九百年的狐狸，那得有多少学问啊。而这么多的学问又不能显摆，那是多大的损失啊。祭司大人真是太淡定了。

"如果你来写的话，一定写得比他好，肯定的！"她由衷地说。

"我吗？"他摇头，"我只看不写，述而不作。"

"那么，看了那么多书，你最喜欢哪个故事？"

他想了想，说："我最喜欢的是一个法国人写的故事——《西绪福斯神话》。"

"没听说过。好看吗？什么时候我也去借一本来看看。"

"对你来说不好看，很闷。"他拍了拍她的头，"你还是不要看了。"

"说一句故事里让你印象最深的话，"她假装采访，"贺兰先生！"

"嗯……"他想了一下："西绪福斯是希腊神话里的一个神，他犯了错，诸神处罚他不停地把一块巨石推上山顶，到了山顶巨石又滚下来，他又得推上去。如此无效而无望地重复。可是写故事的人却不认为他是个悲剧或者很荒谬。他认为他是幸福的，因为他热爱这个世界，命运是属于他的，岩石是他的事情，一切的一切，尚未被穷尽。"

"哇，这么深奥，这么哲学，很难懂哎！"皮皮夸张地说，随即将他的手放到自己的头顶上，"摸摸看，我长头发啦。"

他摸了摸，皱眉道："不是很多嘛。"

"那你今晚再帮我一下？"皮皮的声音有点嗲，像是勾引人的样子。她第一次发现原来自己的声音也可以这么性感。

"不行，"他故意说，"万一我不小心被人暗杀了呢？"

"求你啦——"

"那你向我发誓，从今往后，天天带着我的珠子，哪怕你死了，也得带进棺材里。"

哦，那颗魅珠。

皮皮很内疚地说："那珠子啊？嗯——是这样的：我昨天一害怕，就把珠子装进信封里给你寄回去了。所以现在没有珠子了。"见他的脸又板上了，她赶紧说，"我寄

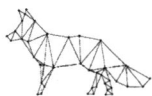

的是特快专递,最贵的那种,肯定不会丢的。我一回家就戴上它,就像宝哥哥的那块玉那样,莫失莫忘,仙寿恒昌;不离不弃,芳龄永继。"

他的目光柔和了一点,"哼"了一声,说:"好吧,暂且不追究你。对了,不是说这附近有个角楼吗?"

"就在前面。我带你去。"

角楼看上去像个两层楼的小亭子,四角的飞檐挂着灯笼。她带着他上了二楼,还未站稳便被他突然拖进一个黑黑的角落。她吓得差点要尖叫,嘴立即被他堵住了。

"贺兰——"结结实实地被他抱着,她一动也不能动。

"放心吧,周围暂时没有人。"见她的腿还在蹬,他索性将她抱起来,屈起一条腿,让她坐在自己身上。

他热烈地吻她,先是嘴,然后是耳垂。口中呓语着,不知在说些什么。

她"噢"了一声,压低嗓门,惊慌失措地说:"贺兰,这是公共场合!"

"这是野外。"他的唇停留在她的锁骨上,陶醉地吸吮着她身体的气息,逗留片刻,移向肩头。他的呼吸很慢,深长而平缓,带着幽幽的花气和森林草木的清香。

皮皮暗暗叫苦,今天明明这么冷,她偏披个披肩。披肩非常保暖,所以里面只穿了一件紧身露肩的针织衫,前面有拉链。

"快点,行不?"她惊恐地抱着他,他的头仍然缠绵在她的胸口,"这里到处是游客,影响多不好。"

"没够。"

"哎,楼底下有人……真的有人!"

"路过的。"

"我觉得有人进来了。"

她听见脚步声,接着有人上了楼梯,她的脸正对着楼梯口,慌张、羞怯、尴尬、惶恐,急得满头是汗。可是贺兰静霆的唇又移了回来,没有半点放弃的意思。她唯一能做的就是紧紧抓住自己的披肩。

来的是两个大学生,大约也是情侣,手上还拿着旅游团的小旗子。刚刚上楼,突然看见这一幕,面面相觑,嘴张得老大。

贺兰静霆回过头去,镇定自若地说:"两位,介意吗?"

那个男生会意,忙说:"不,不,请便。我们马上消失。"说罢拉着女生一溜烟地跑了。

皮皮恼怒地踢了他一脚:"你就不能停一下,等人家走了再说?"

"不能,"他又缠上来,笑眯眯地吻她,"下次一定注意。"

"等会儿去骑自行车，好吗？"

他怔了一怔，随即说："行啊。你去骑，我在这里等着你。"

"傻子，有双人自行车。我带你兜风。"

双人自行车，皮皮在前面用力地蹬着，挥汗如雨，感觉自己是个三轮车工人。贺兰静霆则在后面怡然地坐着。

皮皮带着他骑了一个小时，沿着古城墙兜了整整一圈。

"下车吧，到了，已经一圈了。"皮皮一条腿着地，累得大口地喘气。

"皮皮，坐你的车真舒服，骑得又快又稳。"贺兰意犹未尽，"再来一圈好吗？"

"难得你今天高兴，姑娘我就再带你一回，坐好了。"皮皮喝掉半瓶水，又带着他上了路，这一回她骑的是逆时针，有一长段下坡，风在耳边呼啦啦地吹着，差点吹掉她的披肩，她快活得直叫："啊——好爽啊！贺兰！"

后面没人搭话。

"贺兰？"

"别回头。"他说，"我现在是原形。"

"啊——哎哟！"

她连人带车撞上了城墙，额头上撞出一个大包。顾不得痛，双手蒙住眼，颤声问："贺兰，你变回来了没有？"

清凉的手指摸了摸她的脸，他说："哪有什么原形，只是开个玩笑。"

"吓死我了。"她的心都快跳出嗓子眼了。

"对不起。"他的神情有点怪，"你的头出血了。"

"没关系，就擦破了一点皮。"她的钱包里有创可贴，立即找来贴上。

"这么说，"他的语气有点僵硬，"你很怕我的原形？"

敏感话题。

"不，我不怕。"她用力地握了握他的手，"我只是忽然想起《聊斋志异》里的故事。"

"什么故事？"

她沉默了一下，回答不上来。他们之间的气氛霎时凝滞了，一种可怕的张力紧绷着，当中隔着千山万水。而他们的手握在一起，像银河中的一道天桥，正一点一点地变冷。

"不记得具体的故事，"她苦笑，"只记得现了原形之后，就是生离死别。"

"你觉得，我们也会是这样吗？"他说，"你就这么没有信心吗？"

"不是。如果没有生离死别，故事怎会打动人？我们之间又不是故事。我只是从没见过真的狐狸。如果刚才骑车的时候我突然变成了一只兔子，你也会吓一跳的，不是吗？"

"我不会。"他说得很肯定，"无论你变成什么，我都不会吓一跳。"

和祭司大人争辩是徒劳无益的，皮皮看着他，苦笑片刻，无可奈何地叹了一口气。

顿了顿，贺兰静霆又说："忘了告诉你。这次来西安就是来看狐狸的——真正的狐狸，很多很多。"

次日清晨，他们坐出租在高速公路上花了两个多小时来到一个很小的县城。县城的名字，皮皮从来没听说过。

在车上贺兰静霆显得心事重重。皮皮想和他聊一聊，发现他提不起说话的兴致，便拿着手提电脑专心地看自己百看不厌的《射雕英雄传》。贺兰的电脑上只有大量的古玉图片。除此之外，既无音乐，亦无电影。唯一的一部电视剧还是皮皮昨晚从网上下载的。

此行绝对和狐狸有关，而"狐狸"两个字是他们之间的敏感话题，皮皮觉得自己应当管住自己的嘴巴和好奇心，按兵不动。

北方的秋季有点灰蒙蒙的，天高而远。一路灿烂的阳光，田野明亮却没什么颜色。比起湿润的南方，毕竟少了一点绿。过了县城继续往前开，走了不到半个小时，终于停在了一道围墙的外面。下车一看，前面有块白色的招牌，写着"峰林养殖场"的字样。两米来高的围墙，像监狱，里面很空旷，没有高层建筑。

一阵风吹来，带来一股难闻的腥气，皮皮连忙捂住鼻子："这是什么味儿啊？"

贺兰静霆说："狐狸的味儿。"

皮皮连忙松开手。

"难闻就是难闻，我又没说好闻。"

"既然嫁给了你，他们也算是我的亲戚了。嫁狐随狐，我受得了。"她把头扬得挺高，回了贺兰一个妩媚的笑。

他笑了笑，神情有点忧郁。

"这就是你要谈生意的地方？"她四处张望，发现这里前不着村，后不挨店，荒凉得就像《聊斋志异》所写的狐兔出没的地方。

"是的。"

"以前，你和千花一起来过？"

"嗯。"

"什么生意?"

"皮货。"

皮皮瞪大了眼睛:"你? 你做皮货?"

"嗯。"

贺兰静霆不是最讨厌皮的吗? 因为这个,皮皮现在莫说皮,连真丝围巾都戒了,成了一名地地道道的动物保护主义者。可是,这个口口声声说要保护动物的人居然做起了皮货生意。为什么? 为了钱?

她的脸色变了变:"什么皮? 狐,狐狸皮?"

"对。这是一家狐狸养殖场,在这一带规模最大。"

"对不起,我的脑子有点乱。你不是狐族的祭司吗? 你忍心看着你的同胞被杀掉吗?"她有点激动,"这种大规模的杀兽取皮对你们来说,无异于是纳粹行径吧?"

"说到纳粹,请允许我称赞他们一句。"对于她的批评贺兰静霆很淡定,"纳粹一上台就颁布法令禁止猎狐。这对我们狐族来说是个极大的福音。要知道一只猎狐犬只需十七分钟就可以追杀到一只狐狸……"

"哦!"她的眼睛瞪得滚圆。

"可是,你知道狐皮每年的产量吗?"

当然不知道。不过她知道狐皮很贵,就是她认识的最富贵的、穿着最讲究的、行事最有派头的人也没有谁穿得起狐皮大衣。在她的记忆里,只有好莱坞的影星和《红楼梦》里的黛玉穿过狐皮。于是说:"会很多吗? 皮草这么贵,只有最有钱的人才会买。产量不会很大吧?"

"全世界狐皮的年产量是五百万张。狐皮大衣又轻又暖又漂亮,人人都想拥有它。"

"我明白了。"皮皮凝视着他,轻轻地说,"你是来买狐狸的,买来之后放生,对吗?"

他笑了,目光很温暖:"对的。"

她不由自主地握紧了他的手,深深地吸了一口气。感觉横在自己面前的不是围墙,而是一座巨大的集中营。

"这农场里有多少只狐狸?"

"六千只左右。"

"你要把这六千只都买下来吗?"她不知道价钱,肯定是很贵的。

"我倒是愿意,不过,老板不会同意。他每次都会留下两千只来做种狐。"说罢,

他的脸微微转了一个方向，大约是听见了脚步声。

果然，农场的大门打开了，从里面快步走出两个人。打头的是个瘦高个儿的男子，穿一身高档笔挺的西装，脸很黑，腮帮上有道疤，好像曾经跟人打过架，看年纪不到四十岁，举止很气派。身后跟着的女子二十五左右，一头乌黑的长发，脸很漂亮，穿一身米色的西服套裙，系着一条宝蓝色的碎花丝巾，细腰长腿，手袋和手表无一不是名牌。

"贺兰先生！"那男子快步过来和他握手，"您真准时。"

"您也是，郑先生。"贺兰静霆微微一笑，介绍道，"这位是我的太太，关皮皮。皮皮，这是农场的场主郑绍东先生。"

他们互相握了手。郑绍东热情地说："哎呀，您结婚了？恭喜恭喜！您好！贺兰太太！小余，去跟办公室的老钱说一下，准备一份厚礼，要有农场特色的。"那女子应声拿起手机拨号，离开一步，低声交代了几句。

"郑先生，您太客气了。"贺兰静霆说。

"这位是余曼宁小姐，我的秘书。"

大家互相握手，彼此说幸会。

皮皮微微纳罕。这两人服饰华丽，品味时尚，就是大都会的商人亦有所不及，不知为什么肯蜗居在偏远小县里养狐狸。转念一想，这人拥有六千只狐狸，不是百万富翁是什么？一个百万富翁在大城市里也不多见，若在这样的小县，不摆出高规格的行头，能行吗？

第二十二章

峰林农场

大门缓缓打开，皮皮向前走了几步，站住，驰目而望。

眼底是一望无际的笼舍，一排排伸向远方。笼舍之间约有两米的行距，每隔四排建有绿化带，绿树成荫，当中还有一道一米多宽的水泥道。

笼子里面养的当然就是狐狸。

皮皮在报社时曾经跟着农村部的记者采访过养鸡场，规模也很大，但她觉得远不如这里干净和安静。

觉察到她的好奇，郑绍东问道："贺兰太太，您这是第一次来养殖场吗？"

皮皮点点头。

"那我请余小姐带您参观一下如何？就在附近逛逛，十五分钟就可以了。"

"好啊。"

"贺兰先生，您也想一起去吗？"

贺兰静霆摇头："不必了。"

"那我们俩先到餐厅坐一会儿？"他建议，"我们特地从城里请了位广东师傅给你们做粤式早茶，全素的罗汉宴。这边请。"

"稍等一下。"贺兰静霆从包里取出盲杖。他走路的姿势很优雅，盲杖轻点，从容尾随着郑绍东而去。

"我第一次看见他就爱上了他。"看着贺兰静霆的背影，余曼宁忽然说，"那时我还是个实习生，后来就留在了农场。只为每年的这个时候能够见到贺兰先生。"

皮皮听得直起鸡皮疙瘩："不会吧？"

"当然是玩笑。"余曼宁似笑非笑地看了她一眼，一脸捉弄的神情。

她们沿着水泥道走入一排笼舍。笼舍距地面有一米之高，地上打扫得很干净。每个铁丝编成的笼子里都有一只雪白的狐狸。她只听见狐狸在笼中走动的声音，没怎么听见它们的叫声。

"哇，这里比养鸡场安静多了。"皮皮说。

"是啊。狐狸是非常安静的动物，虽是犬科，却不像狗那样爱叫。而且，雌狐狸也不像小说里写的那样好色。它们相当冷淡，一年只有三天的发情期。此外，狐类一般是一夫一妻制，单独狩猎，很少群居。"余曼宁一面说一面将笼子打开一条缝，用一根细长的钩子将里面的狐狸钩出来，抱在手中，"这是白狐，摸摸看这针毛的长度和光泽，再看底绒的弹性和密度。这一只有十五斤多，个头超过一米，一张这样的狐皮，在市场上至少卖五百块钱。"

那白狐温顺地抬起头，凝视着她的脸，一副若有所思的样子。它的瞳孔是黝黑的，默默地闪着乌光，仿佛有道光线从脑子里照出来。

皮皮微微一怔,这双眼似曾相识。

"我们这里是西部最大的芬兰原种狐养殖基地,主要养殖的是白狐和蓝狐,目前一共存栏六千只。狐皮的年均产量为四千张。贺兰先生是我们的主要买家,最近三年他垄断了我们所有的产品。"余曼宁熟练地介绍着。随手将那只狐狸放回笼内,带着皮皮走到另一个笼子跟前,"这只是种狐。"

皮皮的脑海中立即闪出修鸥的样子,低头仔细一看,里面的白狐个头更大,皮毛光亮,肌肉丰满,行动活泼。余曼宁将它抓出来给皮皮摸:"拥有良好的种狐是农场致富的关键。我们每年都要挑选三次。选出那些出生早、生长快、换毛早、针毛质量好的狐做种狐。你看这只,腹部圆平,毛绒丰厚。你再摸它的脊背,一点也不挡手,是不是? 轻轻一压,就可以触到脊骨和肋骨。这只狐狸出来的皮草,肯定是世家皇冠级的。"

"世家皇冠级?"

"也就是最高等级的狐皮。"

皮皮觉得"狐皮"这两个字,今天听来特别刺耳。那只狐狸在她的掌中呜咽了两声,令她一阵心寒。她不知不觉抬起手,看了看手表,想找个理由离开这里。却听见余曼宁说道:"贺兰太太觉得这只狐狸的毛色如何?"

她应付道:"挺好的,看上去不错。"

余曼宁自豪地笑了,将狐狸往旁边一位工人的手中一送,说:"老谢,将它剥了,给贺兰太太做个披肩吧。"

"哎——"皮皮连忙拦住,皱了皱眉,"我不喜欢披肩。种狐得之不易,你们还是留着吧。"

越这么说误会越大,余曼宁以为她嫌少。

"别客气! 老谢,多弄几只,冬天快到了,给贺兰太太做件狐皮大衣吧。记住,要最好的成色。"

那工人将狐狸一拎,便要往屠宰场里去,皮皮挡住他的去路:"老师傅您等一下,我打个电话问问我先生。"

手机一通,贺兰静霆在那边问:"皮皮,有事吗?"

"余小姐一定要……用几只狐狸……给我做件大衣。"她结结巴巴地报告。

"告诉她,如果坚持要送,就送活的。我们送回农场再处理。"他简洁地道。

挂了机,皮皮道:"我先生说既然成色这么好,他更喜欢要活的,回农场可以自己处理。"

可是那工人早在余曼宁的示意下执意进了不远处的屠宰间。皮皮抢步跟上去。只见那工人熟练地将一只很细的铜棒插入狐狸的尾部，另一只手正待按电源开关。皮皮不客气地冲过去大喝："住手！"

余曼宁拍拍她的肩，柔声地说："贺兰太太，你们的农场里，难道不是这样处死狐狸的吗？老谢，将它先放回去，别在贺兰太太面前收拾啊。当心吓着她了。"

"我们刚刚结婚，贺兰生意上的事，我……知道得不多。"

"贺兰先生不愿意他买来的毛皮有任何污染，宁肯全部运回自己的农场请专业屠宰师屠宰。"余曼宁宽容地一笑，表示理解，"其实他真是过虑了。司可林太贵，心脏注射太麻烦，实践证明，电击法是目前最快最节省也是最有效的办法，绝不会损伤和污染皮毛。"

"司可林？"皮皮没听明白。

"也就是氯化琥珀胆碱，是一种肌肉松弛剂。"

"也就是毒药，对吗？"

"这种药会导致呼吸麻痹。注射三到五分钟后狐狸就会安静地死去，不挣扎不尖叫，也就不会损伤毛皮。体内无残毒，尸体还可以利用。你们农场大约都是用这种方法取皮，用贺兰先生的话来说，比较人道。不过这药比较贵，用的时候剂量也大，绝大多数农场是不喜欢在这方面多花钱的。"

说话时，皮皮的眼睛一直没有离开那只饱受惊吓的狐狸。只觉它黝黑的瞳孔中似有一团自己无法识透的东西。那一刻它的样子很茫然，不知道会发生什么事，又知道自己的末日已来临。

"嗯，贺兰这么做也是有他的理由。"皮皮很外交地附和着。

"这是当然。贺兰先生是我们的金主，这一带的专业户们想巴结他还巴结不上呢。他想怎么干自然是听他的。"余曼宁带着她到了另一个房间，用酒精擦了擦手。皮皮看见桌子上堆着一个大纸袋子，上面写着"维生素 E"四个字，便问："怎么？狐狸也吃维生素吗？"

余曼宁点头："维生素 A、D、E 都是常年供给的。特别是维生素 E，一进入繁殖期就要加倍供给。目的是促进狐狸的性器官发育，增加产崽数量。"

"嗯，看来这些狐狸真不是养出来的，是生产出来的。"

"当然是生产的。从配种、饲料一直到繁殖、取皮，每一道工序都要精心。我们有专门的饲料加工部门，目的就是为了把饲料转化成产品。现在养狐业成了这个县的主导农业，我们农场就成了致富成功的典型，每年都有各地的专业户到我们这里参观、学习。我们场主也经常上报纸。这不，上周市里的电视台还到这里来做他的

专访呢。"

看着她一脸的自豪,皮皮忍不住说:"那你有没有想过,如果这些狐狸有意识,会不会恨你们?"

"恨?"余曼宁愕然,"恨什么? 既然来到了这个农场,这就是它们生活的目的。除了接受,别无选择。你说呢?"

皮皮一时间失语了。这种逻辑她似曾耳闻,仔细一想又没了线索。可不是吗? 人有人的逻辑,狐狸有狐狸的逻辑。买主有买主的逻辑,卖家有卖家的逻辑。不管从哪一方看另一方都是罪恶滔天。

"贺兰太太也吃素吗?"余曼宁忽然问。

"不吃。"

回到餐厅,早茶琳琅地摆了一桌。皮皮面前摆的是煎酿三宝、玫瑰腐乳、雪菜红椒焖豆腐、蒜蓉芦笋炒杂菌之类,还有各色点心。贺兰静霆的手里只拿着杯纯净水,筷子都没有摸一下。最后上了一盘拔丝苹果,碍不过余曼宁的强劝,他夹了一块,略尝一下,也就放下了。大约他一向如此,郑绍东也不介意。倒是皮皮在美食面前很不淡定,每一样都不错过,吃得有滋有味。

"贺兰太太,余小姐说您不吃素。这一碟是这桌上唯一的荤菜,您尝一下,味道如何?"郑绍东指着一碗类似红烧肉的东西,脸上有得意之色。

她夹了一块,细细品尝,又夹了一大块塞入口中:"好吃。又香又辣,又嫩又滑。"

"这是狐狸肉。"

"噗——"她差点吐出来,又怕坏了贺兰静霆的大计,三口两口强咽了下去:"原来狐狸肉也能吃,这我还是第一次听说。"她用餐巾擦了擦嘴,扫了贺兰静霆一眼,发现他面无表情地看着前方。外人不知,皮皮却知道每当他反感一个人的时候,就是这种表情。

"是啊,贺兰先生。每次您到我们这里来都是买活兽,这次能不能直接拿皮子回去? 给我两个月的时间,我一次性屠宰,四千只狐狸的皮板很快就能风干打包,您用两辆卡车拖运就可以了。价钱我还可以给您便宜一点。"

"郑先生,"贺兰静霆不为所动,"我要的是上等狐皮,不想在剥制过程中出现任何事故损伤皮质,因此特意请了有经验的工人来操作。这样也省了你们屠宰的麻烦,您何乐而不为呢?"顿了顿,他不紧不慢地道,"听说你们这一带盛产松木,养殖场喜欢用松木的锯末洗皮。您知道,松木油对皮毛的污染是灾难性的。此外,我做过调查,有商家购买你们的皮张,出售时却发现了霉点。听说你们为了早日上市,有些

皮张的含水量高于百分之十五就下了楦板。我做的是出口生意,面对的是挑剔的西欧和俄罗斯客户,他们一贯信赖我的质量和信誉。所以这种事情是绝不能发生在我身上的。"

"哎呀,贺兰先生。我们是长期合作的老朋友,这一点小事您还不能信任我吗?技术我们早就改进了,特地聘请了老师傅当监工。卖给别家的皮呢,老实说,人手不够的时候的确有点赶。可是贺兰先生,您的货,我们绝对是精心加工,保质保量,绝无纰漏。余小姐,去拿几件最新的样品给贺兰先生过目。我说个笑话哦,贺兰太太。您先生与我们合作三年,每年从我们这里拿走百分之九十甚至百分之百的货,却从没看过一件皮板的样品。好歹您也得给我们一个机会不是?贺兰先生?我们农场是这一带最大的,钱也是赚得最多的,同行不免眼红。那些充满恶意的小道消息都是空穴来风,您不必太往心里去。"

贺兰静霆的眉头微微一皱:"郑先生,我收购的价格并不低。您何必执意要亲自屠宰呢?我实在看不出这对你们来说有什么好处。"

郑绍东指了指那碗狐狸肉,干笑了两声:"好处就在这里。我刚刚发现狐狸肉也很受欢迎,可以做成特色菜。这附近的餐馆都来向我要。如果由我们农场取皮,每年光是肉类的销量就可以挣个几十万。"

"二十万够不够?"

"五十万。"

"郑先生,如果一只狐狸有十五斤的话,四千只狐狸就有六万斤肉。狐狸并不好闻,肉的味道也好不到哪里去。您以为这些肉可以轻易地卖掉吗?二十万是最高价。我打包票,如果由您自己一家一家地去推销,绝对卖不了这个数。"

"好吧,四十万怎么样?"

"二十万,郑先生。不然,我另找别家,这四千只狐狸我一只也不要了。"

"……好吧。二十万就二十万。贺兰先生您太精明了。"

贺兰静霆拿出支票本,让皮皮写了张支票,自己签了字递给他。

郑绍东看了一眼支票,将它递给手下。早有工人进来,将两件准备好的皮毛样品递给余曼宁。

"贺兰先生,您摸摸看,这是我们刚刚做好的样品,代表我们的最高工艺。这一件是白狐,这一件是蓝霜狐。如果您放心让我们就地取皮,现在就可以拿着这些样品和现货直接去参加十二月份的芬兰、莫斯科皮草拍卖会了。"郑绍东锲而不舍地说。

贺兰静霆笑了笑,推辞:"对不起,我需要去一下洗手间。也许我太太愿意替我看一看样品,她对我的生意一直很感兴趣。"说罢,对众人点点头,很礼貌地退出了

餐厅。

郑绍东看了一眼他的背影，拿出一把精致的小尺，对皮皮说道："贺兰太太，这是刚刚做好的芬兰原种狐样品，您看这毛质、这弹性、这亮度。同样的蓬松效果，本地的狐毛要拉五厘米，芬兰狐只要拉一厘米就可以了。"

不得已，皮皮只好摸了摸，干巴巴地评论："手感不错，做成大衣一定很暖和。"

"是啊！"他将一个巨大的衣袋递给她，"这件大衣是一位朋友用我们的皮做的样品，他一共做了三件，大中小三个号，打算参加今年的哈尔滨皮草展销会。我看您适合中号的，没请裁缝过来量身，也不知合不合适。眼看冬季快到了，先送给您挡挡寒。贺兰先生也真是的，朋友一场，结婚也不通知我，弄得我措手不及。我正让工人替您重新选料，按您的身材再定做一件，只怕得过两个月才能拿到衣服。一点小意思，不成敬意。贺兰太太若是不要，就是嫌我们是乡巴佬，瞧不起我们了。"

皮皮无从拒绝，只得将袋子里的大衣掏了出来，当着众人的面一展，真是白晃晃、亮闪闪、又轻又暖的一件上等货。

"那我就恭敬不如从命了。谢谢。"

大家继续喝早茶，过了很久也不见贺兰静霆回来，其间郑绍东问道："贺兰先生怎么还不回？会不会迷路了？要不要派个人去看看？"

皮皮连忙说："我去一下。"

她独自去了洗手间，找到了坐在马桶盖上发呆的贺兰静霆。

他一动不动地坐在那里，眼中浮出亘古以来孤寂的神色。

皮皮想起他曾经说过，小时候，一旦发生了什么可怕的事，他的第一反应就是找个洞躲起来。无论外面有什么诱惑他都不会出来。

"没事了。"她拍了拍他的肩，轻声说，"该谈的生意谈了，该送的礼也送了。"

他仍在发呆。过了半晌，他忽然叹了一口气："我父亲说得不错。我不是个称职的祭司，我不愿意看见同胞的血和人类的暴行。"

"人类是可恶的！"皮皮颇有些同仇敌忾。

"每年都会有这样的时候。这位郑先生还算文明，从不逼我看样品。他的农场也算整洁，可以说，狐狸们在死前还算是幸福的。其他的地方——呃——"他没再说下去。

皮皮明白。所以这么大的生意，他选择白天来，白天他什么也看不见。

"有时候我庆幸我是个瞎子。"他喃喃地说，"每年我都把上万只狐狸从农场里救出来，以为外面要比里面好，以为是解放了他们。其实，外面何尝是天堂？这些没有

野外生存经验的狐狸绝大多数会在一年之内死去，葬身于天敌之腹。但我问其中的任何一位狐狸愿不愿留下来，没有一位是愿意的。他们毕竟是狐狸，知道自己不属于这里。每天我都问自己，我这么做，对吗？"

"当然对！"

他抬起头："为什么？"

"因为幸福是由自己来定义的。如果它们觉得在野外比被圈养要幸福，那么就算出去会死得很快，也是幸福无憾地死去。"

他站起来，忽然紧紧抱住她："皮皮，我们要时时刻刻在一起，这样才能幸福无憾地死去。"

她咯咯地笑，拧了拧他的脸："我才二十几岁，什么生啊死啊的。原来祭司大人也有'眸冷骨累'的时候！"

他愣了愣，没听懂："眸冷骨累？"

"Melancholy。读过徐志摩的诗没？有一首叫《青年杂咏》：在眸冷骨累的河水边。河流流不尽骨累眸冷，还夹着些残枝断梗，一声声失群雁的悲鸣……无聊，宇宙，灰色的人生，你独生在宫中，青年呀，霉朽了你冠上的黄金！"

看她怪腔怪调的样子，他忍不住笑了。

签完了合同，郑绍东问："贺兰先生，您订好了运货的时间吗？"

"我已经订好了车皮。麻烦您派人帮我装一下笼，从这里先运到西安，再从西安运往哈尔滨。"

"老路线，哦？"郑绍东呵呵一笑，"装货的事情您放心吧。从这里到西安我亲自负责，已经安排好了，请给我一天的时间。到了西安还是您自己押车吗？"

"是的。"

"太太也陪着？这一路可是很辛苦呢。"

"我太太是陪我过来散心的，她还有别的事。"

"我有现成的饲料，给您准备一些路上用吧。从这里到哈尔滨说什么也要三十多个小时呢。"

"谢谢，不用了。饲料还是我自己来准备吧。"

两人握了握手，贺兰静霆又想起一件事："对了，忘了问防疫的情况。"

"这还用您老弟交代吗？我已经提前十五天打了犬瘟热、病毒肠炎及脑炎的疫苗。《检疫合格证明》及《运载工具消毒证明》都给您开好了。最近火车站管得严，没这俩证您押不了货的。"

"郑先生,您太周到了。这里的事我就放心交给您来安排了。我们西安货运站见。"

农场的轿车将他们一路送回西安。在车上不方便交谈,回到宾馆,刚刚放下包,贺兰静霆忽然说:"皮皮,陪我出去散散步吧。"

"你真要把这些狐狸运到哈尔滨吗?"即将分别,在路上她的心情不知为什么又沉重起来。

"具体地说是大兴安岭,我在那里有个农场。有一部分狐狸会放回大兴安岭及附近的一些山麓和森林,剩下的一部分我会送到西伯利亚,最后到达北极。"他说,"这些农场里长大的狐狸,谋生能力很差,我们要先对他们进行训练。同时,我们也不能一次性全部放归到一个地区,这样会扰乱当地的生态结构。所以只能是一部分一部分地放归自然。"

皮皮看着他,深深地吸了一口气:"去西伯利亚,你岂不是要出入海关?"

"我有所有的证件。"

她忽然想起了那件狐皮大衣:"把大衣带上吧。北极会很冷的。"

"这是郑先生送给你的礼物,你不要吗?"

"我? 我怎么可能要?"她差点跳起来,"你的同胞不也是我的同胞吗? 我连碰都不要碰它。"

"呵呵。"他忽然笑了。

"你笑什么?"

"这么快就嫁狐随狐了? 我简直有点受宠若惊。"他说,"我不需要这件大衣。不过我会带上它,将它送到北极的冰川中埋葬。这是我们狐族的仪式,也是所有死者的心愿。我们宁愿饿死在大自然中或者成为天敌的晚餐,也不要被人类豢养、剥皮、死无葬身之地。"

他忽然很激动,手紧紧地握着,上面青筋凸现。

食人的祭司大人,一向淡定的祭司大人,原来也有如此愤怒的时刻。

"矧兰,"她握住他的手,轻轻说,"北极,那是你的故乡吗?"

他点点头。

"我能和你一起去吗? 我想看看北极,顺便也能给你打个下手啊。这四千只狐狸难道就你一个人押车吗? 那也太辛苦了!"

他怜惜地笑了,拍拍她的脸:"我知道你想帮我。可是,我是狐族的祭司,这些都是我的职责。而你跟着我会有危险,我一时也不能专心顾你。放心吧,我不是一个

人，修鹧会和我一起去。他现在就在大兴安岭的农场里等着我呢。"

皮皮的脚步不禁停住："危险？什么危险？"

"你知道，北纬三十度以南是我的地盘。而我要去的地方，是赵松的地盘。我和他有些过节，最近几年摩擦比较大。"

"那他会伤害你吗？"

"我们有过几次冲突，是在我自己的地盘上。目前他还没有打击我的能力。"

皮皮觉得，贺兰静霆讲话很讲究措辞。他小心翼翼地回避了"打架"这两个字。但她还是很快地联想起阿归的那次音乐会，他受了伤。这几天，他身上也有些伤痕，虽不明显，但内伤一定很重，居然可以无所顾忌地和她亲热。若不是功力减退，他是断无这个勇气的。

"他想除掉你，以便能够一统狐界，对吗？"

他迟疑了一下，说："这中间很复杂，几百年的纠葛，盘根错节的利害关系，你还是不要知道得太多比较好。"

皮皮瞪了他一眼："原来你们狐族和人类一样重男轻女，认为女人知道得越少越安全。"

"我不是这个意思，只是不想让你介入到这些事情当中。"他淡淡地解释，"你有你的事，你应当专心考研。"

他们路过一个住宅区。有一户人家有个很大的后院，里面姹紫嫣红种满了鲜花。贺兰静霆忽然站住，对着空气深深地吸了一口气："皮皮，这里有花。"

"是啊。不知是谁种的，开得这样好，肯定没施过化肥。"

他在空气中捕捉花的气味："菊花、芭蕉、枇杷、蜀葵，还有月季。月季是什么颜色的？"

皮皮踮起脚看了看："有红的，有白的。月季的味道好吗？"

"挺好。"

她忽然想到他除了喝水，几乎一整天都没有吃东西。连忙问："你饿了吗？"

"有一点。我们需要找家花店……"

"不需要，你在这里等着。"她身形矫捷地从院墙爬了进去，从里面摘了一把月季。低矮的院墙上插了不少玻璃片。皮皮只顾得摘花，从墙上翻回来时，不小心让玻璃划了一下。

"给，这是月季，有好多呢，你吃吧。"

贺兰静霆愣了半晌："你……偷花？"

"对。偷了。"

"这不好吧?"

"当然啦,对人类来说这是不好的,"皮皮两手一摊,"不过,你又不是人。"

"哦,相信我,我们对道德和人类一样敏感。"他摸出两张票子,用圆珠笔在上面写字:抱歉,我们拿了您的花。

写的字他自己看不见,有几个不在一行,又有两个字重叠了。不过,还是可以读的。他将钞票留在那家人的门口,用一块石头压好。

然后,他的眉头忽然皱了一下:"你身上出血了?"

"手指划了一下。没关系的。"她把手藏在身后,却被他拉出来,放到口中轻轻吮吸。

她的脸蓦然间红了,想抽回手,却被他抓得很紧。

"需要……需要这么久吗?"

"总要止住血,对不对?"他没戴墨镜,看她的目光冰凉而虚无。

而她却总觉得在那目光的深处,有一盏灯在闪亮。

前面就是公园,他们双双躺在草坪上。贺兰静霆一片一片地掰着花瓣。他吃得很多,显然真是饿了。

"味道好吗?"

"很好,没有化学添加剂,很甜很脆,要不要尝一下?"

"好啊。"

她将一片花瓣放进嘴里,嚼了嚼,觉得没有他形容的那么好吃,有点酸,有点涩,又有点苦。她强行咽了下去,做了个鬼脸:"不好吃。"

他笑了。

"有个问题要问你,"她躺在他的胳膊里,暖暖的阳光从树影里泻下来,她用披肩遮住了眼睛,"我一共有多少个前世?"

"没数过。"

"不可能。"她反驳,"好吧,回答我的另一个问题。既然我没有爱过你,你也从没有和我结过婚,你怎么能够找到我?"

"知道吗?灵魂是有气味的。"

她怔了怔,随即不相信地摇摇头。

"灵魂是有气味的。你在地上行走,灵魂经过的地方,弥漫着你独特的气味。只要你还有一点点回忆,哪怕是极渺茫极零星的记忆,当你想起我时,我就会闻风而

至。"他茫然看着天空,思绪飘远了。

接着,他忽然讲起了过去。

"……那一天,我对你说,躲在那里别出来。等我跟那些人走了你再逃。无论你逃向哪里,我都会找到你。"

她闭上眼,听见了雨声。

"那一天下着雨?"

"很大的雨,大雨冲刷了一切气味。我们饿极了,躲在山洞里,不敢发声,也不敢出去。我父亲的人就在附近。你饿得连地上的虫子也抓来吃了,还告诉我味道不错。"他呓语喃喃,陷入深深的回忆,"我知道他们想抓的人是你,所以我悄悄地溜了出去,想把他们引开。我对你说,无论外面发生了什么事,都别出来。我父亲不会杀掉我的。

"你还是中了计。我父亲的人说,他数十下,你若不出来,他就立即杀掉我。他只数一下你就出来了……你真傻。

"行刑那天,你咬紧牙关不吭声。你以为我看不见也听不见,就会少难受些吗?你知不知道这世上有一样东西叫作想象?"

皮皮从没见过他的脸如此苍白,牙关紧咬,全身颤抖,额头上全是冷汗。

"想开点,"她轻轻握了握他的手,"一切都过去了,几百年都过去了。你是个很忙碌的祭司,为什么反反复复还在想那一天的事?我是慧颜也罢,不是也罢,我都要开导开导你:生活是美好的,未来是光明的,不要老是停留在过去。我的话你愿意听吗?"

皮皮觉得,这话说出来,口气很像是她大学时期的辅导员。

他坐起来说:"你的话,我从来都很愿意听。"

"那就好,那就好。"心理辅导这么快就完成了,皮皮有一种成就感。

"你曾经说,如果发生了什么事,你会在来世等着我。让我记得一定来找你。"他抱着她,亲吻她的脸,"你说的话,我怎么会会忘记?我永远都记得!"

"贺兰,"皮皮轻轻地推开他,"你的故事我很感动。不过,我真的不是慧颜,我是皮皮。我知道你很想念她,想念到发疯。可是,我是我自己,我不可以为了你扮演另一个人。我不能,也不会。我是小人物,但我也是自己生活的主角。我不会扮演别人故事里的一个角色,无论那么做会得到多少好处或喝彩。我无法配合你,贺兰。请你原谅我。"

他们之间,出现了微妙的冷场。然后,贺兰静霆释然一笑,站了起来,替她整理

了一下衣服:"对不起,我错了,不应当向你提起另外一个人。我会好好补偿你的。"

皮皮扬起头,笑眯眯地说:"怎么补偿我呢,祭司大人?"

"对我们狐族来说,蜜月不是指你的爱人带你到一个美丽的地方去度假,"他搂了搂她的肩,"蜜月指的是那个人有能力让你在任何地方都觉得在度蜜月。"

他们回到宾馆,不分晨昏地嬉戏。

他将她搂在怀中,用下巴蹭她的脸:"关皮皮,你是不是贺兰静霆的妻子?"

她大声说:"是!"

"关皮皮,你爱不爱我?"

"爱!"

最后,她累得睡着了,醒来的时候,发现自己被一个毛茸茸的东西裹着,很暖和。

那是一条狐狸的尾巴,白得像雪。

她居然没有吓一大跳。

"就这么多吗?"她沿着尾巴摸下去,摸到一个男人的身体。

"就这么多。你不是想知道我是什么样子的吗? 我就是这个样子的。"他睡眼惺忪。

"其他部分呢?"她凝视着他的脸,完美无缺的人类的脸。

"没有了。"尾巴扬起来,轻轻拍了拍,像一只拂尘在她赤裸的身上扫来扫去。

她将尾巴紧紧抱在怀里:"好可爱啊! 我好喜欢它!"

"嗯,我若死了,一定把它留给你做个围巾。"尾巴霎时间消失了,他披上睡衣坐起来,"早上想吃什么?"

皮皮擦擦眼,死死盯着尾巴消失的地方。又用手摸了摸,什么也没摸到:"我刚才是不是做了个梦?"她想起了庄生梦蝶的故事,"会不会是我一直都在梦中?"

他的身形顿了顿:"有可能。"

"你以前说,你不可以变回去的!"

"我怕你害怕。"

"我不害怕,那我还能不能再看一下你的尾巴?"

"要看多久?"

"半个小时,行吗?"

"最后一次满足你,小丫头。"那尾巴伸过去,将她卷了过来,和他紧紧地卷在一起。

"干什么嘛……把人捆得跟粽子似的。"

"等我办完事回来,要天天这样把你绑在我身边。"

第二十三章

家麟回来了

第二天下午六点，贺兰静霆带着四千只狐狸准时离开了西安。

皮皮花了一个上午和他一起采购了路上用的饲料。他们去水果市场买了五百斤新鲜的梨和苹果，打成浆放入保鲜桶。又买了五百斤鱼，雇人剖净放入一个巨大的保鲜车厢。贺兰静霆什么也看不见，只能当监工。皮皮穿着套鞋，系着塑料围裙，帮着几个工人一起杀鱼。忙了整整五个小时，终于将所有饲料运入车站存放妥当。

去C市的飞机四点起飞。他们在机场告别。

贺兰静霆没说很多的话，只是用力地搂了搂她，叮嘱："专心准备考试。"

"嗯。"

"看书累了就去看看我种的花。"他说，"我在山顶开了个小小的苗圃，就在井口的旁边，春天的时候风景会很美。"

"好，我一定去看。"皮皮满口答应。

过了安检她回头望，发现他还站在原处，一副依依不舍的样子。

她挥挥手，潇洒地去了登机口。

回到C城，一切如旧。考期临近，贺兰静霆给了皮皮闲庭街宅子的钥匙，让她在那里复习。那宅子的环境自然是又好又安静，闲来还可以上上网。皮皮却不喜欢那里，觉得屋子空旷，独住太寂寞，宁愿和爸爸妈妈奶奶挤在自家不到九十平方米的小屋里，没有电话、网络和电视的干扰，且任何时候都可以喝到奶奶煮的红豆汤。不过，每隔一周她都会去一次闲庭街，替贺兰静霆收拾信件，打扫房间，顺便看一眼他的花园。因有专雇的花匠打理，皮皮不用自己动手。那一年的冬季没有雪，温室里开满了鲜花。读书累了，她会过来找把藤椅，捧杯茶，在温室里静坐片刻，游目骋怀，提前享受一下烂漫的春光。

爱情对她来说，失去得很惨，得来得却很容易。人们常说水到渠成，皮皮觉得，她和贺兰静霆的爱情，渠还没有成，水已经汹涌了。幸运之神终于光顾了她……

十天过去了，二十天过去了。

生活变得充实、忙碌，充满希望。

每当想起与贺兰在一起的日子，皮皮都觉得很温馨。这种温馨就像是旅行归来的一个热水澡，或者工作疲倦之后的一次按摩，很放松，很奢侈，没有它也不是不可忍受。对于贺兰，皮皮绝没有像对家麟那样如饥似渴的想念。贺兰是吸铁石，出现了才会有磁场；家麟是地球，引力无所不在。

又一个月过去了。

月球驶离了地球，潮汐消失了。那份刻骨的陌生感又回来了。庞大的狐族就像

个火星社会，越是了解，越变得不可思议。

贺兰常说，狐族之间的爱是从身体开始的。熟悉了身体再接近灵魂，身体比灵魂更有记性。而身体的爱又是从气味开始的。那是一种最原始的诱惑，不依靠任何逻辑，也没有任何判断，就像一个人天生喜欢某种食物，喜欢就是喜欢，没有原因。

"你的味道好香。"夜半，贺兰常拿着她的手指放在自己的鼻尖上嗅，"你一天干了什么，我都能从你的手指上闻出来。"

皮皮觉得新奇，觉得匪夷所思，又觉得很迷惑，甚至觉得自己是不是被"狐化"了。嫁给了狐狸，今后她可以像狐狸那样思考吗？或者用狐狸的方式生活吗？

可她毕竟不是狐狸啊。这就像有人将她推到舞台上，命令她扮演一个完全不熟悉的角色。一时间，言谈哭笑、举手投足都不是自己的。木偶还有个提线的人，她连谁来给她提线都不知道。

在这个问题上纠结了很久，皮皮决定不再为难自己。她没有狐性思维，她是人，就像一个普通人那样思考就好了。嫁给贺兰静霆好处很多呀：年少多金、英俊潇洒、情深似海、忠贞不移。大多数女人有了这样的爱人都会觉得心满意足，皮皮也不例外。至少他不像小菊介绍的那位出租车司机，一听见自己考研就变了脸色。无论对未来有何打算，贺兰都没有半点反对。

分开的头一个月，贺兰静霆每天晚上给她打一个电话，非常准时。简单的问候，谈谈狐狸训练的情况，十分钟之内准时挂断，不影响皮皮的复习。他的最后一个电话是在十二月初的某个下午，告诉皮皮他要离开大兴安岭去俄罗斯，坐火车穿越西伯利亚，最后从水路将最后一批狐狸放归北极。

"会有危险吗？"

"不会。这条线我每年都走的。"

"那么，修鹇会陪着你去吗？"

"不，我一个人去。"

"可是……白天你行动不是很方便，有个人陪着帮帮忙也是好的啊。"她有点担心。

"一切都安排好了，没问题的。"他信心十足，"放心吧，你专心复习，好好考试，祝你成功。"

"听着贺兰，平安回来，你欠我一个婚礼。"

他在那头笑了："当然。"

然后，他们便失去了联系。

夜里皮皮一想起他，脑中就是一幅白皑皑的画面：漫天大雪，一个披着风衣的人

影带着一大群狐狸在一望无垠的冰川上跋涉,就像电影里的草原小姐妹。几百年来,这就是他的工作,他的生活,他的责任,他的义务。祭司大人真不容易。这世界每年都要消耗几百万张狐皮,几千只狐狸真不过是杯水车薪罢了。她甚至觉得狐类比犹太人还惨,二战都还有胜利的一天,人类的贪婪却无止境。

这么一想,皮皮觉得贺兰静霆活着有点惨,像个悲剧人物。

考研很顺利,皮皮很担心的新闻学理论也考得很顺手。

考前两个礼拜,她去见了朱教授。那时她的头发长度已超过了三厘米,又黑又细,微微地带着卷儿。见她时,教授仍然抱着那只波斯猫。老头子没有多说,临走时问了一句:"你的英语准备得怎么样?"

皮皮莞尔一笑:"准备好了。"

这话给了她定心丸。她心领神会地认为老头子觉得她的专业课不会有什么问题了。

冬季就这么过去了。

贺兰静霆没有半点音讯。

二月底皮皮就知道了自己考研的分数,她以总分第二的成绩被通知复试。两周之后,复试顺利通过。大局已定,剩下来的时间,不过是体检和等正式的录取通知。

原来考研并没有她想象的那么难,咬咬牙,努努力就能做到。既然如此,大学的时候就该开始准备。只可惜她终于奋斗成了家麟的校友,家麟却不在了。

复试之后的那天晚上,皮皮给家麟发了一封 e-mail,很简单的几个字:"嗨,家麟。我考上了 C 大新闻系的研究生。现在我终于是你的校友了。"

她不知道为什么时隔两年,自己会主动给他写信,虽然平日只要一想到这个名字她就会隐隐心痛、怅然若失。也许这只是她多年的一个习惯。每当有了什么好消息,考试过关或者找到工作,她总会在第一时间让他知道。

显然家麟已经不大记得她了。她没收到任何回音。

三月初的一天,皮皮和小菊一起约着逛商店。趁着大降价,皮皮买了一个多功能的电饭煲。她们一起去街边吃了一顿火锅,出来走在街上,小菊说:"皮皮,你不是跟家里人一起住?要个电饭煲干什么?"

"因为我要自己煮饭啊。"

"你?自己煮饭?"

皮皮窘了一下,说:"小菊,我告诉你一件事,不许骂我。"

"什么事儿?"

"我嫁人了。"

"什么? 你说什么?"小菊差点跳起来。

"我嫁人了。"

"你闪婚啊? 什么时候?"

"只是和他登记了。我爸妈还不知道呢。我等他回来正式到我们家提亲,结婚证的事儿我就瞒住不报了。"

小菊一把将她扯到路边:"哥们儿你也太能瞒了吧? 结婚这么大的事儿你也不告诉我? 也不找我参谋参谋?"

"对不起,对不起。我们的决定挺匆忙的,谁也没告诉。"皮皮不好意思地解释。

"那你爸妈会不会不同意?"

"不会。"

"这么自信?"

"有才有貌的钻石王老五,看不出他们会反对哪一点。知道的话,只怕还会逼着我嫁给他呢。"她快活得笑出声来。

"哎呀,你怎么运气那么好呢? 快告诉我他是干什么的! 是同学吗? 我见过吗? 皮皮,要不我们举行集体婚礼吧? 我和少波也打算今年结婚呢。"

皮皮坐在路边的花坛上,一五一十地向小菊介绍贺兰静霆,除了他是狐仙之外,全部坦白。话说到一半,小菊叫道:"哎,你口渴不? 这么好的消息怎么能在路边上消化呢? 我要喝咖啡,焦糖玛奇朵,你请客!"

焦糖玛奇朵就焦糖玛奇朵! 一向节约的皮皮也不含糊:"没问题!"

她们拐进另一条街。皮皮记得那里有家咖啡店,不贵,她和小菊以前来过。里面的咖啡总有一股子呛人的煳味。人家说,只有现磨的正宗哥伦比亚咖啡才有这味道。皮皮不是很喜欢,倒是这一家的英式奶茶很不错,也便宜。

咖啡店旁是个水果摊。有两个人在摊前挑水果。

其中一人的背影让她觉得一股凉气从脚跟一直蹿到头顶。

她不知不觉地停住了。

仿佛也察觉了她的存在,那人微微地转过身,对她笑了笑,举手打招呼:"嗨,皮皮。好久不见。"

皮皮的心咚咚乱跳,一时间,不知道应该说什么。有人拉了拉她的胳膊,她听见小菊很大嗓门地说:"皮皮,咱们走。咱们和这种人没什么话说!"

她就这么懵里懵懂地被小菊拖进了咖啡馆。坐下来,要了咖啡,她又站起来:"小菊,等我一会儿,我要和他说几句话。"

小菊歪头打量她,叹了一口气,恨铁不成钢:"真是烂泥糊不上墙。如果是我,非暴打他一顿不可。你去吧,记得站稳立场哦!"

披上披肩,她将自己裹得很严。外面空气清冷,她走过去,碰了碰那个人:"你好,家麟。"

陪他买水果的是孟阿姨,家麟的妈妈。她结了账,识趣地避开了。

家麟没什么大的变化,只是脸瘦得厉害,原先丰满的两颊几乎没什么肉,使他看上去有点落拓。大约刚刚回国,他穿着件厚厚的羽绒服,围一条深蓝色的围巾,显得不合时宜。C城的冬季并不冷,今年一场雪也没有。大多数人外出只用穿一件毛衣,外罩一件有夹层的外套就够了。皮皮的短大衣下面只穿了一件尼料的短裙。加利福尼亚的阳光没有把他晒黑,恰恰相反,家麟看上去竟比离开的时候还要白净,甚至可以说是苍白的。

"嗨。"他扬了扬手中的橘子,"吃橘子吗?"

"不吃,谢谢。"她问,"什么时候回国的?"

"有一段时间了。"

"放寒假啊?"

"嗯。你呢? 你怎么样?"

"你没收到我的邮件?"

他微微一怔:"什么邮件?"

"E-mail。"

"是发到我学校的地址吗?"

"对。"

"对不起,我忘记查了。有要紧的事?"

"没有。只是告诉你我考上了研究生,C大新闻系。"

"哇!"他很真诚地笑了,"恭喜恭喜! 还记不记得以前我老夸你作文好? 我没说错吧? 你就是挺有才的。"

家麟总夸皮皮有才,从她讲故事的那天起,他就说皮皮将来会是个大作家,而且坚信她会出书。皮皮写的故事还有乱七八糟的诗歌散文什么的,他都认真收藏起来,说是"手稿"。在C城一中这样可怕的环境里,皮皮那一点可怜的自尊和自信完全是靠着家麟锲而不舍、喋喋不休的夸奖支撑起来的。

"你呢? 什么时候毕业? 国外的博士要读很多年吧?"

"好不容易回国休息一下,你干吗老问我学习的事儿?"他淡淡地说。

她只好换了一个话题:"田欣呢? 也跟你一起回来了?"

"没有。"

怀孕了? 生孩子了? 考试紧张了? 他没解释,皮皮也没多问。

"对了,谢谢你给我们家寄钱。"

"谢什么,你不是又给我寄回来了吗?"

"还是要谢你。"

他看了看手表。皮皮知趣地说:"我还有朋友在咖啡馆里等我,先告辞了。"

"为什么你的朋友我看着觉得眼熟?"

"是辛小菊。还记得她吗? 高二七班的,走路老提着一把大伞。"

"对,对。瞧我这记性。"

皮皮的手机忽然大响,她按键正要接听,家麟的脸色却变了变,忽然退了一步,脚不知为什么没站稳,踉跄了一步:"对不起,我得坐下来。"

皮皮莫名其妙地看着他。

旁边正好有个凳子,他坐下来,忽然抱住头,吃力地喘气。

她从来没见过家麟这种样子,他像个垂死的病人那样勾着腰,手捂着胸口,脸上的肌肉痛苦地扭曲着。

"家麟! 你怎么啦? 家麟? 家麟!"

她乱了分寸,拿起手机就要打急救。家麟的妈妈不知从哪里冲过来,从双肩包里抽出一个透明的氧气管,给他吸氧。

"关掉手机!"孟阿姨大声叫道,"请关掉手机! 他身上装了心脏起搏器,手机有电磁干扰。"

皮皮吓得赶紧拔掉电池。

他的样子看上去很可怕,脸白得跟一张纸似的。

皮皮叫来出租车,帮着孟阿姨将家麟送回了家。

皮皮已有多年没来过家麟家了。家麟出国后,听奶奶说,他家又搬了一次,住在离 C 大不远的静湖小区。近两百平方米的复式楼,装修得很豪华。几年不见,皮皮觉得孟阿姨衰老得很快。她比皮皮妈还小两岁,看上去却显出老相:皮肤干枯,眼圈发黑,不到五十岁,头发全白了,完全可以用鸡皮鹤发来形容。

她们一起将家麟送到卧室,给他服了药,他半躺着,昏沉沉地睡过去了。

皮皮走到客厅,问道:"孟阿姨,家麟出了什么事?"

事情一点一点地明晰。家麟在北美出了一次严重的车祸。肋骨断了六根，最下面一节胸椎压迫性骨折，瘫痪了三个月，留下了严重的胸部外伤综合征。孟阿姨说了一大堆专业名词，什么张力性血胸，什么心包填塞加上二尖瓣撕裂，什么ARDS……总之，后来虽然救了回来，但心脏和肺受损严重，得了心力衰竭。他不能有任何剧烈的运动，严重的时候，走路吃饭都喘得厉害。万般无奈之下只得办退学手续，回国休养。

皮皮拿着孟阿姨倒给她的茶，手一直在发抖。她想了想，问道："田欣呢？她没一起回来吗？"

孟阿姨的脸色变了变，说："他们离婚了，就在家麟最困难的时候。当然，他和田欣的夫妻关系也不怎么好，国外学习压力大，两人都好强，常常吵架。开始田欣也没提离婚，还照顾了他半个多月。后来她爸去了一趟加州，亲自和医生谈话，知道从今往后家麟就等于是个废人，状态不会好转只会恶化，就逼着田欣和他了断。"

皮皮忍不住说："这种时候，她怎么可以这样做？"

"是家麟主动提出来的，两个人都在读书，他不想耽误了她的前途。可是田欣……那女人忙不迭地就答应了，生怕他反悔，第二天就让他签文件。文件一签完，立即办转学，逃了个无影无踪。现在我连她在哪个大学读书都不知道。家麟虽然口头上没说什么，内心一定很难受。"她低声说，"自杀过一次，幸亏我发现得快。"

皮皮默默地听着，内心唏嘘，没有说话。

"唉——"孟阿姨长叹一声，眼泪流了出来，"皮皮，你和家麟从小就好。我知道你以前喜欢他。可惜我们家没福气，遇到了田欣那无情无义的丫头。想当初她来我们家玩的时候嘴可甜了，阿姨前叔叔后的，一坐就是几个小时，还抢着帮我洗碗拖地。我们也是看走了眼……田欣也不想想，就凭她那个专业，当年若不是靠着家麟的全额奖学金以家麟妻子的身份签证，她能出国吗？"她握着皮皮的手，"皮皮，看在你和家麟从小一起长大的分上，阿姨能求你一件事吗？"

"阿姨，有什么事您尽管说。家麟病成这样，无论什么忙我都愿意帮的。"皮皮认真地说。

"你有空能常来看看家麟吗？就当是看看老朋友。他现在像变了一个人似的，成天呆坐，一句话也不说，电脑不打开，电视不看，收音机也不听，就连我和他爸都不怎么理睬。我今天是强行拖他出去走一走的，想不到碰到了你。你看，他又说又笑一下子恢复了正常。皮皮，阿姨求求你，有空找他聊聊，开解开解他。他这病，医生说治好是没希望了。但让他过个舒坦日子，慢慢地养身子，这钱我们还是足够的。我就这一个孩子……看他变成这样……生不如死的，真不知是造了什么孽。"

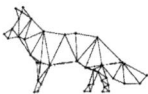

皮皮的心空落落的,只得安慰了孟阿姨几句。在家麟家坐了近一个小时,随后去卧室看了看他,见他沉睡不醒便只得告辞了。

出门的时候孟阿姨问道:"皮皮,你还在报社工作吗?有男朋友了吧?"

她想到孟阿姨和自己的妈妈、奶奶都很熟,怕和贺兰静霆登记的事儿传了出去,便含糊地说:"我刚考上C大的研究生,学业挺紧张的,暂时不考虑个人的事情。"

"C大?C大就在我们隔壁啊。你家离这里远,我这儿有好几间空房子呢,要不上学后搬到我们这里来住吧?床是现成的,有保姆给做饭,有洗衣机有电脑,比寝室方便,学习也安静。"孟阿姨拉住皮皮的手,热情地说。

皮皮笑了笑,婉拒道:"谢谢您,不用了。寝室离图书馆近,我愿意住学校。阿姨您放心,我会常来看家麟的。"

皮皮的话,没有半分虚情假意。

第二天下午打工一结束她就去看望家麟。吸了一天的氧,家麟气色好多了。但他的神情仍然抑郁,说话总是保持着礼貌和节制。他带着皮皮参观了自己住的小区,告诉她去新闻系上课应当坐哪一路车,从哪个门下离大楼最近。

"你可能会住在西二区12号楼,女研究生都住那里。"他指着远处的一排红顶高楼,"田欣以前住在四楼412。有电梯,所以打开水不会累。"

她愣了愣,有点诧异地听到家麟提起田欣,居然没带半分怨气。

接着,他开始长篇大论地给她讲上学的注意事项:英语尽快过六级;专业课尽早修完;论文早点开始,以便在毕业那年有足够的时间找工作。暑期记得联系实习单位,简历上写一笔很管用。研究生院有哪些奖学金,竞争情况如何,等等。

"我不是新闻系的,专业课可能帮不上忙。不过,如果你外语有困难,我可以辅导你。"他兴致勃勃地向前走,很快就累了,微微地有点喘气。皮皮不自觉地挽住了他的胳膊。他身子僵硬了一下,既而又松懈了。

"我没事。"他说,一张脸苍白得毫无血色。

"坐下来休息一下。"她拉着他在小区的木椅上坐下来,"要喝水吗?"

"不,谢谢。"他说,"我不能喝太多的水。"

"我们去看电影吧。"皮皮突然说,"我买了两张票,国产喜剧片。"

他扬起脸看她,有点诧异,犹豫了一下,欲言又止。

"怎么?以前我们不是还逃课看电影吗?你不记得了?《泰坦尼克号》《飞鹰行动》《谍中谍》……"

他微笑:"记得。"

"每次都是你买票，仔细算来我还欠着你人情哪。"皮皮呵呵地笑，"走吧，去电影院。就当考完试陪我休息一下，娱乐娱乐。"

"皮皮，谢谢你来看我。我现在……需要回去休息了。"他礼貌地拒绝。

她以为他真的不舒服，可那话听起来却是他在有意推辞。不由得轻轻问道："你……你不想去看电影吗？和我在一起不开心吗？"

"很开心，请不要误会。"他说，"谢谢你。开学那天记得通知我。我可以带你到学校仔细走一走，熟悉一下新环境。"

现在是三月初，皮皮掐指一算，离开学还有半年时间。陶家麟这话的含义她明白，半年之内都不要来找他了。

"你……你一个人这么闷，不想我来陪陪你吗？反正我每天除了打工也没什么事儿。"皮皮一紧张，结巴了。

"嗯。我不闷，也不需要人陪我。你有你自己的生活。"他凝视着她的脸，淡淡地说，"不要担心我，我会过得很好。"他几乎是强行将她送到车站，"看你，打工那么累，下了班还转几趟车来这里看我，以后不要来了。"

"那我明天再来。"她咬咬嘴唇，眼泪在眼圈里打转。

"不用，真的不用。"

"Shut up！"她骂了一句，抱住他，泪流满面，"少来这一套！你得好好地活着，听见没？陶家麟！"

有生以来，她第一次在他怀里低声呜咽。

他没有顺势拥抱她，只是拍了拍她的背，叹息："皮皮你还是这样，什么也没变，动不动就感情用事。"

"我以前一直很喜欢你。"她直直地说。这话她捂在心里好多年，硬把家麟给捂到了美国，现在再不说，家麟就没了。

他苦笑："我知道。"

"我要感谢你。"

"感谢我？"他愣了愣，"为什么？"

"因为从小到大你一直让我感受到被爱、被尊重、被鼓励。"她看着他，认真地说，"虽然这只是友爱，不是爱情，但它是我自尊中很重要的一部分。如果没有你的爱，在高二七班那样郁闷的圈子里，我可能会变成一个看不起自己的人。"

他沉默。

"家麟，"皮皮鼓起勇气问了个在心底埋藏了很久的问题，"那你以前究竟——嗯……喜欢过我吗？"

"你是指那种意义上的喜欢吗?"他说。

"对,对。"

"没有。"

"那你为什么不早点告诉我?"她哭笑不得,"你耽误我多少青春你知道吗?"

他看着她,也瞪了半天的眼睛:"你又没来问我。"

"田欣来问过你吗?"

"也没认真问,就给我写过几百首诗……"

皮皮翻了翻白眼,差点昏过去。在心里捶胸顿足地号叫,我也写了啊!只是全给你封到箱子里了呀!啊……呜……

见她一脸沮丧,家麟只得慢慢开导:"不要紧,吃一堑长一智。下次你若爱上一个人,一定要早点告诉他,明明白白地让他知道。"

从那天起,皮皮每天过来看家麟。家麟不情愿,她照样来报到。

皮皮的理由是,从上中学起他们就天天一起回家,现在这么做不过是延续了一个老习惯。

家麟的理由是,拒绝皮皮将会是个体力活儿,也就无可奈何了。

于是乎,短短一个月,皮皮过上了大学时代梦寐以求的生活:家麟从没有像现在这样属于过她。

一下班她就坐车去镜湖小区,陪家麟散步、聊天、看碟、看电影。若是他发病不能出门,她就在床边给他读小说,或者讲故事。有时候家麟吃了药睡着了,她仍然静悄悄地坐在那里,在夜幕中陪着他,想着他可能不久于人世,不忍离去。

有时候皮皮问自己,这是不是爱情。

想了很久,答案是:不是。任何人在这种时候都不会抛弃一位曾经爱护过你的朋友,关皮皮更不是这种人。

但有一点也很清楚:她几乎忘记了贺兰静霆。

可是家麟的病并没有因为皮皮的到来而好转。他只是心情很好,很愿意吃药,也配合控制饮食。但他仍然不时地要去医院,稍有不慎就心慌、气喘、全身浮肿,脚经常肿得连家里最大一号的拖鞋都穿不进去。

每天离开的时候,皮皮总能在客厅的一角看见双眼通红的孟阿姨和因过度伤心而提早谢顶的陶叔叔。他们不顾皮皮的反对,亲自下厨给她熬汤做饭,然后赔着笑站在门口,目送皮皮下楼。皮皮知道家麟的身体每况愈下,不过是在挨日子。医生说他只有不到一年的时间,随时随地都可能走掉。

出了家麟家的大门，皮皮一定要到小卖部去喝瓶冰汽水。这个家的气氛压抑得令人喘不过气，她需要很冷很冷的东西来冰镇一下自己。

卖汽水的是个十三岁的漂亮小女孩，女孩指了指她手腕上的红珠，笑问："姐姐，你戴的这是什么？是佛珠吗？"

可乐的气很足，皮皮打了一个嗝，然后很窘地看着她："啊……这个？……嗯，算是吧。"

"真好看！真别致！姐姐是在哪个寺求的？我也想要一个。"

"不知道……别人送的。"

她终于想起了贺兰静霆。

从见到家麟的那一天起，皮皮再也没去过闲庭街。有那么一两次她质疑过贺兰的归期。不是说顺利的话只要三四个月吗？现在五个月都过去了，还是没有半点音讯。也许就是不大顺利吧。路途那么远，还带着几千只狐狸，到哪里落脚都要很多的安排啊。皮皮想起自己做秘书时曾跟着张主任组织过一次地区性的记者交流会，五百人参加的大会，从策划到落实，人仰马翻地忙了足足半年多呢。可是皮皮觉得没什么可担心的。正如贺兰静霆所说，这不是他的第一次，每年他都会这么做。祭司大人法力无边，没什么应付不了的。就算真出了事，皮皮除了奉献肝脏，也帮不上任何忙。不像在镜湖小区陪着家麟，他的笑容和健康每时每刻都能观察得到。看着他越来越少发病，每日心态平静、睡眠安心，皮皮觉得很有成就感。

就这样日子一晃，到了四月十五，皮皮下了班照例去看家麟。这一日正值周末，电影院有皮皮一直想看的一部大片。家麟二话不说和她一起去。影城不大，周末人多，空气有点闷。皮皮觉得家麟的心脏可能会受不了，看到一半就嚷着要出来，可他坚持陪着皮皮看到结束。结果出大门时人挤人，他走得有点急，下了台阶就开始喘气。所幸最近病情还算稳定，喘了一阵就平静了。他站起来想继续走，猛地一阵头晕，过了好一会儿才能挪步。皮皮小心翼翼地扶着他，不敢走快，只陪着他沿街散步。

"这条街咱们走过吗？"皮皮说，"我闻到羊肉串的香味了，真香啊。"

"怎么没走过？这是近路。白天卖杂货，晚上全是烧烤店。附近一带学生多，生意可好了。以前我也常来吃的，还请过你一次，你大概不记得了。"

"记得记得。乐来记，那店的名字叫'乐来记'嘛。我们还为那个'乐'字怎么发音争了半天呢。后来去问老板，老板说他姓乐，所以叫'乐来'。"

"对，对。这个我倒是不大记得了。"

"当时我们一共吃了二十五根羊肉串,两只鸡翅,两条烤鱼,一大堆烤豆腐,还喝了很多啤酒。我们吃光了身上所有的钱,连回家的车钱也吃掉了。是你骑车送我回去的。记不记得?十月初十,双十节,桂花开了一路。"

家麟假装看路,没有答话。然后他说:"皮皮,你是个好姑娘。就算我现在死了,到了天堂也会保佑你的。"

他的眼神冷冷清清,目光恍如隔世。

从小到大,皮皮喜欢家麟就是因为他待人和善,性子舒缓,淡淡的像杯绿茶。家麟从不说刻薄的话,不爱臧否人事,不乱发脾气,情绪上几乎没什么大起大落。细想下来,家麟并不比皮皮幸运多少。他有个厉害的母亲,性子暴躁,对分数孜孜以求,小时候也没少挨打。但家麟的身上怎么也看不到他母亲的影子。

这样好性子的一个人,死神却提前光顾了,而且,面对这样的命运,他似已有了准备。

"别这么说!我求你别这么说!"她却难过得哭了起来,眼泪大滴大滴地往下掉。

他一时不知该说些什么。见她不住地抽泣,便拍拍她的肩,叹了一口气:"太晚了,你还是早点回家吧。晚上厂区不安全。昨天看报纸你们那块又发生斗殴了。"

皮皮擦了擦泪:"我先送你回去。"

路过一棵槐树,眼看就到了家门口,忽然从槐影里走出一个人,挡住了他们的去路。

皮皮惊呼了一声。等她看清来人,顿时出了一身冷汗。

她不自觉地后退了一步,差点被地上的枯枝绊倒。家麟下意识地拉了她一把,皮皮连忙抽出自己的手。见来者神情不善,家麟本能地将身子挡住了皮皮:"先生,有什么事吗?"

那人眉间紧锁,冰刀般的目光在他们的脸上扫来扫去,过了半晌,方一字一顿地说道:"皮皮,告诉他我是谁。"

皮皮的脸唰地一下红到了耳根,舔了舔嘴唇,强装镇定:"家麟,介绍一下。这位是……"她吸了一口气,声音不自觉地哆嗦起来,"贺兰静霆先生。"

家麟显然对这四个字毫无感觉:"皮皮,你认识这位贺先生?"

"是贺兰先生。"她更正了一下,随即点点头,悄悄看了贺兰一眼,刚想解释,不料贺兰静霆冷笑着打断了她:"陶先生,皮皮从来没在你面前提起过我?"

大约被他那副傲慢的态度激怒了,家麟不冷不热地说:"如果您和她很熟的话,她会提起的。没有,先生,您的大名我第一次耳闻。"

贺兰静霆一把将皮皮从他身边拉过来,占有性地搂住了她的腰:"皮皮大约也忘

了告诉你她已经嫁人了。我是她的丈夫。"

十秒钟的沉默。

家麟的身子晃了晃,很快恢复了冷静,友好地伸手过去:"对不起,贺兰先生,我想你是误会了。皮皮只是我的一位普通朋友。我们从小一起长大,我病了,她来看看我,如此而已。忘了自我介绍。我姓陶,陶家麟。认识你很高兴,贺兰先生。恭喜你们。"

那手空空地伸出来,贺兰静霆根本不理他。

家麟也不介意,看了看手表,对他们得体地一笑:"本来想请两位到寒舍小坐,顺便喝杯茶。不巧我约了医生,先告辞了。两位慢走,恕不远送。"

他迅速转身向楼道走去。皮皮忽然叫道:"等等!"

出来的时候电梯坏了。家麟在这种情况下独自上楼心脏会有危险。

她从贺兰静霆的怀抱里挣脱出来,追了上去:"电梯坏了,我陪你上楼。"

迎面而来的是家麟坚定的拒绝:"不要紧,我自己可以。"

说完,不知哪里来的力气,他将皮皮推出了门外,"当"的一声,铁门在他的身后关掉了。皮皮连忙从包里掏出手机,接上电池,给家麟的妈妈打电话:"阿姨,我是皮皮。家麟回家了,电梯坏了。他要自己上楼,您快下来接他一下。是,我得回家了。再见。"

交代完毕,她转过身,贺兰静霆阴沉的脸仿佛随时都要爆炸。她将手机往小包里一扔,抱着胸而立,坦然而视:"你误会了。家麟病了,我来看他。就是这样。"

"他是病了,我会帮他一把,让他早点超生。"

她神色一凛,狮子般跳起来,冲到他面前,一字一顿地说道:"贺兰静霆,我警告你别碰陶家麟,听见了吗?陶家麟若是因为你有个三长两短,我关皮皮跟你没完,上天入地也要把你的狐皮揭了!我说到做到!"

他怔住,眼睛眯起来,大约被她疯狂的样子吓到了。

想不到皮皮还不罢休,继续冲他嚷:"贺兰你和他比什么?陶家麟比得过你吗?他只能活几个月,你却可以活几千年!"

发泄完毕,她将手上的魅珠往他身上一扔,跳上一辆出租,逃之夭夭。

回到家皮皮就后悔了,在床上翻来覆去地睡不着,到了半夜终于溜到阳台上给贺兰静霆拨电话。

她想道歉。

手机提示,对方已经关机。

她安慰自己，不是我不道歉，我已经打过电话了。

一觉醒来，她又找到了一条可以原谅自己的理由：看来她和贺兰还在磨合期，你看，一生气就这么冷场。结婚以后有了矛盾可怎么办？岂不是动不动就要跑回娘家？

趁着这机会冷静一下，将婚事缓一缓也好。

再说，家麟病成这样，皮皮根本乐不起来，也没心情办喜事。

场面就这么冷下来了。

皮皮每天打个电话给贺兰，收到的都是同样一句话：对不起，对方已关机。

接下来的整整一周，她没听见贺兰静霆的任何消息。开始她期望他会回电话，却没有电话。后来她忍不住给他的办公室打电话，也没人接。看来祭司大人还在气头上，在气头上的贺兰静霆向来是不妥协、不屈尊的。

然后，皮皮发现自己也不大受家麟的欢迎了。这期间她去看了家麟几次，他显得十分避嫌，总是借口要休息或者要看医生，要么让她别来，要么早早将她送走。

然而，皮皮却在第二周的一个晚会上意外地见到了贺兰静霆。

第二十四章

旧爱新欢

那是佩佩应邀参加的一个捐款晚会。各个新闻单位都有记者参加。佩佩说,别的不图什么,晚会的招待晚宴里有一道水晶龙虾,听说是从京城请来的名厨主理的。佩佩觉得皮皮说什么也得来尝一尝。饶是神通广大,她也只弄来了两张票。既然来的目的是吃,佩佩也没叫上自己的男朋友,大约是不想让他看见自己大快朵颐、斯文扫地的样子吧。

皮皮这一周正好郁闷至极。家麟不见她,贺兰静霆联系不上,每次包完汉堡她就捧着咖啡在小菊面前唉声叹气。

"唉,陶家麟和贺兰静霆,这两个人你究竟想嫁哪一个?你问过自己吗?如果你自己都没有答案,就不要问我了。事实证明,脚踩两只船的人早晚要掉进水里。皮皮呀皮皮,你怎么就是拎不清呢!"

"我没脚踩两只船。家麟病成那样,我是替他担心,替他难过!我没说要嫁给他啊。这不是爱情好不好?这是多年积累的友情!"

"那你的意思是,你还是喜欢贺兰多一点。"

"问题是……"皮皮知道问题在哪里。贺兰静霆在的时候,她觉得很舒服也很爽,但总觉得自己并不了解他。贺兰静霆不在的时候,她就真的不怎么想他。半年不回来也没什么刻骨铭心的惦念。如果换成家麟,肯定不是这种情况。皮皮觉得,得实事求是。想就是想,不想就是不想……

"那么,我问你个最简单的问题吧。如果家麟与贺兰发生了冲突,你第一反应是站在哪一边呢?"

她咬了咬嘴唇,没有回答。

"是家麟,对不对?那天你一见到他眼神就不对了。脸红扑扑的,血都涌到头顶了。你最爱的人还是家麟。"小菊捧着她的脸,"可怜的皮皮,当初家麟和你分手时你就要死要活。现在家麟回来了,你一定不肯放过他了。"

不是的,不是的!她在心底哀号。

哑然片刻,她幽幽地说:"不,我已经嫁人了。家麟回来得太晚了,我已经做出了选择。"

嫁的也不算是人吧?她绝望地辩护……

毕竟不是人啊!还活得比自己长,历史比自己复杂,不能生孩子,生出来的也是一只狐狸。皮皮不是没想过这些。

半夜三更噩梦突发,她总是梦见自己在分娩,一屋子的人,奶奶妈妈爸爸在一旁等着,结果她生出了一只毛茸茸的小狐狸。贺兰静霆开心大笑,屋子里的其他人全都吓昏过去。

皮皮很纠结，皮皮很恐惧，因为这是很可能出现的事实。

然后，小狐狸要离开她，因为小狐狸的身体不好，要修炼。直到她死都没修炼成人形……她不仅要做一个狐狸的妻子，还要做一个狐狸的母亲。她将会有一个非常另类的人生。

这念头动一动都会令人疯狂。

是啊。她对自己说，贺兰毕竟是狐狸，毕竟不是自己的同类。闭起眼努力回忆，她连那一晚贺兰究竟穿着什么颜色的衣服都想不起来。

钻石般闪光的贺兰静霆在陶家麟面前溃不成军。

"这就对了，你得理性一点。家麟好什么呀？发达的时候扔了你，现在病了虚弱了又赖上来。不就是看准了你心地善良好糊弄吗？我最瞧不起这种人了，死了活该。"小菊对皮皮的回答很满意。

"别这么说。"皮皮正色道，"家麟不是这样的！是这样的话，别说你，我都瞧不起他了。"

皮皮略施淡妆，穿着一条绣花长裙和一双镶花的高跟布鞋去了晚会。到了那里才知道晚会是省政府为筹建一个新的自然生态保护区所举办的筹款活动，就在本市荣金大厦二楼的多功能展厅里进行。荣金大厦以前举办过高规格的商品博览会，之后便成了本市的艺术中心。里面汇集着多家画廊、古董专卖店及珠宝设计室。皮皮来时，正式的捐款已经结束，晚宴刚刚开始。是西式的 buffet，大家拿着碟子取食物。大厅非常宽敞，男士们穿着礼服端着酒杯聊天。女士们花枝招展，胸前挂着闪光的珠宝。

"来这里的都是阔人。你瞧那位——"佩佩用眼指了指不远处的红衣女子，一张无懈可击的脸，腰细得可以拧出水来。

"喔！她是？她真的是?!"

"就是她。"

"哎呀，我上去找她签个名吧!"皮皮习惯性地从包里掏出笔记本，被佩佩一把拉住。

"什么呀！看她一脸清纯，如果没人包下来，凭她的资历怎么可能主演黄金档的电视剧?"佩佩鄙视地说，喝下一口酒，递给皮皮一个红包，"拿着，我的礼金。"

皮皮没接："什么礼金?"

"你结婚的礼金呗。别的不说什么了，司仪我是一定要当的。"佩佩意味深长地看着她，目光里带着探究，"不过，根据小菊的最新消息，我对新郎是谁没把握了。陶

家麟是你的白马,又是你的大刀,任何时候杀出来都能把你抢走。小菊说,你现在天天去陪他,把原配忘到九霄云外。唉,这陶家麟也是的,早不病晚不病,偏偏你和别人一登记他就病了。你看,这情节够拍个情感伦理片了吧?"

真是哪壶不开提哪壶。皮皮沮丧地看着她,没话可说,只得低头啃龙虾。

两人埋头吃了十分钟,其间皮皮去了趟洗手间。回来时,佩佩已不见了踪影,不知混到哪个人群聊天去了。大厅里尽是嗡嗡作响的人声。皮皮落了单,将剩下的龙虾啃完,去吧台要了杯果汁回到原座。她不是很喜欢应酬,也不在捐款人之列,正思忖着要不要趁机溜掉,一抬头,就看见了不远处的贺兰静霆。

他手拿一杯冰水,正在倾听一位绿衣女子说话。

是真正地"倾"听,因为他的个子有点高,而那女子个头中等。为了表示尊重,他的背微微前倾,整个头都低下去。他没戴墨镜,一只手插在口袋里,很礼貌地点头,或者插上几句话,看样子对话题很感兴趣,两人相谈甚欢。

绿衣女子的双肩微微收拢,有点羞涩,一面认真地问问题,一面用铅笔在粉红色的笔记本上记着什么,好像贺兰静霆说的每句话都是至理名言。皮皮的目光落在她乌黑亮泽的长发上。那一头长发一直拖到腰际,波浪般晃动着,好像一片涌动的海洋。皮皮不禁想,若是自己的头发也有这么长,这么卷,该有多好。她站起来,不自觉地向前走,想上去和贺兰静霆打个招呼,犹豫了一下,决定还是等他们的谈话结束再说。

可是,一直低着头的贺兰静霆蓦然抬起头,向她的方向望来。目光春水般地涌来,到了她面前变成了一道冰川。他很快又低下头,继续聆听绿衣女子的发言。

皮皮满脸通红。贺兰静霆果然不理她,她很尴尬地在心里打腹稿,等会儿见了他应该如何说话,祭司大人才会高兴。

对话若有若无地传过来。

"贺兰先生真风趣。古玉市场里的欺诈真有这么多吗?"

"嗯,搞鉴定这一行,道高一尺,魔高一丈,高手失算的情况也是有的。"

"这么说,贺兰先生不如转个行,转到我们珠宝业来吧。我们的宝石都是用机器来分析鉴定的,造假的可能性不大。再说,玉不也是宝石中的一种吗?"

"田小姐对珠宝业这么熟,您在这一行有很多年了吧?"

"我不是卖珠宝的,我的专业是珠宝设计。"

"哦。"

"贺兰先生今天的捐赠真是大手笔啊。不知对珠宝投资感不感兴趣?我哥有一

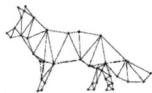

家珠宝公司,他其实不是干这一行的。假期快到了,叫我回来替他打工。我们最近想从缅甸买些玉料,主要是翡翠。大块的石料很贵,想找人合资入伙。贺兰先生如果感兴趣,我们哪天单独聊聊。这是我的名片。"

他很客气地接过来,正要随手装进兜里,不料忽然有个人走过来,将那张名片一夺,往垃圾筒里一扔。

"小姐,您这是什么意思?"绿衣女子的脸色一变。

皮皮冷笑:"我的意思是,贺兰先生对珠宝投资不感兴趣。田欣,你不必在他身上费功夫了。"

"笑话,"田欣很优雅又很鄙视地看了她一眼,"这位小姐,我认识你吗?我跟贺兰先生说话,关你什么事?你若存心捣乱,可别怪我叫保安了。"她从包里又拿出一张名片,双手捧着,递给贺兰静霆:"不好意思,贺兰先生。这是我的名片,请收好。"

空气凝滞了几秒。

皮皮站在那里,因为激动,身子微微发抖。她很想给田欣一拳头,但晚会的票是佩佩弄来的,她不想给佩佩惹麻烦,只好将拳头捏得紧紧的。但她知道自己的样子一定很可怕,双目炯炯、怒发冲冠,一副准备决斗的样子。

她也不看贺兰静霆。

或许他还在为那天的事儿生气,现在挖苦她,时机正好。

宽敞的大厅响着轻快的音乐。而皮皮与田欣之间双眸如电,互相仇视,爆发就在瞬间。

有只手揽住了她的腰。皮皮的身子晃了晃,听见贺兰静霆淡淡地说:"对不起,田小姐,我对珠宝投资不感兴趣。"他没有接那张名片,态度也很清楚,"对了,介绍一下。这位是关皮皮,我的太太。"

他就这么随意地搂着她,像任何一个男人搂着自己的女人那样搂着。

田欣怔了怔,也笑了,从容地将名片收回包中:"皮皮一定没向你提起过我,我是她的高中同学,曾经也是她的好朋友。她恨我,认为是我抢了她的男朋友。"

贺兰静霆双眉一拧,露出一副对抗流言的表情,百毒不侵地看着她。

"可是,贺兰先生,你知道皮皮的数学有多差吗?我是她的同桌,一道题讲了五遍她都不明白。我若真想争风吃醋,也得找个智商高点的,对不对?"她将胳膊抱在胸前,笑得更加得意,"关皮皮你知不知道朋友和情人是有界线的?既然青梅不能嫁给竹马,你应当早点死心。我和家麟在国外留学那么困难,向他要钱,他二话不说就寄了。他哪有什么闲钱?挪用的还不是自己的医疗保险费,结果出了车祸,连最基本的保险都付不起。特效药太贵,不敢用。专科医院的心脏修复手术,问都不敢

问——他的情况本来不至于这么糟,如果当初买了那份保险的话。"她冷哼一声,"他现在这副样子,难道不是你造成的?"

"这就是你离开他的原因吗?"皮皮说,"田欣,你若想让心灵得到平静,何必大费周章地找借口?天灾人祸有什么原因?老天爷一时不高兴而已。可是,落难相弃,这不是我认识的田欣。你的所作所为,让我彻底鄙视你!"

"怎么?替陶家麟心痛了?我很遗憾地知道你结婚了。不过,投桃报李为时不晚。家麟现在落难了,正是你搭救他的时候。你们可以相濡以沫比翼双飞,做地地道道的落难夫妻。"她轻轻地笑,瞟了一眼贺兰静霆,"只要贺兰先生能胸怀大度——"

"你——"

皮皮的拳头伸到一半,被贺兰静霆一把抓住:"皮皮,我记得你是喜欢吃龙虾的,那张桌子上有龙虾。我们快去吃吧。"说罢不由分说地将她拉出了大厅。

他们走在大街上,很凉的夜气。

贺兰静霆看着她,一脸的无奈:"好吧。从现在开始我得面对现实。我有个白痴老婆。算术是不会的,吵架也是不会的,和人抢东西只有输,威胁老公倒很有一套。我只希望你打架还可以,不然我真要觉得自己是个冤大头了。"

"我刚才就想揍她,你干吗拉我?"

"实话实说,打架你不是她的对手。在这种场合,你总不至于让我帮你打吧?"

"田欣以前真的不是这样的人。"皮皮叹了一口气,"以前她对我挺好的。不是一天两天,是一年两年。就算她嫁给了家麟,我也不曾怪她。我一直以为她是真心喜欢他的,虽然有点处心积虑,但为了爱情,无可厚非。"

"夫妻之间的事不好说,你不能轻易判断人家。"贺兰静霆将手中的冰水瓶子往回收桶里一扔,"也许他们就是性生活不和谐。"

"你又来了,这么严肃的事儿怎么说来说去,就说到性生活了?"

"我们狐狸就知道性生活,别的都不知道。"他居然乐开了,抿嘴笑了起来。

两人手挽着手默默地在街上走。贺兰静霆忽然说:"对了,考试怎么样?看你这么轻松自得,一定是考上了吧!"

皮皮得意扬扬地点头:"那你刚才还说我白痴。"

"我错了,夫人。"

皮皮看着他,忍不住笑了,刚才的懊恼灰飞烟灭。笑了一会儿,她忽然挽住他的手,认真地说:"贺兰,今天的事儿,谢谢你。"

"别客气,妇唱夫随,琴瑟和谐。"

皮皮很乖地跟着他上了车。贺兰静霆将车开到一个偏僻的角落,熄了火,身子敬了上来。皮皮被他凶猛的样子吓着了,小声道:"你想干吗?注意点影响!"

"头发长这么多了?真够刁钻的,硬要什么波浪卷,关皮皮同学,你知道这费掉我多少功力吗?"

"哎——"

"你还把我的魅珠扔了。你知道祭司大人发火是什么样子吗?"

"什么样子?你发发看?噢!"她耳朵突然一痛,不禁大叫了一声。

她伸手一摸,摸到一只耳环。对着车镜一照,纯金的小环,穿着那颗魅珠。他的手指用力地捏了捏接口,捏得严丝合缝。

皮皮穿过耳洞,也喜欢戴耳环。但这次晚会她没戴,原因是她觉得自己的主要任务是吃龙虾,就把成天戴着的一对很大的银耳环摘掉了。至少她还知道在这种场合戴那种学生气十足的耳环是要让人见笑的。

她掏出小镜子仔细看,见那红珠子在耳垂下晃得十分可爱,不禁说:"这魅珠你还有一颗吗?我不能只戴一只耳环吧?"

"就只有一颗,你将就一下。再等五百年才有下一颗。"

"那我去找人配一颗一样颜色的呗。"皮皮很孩子气地说,"仿制一下,用象牙来做,再涂上红漆,又不难。"

他将她的下巴拧过来,对着自己的脸,很认真地说:"不行。从今往后,你就只戴一只耳环。而且不许摘下来,生气了也不能摘!"

"一只耳环,多别扭啊!"

"再怎么别扭也没你别扭,关皮皮!"

他将她搂在怀里,亲吻她的脸。她想亲他的唇,他避开了。然后她就往他怀里挤,伸手脱他的衬衣。

忽然间,小包里的手机铃声大作。

"别接电话。"他轻轻哼道。

"可能是紧急的事。"她掏出手机,看了看号码,按了接听键。

才几秒钟时间,她的脸就白了。

"对不起,我得离开一下。"她飞快地扣好扣子,从贺兰的怀里挣扎出来,拎着包就下车了。

急救病房中满是各种监视生命体征的仪器。

皮皮找到家麟的病床，一旁站着他垂泪的父母。

心脏病人只能半躺着。家麟的目光已经涣散了，呼吸很浅，胸口几乎看不出起伏。皮皮暗暗心惊，看了一眼悲伤得近乎崩溃的孟阿姨，只得强自镇定。

"你妈妈说你正在参加一个晚会，"孟阿姨轻轻说，"本来我不想打扰你……只是，我想你可能愿意过来见见家麟，跟他……跟他道别。"

皮皮的眼泪顿时哗哗地往下淌。

"医生说……可能就是一两天了，刚才已经抢救过一次。这是他让我交给你的。"

一封写着她名字的信，一张浅蓝色的信笺。上面有几行字，是他的亲笔："皮皮，我曾经爱过你，但我没有珍惜。原谅我，那时我太年轻，想要的东西太多。对不起，我曾经那么深地伤害了你。如果还有来世，我一定不会这么愚蠢。我会在天堂里祝你幸福，家麟。"

她脸色苍白，默默地看着床上昏迷不醒的人。

原来他并不是什么都不知道。原来他也曾爱过她。

一切到结束时，都有了答案。

那一夜，除了进入昏迷状态的家麟，床边的人都目不交睫。大家都生怕错过了他最后的一刻。

只有皮皮一直垂着头，反反复复地思考这个词：来世。

为什么一切的遗憾都要等到来世？就在此世，不可以吗？

天亮时分，病人仍在呼吸，虽然已经非常吃力。皮皮擦干眼泪，对家麟的妈妈说："孟阿姨，我想带家麟去一个地方……"

闲庭街 56 号。

没有锁，她知道他在家。

敲了门他果然出来了，像往常那样，穿着件亚麻衬衣，立在门框下。

朝阳照着他的脸，逆着光，皮皮觉得贺兰静霆在观察她，过了几秒才意识到这个时间他什么也看不见。但他的表情很奇怪，好像知道她在想什么，只是等着她开口印证自己的猜测。

霎时间，她却失去了开口的勇气。眼泪簌簌地往下落，她用力地吸了吸鼻子。

她想说，贺兰，你不要生气也不要疑心，我只是想来求你帮个忙。想了想，鉴于自己一周前的表现，这样说肯定打动不了他。因此，她张开口，踌躇了一下，又闭上了。

所幸他并没有让她说下去。他伸手摸了摸她的脸,摸到湿湿的眼泪,用手指替她擦了擦,问道:"人在哪里?"

她怔怔地盯着他,过了片刻,说:"在出租车上。"

"我需要三十天的时间。"他淡淡地吩咐,"好了我会给你打电话。三十天内,你不要来这里,也不要找我。"

说罢,他去开了出租车的后门,将昏迷的家麟从后座抱了出来。

尽管因重症而全身浮肿的家麟分量不轻,但贺兰抱着他却显得不费力气。他大步流星地走进门内,将门关上。

皮皮连忙用力捶门,又将他叫了出来。

"还有什么吩咐吗?"

她听见自己的心狂跳,听见自己因紧张而咻咻地喘息。她急切地说:"贺兰,你自己不会有事吧?听我说,我不是让你一命换一命。只是想请你帮他一下,如果……你能够的话。我……我不想你受伤。你……你会受伤吗?"

他审视着她,半晌,忽然间笑了。

"哪有那么严重?"他说,"一命换一命?我会那么大方吗?对了,我问你,为什么我给你的银行卡你从来不用?你缺钱为什么不来找我?"

原来他还在为田欣的话耿耿于怀。皮皮的脸一阵发灰,生怕不小心说错了话触怒了他,葬送了家麟的性命,结结巴巴地解释:"不是我,是我妈妈找家麟要的钱。我不知道有这事儿,后来知道了,把钱还给他了,估计已经晚了。"怕他多心,赶紧又说,"上个月我自己去了趟华泰珠宝,看中了一款戒指,翡翠的,货号是 3727。我不敢买,怕是假货,想等你回来一起看。还有,你看过厨房没?"

他眉头一皱:"厨房?厨房怎么了?"

"我买了好多碗,两套碟子,还有一个电饭煲,都放到柜子里啦。我还试好了婚纱,拍了照放在书桌的抽屉里。还有,我和吉祥鸟影楼说好了拍全套婚照,他愿意给我们九折,我非要八五折,磨了老板一下午他才答应。"

这些当然都是真的。考完试后,皮皮的确兴奋地张罗过自己的婚事,没事儿就逛商场,买这买那,一连下了几笔订单,把自己攒的钱花得差不多了。可是这事儿不能在这个时候提,一提越发显得她心中有鬼、欲盖弥彰。

果然,贺兰静霆双眉一挑,不以为然:"你是怕我不给家麟治病才这么说的吧?"

"不是的!"她大声申辩,"我只是想告诉你,我——"

她想说"我爱你",可是话没出口便停住了,她忽然意识到自己讲的不全是真话。她也隐隐能猜到贺兰治疗家麟的代价会是什么。在这种时候向他表白,非但显得可

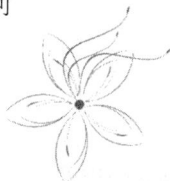

笑,而且还很无耻。

"我——"

捕捉到她口吻间的犹疑,贺兰静霆的眼睛眯了起来。

皮皮羞愧的心思当然经不起这样严厉的打量。她惶恐地看了他一眼,咽了咽口水,努力纠正自己的窘态,想让这表白显得既宏大又庄严:"我是说……我真的很……"

就在这一瞬间,她忽然意识到,在语文里,并不是所有的形容词加上了一个"很"字就会升级,有些情况恰恰相反。比如,在"爱你"的前面加上了"很"字,不但不升级还要降一级。因为这"很"字已充满了辩解。

所以皮皮"我"了半天,仍没有下文,脸上的表情挣扎得僵硬了。

"别说了,"贺兰静霆一笑,拍了拍她的脸,"我都明白,你放心吧。"

红漆的大门又关上了。古铜色的门环在震动中"当啷"地响了一下,仿佛敲动了她心灵深处一口沉睡已久的钟。

——我都明白。

贺兰静霆,你明白什么啊? 你什么也不明白……

初晨的阳光透过稀稀朗朗的梧叶照到她脸上,沉重的汗水滑落额间。她怔怔地看着紧闭的大门,焦虑不安的心,因为刚才那句话,忽然间轻松下来。

整整二十天,皮皮既没见到贺兰,也没见到家麟。她花了很多时间陪家麟的父母,安慰他们,告诉他们家麟正被一位"气功大师"治疗。毕竟在新闻单位混过,皮皮编起故事来活灵活现。她说这位大师曾经救过多位绝症患者,求他的人太多,不得不行踪隐秘。

到了第二十三天,皮皮突然收到贺兰静霆的电话。

"嗨,皮皮。"那边传来的声音有点嘶哑。

"贺兰?"

"是我。"他说,"你们报社附近有家上岛咖啡你知道吧?"

"知道啊。"

"我已经把家麟送到那个咖啡馆里了,你去接一下好吗?"

他自己不去吗? 皮皮的心怦怦乱跳:"贺兰,你没事吧?"

那边停顿了一下,说:"嗯,我有一点事,是狐族的内部事务。我需要离开这里一段时间。你放心,家麟已经没事了。可能还需要休养几个月,但他已经完全康复了。"

他的口气越放松,皮皮反而越是有了不祥的预感,她立即说:"贺兰,我要见你。"

"办完了事我会来找你的。"

"要办多长时间?"

"两周左右吧。"他顿了顿,又说,"皮皮,你能答应我一件事吗?"

"什……什么事?"她的心一点一点往下沉。

"我会来找你。但你千万不要来找我,不要给我打电话,更不要来闲庭街,好吗?"

"为什么? 出了什么事?"

"你能答应我吗?"

"我答应你,可是——"她还想问,但是,电话突然挂了。她拾起小包,飞奔去了咖啡馆。

上岛咖啡在一幢灰色高楼的二层。楼下是本市最大的一家新华书店。皮皮以前经常来这里帮家麟买书。到了咖啡馆的门口,她有些迟疑。站在门边,身子一阵发软,半天迈不动步子。她开始莫名其妙地担心起了贺兰静霆。

"小姐是要进来喝咖啡吗?"门口的服务员上前招呼。

她笑了笑说:"是啊。"一走进去,就在屏风的后面看见了坐在绒布沙发上的家麟。他还穿着去闲庭街时的那件蓝格子衬衣,瘦得露出了锁骨,连胳膊也是细的,脸丰满了一些,但双眸仍然像病时那样眍䁖着,只怕是要养几个月才会显出一点血色吧。他一直默默地看着那道绣花屏风。桌上有一杯茶,还是满满的,他没有喝。

"嗨,家麟。"她走过去,到对面的沙发上坐下来。

他的笑容有点空洞,目光像极了贺兰静霆白天的样子。皮皮在心底微微纳罕。家麟果然长得像贺兰,尤其是在笑的时候。他们的身材也是一般高,甚至连骨架看上去都相似。

唯一不同的是贺兰长得比家麟要精致,在所有的细节上都要精致三分。鼻子更挺,眉毛更浓,唇峰更满,腮线更硬。他是一幅经得起挑剔的工笔画,意态浑然,细节到位。可是,打起交道来,这人就不像他的外貌那样清晰明朗了,神神秘秘,难以捉摸,心思谁也猜不透。

相比之下,家麟是写意山水,该浓的浓,该淡的淡,也许不是很完美很性感,却有一股说不出的清纯和安静。像月下的湖湾,像远山的晨雾,自然而然地给人以亲切和信赖。

她忽然意识到自己不能爱上贺兰是因为无法定义这个人,无法定义就没有安全

感。她拒绝相信他的本质是只狐狸，拒绝接受这个与她完全不同的异类。一直以来家麟都是她自己的一部分，是她欲望和尊严的延伸。可是在发现家麟与田欣相爱的那天晚上，顷刻间，家麟不也成了一个让她切齿痛恨的异类吗？

念头瞬间闪过，家麟远了，贺兰近了。工笔的还是工笔，写意的却失了意，成了一团胡乱涂鸦的墨迹。

"你喝咖啡吗？"家麟问。

"一份奶，不加糖，谢谢。"

他站起来去要了咖啡，给她端过来。见他身手敏捷，步伐有力，皮皮知道他的身体真的恢复了。

"最近我的脑子有点乱。"他指了指自己的头，"我明明记得我躺在医院里，一醒来，却发现自己坐在一个陌生的咖啡馆里。皮皮，你知道发生了什么事吗？"

"是这样……你病得很重。"她眨眨眼，"我正好认识一位神奇的气功大师。是他治好了你的病，但找他的人实在太多，所以你不要追问他的个人资料。"

"他救了我，我总要谢谢他啊！"

"该打点的我已经打点了，你不欠他任何人情。"

他看了她一眼，思索片刻，笑着说："皮皮，你变了很多。以前你说话做事从没这么果断过。"

"怎么没有？我果断地打断过你的鼻梁。"

就这么一句调侃，令他一时变色，以为是故意挖苦，细细观察，明白不过是句玩笑。

伤心的往事，肝肠寸断的痛，现在终于能一声轻笑了之。笑的还有她的眼神，她渐渐远离的心情和关注。

"对不起，忘了恭喜你，"他迷惑了，第一次发现皮皮的目光竟也难以捉摸，"我不知道你已经结婚了，那位贺兰先生……他是做什么的？"

"他在博物馆工作。"

家麟的目光在她脸上扫来扫去。以前她的话很多，他说半句，她会讲一箩筐。现在她也知道了保留，知道了含蓄。他不禁呆住了，半晌无言。过了一会儿才说："皮皮，将来你的生活若有不如意，我会等着你。你病了，如果没人照顾你，我会照顾你。"

说这话时他有点激动，声音都是颤抖的。看得出他有很多话要说，却什么也说不出来，只是用力地握住她的手。

"好啊。"皮皮笑着说，随即假装要喝咖啡，将手抽出了。

他的脸僵了僵,为了掩饰自己,看了看手表,起身说:"我得去看看我的父母。"

"那是当然。快去吧,你爸妈可着急了。"皮皮说着,却没有站起来。

正要离开,他的身子忽然一顿,仿佛下了什么决心,回头对她说:"皮皮——我和你——"

"我不再爱你了,家麟。"她立即打断他,不知是在对他说还是在对自己说,总之,声音有些大,听起来有点陌生,好像不是自己说出来的,"不过你永远是我的朋友。"

说罢看着他,泰然地笑了。

他身形一滞,随即也笑了,似乎同意她的话。然后他没再说什么,很快消失了。

几年来堆积在心头的痛忽然间不见了。她觉得一阵轻松,赶紧拨通小菊的手机。

"哇哈哈!小菊——抢购季节来啦!陪我一起去抢购吧!新婚大采购!"

"先说清楚,谁是新郎谁是旧郎?"

"什么新的旧的?新郎从来只有一个,贺兰静霆。"

贺、兰、静、霆。

多么美的名字。

每个音都在舌尖跳跃。

一定要到失去才会珍惜吗?郝思嘉直到故事的最后几页才明白自己爱着白瑞德。

皮皮觉得,自己比郝思嘉强太多了。

第二十五章

宽永之死

一周很快过去了。

皮皮买来的被子、床罩、枕头和全套的高级杯具已堆满了小菊家的柜子。她暂时还不敢宣布婚礼的事，琐碎的前期准备都在地下进行。方针已定，余下的不过是一样一样地来。

从周一晚饭时间开始，皮皮向家人介绍了自己的"男朋友"。从长相身高讲到经济基础，从道德品质讲到职业前途，每一条都让妈妈和奶奶称心如意。妈妈说，有房有车有存款，这样的女婿也找得着，可贵的是年纪也相当，只大个三四岁，这样的年轻人有后劲。奶奶说，别的都不要紧，只要他能对皮皮好，能逗皮皮笑，互敬互爱，互相扶持，就是个好男人。至于贺兰静霆的日盲症和狐仙身份，大家太高兴，皮皮不提也没人细问。倒是一直插不上嘴的皮皮爸磕了磕烟斗，说了句："不论怎样，人总得来一趟，家长们得见见，对吧？"皮皮赶紧说："当然当然，他最近出差了，一回来就会来看你们。"

自从皮皮有了称心如意的男朋友，家里配合着安静了很多。大家都在期待着见到这个未来的女婿。

又一周过去了。

皮皮仍没收到贺兰静霆的电话。她不敢打他的手机，也不敢去闲庭街，生怕坏了他的事。但打听贺兰静霆的去向她还是有办法的。

她去了千美医院。

修鹏和宽永，不会不知道贺兰静霆的行踪。

在医院的一楼她听见了一件可怕的事。

"我找赵院长，赵宽永先生。"她对接待小姐说。

"您是哪一位？"

"我姓关。曾经是这里的病人，也是他的朋友。"

"赵先生去世了。"小姐低声说。

皮皮吓了一大跳："赵先生？你确信是赵宽永先生吗？"

"当然。"

"什么时候去世的？"她问，预感到大事不妙。

"两周之前。"

"为什么去世？得病了？"

"心肌梗死。"

皮皮疑虑重重地看着接待小姐。她清楚地记得贺兰说种狐没有内脏，只有生殖器官，通常情况下是不容易死亡的。可是，一旦被人夺去真元，他们就会像一具空壳

那样倒下，像一个气泡那样消失。所以，宽永绝不会有什么"心肌梗死"。种狐，尤其是像宽永、修鹇这样血统纯粹、修炼多年的种狐，是狐界最凶猛好斗的一类，能杀掉他们的狐仙屈指可数。就是贺兰本人对他们都很礼待。

这么一想，她的腿肚子一阵发软，差点站不稳。难不成是青木先生出山了？难不成是赵松到了C城？难不成又是一个真永之乱？她越想越怕，顿时心乱如麻，不自觉地将那接待小姐的手抓得紧紧的："那么，请问，修先生呢？修鹇先生？"

"他现在是院长。不过这一周他送赵先生的棺木回乡安葬去了，说是家乡的规矩，葬礼一定要在家乡举行。我们这边正赶上旺季，病人流量大，人手不够，到现在连个追悼会都来不及安排。不过赵先生就这么突然地去了，我们都是很伤心的。"

回乡？安葬？皮皮越听越糊涂："你知道赵先生是哪里人吗？"

"天水人。"

没听过这地方，她怔了怔，接待小姐补充了一句："在甘肃省。"

她要来了修鹇的手机号，跑到门外给他打电话。话机响了几声，语音提示，对方关机。

接下来她方寸大乱，开始给一切认识贺兰静霆的人打电话，询问他的踪迹。贺兰静霆深居简出，认识他的人本就不多，和他往来的人就更少。皮皮急得一筹莫展，很后悔那天观音湖之会没带一本通讯录，哪怕找那些狐狸要些名片也是好的啊。

博物馆的人说，贺兰静霆请了一个月的长假，至今未归。他们也在寻找他，发给他的邮件均没有回音。

养殖场的人说，自从贺兰离开了西安，就再也没和他们联系过。

花匠说，他只负责管理花园，不知贺兰的去向，也没见他在自家的花园里出现。

花店的人说，贺兰已经很久没去买花了。

无奈中，她突然想起了苏湄。

"我也好久没见到贺兰了。"苏湄说。

"那你听说了赵宽永的死讯吗？"

那边沉默了一下："听说了。"

"他是怎么死的你知道吗？"

"这可是我们狐族的事，你千万不要介入，知道得越少越安全。"

"可是我已经和贺兰结婚了啊，我也算半个狐族吧？他的事就是我的事。"她大声说。

"结婚？"苏湄呻吟了一声，"天啊！"

"怎么啦?"

"皮皮,"那边哀叫了,"你这就把贺兰独占了。你能学刘德华不? 给我们这些粉丝留点活路好不?"

"唉,我又活不到一百岁,我死后他不又是你们的了吗?"皮皮急了,这都什么时候了,这人还不忘记调侃。

"皮皮,你知不知道你和贺兰一结婚,第一个想灭掉你的人是谁?"

"谁?"

"赵松。如果你和贺兰结婚,生下了一个孩子,无论是男是女都将是狐族的下一任首领。"

左祭司赵松! 皮皮心头一凛,马上说:"奇怪,狐族的人长生不老,首领又不会死,怎么还会有继承人之说?"

"谁说我们长生不老? 谁说我们不会死? 我们活得可艰难呢!"

难道有常识性错误? 皮皮怯怯地问:"你们不都有几百岁了吗? 不是说可以活到几万岁的吗?"人类的文化也就上下五千年而已。

"我们的生存仰赖人类和自然的精气。如被褫夺真元,我们立即会回到修炼前的状态,变成一只自然界的狐狸。到那时,我们的寿命连一年都不到。几万年的狐仙是没有的。一万年的倒有一位,就是贺兰的父亲。他是目前地球上存在的年纪最大的狐仙。真永之乱以后,他的身体和功力都受了重创,一直在深山中隐居,几百年来不曾露面,手头的事务早已全部交给了赵松。"

皮皮的心倏地沉了下去:"褫夺真元? 怎么褫夺?"

"就是直接夺走狐仙体内修炼的元珠。在我们这儿,地位高的可以拿走地位低的,修行年限长的可以拿走年限短的,种狐不论年限高低随时可以褫夺非种狐的元珠。"

"可是,贺兰他是种狐吗?"

"种狐有两种。首领的子女天然具有种狐的能力,其次就是宽永、修鹇之类血统纯粹世代遴选出来的种狐。赵松也是这一类。"

皮皮的脑中一团乱,心里开始计算:赵松比贺兰年限高,贺兰比赵松地位高,他们全都是种狐,究竟谁可以褫夺谁? 一道逻辑题,半天解不出来。急得低低地喘了几口气,干脆问道:"湄湄姐,这世上有谁能夺走贺兰的真元?"

那头沉默了片刻,皮皮的手心却紧张得出了汗。

只听苏湄说:"除了他自己的父亲,大约只剩下了赵松。那些年高德劭的长老是不会与他为敌的。论地位赵松比贺兰略低一些,论修行他是千年天狐,比贺兰不仅

要多一百年,而且还高一个等级。他比贺兰具有更强的功力,最近一段时间与贺兰也不断有摩擦。皮皮你要小心哦!你八字纯阳,肝质上乘,是赵松捕食的对象。他饥饿的时候一夜采女无数。被他碰过的女人,不出半月就会精气枯竭而死。"

若在平日听见这话,皮皮肯定会觉得五雷轰顶大难临头。可是现在她顾不得想自己,心里头只关心一件事:贺兰静霆究竟在哪里。

"湄湄姐,告诉我,怎样才能找到贺兰?"

"如果他真要藏起来,"苏湄说,"你是不会找到他的。"

她的脑子转得飞快:"你怎么知道他藏起来了?"

"皮皮,我听说——这只是听说——宽永的死与赵松有关。宽永是贺兰的亲信,他若出了什么事,贺兰一定不会袖手旁观。修鹏则更不会罢休。"

电话这头的皮皮,已经出了一身的冷汗。蓦然抬头,看见乌云压城,风雨欲来。

原来是要打起来了。

见她半天没吱声,苏湄又说:"你不用担心。如果真的和赵松动起了手,贺兰不会吃亏的。青木先生都被他整得躲在深山里几百年不出来,他又岂会惧怕一个赵松?"

这话不说则已,一说,皮皮立即觉得有根针直插进了自己的头顶。

忽然间脊背冰凉,浑身上下都不能动了,急得直想咬自己的舌头!

在这种时候,她居然让贺兰替家麟治病!!

挂掉电话,皮皮果断地去了闲庭街。

走得急,一路都在跑,像长跑运动员那样大口喘气,仿佛背后有只手在推她。

如她所料,贺兰静霆不在家,门前一把铜锁。她用钥匙开了门,细细查看家中的摆设。桌上落了一层薄灰,手指一抹,可以清晰见到指纹。贺兰静霆定是曾经回来过,并且住过,因为每次离家他都会顺手关掉门口的一个红色按钮。按钮很小,藏在隐蔽之处,却是这套房子的总电源。关掉之后的屋子是彻底的黑,连燃气炉上的定时指示灯都不会亮。只因贺兰常说,一只手机充电器仅有百分之五的电量耗在充电上,其余则全浪费在待机状态。与此类似的还有空调、电脑、微波炉、音响等,节约用电,就一定要消灭这类"待机"电耗。若是别人进来,不会记得关上这个不起眼的总开关。

床上被子有些乱,有人睡过的痕迹。她在床头柜上看见了一件家麟的汗衫,显然贺兰静霆是在这里进行治疗的。她转身去了书房,发现他的电脑不在桌上。桌上有些残留的信件,一封封地检查,大多数是他订的考古杂志和简报。还有一些公函、

信用卡账单等，没有可疑的私人信件。皮皮知道贺兰静霆与外界的联络主要是通过电脑进行的。他桌上本来有本厚厚的通讯录，而此时通讯录已不在了。

她去了厨房。冰箱的下层有一些鲜花，由于放的时间过长，已全然变色。上层冰柜里装满了冰块，不知做何用途。看样子冰箱他也很久没动过。这时的屋子忽然有一道穿堂风。她抬首望去，发现通向花园的那道门没有锁，开着一道小缝。

她径直去了花园。

五月的鲜花竞相盛开。花丛中牡丹怒放，落英满地，无人采摘。

她还记得他手拿刀叉如帝王般优雅地吃着水仙花的模样，还记得当时自己觉得他滑稽可笑又有趣。

如今，花犹在，种花之人已不知身在何方。

贺兰静霆若有个三长两短，她不会原谅自己。

远处的松林传来箜篌般的风声，空中变幻着流云。伫立花间，她眼泪狂涌，伤心欲绝。

贺兰静霆，你在哪里？

花园的后面有条小径直上后山，她去了山顶。

她找到了那口井，发现井盖已经合上，关得严丝合缝。井栏边新开了一个小小的苗圃。她记得西安临别时贺兰曾说，有空去看看他的苗圃，春天的时候风景很美。她却只来过一次，黝黑的泥土中只有几排刚刚发芽的绿叶，看不出是什么花。她急着复习考试，也没放在心上。

现在花儿全开了，是紫色的郁金香，一株株聚在一起，排成"心"的形状。

她没有告诉过他所有的花中她最喜欢的就是郁金香，紫色的郁金香代表着永恒无尽的爱。那朵朵绽放的花蕾在风中摇动，仿佛无数只手指拨动了她的心弦。她站起来再次向山间远眺，盛午的阳光在山岭上洒下一道金辉，她觉得刺眼，背过身去，赫然看见贺兰的屋顶上竟有六个黄漆大字：

"关皮皮，我爱你。"

她失魂落魄，如遭雷击。

某个孤独的月夜他曾爬上房顶，一笔一画地刷着她的名字。

原来他早已为这个时刻做好了准备。

好花好景好时节，却被她粗心地辜负了。

她泪如雨下，失声痛哭。

阳光从正午一直移到黄昏。

暮色四合的时候，皮皮终于站起来，擦干眼泪，离开了这里。

她去药店买了雄黄，去狗肉店要了狗血，将两样东西放进包里。然后她去了花鸟市场。

找到最大的一家鸟铺，她劈头就问："请问您这儿有喜鹊卖吗？"

老板是个中年汉子，一脸的麻皮，不过声音浑厚得像练习过美声："有。十四块一只。家里有了倒霉的事儿是不是？喜鹊不好养，这鸟儿活着呢，不肯老实待笼子里，饭量也大，笼子老是不干净，要不您考虑买只鹦鹉吧？"

"就要喜鹊。"

那人拿给她一只鸟："笼子算你八块钱，你给二十二块吧。"

那鸟果然活泼，在她的手中便"嘎——唧唧唧唧！嘎——唧！嘎——"地叫开了。

皮皮想了想，将鸟笼还给他："你有死的喜鹊吗？我不要活的。"

"死的啊？"他愣了一下，随即说，"死的活的都是这个价。"

皮皮点头。

那人从笼中掏出喜鹊，将它的脖子一拧，塞进一只塑料袋子里递给她："这只是死的了。"

那鸟没有立即死去，在塑料袋里挣扎着，微小的身体，不断地颤抖。皮皮愤怒地看着他："你——怎么可以虐杀——"

"十四块。"他不耐烦地打断她，"看来你不需要笼子。"

所有的狐精都怕三样东西：雄黄、狗血和死掉的喜鹊。她将这三样一一收好，装进包里。然后，她坐车去了堂叔家。

皮皮的三叔关建军是个做服装生意起家的个体户，也是皮皮所有亲戚中最有钱的一位。他开了一家宠物店，皮皮曾在那里打过工。三叔的儿子关小华毕业于华南农业大学畜牧兽医专业。大学一毕业就开了个兽医店，和自家的宠物店挨着，生意兴隆。不过皮皮爸因为下岗困顿时曾找这位三叔借过钱——三叔是愿意的，可是三婶死活不答应，大约觉得这个口不能开，开了就会没完没了——兄弟间便有了不愉快，从此两家就不怎么来往了。但皮皮和小华年纪相当，只有一岁之差，倒还一直很亲近。

小华很大方，皮皮一开口，他二话不说，便将自己最喜欢的一只寻血猎犬"大龙"借给了她。

夜晚八点，皮皮带着大龙坐出租回到了闲庭街。

如果要追踪贺兰静霆，只能从闲庭街 56 号开始。她从耳朵上摘下那颗魅珠，放到大龙的鼻前让它嗅了嗅。大龙甩着两只长耳朵伸开双爪扒了扒大门。

皮皮眉头一皱，心忖：她下午明明来过这里，确信无人在家，莫非这个时候，贺兰忽然回来了？

可是门前一把铜锁还是她离开时锁上的，没有被打开过的迹象。

她掏出钥匙打开门，将房里的灯开得通明，带着大龙进了院子。一路上大龙十分安静，却是步伐坚定地带着她向卧室的方向走去。快到卧室的时候，它突然一折，转向地下室。

皮皮的心咯噔一下。

她突然想起桑林之会后，贺兰静霆带着她从千美医院回来，便是从地下室的一个门进入了一个通向井底的密室。她还记得那条路很是曲折，路过几道甬道、几个小门，密室内无一点灯光。

通往地下室的门是锁着的。那门原本隐蔽，藏在一座书架之后。这种老式的四合院通常没有地下室，若不是皮皮曾经走过一次，一定不知道从何处下手。她将大龙带到花园里锁起来，从包里拿出一个手电，独自回到地下室中。

门是铁皮的，非常坚固。皮皮四下一摸，没摸到锁，也没摸到任何机关。她又仔细地摸了一遍，发现右手隐秘之处有个棋子大小的凹槽。用手电一照，发现凹槽里面有一排盲文。共有十组，排成一圈。

她知道，那是密码。

考完试后皮皮曾经自学过一点盲文。一来是好奇，二来也是为了更好地进入贺兰的世界。她还处于最初级的阶段，但盲文的数字，从一到十，她倒是能够背熟。

经过简单地换算，她按动了贺兰静霆银行卡上的密码。

机簧"咔"地一响，门弹开了。一股幽凉的冷风迎面吹来，面对着她的是一道幽长的甬道。

这里不是没来过，次次都是贺兰抱着她。如今脚沾了地，顿时有一股阴森的湿气。她害怕了，浑身上下激灵灵地打了一个冷战，牙齿也跟着咯咯作响。

脱下背包，她拿起手电，鼓起勇气向前走。甬道很深，却无岔路，空气又湿又闷。她不记得上次进来时是这样的情况，大约自己一直被贺兰静霆馨香的气息笼罩着，对井底的空气反而懵然无知了。她硬着头皮往前走，不断地上着台阶，仿佛沿山而上。穿过几道朱漆小门，终于看见了最后一道通往密室的门。

门是虚掩的。

与此同时,传来细微的呼吸声。她的心蓦地一暖,正要将门推开,里面忽然有人说:

"关掉手电,皮皮。"

那声音如此熟悉,令她刹那间热泪盈眶。她忙将手电关掉,轻轻叫了声:"贺兰。"

井底漆黑一团,什么也看不见,扑面而来的是一股浓郁的血腥气。她在黑暗中伸出手,向躺椅的地方摸了摸,那手立即被贺兰静霆握住了:"皮皮,你得立即离开这里。"

"不!"她坚决地摇头,"我不离开你!"

他的声音很虚弱,手也没什么力气,身子一直躺在原处,一动也不动。

"你受伤了吗?"她急切地说。

井底原本不大,向前走一步就被迫坐在躺椅上了。她先摸到他的手臂,果然有伤,上面缠了纱布。他的身上也缠着纱布,腿上也是。

她不顾一切地打开了电筒,将光线调到最暗一级。

"关掉手电。"他轻呼了一声,几乎是乞求的。

他不想让她看见自己的样子。或许他已经不能维持人形,或许他是半人半兽。

"贺兰我不怕你变回原形,你变成什么我都是你妻子。"她的声音很低,却是固执的,"让我看看你的伤,让我帮你。"

他已用光了手头上所有的纱布,有些伤口仍没有包住。那是一种野兽的咬伤,手臂、腰部、大腿各有一处。皮肉撕裂,血肉模糊,包过的地方不断有血渗出来。

他的脸上倒没有伤口,但看得出很痛,他一直牙关紧咬,额上满是豆粒大的冷汗。

在这关头,她已完全冷静下来。思索片刻,迅速将自己的一件棉布内衣脱下来,撕成一道道的布条,将他腿上的伤口裹起来:"我得送你去医院,你失血太多,伤口发炎得厉害。"她摸了摸他的额,滚烫的,连他的呼吸都是滚烫的。

"送医院?"他在黑暗中"哼"了一声,"只要一验血、一查心跳,他们就知道我不是人类。我从不去医院,除非是自己人的医院。"

"那我送你去千美医院。"

"我不想连累太多的人。已经死了一个宽永,你不想让修鹏也死掉吧?"

"那怎么办?你不能就这么躺着等死啊!"她着急了,嗓门不知不觉地高了八度。

"我只是……"他咬了咬牙,忍过一阵闪来的疼痛,"需要一点时间养伤,如此

而已。"

"就这么躺着能行吗?"

"能行。我需要月光。"

"你饿吗?"她说,"我去花园给你摘点花来。"

他没有回答。

"贺兰?贺兰?"她推了他一下,发现他昏迷了过去。

黑暗中,她听见了滴水声。拿出手电一照,看到一地的血。他的血从帆布椅上渗下来,刚刚包住的伤口已然殷红一片。她急得没了主意,以为他背上还有更大的伤口,便将他的身子用力一推,让他侧过身去。

他的背虽浸了血,却没有伤。最大的伤口在腰部,绷带已全被血浸透,仍然有血不断地渗出来。

她垂首沉思,有只手伸过来握住了她的手。他醒了,说:"别担心……"

"是谁伤了你?是不是赵松?"她问道。

没有回答,她推了推他,他又昏迷了过去。

她去了花园,采下一大把牡丹,在厨房中调了水和蜂蜜,打成汁。又用一个密封的塑料袋盛了一大袋冰块回到井中。

冰块敷在他腹上,希望可以止血。花汁却怎么也喂不进去,他不仅昏迷而且疼痛,牙关咬得很紧。

皮皮觉得,在这种时候,无论如何他也要吃一点东西。

万般无奈,她再次奔出,到花园里给那位当兽医的堂弟打电话。

"小华!"

"哎,皮皮。"

"我有位朋友出了点事,被……狗咬伤,流了很多血,你过来帮我一下,给他看看伤好吗?他的血怎么也止不住。"

那边的人听糊涂了,正色劝她:"皮皮你急傻了吧?我是兽医!狗受了伤我治。人受了伤得送医院。尤其是这么重的伤。别是疯狗咬的,要打狂犬疫苗。"

"他的情况很特殊,请你务必过来!带足够的药来。拜托了!他住城西的渌水山庄,闲庭街56号。"生怕他会问更多,皮皮干脆挂掉了电话。

就凭她和小华的交情,这一番,他肯定会来的。

果然不出半小时,她在门口等到了关小华。他开一辆破旧的二手吉普,停了车,从里面背出一个沉沉的药箱。

"你朋友——"

"他不方便去医院。"皮皮隐晦地说,"他是……嗯……黑社会的。"

关小华怔了怔,打量了她一眼:"黑社会?你怎么会和黑社会的人混在一起?这种人不能交往你知道吗?沾上了甩也甩不掉。"

"一位朋友,我欠过他很大的人情,现在是报恩的时候。"皮皮不管他喋喋不休的数落,拉着他进了客厅,"在这儿等着,我去扶他出来。"

皮皮想,贺兰静霆隐身之处是不能轻易暴露的。当下只能将他弄醒,然后扶他出来让小华检查。

不料回到井中时,贺兰静霆已经醒了,躺在那里问道:"有人进来了?"

"是的。我的堂弟。"

"你的堂弟?"

"他是——听着,贺兰——我知道你要反对,但这只是权宜之计。我的堂弟是一位很有经验的兽医,毕业于名牌大学,他——"

"送他回去!"他暴躁地打断了她,"我不要见兽医。人医兽医都不见!"

皮皮闷了闷,继续劝说:"他可以看你的伤。如果不严重,他可以帮你处理伤口。他可以替你止血、缝针。贺兰,这种时候你别无选择,一定要让他帮你。"

"让他回去。"

"不!"

"让他回去,不然你就和他一起回去,再也别到这里来了。"

"像这样流血你会死的。"她尽量放低嗓音,"放下你的尊严,让他看看你的伤。我保证他不会知道你是谁!算我求你行不行?"

他不知哪来的力气,忽然一把拉住她,将她拉到自己的面前,一字一顿地说:"人妖有别。我不会在这种时候让任何我不信任的人碰我。皮皮,你若执意要送他过来,我只好当着你的面把他吃了。"

皮皮瞪着眼在黑暗中绝望地喘了两口气,祭司大人的威胁起了作用。

蔫头蔫脑地回到客厅,皮皮对等在那里的小华耸耸肩:"小华,你说得不错。不能和黑社会的人混在一起。你看,他都不肯见你。你回去吧,把药箱留在这里。"

她向他详细地询问了急救常识:如何给伤口消毒,如何给伤口缝针,如何包扎,如何敷药,如何清洗伤口。找不到笔记本,就用录音机将他的话全部录下来。

回到井底时贺兰静霆又昏睡了过去。皮皮给他打了一针青霉素,解开伤口上的纱带,开始用生理盐水清洗伤口。小的伤口她涂上碘酒和消炎软膏,用绷带缠好。大的伤口只有两个,一个在腰上,一个在腿上,都有很大程度的撕裂,需要立即缝合。

她深深吸了一口气,戴上消毒手套,望着那乌黑的伤口,怔忡不安,半天不敢动手。

"皮皮。"他忽然叫了一声。她吓得一抖,差点把针掉在地上。

"痛吗?"她轻轻问,"我正在给你清理伤口。来,先吃下这几片土霉素。"

他还算听话,乖乖地吞下了药片,就着她的手喝了半杯花汁。

"外面有月亮吗?"他问。

"没有,今晚是阴天。"借着电筒微弱的光线,她开始摆弄针线,鼓起勇气将钢针刺入肌肤。他的身子痛得抽搐了一下,皮皮连忙按住伤口,暗红色的血从指间渗出来,黏黏的,发出一股说不出的腥味。

她的心扑通扑通地乱跳,呛人的腥味令人晕眩,更令她窒息的是心中的恐惧。她咬咬牙,努力不让自己胡思乱想。

奇怪的是,她的手竟然很镇定,像决斗前的剑术高手那样镇定。

一时间,皮皮对自己超常发挥的素质几乎要钦佩了。

"你在干什么?"他的手在空中摸了一下,摸到她的脸。

她轻轻地说:"你看不见吗?"

"只看得见一点光。"他咳嗽了一声,"能送我回卧室吗? 这里气味不好。"

血腥气太重,他自己都受不了了。

"你很需要月光吗?"她说,"不如我送你去花园吧。不过,让我先给你缝一下伤口。"

"你会吗?"

"不大会,不过看我堂弟干过,我还给他打过下手呢。以前他给狗缝针,还要剃掉狗毛,"她摸摸他的头,尽量把口气放轻松,"你就不需要了。"

"你把我……当狗治呢?"他失笑。

"反正你是犬科的,对吧?"

"我身上哪块地方像犬科了?"他有气无力地说,"你去替我收拾一下卧室。缝针的事儿我自己来干就可以了。"

皮皮吓到了,吞吞吐吐地说:"你……自己给自己缝? 妈呀,你当你是史泰龙吗?"

"以前受伤我都是自己缝的。"他说,"只是这些天我气力不济,手指头提不起劲儿。你来看我,我一高兴,气力就有了。"

"你不是看不见吗?"她说。

他的声音一下子沮丧下来:"对,我把这事儿给忘了。"

"那你咬咬牙,我会缝得很快。这线很高级,会自行溶解,不需要拆线的。"

手臂和腿上的伤只是撕裂,她很快就缝好了。贺兰静霆也很配合,一下也没动弹。他拒绝打麻药,连局部的麻醉也不同意。

皮皮拧亮手电,再次查看腰间的伤口。她很快发现那不是一般的撕裂,是很深的创口。当中有一个指头大小的血洞,血不停地从洞里渗出来。她明白了。这一地的血,都是从这里流出来的。

"别缝了。"他按住她的手,"被天狐咬伤,不是那么容易就能治好的。"

"你在这儿待了多久?"

"大约两周。"

她心算了一下,很快明白了。贺兰静霆一定是在治疗家麟的时候得知了宽永的死讯,他不得不提前送走家麟,去找赵松理论。然后就发生了激烈的冲突。两强相遇,贺兰本来不会吃亏,如果他有足够的元气……

皮皮越想越多,越想越觉得自己是罪魁祸首。她企图询问更多的细节,但贺兰静霆已不再谈论此事。她几乎是半背半抱地将他拖出了井底。

来到卧室,换了干净的床单,她扶着贺兰静霆躺下来。随即按照小华的叮嘱将青霉素的粉剂撒在他腰间的伤口上,用纱布缠好,外面敷上冰块止血。

终于觉得舒服了一些,他蒙蒙眬眬地睡着了。

皮皮爬进被窝,挤到他怀里紧紧抱住他:"抱紧我,贺兰。我的阳气足。"

第二十六章

青木先生的诅咒

皮皮在闲庭街的住宅里照顾了贺兰静霆两天，他的伤势没什么起色。手臂和腿上的伤渐渐愈合。但腰上的那个"洞"仍然不停地渗血，无论用什么办法都不能止住。贺兰静霆的脸越来越白，如白化病人一般，脸上淡蓝色的血管清晰可见。而且他的心跳也很快，是往日的三倍。

阳气，阳气，皮皮对自己说，贺兰静霆需要阳气！

头一天上午她出去买了一辆轮椅，带着贺兰坐出租去了火车站，陪他在人声鼎沸的候车大厅里"修炼"了四个小时。下午他们去了体育馆，看完甲A又看男篮。晚上混迹于摇滚演唱会和迪斯科舞厅。一句话，但凡她想得出来的人多势众的公共场合就带他去。可是贺兰静霆却提不起精神，懒怠说话，大多数时间只在轮椅上昏睡。

第二天是本地文化节，有个盛大的游行。皮皮推着贺兰，举着宣传小红旗，跟着游行的队伍从头走到尾。在路上她不断地问自己，还有什么地方人多，还有什么地方人多……想到这里，她灵机一动，将贺兰带到C城大学的一号学生食堂。正值午餐时间，食堂中人头攒动，声如潮涌。但学生们吃饭太快，不到两个小时，偌大的食堂就空荡了下来。回头再看轮椅上的贺兰静霆，头歪在一边，显然没什么效果，他仍然处于半昏睡状态。

路过一家医院，买了一些绷带和消炎药。皮皮饿了，在路边买了几个包子，坐在花坛边大口大口地吃着。

"贺兰。"她推了推他，他醒了，"如果一直这样下去，伤口不能愈合，你会不会死？"

他低下头，继续迷糊："不会。"

"你骗我！你的脸白得跟纸似的。"

"嗯……"

"昨天晒了一晚上的月光也不见起色。"

"别心急……"

"一定还有更快的法子！"她说，"我有个朋友认得很多人，我去问她认不认识外科医生。你知道肝脏是可以再生的。我想……如果把我的肝脏切一部分给你，应当没什么问题。网上说，健康的肝脏就算切除了三分之二，也可以长回原状——"

话没说完，贺兰静霆的手忽然伸过来，掐住了她的脖子。

"噢——"

"皮皮，到我耳边来，我有话对你说。"

咽下最后一口包子，她将头凑过去。

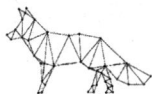

"这种愚蠢的念头不许你再提,不然我就消失,让你再也找不到我。"他摘掉眼镜,一双空虚的眸子怔怔地看着她。

她被他气势汹汹的样子吓到了。

他捧着她的脸,额头对着额头,一字一顿地说:"你听见了吗?"

"听,听见了。"她的眼睛红了红,"可是,你受伤两周了,为什么看上去还是那么虚弱,没有一丝好转的迹象?"她望着医院门口熙熙攘攘的人群,一筹莫展,"我真的很担心你,真的!"

"你不是一直在照顾我吗? 我会好起来的。"他轻轻地说。

黄昏时分,他们回到了闲庭街。出租车司机帮着皮皮将贺兰静霆扶下车。他的伤口仍在流血,有几滴滴在干净的台阶上。一路上他牙关紧咬,一言不发。

司机离开了。皮皮掏出钥匙开了门,将贺兰静霆送进院子。

进门时她吓了一跳。

巨大的芭蕉树下,静静地站着一个人。

他的脸是颓唐的,衣上灰尘杂着酒痕,裤腿打着皱,像是刚坐了一趟拥挤的火车从远方归来。

最奇怪的是他的眸子。

他一直盯着这道门,看见了贺兰静霆,顿时眯成一条小缝。

"嗨,修鹕!"皮皮高兴地叫了一声,"你什么时候回来的?"

她的笑容很快消失了。修鹕的脸色很可怕,他没理她,只是看着轮椅中的贺兰静霆,一步一步地逼上来,嘶声问道:"他在哪里?"

贺兰静霆没说话。转头吩咐皮皮:"我和修鹕有几句话要说,皮皮,你到书房去等着我。"

"我不离开你。"皮皮从修鹕的话音中嗅出一丝危险,反而在他身后站定。

气氛有点紧张。

沉默片刻,贺兰静霆忽然抬头对修鹕道:"现在你去找他,是以卵击石——你不是他的对手。"

"他在哪里?"修鹕杀气腾腾地吼道,"他受伤了,不是吗? 告诉我他在哪里,这是我唯一的机会!"

"即使他受了伤你也不是他的对手。"贺兰静霆低低地咳嗽了一声,"你没有机会。"

"这不关你的事!"

“这件事，等我的身体恢复了以后再说。”贺兰语气很平静，平静中含着威严。

“你恢复了，他也恢复了，我们很难找到他。他现在受了伤，不能掩饰他的气味，你可以立即找到他。或者，”他继续逼近，“你已经知道他藏在哪里？”

“他就在这个城市。”

“这个城的哪个区？”修鹖的身子倾下来，双手拧住轮椅，脸上的肌肉颤抖着，几乎变了形。

“我不能告诉你，你镇定一段时间再说。”贺兰静霆从容地站起来，淡淡地道，“我累了，需要休息。你先回去吧。”

他扶着皮皮向自己的卧室走去。

走了几步，修鹖忽然道：“要么你告诉我他在哪里，要么我告诉她那个诅咒。”

“诅咒”二字子弹般地击中了他。贺兰静霆的身子蓦然停顿，他深吸了一口气，冷冷地道：“别忘了你曾经答应过我——”

皮皮怔怔地看着他们。

贺兰静霆的脸色很奇怪。他显然在掩饰着什么，同时，目中隐含杀机。

修鹖视而不见，继续施压：“我只要知道他在哪里。我自己去找他，无论是什么后果，都不关你的事。”

地上有一条狗链，原本是拴在走廊边的栏杆上的。皮皮忽然问：“我的狗呢？”

“我把它吃了。”

“你？把它吃了？”皮皮后退了一步。

“我一进门，它向我扑来。小姐，如果你是我，你会怎么做？”

“这是我堂弟的狗——”皮皮怒道。

“皮皮，”贺兰静霆说，“请你回避一下。我和修鹖有话要说。”

“回避可以，”皮皮凌厉地说，“不过你得先告诉我，什么诅咒？是关于是我的诅咒吗？是你亲口告诉我，还是由修鹖来告诉我？”

原来他们之间还有更多的谜团。她屏住呼吸等待他们的回答。

修鹖微微一哼，看着贺兰：“告诉我他在哪里，我立即消失。不然——”

贺兰静霆冷笑：“你想威胁我？”

“我要报仇！”

“我不能告诉你，因为我不能看着你去送死。”

“你怎么知道我会死？”他狠狠地向廊边踢了一脚。

人影一闪，贺兰静霆扑了过去，一掌扣住他的喉咙，将他按到廊柱上。修鹖用力挣扎，脸憋得通红，几乎不能喘气。

"自己人别打起来啊!"皮皮赶紧去拉。

贺兰静霆的指骨正在收缩,"咔"的一声,放开手,冷冷地道:"你连我都对付不了,又怎么是他的对手? 他的伤没有我这么重,连我都还要躲着他。"

修鸮的脸青一阵白一阵,他猛地跳起来,将院子里的一丛牡丹拔出来,放到地上踩。然后他又疯狂地去拔玫瑰、月季、海棠、玉兰、山茶、樱草……然后他的人影就不见了。

皮皮看着他的背影,颤声道:"他去了花园,会不会拔光你所有的花?"

"当然会。"贺兰静霆轻哼了一声,"不过,拔光了还可以再种。"

说罢,他头也不回地独自去了自己的卧室。

皮皮赶上去敲门,里面传来清冷的声音:"别进来,我正在料理伤口。"

她转身去了花园。

花园里果然一片狼藉。所有的花都被连根拔起,扔到路上。连藤科植物甚至不开花的小树都不放过。

皮皮心疼的是贺兰静霆钟爱的那几株白牡丹和名贵的兰花,便俯身将萎坠一地的花朵摘下来,放进篮子里收好,随即去了厨房。

她在冰箱的旁边遇到了修鸮。

看着他失神落魄的样子,她只得轻叹:"你想吃点什么吗? 这里有一些速冻饺子。"

他摇了摇头,白皙的脖子上还留着贺兰静霆的指印。

皮皮在心中叹气,这狐族与黑社会也差不离了,动不动就打架,还是肉搏。

她径直拿了一瓶可乐,拧开瓶盖,仰头灌下一大口。

"你不爱他。"他突然说。

她的身子僵了僵,脸色苍白地转过身:"这不关你的事。"

"如果你真的爱他,我很愿意帮你动个手术。"他望着窗外,淡淡地说,"我保证你会死得很舒服,没有任何痛苦。"

她忽然笑了。

他转过头,目不转睛地看着她:"你笑什么?"

"无论我爱不爱贺兰,谁都没有权利让我轻易交出自己的生命。你不能,贺兰静霆更不会。"

"这么说,你就打算这么眼睁睁地看着他死去?"

这话说到了点子上。

她的心猛地一跳，仿佛被一只看不见的手紧紧地握住。

"他说，"她舔了舔嘴唇，仿佛在说一句连她自己也不相信的话，"他会好起来的。"

"他不会好起来的。在西伯利亚的时候他已经和赵松干了一场。回来找你，你却让他救人。他不是上帝，濒死的心脏病人，就算上帝也束手无策。他只能拿自己的真元去换他的命。现在，他剩下的元气连个五百年的狐仙都敌不过，赵松就潜伏在四周。你知道被天狐咬伤是什么后果吗？他身上一定有个洞，对不对？"

冷汗湿透了全身，她点了点头。

"如果没替你去治那个见了鬼的病人，那个洞只消三天就会愈合。现在，三年之内都难说，除非你肯帮他。"他再一次凝视她的脸，"难道你真的相信赵松找到他需要三年的时间吗？"

他的目光充满了压力，皮皮说："我愿意献出三分之二的肝脏，向他提过，他不同意。"

"不是三分之二，是全部。好事做到底，送佛送到西。"他步步逼近，"这要求听起来很残忍，如若你真的明白其中的因果，你会感谢我。真的，我其实是在帮你。"

"说说看，是什么因果？"皮皮不怒反笑，"就算我真的想死，也要做个明白鬼对不对？"

随手从流理台上拿起一个苹果，修鹓慢条斯理地吃了起来："贺兰不让我说。不过，你是个聪明人，你可以猜……"

皮皮想了想，道："这么说，在我的身上有某人的诅咒。"

他的眼睛眨了两下。

"比如说，诅咒我永远也不会爱上贺兰静霆。"她想了想，摇头，"这不可能。"

"这可能。你不爱他，因为你不愿意为他而死。"

她也不耐烦了，扬声道："修鹓，让我们先说清楚这件事。你的动机再明显不过。你需要报仇，所以你需要贺兰静霆。为了他能帮上你，你劝我贡献肝脏，这样他的伤立即会好，你有更多胜算。我完全明白你的逻辑，但是，有三件事我需要你明白。"

他的眉头抬了一下。

"第一，我不是傻子，不会轻易为谁去死。第二，贺兰静霆不会要我身上的任何东西，以前不会，现在不会，将来永远也不会。第三，你想说服一个人去死，还要她相信你说的理由。你的脑子很愚蠢，你的动机更肮脏。就算我愿意配合你，也请你不要像隔壁家的老婆婆那样，动不动就拿道德来说事儿——"

他不理这茬儿，直直地打断她："你听说过宋贻？"

"我的前任？"

他点点头："她死于火灾。"

"不，贺兰告诉我她死于溺水。"

"那不是真的。他不想你知道她死得有多惨。那一天停电，有人睡觉忘了灭烛。她住的大楼烧了起来，她是被活活烧死的。"他说，"那一年她二十二岁。"

"这是意外。"

"宋贻的前任叫秦露，她死于车祸。二十三岁。不是不小心，绿灯过斑马线，却被一个赶路的卡车司机撞了，拦腰撞成两段。"

她的脸一点一点地变白。

他继续说："秦露的前任是田婉婷。有一次她和贺兰在雨中散步。空中一个闪电，她被雷击中了。那一年她刚刚二十，认识贺兰不到两个月。你还想听更多的例子吗？"

她浑身流汗，一言不发。

"据我所知，你所有的前任都死得很惨很离奇，去世之前都没有超过二十五岁。关小姐，你认为你比她们更幸运吗？或者说，你能创造一个活得更长一点的纪录？"

不知不觉，她的嗓音开始打战："你说的都是真的？"

他长长地吁了一口气，回避她的眼睛："老子要教训儿子，办法自然很多。但父子之间如此深仇大恨，还真不多见。"

"是贺兰的父亲在沈慧颜的身上下了诅咒？诅咒她所有的转世必将夭折，死于非命？他为什么要这么做！"

"不知道。谁也不知道。也许他恨贺兰为了一个女人和自己的亲人决裂。也许他只想看看贺兰的意志有多么坚决，对这个女人的爱，究竟有多深。"他看着手中的苹果，"如果由我来给你做手术，虽然也是夭折，至少你会死得很舒服，没有半点痛苦。你说说看，我这样做是不是在帮你？是不是一举两得？"

他将那个苹果像篮球一样在手中抛来抛去，等待她的回答。

皮皮颓然坐倒。

她突然忘记自己是哪一年出生的，今年有多大，怎么想也想不起来。皮皮一家都没有过生日的习惯，以至于每次填表的时候，她都会问自己的父母："爸，您哪年生的？""妈，您生日是哪天？"

一个数字突然冒出来，她忽然意识到无论是虚岁还是实岁，她今年都已经过了

二十三。

于是，皮皮很快就做出了选择：要么，她相信这个诅咒，意味着相信自己最多只能再活两年；要么她不信这个诅咒，这样自己多少还有个未来——尽管可能是打着引号的未来。

她甚至不愿意相信这世上存在着狐仙，或者人生还有来世。

"你说——"她又打开一瓶可乐仰头灌下，"贺兰会不会找错了人？他凭什么肯定他找到的那些人都是慧颜的转世？"

"灵魂是有气味的。"修鹏说，"你所爱过的人，当她下一世从你身边路过时，你会发现她。而且你的身体也有记忆。你曾经因他而死，每当你的身体碰到他，都会产生强烈的排斥，提醒你不可以接近这个人。"

灵魂是有气味的！这是她第二次听见这句话。

她不禁想起自己遇到贺兰静霆的第一天就没完没了地呕吐。难道她的身体真有记忆，真的会排斥这个纠缠了她几百年的狐仙吗？

想到这里，她忽然苦笑："修鹏，你那么远地跑来，就是为了告诉我这个故事？告诉我这些发生在我生前的事？作为贺兰的朋友，你为什么不劝他放弃寻找我？让我们相濡以沫不如相忘于江湖。"

"我怎么没劝过他？从我知道这件事的第一天起，我和宽永就开始劝他。他这样做既荒谬又无效，只能加深自己的痛苦和仇恨。他曾经靠毒品麻醉自己，他曾经自杀，他一刀一刀地划自己的手腕，他跋山涉水地寻找你，他发疯地报复自己的父亲……你想象不到这么多年他过的是什么日子。你一次又一地消失，他一次又一次地寻找。试图接近你，找机会认识你。他不知道你哪天会死去，只能寄希望于早点找到你，力所能及地保证你离世之前的日子是幸福的。然后，他一次又一次地接到你突然的死讯，亲手埋葬你，踩实你墓地上的最后一抔土，拍拍手上的灰，开始下一个旅程……循环往复，无休无止。你不认为你应当帮助他结束这荒谬的行为吗？你不认为他漫长的一生应当还有别的风景、别的意义吗？"

皮皮望着他，见他说得心潮澎湃，半天没有吭声。末了，她问："你让我结束这件事。说说看，怎么结束？现在我立即去死就可以结束了吗？这个诅咒就解开了吗？"

"诅咒只有两个法子解开：一、发诅咒的那个人死掉了，诅咒自然就消失了。二、你满足了发诅咒的那个人的要求，诅咒也会自然消失。"

"要求？什么要求？"

"只要贺兰静霆服用了你的肝脏，整个肝脏，他不仅有希望恢复视力，你以后的转世他都将无法找到你。找不到你，年深日久，他会渐渐忘掉你，开始新的生活。你

不认为这是一个很美好的结局吗?"

"那我呢? 就算他找不到我,我还是会在二十五岁以前死于非命吗?"

"是的。青木先生认为这是你应得的报应。除非他死了,身上的真元破灭了,这个诅咒才能彻底解开。"

"所以我下辈子的死活就不关你们的事了?"她已经荒谬得产生了幽默感。

"人狐有别,各安天命。"

"对不起,我去下洗手间。"她说。

他一把拦住她:"你打算什么时候做手术?"

"哦。"她见他仍然在抛那个苹果,一把将它抢过来,"我什么时候说过我打算做手术? 不,我不捐献我的肝脏。"

"慧颜的每一个转世都比她要自私,到了你成了极致。"

皮皮直直地看着他,目光炯炯:"不是你的青春,不是你的爱情,也不是你的命运。修鹇先生,你凭什么判断我? 凭什么说我自私?"

从洗手间出来,她径直去了贺兰的卧室。

他安静地睡着了。仿佛很痛,身子蜷成一团。

床前的小几上放着一团纱布。大约怕她看见可怖的伤口,他自己摸黑换了药。

她坐下来,握着他的手。

可能是动物的本能吧,往常的这种情况贺兰静霆会非常警觉。夜半有任何异响他都会从床上一跃而起,四处检查。而此时,皮皮突然进房握住他的手,就像从地上拾了一段树枝,他没有任何反应。

他的呼吸很烫,胸口也是烫的。她到厨房取冰块,发现修鹇不知何时已经离开了。

夜幕悄悄降临。

贺兰静霆仍在沉睡。皮皮去清扫了花园,将一地凌乱的树枝扫到一边。她在石椅上冥思片刻,决定给苏湄打电话。

电话很快就通了。

她告诉苏湄贺兰受了伤,问她有什么办法。她说:"皮皮,你得去找千花。千花可以帮助他。"

皮皮连忙问:"怎么帮助?"

"狐狸精之间的事,皮皮,你还是不要问了。"

"那行,给我千花的电话,我马上请她来。"

那边迟疑了一下:"千花没有电话。贺兰一定很少向你提起千花吧?"

皮皮愣了愣:"是,没怎么提起过。"

"千花是个很奇怪的人,谁也摸不透她的心。她是狐界中唯一的一位两栖狐。"

"两栖?"皮皮想起了两栖动物。

"她大部分时间住在动物园里。想出来玩或者散心了,才会变成人。你若要去找她只能是你自己去,晚上。她不是很好说话。"

"那她会愿意跟我来吗?"她隐隐有些担心。

"当然你要送她一点东西。"苏湄说,"别告诉她是你送的,就说是贺兰送的。"

"送些什么东西?"

"衣带、蜡烛、胭脂、戒指、枕头。质量一定要好。"

放下电话她跑回到房间。在贺兰静霆的衣柜里找出一件他的睡衣,从上面抽出一根衣带。蜡烛和枕头都是现成的,胭脂山下的商场里有卖。只有戒指一时找不到,皮皮一狠心,便将奶奶送给自己的一只金戒指摘了下来。

虽然从小很调皮也很胆大,但皮皮其实很怕黑,也很怕陌生无人的地方。

C城动物园在城市的西南角,有直达高速,离渌水山庄只有半个小时的车程。

皮皮到达时,动物园的大门早已关闭。她毫不费力地翻过一道院墙,向园子的深处进发。

她已经有大约十年不曾来过这个地方,小时候倒是经常光顾。不过动物园显然不是C城建设的重点,十年来样子没什么大的改变。这是一片依山傍水的湖区,靠水的地方是珍禽馆、猛禽馆和百鸟园。当中一湾小岛上住着几只黑天鹅。一溜往北,穿过爬行动物区,再向西折,过了狮虎山、熊猫苑和猩猩馆,便到了犬科动物区。

夜晚的动物园远比她想象的要安静。大多时候,她只听见骆驼安静咀嚼的声音,老虎在笼中散步的声音,以及猴子在树间跳来跳去的声音。犬科动物被安排在一条马路的左面,很高的围栏,每种动物的栏前都有一块牌子,详细地说明动物的来历。

皮皮很快就找到了目标:"赤狐"。

别名:南狐、草狐。

寿命:约12年。

食物:主要以喜马拉雅旱獭及鼠类为食,也吃野禽、蛙、鱼、昆虫等,还吃各种野

果和农作物。

生理特征:听觉、嗅觉发达,性狡猾,行动敏捷。喜欢单独活动。在夜晚捕食。

保护级别:低危。

现存情况:在西藏分布较广泛,二十世纪七十年代其数量较多。近年来,随着猫科动物的锐减,赤狐皮愈显贵重。据调查,西藏经常有赤狐皮张贸易,致使赤狐的数量在急剧减少。为自治区二级重点保护动物。

凭栏而望,皮皮并没有看见里面的狐狸。路灯很暗,铁笼的那一头黑魆魆的,有几个可疑的阴影,打开手电一照,是草垛。因参观过养殖场,皮皮知道养狐狸的笼子通常还会在后面开一个暖箱,给怀孕的狐狸生产之用。

光线在暖箱的门口闪了两下。果然有了动静。一个毛茸茸的家伙从箱口探出头,是只红色的狐狸,长长的尾巴,一对眸子在黑暗中闪着幽光。

皮皮举起手电,伸长脖子想看个仔细,突然有人从背后拍了拍她的背。她吓了一跳,手电掉落在地,人也几乎跟着跌倒。

她的身后有股玉兰般的幽香。一回头,看见千花站在自己面前。再看那只红狐狸已不见了踪影。

"你找我?"千花说。她依旧穿着件孔雀罗的旗袍,和上次所见不同的是她有一头火红的头发,盘起来,当中别着一只海棠珠扣。

皮皮吓得半天说不出话,回过神来,连忙点点头。她将准备好的一个布包交给她,说:"贺兰想请你帮个忙。他受了伤,比较严重。"

千花看了看皮皮的脸,研究她说话的诚意。将那个包拿到手中,掏出里面的东西,一样一样地翻看。然后,她将那只戒指挑出来,往草地上一扔:"戒指不是他的。"说罢,一声冷笑,将包袱掷回去,抬腿就走。

看来她识破了自己的用意,不肯合作。皮皮心中一凉,连忙道:"等等!"

她扔给千花另一样东西:"这个送给你。"

千花的手在空中一抓,抓到一颗红珠。于是变戏法般将红珠放到指间转来转去,又将它放在脸上摩挲,一双凤眼斜睨着她:"这个——你舍得送我?"

皮皮咬咬牙,然后,用力点点头。

她下死劲地瞅了她一眼:"那你可别后悔。"

"不会。"皮皮坚定地回答。

樱桃小嘴突然张开,将那颗珠子吞了进去,好像吃了一颗糖。

"呃——"皮皮扼腕轻呼。

千花拿起她手中的包袱,挎在腕上,轻快地说:"我们走吧。"

在车上皮皮偷偷地瞄了一眼千花高耸的乳峰,她有一张古典的瓜子脸,却有一副玛丽莲·梦露的魔鬼身材。头仰得很高,姿态矜持,一路都不怎么和皮皮说话。

下了车,皮皮像随从一样跟在她身后。她隐隐猜到千花要帮的这个忙将会让她很尴尬。

"修鸲也在这里?"在走廊里她忽然问。

"他曾经来过,后来离开了。"

"不会的。"千花说,"贺兰受了伤,他应当就在这附近。他和宽永一向都是他最信任的亲信。"

"宽永刚刚去世。"皮皮说。

千花不由得停了步:"宽永去世了?"

"你不知道?"

"不知道。这么说,是赵松?"

"我想是的。除了赵松,还有谁能伤到贺兰?"

"当然有。"她冷笑,"你。"

皮皮闭嘴。

她们去了卧室。贺兰静霆仍在昏睡。皮皮将毯子掀开一角,纱布又浸湿了。床单上都是血。

千花从书橱边取下一个吉他,从小包里取出一炷香在床头点燃。然后,她对皮皮说:"你出去回避一下。"

门关了。

皮皮坐在门外的沙发上,她想走得更远,又忍不住想听一听千花究竟要在里面干些什么。

过了片刻,屋内传来一阵优美的和弦。一个女声低低地唱道:

裙裁孔雀罗,红绿相参对。

映以蛟龙锦,分明奇可爱。

粗细君自知,从郎索衣带。

一道急促的过门,声音低了一度,却不知为什么,更加清晰入耳:

为幸爱风光,偏憎良夜促。

曼眼腕中娇,相看无厌足。

欢情不耐眠,从郎索花烛。

　　皮皮不由得想起《射雕英雄传》里郭靖和欧阳克比武招亲的那一段。这千花的歌声就像黄药师的箫音,铁丝般强硬地往耳里钻,无论你怎么捂住耳朵也挡不住。

君言花胜人,人今去花近。

寄语落花风,莫吹花落尽。

欲作胜花妆,从郎索红粉。

　　直到这时,皮皮才猛然明白这几首歌便是那次桑林之会狐仙们所说的《十索》。大约是狐族里人人会唱的情歌。唱之时还需要一些仪式和衣带、蜡烛、胭脂、戒指、枕头一类的信物。果然千花继续唱道:

二八好容颜,非意得相关。

逢桑欲采折,寻枝倒懒攀。

欲呈纤纤手,从郎索指环。

　　她心头一痛,捂住耳,飞跑着出了房门,径直向山顶奔去。顶着一轮皓月坐在郁金香下。她忽然明白千花所谓的治疗指的是什么了。肌肤之爱是狐族输出真元最便捷的途径。解带点烛之后就当同床共枕了。千花那么好看,贺兰一定是喜欢她的。而且她吞下了魅珠,贺兰会更喜欢她。皮皮在第一时间郁闷了,伤心欲绝,妒火中烧而又无可奈何。眼泪啪嗒啪嗒地往下掉。那袅袅余音偏不放过她,穿山越岭地飘到耳边:

兰房下翠帷,莲帐舒鸳锦。

欢情宜早畅,蜜意须同寝。

欲共作缠绵,从郎索花枕。

　　歌声到此,戛然而止。她的联想却没有停止,顺着歌词暗示的方向一直往前想,往前想,想到大脑发烧,一片空白。

她突然后悔认识了贺兰。是的,她不属于他的世界,她不是他的同类,除了去死,她也不可能救他。她若有事,贺兰随叫随到,甚至不叫都到。贺兰若是有事,她只能束手无策,爱莫能助。

她一直以为贺兰是不朽的。

原来这世上没什么不朽,不朽的也终将消亡。

第二十七章

燕昭王墓

斗转星移,她不知在山顶坐了多久,忽听见山道上树叶哗的一响,有人低呼:"皮皮。"

她循声而望,见是贺兰静霆披着睡袍走上来,忙站起来迎上去:"贺兰,你……好些了?"

月光下他的脸还是苍白的,走路也不是很有力气。手上的盲杖用力拄着地,几乎成了半根拐杖。"你怎么跑到这里来了?"他说,"我四处找你。"

魅珠不在身边,难怪他找不到。

地上有块石头,他没看见,忽地踉跄了一步。皮皮及时抓住他:"啊,这千花果然厉害。下午你还没力气走路呢,现在都可以爬山了。快坐下来歇歇,坐这里,这块石头我刚坐过,是暖和的。"说罢,不管三七二十一,拉他坐下来。

她也挨着他坐下,伸出胳膊挽着他。他垂头靠着她的肩,呼吸吹到颈间,依然是滚烫的。

她微微一惊,摸了摸他的额,说道:"怎么你的头还是这么烫? 你还在发烧吗?"

接着,她忍不住又说:"狐仙也会发烧吗? 你都烧了一整天了!"

"别担心,我会好起来的。"他喃喃地说。

"山风这么冷你也不多穿点。"她替他结好衣带,紧紧地搂着他,"千花已经走了吗?"

"走了。"

"你们……嗯,那个……"

"你找千花,是谁的主意?"

皮皮想,这时候她得保护苏湄:"没有谁,我自己想出来的。你们这么熟,你向她借点元气,她应当不会吝惜。"

他的头耷拉着,不说话。

她又轻轻地说:"如果不够,我……嗯……我也可以帮你。"最后几个字声如蚊蚋,低不可闻。

话刚说完,她的耳朵就给人揪了一下:"瞧你这头发好不容易长出来,我绝不能让它再掉了。何况你的元气太少,真的帮不上我。还不如每天带我去看足球比赛来得快呢。"

"我是说……我是指……我可以请修鹏替我动个手术。我知道你这伤需要很长时间才能恢复。可是,我担心这段时间里赵松会来找你。"想到这里,她不自觉地握紧了他的手,身子微微发颤。

"皮皮,不用担心。我受了伤,赵松也受了伤。他暂时不会来找我。"

她知道他这么说只是为了安慰她。

见她半天不吭声，他忽然又说："皮皮，我曾经对自己发誓，只要你还活着，我会尽力找到你，会让你活着的每一天都感到幸福。如果你为了我而受到伤害，我绝不能原谅自己，绝不能！"他的声音萦绕在她耳边，气息里充满力量，他一字一顿地重复，"你听清了吗？皮皮？我宁愿死也不会让你这么做。"

她的眼泪一下子溢出来："都是我害了你。如果你没有救——"

"嘘——"他掩住了她的嘴，"戴上这个。"

他的掌心里多了一样东西。

魅珠。

还是他的那一颗，在夜色中泛着隐隐的红光。

她赫然变色："你的魅珠？"

"嗯。我送给你的东西不可以随便送人。"他的表情好像是一个家长在批评做了坏事的孩子，"我的魅珠，除了你，几百年来还不曾沾染过第三者的气息。皮皮啊皮皮，你就这么大方地送人了，你真是我的劫数啊。"

她一下子就急了，敢情动物园她白去了吗："那千花她……究竟给你治了病吗？"

"没有。"

她顿时气结："没有？她什么也没做吗？"

"没有。"

"这么说，你的伤她没治？"她几乎带着哭腔了，"千花长得不错呀，歌也唱得好，她是喜欢你的，你和她……也不必客气，对不对？贺兰，我不介意，只要你能快些好，我真的不介意。"

她将头埋在胳膊里，呜咽出声。

"你胡说些什么？"贺兰静霆抚着她的背，慢慢地说，"我也不能随便失身啊，我守身如玉几百年，这清白岂能毁在她身上……"

她忍不住扑哧一声笑出来。

她将他的手掌放到自己的耳垂上："耳洞在这里。"她捉住他的手指，在自己的耳垂间轻轻地摸着，"发现没？这里有个小洞。"

他什么也看不清，所以不是对得很准，金环穿进去时有一点点刺痛。她怀疑他穿错了方向，但在这个时候，她有点期待疼痛。疼痛可以转移她的焦虑。

"这珠子你是怎么拿到的？"她忽然问，"我亲眼看见千花将它吞进了肚子里。"

他沉默了一下，说："那我猜想，她可能是吐出来还给我的。"

"呃——"

"不干净,我知道。所以我洗了很久,还用牙刷用力刷来着——"

"那千花会不会生你的气?"

"你不该找她的。"他叹了一声,"她当然会生气。"

她还想继续问,见他一脸倦态,便不再说了。

他们互相拥抱着,坐在月亮底下。

很快他又睡着了,均匀温暖的呼吸吹到她的颈窝。

山岚春水般地涨起来,月光暗淡,远处的星辰像一粒粒的扣子镶在天边。

夜半时分,他睡得很沉。山风袭人,他咳嗽了一声,有个亮晶晶的东西从他的口中飘了出来。

皮皮吓了一跳。

那是一颗水晶般透明的珠子,龙眼大小,在他头顶上悬浮,幽幽地闪着淡紫色的荧光。她轻轻呵了一口气,那珠子随着气流的变化,像个气泡一样飘来荡去,并不走远。

除了魅珠,原来贺兰静霆的身上还有别的珠子。

皮皮觉得很好玩,伸手到空中抓了抓。那珠子似有所觉,她微一抬手,它立即上升,悬浮到了半空。怕它跑得太远回不来,她从地上拾起贺兰的盲杖,想把它捞下来,身后忽然传来一声低喝:"别碰它!"

她急忙缩手,看见修鹒坐在离他们不远处的一个石墩上。

"这就是他的真元。"他淡淡地说,"只有在最绝望的时候他才会让它跑出来,直接暴露在月光下吸收月之精华。除了水晶,它不可以接触任何东西。任何东西都会让它立即像个肥皂泡那样破灭消失。而他会立即变成原形,恢复到修炼以前的状态。"

庆幸自己没干蠢事,皮皮问道:"你呢? 是不是也有一颗这样的珠子?"

"我们和他很不一样。我们没有原形。如果这颗珠子毁了,我们会立即死去。"他冷冷地说,"所以我们绝不会像他这样轻易让元珠跑出体外的。"

皮皮不禁唏嘘。直到现在他还在说"我们",好像宽永仍然在世。

她将贺兰静霆往怀里拢了拢,喃喃地说:"希望他能快些好起来。"

"珠子跑出来了,他现在没有任何意识。不过,他的处境非常危险。"修鹒双眉紧蹙,"赵松一定潜伏在这一带。他与贺兰同时受伤,估计一周之后就会来找贺兰。他的伤虽不一定比贺兰轻,功力却比他高,恢复起来也会比他快。"

他停顿了一下,抬眼看着她。

大厦将倾,即在眼前。

"告诉我怎样才能帮助贺兰,"她定了定神,觉得自己的嗓音很奇怪,好像变成了另外一个人,"或者告诉我怎样才能杀掉赵松。"

一阵沉默之后,修鹇说:"你听说过燕昭王的墓吗?"

皮皮承认自己没学好历史。她没听说过燕昭王的墓,也没听说过燕昭王。所以听了这句话,只能傻呆呆地看着修鹇,等着解释。

见她毫无反应,修鹇叹了一口气,说道:"那么你至少听说过这首诗:'前不见古人,后不见来者。念天地之悠悠,独怆然而涕下。'"

这当然听过!皮皮几乎雀跃了:"这不是陈子昂的《登幽州台歌》吗?小学生都会背。"

"幽州台也叫黄金台。燕昭王为了广纳贤士,便置黄金于台上,因此招揽了苏秦、乐毅这样的能人和大将,使燕国由弱转强。"修鹇说,"俗话说,'饱暖思淫欲,富贵想长生'。这燕昭王和齐威王、齐宣王一样,是古代中国最好神仙的国君之一。燕昭王的墓是我们狐族的禁地。"

"禁地?为什么?"

"燕昭王二年,有海人乘霞舟来拜访他,向他进贡了很多宝物。燕昭王很是喜欢,去世时便将宝物留在了自己的墓中。他的墓外立着一根华表,是用恒春木所制。这恒春树也是海外奇木,叶如莲花,芬芳如桂,花开不谢,随四时变色。此木千年不朽,遇火即燃,用它可以照见妖形。"

"我明白了,"皮皮说,"只要我能找到这根神木,将它带回来,就可以消灭赵松,对吗?"

"别忘了贺兰和我也是狐,也怕这根神木。"

"哦!可是,地上的木头那么多,我怎么知道哪一根是华表呢?"

"这是个好问题,解决的办法很简单。"他说,"我知道。我和你一起去。"

皮皮用力点点头:"贺兰怎么办?他一个人在这里,奄奄一息,无人照顾——"

"如果他受的伤不重,就很容易藏起来,因为他可以掩饰他的气味。现在他不断流血,血腥之气十里之内赵松都可以闻到。"修鹇的神色很奇怪,"如果贺兰出了事,不但他自己性命难保,整个修仙的狐族都会跟着灭绝。因为赵松一直恼怒狐仙们只顾修行不顾繁衍,给群狐做了坏的榜样,也导致自然狐群数量的剧减。他不肯相信这样一个事实:修仙的狐狸在总群中的比例历年都是稳定的,只不过最近一百年因

为环境恶劣，野外生存无望，比例才迅速攀升。现在，几乎每一个刚刚出生的狐狸都把修仙看作是自己的梦想。赵松于是下令禁止修仙，而想修仙的狐狸却能从贺兰这边得到许可。于是他又开始大规模褫夺那些修仙年限不到一百年的狐狸，逼他们重归自然。他和贺兰的冲突越来越大，决斗是早晚的事。"

皮皮想了想，说："那你们狐仙不能联合起来一起对付他吗？"

修鹠摇摇头："狐族是个非常松散的种群，我们分散在森林城市，各自修炼，平时极少联络。战争与我们无关，从来都是头人之间的事。"

皮皮正要说话，紫光忽地一闪，那颗悬在半空的珠子突然子弹般飞了回来，消失在贺兰静霆的口中。正摸不清发生了什么事，贺兰静霆忽然醒了。

他的头偏了偏，对修鹠道："有人敲门。"

"是不是赵松？"

"你们留在这里。"他没有直接回答，"我去看看。"

说完，他大步向山下走去，眨眼间便消失了。

大约这片刻的"月光浴"给了他暂时的元气，他行动居然十分敏捷。皮皮拾起地上的盲杖，对着黑黢黢的山道说："贺兰，你的手杖！"

她拔腿要追，被修鹠一把拦住："别去。他若去见赵松是不需要盲杖的。只用追踪气味即可。"

皮皮的心咚咚乱跳，急得乱了阵脚："那他会不会有事？你要不要去帮他一下？"

修鹠淡淡地看了她一眼："他让我留在这里照应你。"

"我不需要照应，你若真的不放心就把我关到井底，那里绝对安全的。"

"到目前为止，赵松还不知道有你这样的一个人存在。不然你的麻烦就大了。"

"那他们现在会不会动起手来？"

"不会的。"他说，"我相信他是来谈判的。祭司有祭司打交道的规则。"

她心乱如麻地在山顶上等。竖起耳朵聆听山下的动静。

如果真的打起来，不会没有一点响动。

默默地等了好久，她看了看手表，才过了不到十分钟，可她的心头却被一种不祥的预感搅得坐立不安。她站起来，围着井栏转了一个圈，月光平静地洒下来，风有点儿冷，他们第一次在井底的情景历历在目。那时头顶只有一个圆圆的天空，几粒星辰闪着孤光，但月色与今夜一样柔和。远处模糊的山影被城市的夜灯衬得微微发亮，天际间有层紫光，分不清天与地，仿佛盘古开天那般混沌。

过了一会儿，修鹠终于说："我们下去看看，赵松已经走了。"

修鹞的步子大，皮皮心急，几乎在跑。

他们在客厅里找到了贺兰静霆。

他仍然穿着那件光滑如丝的纯黑睡袍，却在吸着一支烟。

房间里没有点灯，却点了几支古老的巨烛，整个屋子散发着一股奇异的香气。

从认识贺兰静霆的第一天起，皮皮就没见过他抽烟。不过，那件曳地丝袍很衬他的身材。他看上去像一位末代贵族那样雍容而颓废。

烟在他手指中兀自燃烧，而他则垂首陷入沉思。

皮皮轻轻走过去，问道："赵松来过了？"

他点点头。

"他……你们……没什么事吧？"

他摇摇头。

然后他看着修鹞，指了指对面沙发上的一个帆布小包："我给你们订了机票。这段时间，我希望你带着皮皮到远处逛一逛。等我和赵松了结之后，你们再回来。"

修鹞一动不动地说："你们打算什么时候了结？"

"三天之后。"

"他是想趁着你的伤尚未恢复早点下手。你不应该答应他！"修鹞道，"不如我代你去会会他，你带着皮皮离开这里。"

"你不是他的对手。再说，谁说我有伤就杀不了他？"贺兰静霆弹了弹烟灰，笑道，"我自有我的办法。关键是，你们俩必须离开，好让我无后顾之忧。"

修鹞的脸沉了沉，说："我——"

"或许我该说，我命令你带着皮皮离开这里。"贺兰静霆打断了他，"我给你们订了明早去新疆的机票，你们得在那里待一个月。不要联系我，我若有事会和你们电话联络。"

说完这些话，他站了起来，伸出手来牵她："皮皮。"

他带着她进了自己的卧室，将她紧紧地抱在怀里。

她的眼泪吧嗒吧嗒地往下掉，哭湿了他的胸口。他摸着她的脸，柔声打趣："小丫头，你终于担心我了，不再谋杀亲夫了。"

她不说话，在他怀中抽泣。

"别哭了，又不是生离死别。"他说，"不过，有件要紧的事情要拜托你。"

她抬起头，怔怔地看着他。

"还记得那个银行卡的密码吗？"

她点点头。

"把它倒过来，是另一个密码。"他从床前的抽屉里拿出一把很小的钥匙，"我在那个银行的地库里有一个保险箱。里面有一些重要的东西，有一部分是留给你的，另一部分是属于狐族的。"

他将钥匙交到她的手中："万一我出了事，狐族会选出一个新的右祭司。到时候这个人会来找你，你要亲手将这把钥匙交给他。你能答应我吗？"

皮皮的身子一阵哆嗦。她接过钥匙，慎重地点点头："如果这个新的祭司是赵松，我也交给他吗？"

他低声说："我刚知道赵松杀了我的父亲。难怪这几百年我父亲一直没有音信，他的身上有我父亲的真元。这件事已有人透露给了长老会，所以新的祭司绝对不可能是赵松。"

说完这话，他坐到床上，柔声地说："夜深了，你还不困吗？"

她爬上床，全身都缩到他的怀里："不困，我睡不着。你抱着我好吗？"

他紧紧地抱着她。

"这一切会结束吗？"她在他怀里喃喃地说。

"什么结束？"

"你和我。"

"不会。"他在她的额上亲吻了一下，"我和你，一切都远未穷尽。"

她在黑暗中深深喘息，仿佛要把心头的沉重呼出来。

伤口还在流血。她揽着他的腰，手掌很快就湿了。她把血抹在自己的胸口上，指间黏黏的，她放到嘴边，一点一点地吮干净。

这是他的血，她要熟悉它，记住它。

"还没睡着吗？"过了一个小时，听见她呼吸忽快忽慢，还夹杂着抽泣，他在黑暗中问道。

"一，二，三，我们一起闭眼睛。"皮皮说。

也许这是他们在一起的最后一觉，皮皮没有说道别的话，她居然睡着了。

机票是早上八点的。皮皮六点醒来，发现贺兰静霆正在替她收拾行李。她去浴室洗了澡，然后去书房找了一本全国分省交通地图塞进包里。

收拾完毕出了房门，皮皮发现修鹇拿着汽车钥匙在客厅里等着她。

相顾无言，她紧紧地拥抱了一下贺兰静霆，用力地看了他一眼，说："等着我。"

他点点头，将他们送出门外。

出门就是一个下坡，汽车沿着一条小路很快就下了山。他的身影渐渐模糊，脸

上却毫无表情。眼看就要转弯消逝之际,他忽然举起手挥了一下,皮皮顿时泪如雨下。

就这么一路呜咽地到了机场。

一下车,皮皮擦干泪,将机票一撕,对修鹇说:"我要去找燕昭王的墓。你愿意跟我一起去吗?"

这仿佛也是他的计划。修鹇点点头:"那个墓在天津蓟县。我去买天津的机票。"

他依然穿着一双人字拖鞋,白色的衬衣背后,依然用笔墨画了一只鸟。鸟的翅膀是黑的,样子像乌鸦,神态漠然,一双眼睛很忧伤。

"你吃早饭了吗?"皮皮问。

"没有。"

"我去给你买。"

他点点头,径直去了售票台。皮皮发现他近来很不修边幅,胡子没剃,头发也很乱。只是修鹇长得太漂亮,所有的缺点都成了风格。他一路香风旖旎地走过去,路人无论男女皆频频回顾。

她买了香肠和肉包,回来时发现修鹇已坐在了通往安检的一排椅子上。

她递给他早餐,同时,还有一次性的筷子和盘子。

他抬头看了她一眼,目光如芒刺。随即拆开筷子,慢慢地吃了起来。

她坐下来,喝了一口豆浆,企图搭话:"宽永是天水人? 我怎么听贺兰说他是英国人?"

"别提他行吗?"他忽然不耐烦地说道。

"对不起。"

余下的时间直到坐上飞机,下了飞机又坐上去蓟县的大巴,在高速公路上行驶两个小时,修鹇一句话也不说。

他们下榻蓟县渔阳宾馆。

宾馆临近府君山,放下行李,乘车来到府君山下,修鹇说:"我带你上山走走。"

皮皮看着他,问道:"你……曾经来过这里?"

他点点头。

"贺兰也来过这里?"

"对。"

"你们知道华表在哪里?"

"这是本族的机密,就算是赵松也不一定知道很多。贺兰曾经花很长的时间做过研究,他找到了华表,将它藏到燕昭王的墓中。"

皮皮眨眨眼:"所以,贺兰也去过燕昭王的墓?"

"是。做这种事很需要胆量。府君山也叫崆峒山,它是狐族的禁地,这里不仅有制约本族的恒春木,还有另一些可能会置我们于死地的东西。燕昭王收藏的宝物众多,他的陵墓里充满了机关。"

皮皮不由得停住脚步,向前望去。

她觉得府君山看上去很平凡,不是很高,没有她想象的那么峻峭雄伟。这里说是道教圣地,皇帝问道广成子的地方,她却觉得没什么仙气。

她等着修鹇说下去。

"燕昭王二年,海人进献给昭王的奇物中,除了恒春木,还有龙膏。"

"龙膏?"

"传说海外有方丈之山,山之东有龙场。巨龙常在此处争斗,膏血如水流。那海人以雕壶盛数斗龙膏进献昭王。昭王坐在通云台上,以龙膏为灯,光耀百里,烟色丹紫。"

皮皮接口道:"你说的龙膏也会置你们于死地?"

"不是。"修鹇解释,"这方丈山的西面有照石,石碎如镜面,燃龙膏以照,百物现形,妖孽毙命。昭王去世时,匠人舂此石入泥,作为护棺之用。所以当年贺兰只身入墓,只带了一个手电筒。任何燃烧之物对他来说都是致命的。"

在山上走了半个多小时,到了西麓的锁子岭,修鹇指着不远处一个巨大的土堆说:"看见那个土堆了吗? 这一带的人都叫它窦王墓,但窦王是谁,谁也不知。这个土堆方圆超过一百平方米,上面却没有一棵树,你不觉得奇怪吗? 这是因为古代君王的冢墓上层都会铺上一层由糯米糯子和石灰搅拌而成的灰土,这种土防潮防水,格外坚实,灌木的根无法从中吸取养分,只有根茎很浅的小草才能生长。此外,这锁子岭是龙脉汇聚之地。以风水家的眼光来看,古墓气势非凡,东镇崖头,西望京都。平视若苍龙探首,口吐山泉,大有龙盘虎踞之势,是典型的帝王陵寝。燕昭王一生痴迷于神仙方术,必然会选择风水最好的地方作为他归仙之处。"

皮皮忍不住对他刮目相看:"你不是医生吗? 我怎么觉得你也是位考古学家呢?"

修鹇淡淡一笑:"以考古学家的眼光来看,帝王墓道向西,从西侧打山洞进去,在东侧建墓。这是汉代以前王侯贵族典型的墓葬结构。我在学医以前经常给贺兰打

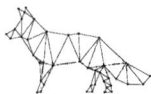

下手,这些都是他教给我的。"

说罢随手从地上拾起半块瓦片:"你看这种饕餮纹的瓦当,也是燕都常见的。"

皮皮说:"墓道在哪里?我们现在就开始挖,好不好?"

修鹉瞪了她一眼:"这种事怎么能在白天干呢?"

等了整整一天,没接到贺兰静霆的任何电话。趁这当儿,皮皮和修鹉去商场买了工兵铲、斧头、手电筒之类的工具。

他们先出宾馆到街上散步、吃饭,一直等到夜半才上山去了锁子岭。

修鹉很快就找到了以前挖的盗洞入口。两人两把铲子,挖了两个小时,铲子才触到一块巨大的石板。修鹉说:"入口就在石板的底下。"

皮皮从背包里拿出一瓶二锅头,仰头灌下一口,抹了抹嘴,拿起铁铲用力往旁边挖。不一会儿工夫,一块一米见方的青石板露了出来。修鹉用铁锹使劲一撬,石板张开一道缝。他用力一推,推出一个一人见方的小洞。

一股阴风从里面钻了出来。

山间只有草虫的声音。阴风里带着一股陈腐的气味。皮皮给手电筒换了两节新的电池,她看着修鹉,四周阴森森的,仿佛有无数阴魂一齐从那洞里涌出来在她身边跳动。

她吓得寒毛直竖。

"你……上次进去过吗?"皮皮的双腿抖得厉害,不由得将身子紧紧贴着修鹉。

"没有,贺兰没让我进去,我一直站在洞口接应他。你若害怕,就在外面等着我。"说罢他将手电筒含在嘴里,往洞里轻轻一跳。

皮皮当然害怕,心咚咚地乱跳,可是她跺跺脚,将牙关一咬,也跟着跳了下去。

原来那洞并不深,也就一人多高。跳下去时修鹉还伸手接了她一下,地上是些土块和碎了的瓦片,踩着向前走,咯咯作响。只走了几步就被前面的一块大石挡住,两人不得不猫下腰去钻大石旁边的另一个小洞。这洞委实太小,仅容得下一个人的肩膀。修鹉将外套一脱,光着上身往里钻。皮皮个头比他小,也将棉来克脱了,只穿着一件紧身的短袖 T 恤往里爬。

那是一个长达二十多米的甬道,大约就是贺兰静霆挖出来的。爬到一半,墓里氧气有限,皮皮停在中间大声地喘气。过了片刻,她憋足了气,继续拼命往前爬,不一会儿工夫便到了甬道的尽头。她灰头土脸地钻出来,空间豁然宽畅了。

墓里充满了死亡的气息。

手电筒只有几寸的光芒，她碰了碰前面的修鹇："这就是墓室了吗？"

"嗯。"

手电筒向四周一照，他们好像来到了一个土室。头顶是一排巨大的楠木，地上一片凌乱。有一面墙塌了，外面的土从歪斜的巨木中挤进来，仿佛整个墓室随时也要坍塌的样子。

皮皮嗅到一股腐烂的气息，空气稀薄，令人窒息。修鹇拿着一根铁钎在地上翻来翻去，几个青铜罐子被铁钎拨得叮当作响。他沉思片刻，忽然摇头："看来这间不是主墓室，是间耳室——这些东西都是礼器和食器。"

皮皮完全同意他的看法，地上虽有不少盆盆罐罐，但她没看见棺材。然后，修鹇忽然向东走去："在这边，这里有个小门。"

小门也是洞，不过有半人之高，他们钻了进去，修鹇用手电筒一照，有什么东西忽然反了一下光，他"嗷"地叫了一声，倒在地上。

皮皮本来就紧张，还以为他见了鬼，手一抖，手电筒掉在地上，也顾不得许多，忙去拉修鹇："你怎么啦？出什么事了？"

"关……关掉手电筒。"他呻吟了一声。

皮皮连忙关掉手电筒。里面顿时黑得伸手不见五指。

"你受伤了？"她惊呼，伸手扶住他。

"这附近有照石。"他说。

"不是说，要点燃龙膏才能照见……你们吗？"她本想说，照见"妖形"，怕他介意，将这两个字吞了进去。

"可能是……传说有误。"

"那贺兰是怎么进来的？"

"他的修行年限……比我长一倍都不止。"他说话开始上气不接下气，而且他倒在地上，仿佛中了剧毒，四肢僵直，不断地打战。

"你得尽快离开这里，我先送你出去。"皮皮将背包一挎，弯腰要将他抱起来，听见他的喉咙咯咯作响，仿佛呼吸很困难。

修鹇的个子并不太高，人也很瘦，可是皮皮觉得他很重。她用力地想将他从地上抬起来，试了好几次也办不到，只好拽着他的胳膊用力地拖。拖了十几分钟，终将他拖回了原先的墓室。

打开手电筒照他的脸，他的脸又青又绿，双眼充血，形同鬼魅。他用手抓了她一下，说："我估计坚持不了多久，你得快一点……找到恒春木。"

皮皮一听，顿觉冰水浇头："你……你会死吗？"

"我觉得很不舒服。"他呻吟了一声，"我不知道死是什么样子，我从来也没死过。"

皮皮不管三七二十一，将他的上身抱起来，用力往外拖："这里空气不好，我先送你出去。"

"别管我，先去找木头。"他急喝了一声。

"不！我要先把你弄出去！"她说，"宽永已经死了，你再死掉，贺兰会伤心的。"

她先爬进甬道，用衣服捆住他的手，使足力气往外拖。

头一半的路程修鹛还能动一下，用手指抠着泥土往前挪，渐渐地他就爬不动了。手软了，连头都垂在地上，皮皮和他讲话也不答应。但她还是不断地拉他，一点一点地往外拖，拖了近一个小时，才终于将他拖到洞口。

仰起头可以看见一角天空，新鲜空气哗哗地往下涌。皮皮张大口呼吸了几下，这才发觉背上臂上火辣辣地生疼，大约刚才只顾着爬，只顾着用力，身上被泥土和石块刮出了道道伤痕。

她将修鹛扶着坐起来，但他的腰是软的，像瘫痪病人那样一个劲儿地往下滑。而且他的眼也闭上了，很虚弱地喘息着。她心里一阵慌张，去摸他的心跳，但他哪里有心跳。种狐只有一个躯壳和一个生殖器官，强大时他们比谁都凶猛，虚弱之时，他们比谁都不堪一击。

灵机一动，她捧住他的脸，深深地吻了一下。

修鹛的身子猛地一震，推开她，结结巴巴地说："你，你干什么？"

"给你点阳气。"

阳气说有就有，他居然立即就能自己坐起来了，抬起一双眼，在黑暗中凝视着她。

她不顾一切地又吻了他一下，这一次，在他的唇间停留了很长时间。他非常被动，也不回应。

"好了，"皮皮抹了抹嘴，"别想那么多，我只是帮你治疗一下。"

他好久也没吭声，过了一会儿才说："那个木头的上面应当雕着仙鹤的花纹。但年深日久，花纹有可能不容易被发现。"

"是很大的木头吗？"皮皮问。

"不是。贺兰也只找到了一小段，它们已经碎成了小块，每块只有筷子那么大。你要千万小心。贺兰说，他找到木头的时候，木头就泡在龙膏里，已经泡了几千年。这东西不能见火，见火即燃。甚至温度高一点都会燃烧。他原本想在这墓里多拿点

东西,因为忌讳恒春木和照石,不敢久留,只能匆匆地走了。"

皮皮点点头,将手电筒含在嘴里,只身原路返回墓室。

前面是幽深的洞穴,她很害怕,但她别无选择。

第二十八章

欲吊遗魂野草深

墓室并不大，手电一照，又有几处微弱的反光。仔细一看，地上果然散落着一些石块，黑色的，薄薄的好像云母，绝大多数都被厚厚的黑灰盖住。拾起一枚，抹尽灰尘，表面光滑如镜，手电一照便闪闪发光。她这才明白原来照石并非只有点燃龙膏才起作用。刚才若不是这些石头上有很多灰尘，只怕修鸲早已经当场毙命了！

她随手拾了几枚用手绢包好放进背包。然后用铁钎四处寻找那段传说中的华表。

墓室里的空气仍然令人窒息，地面掩埋多年的东西被铁钎一翻，顿时散发出一股刺鼻的气味，几乎令她呕吐。皮皮浑身起满了鸡皮疙瘩，她打开口袋里的MP3，放了首热闹的歌驱挡恐惧，口里也跟着哼哼。尽管如此，还是吓得要死。不出声吧，墓里安静得令人崩溃；说话吧，怕惊醒了千年孤魂。皮皮本来不信鬼，可是，如果狐仙都是真的，鬼肯定也是吧？

墓室的正中摆着一具朽坏的棺木，看上去就是一个长方形的木盒子。看得出棺木被人动过，边沿有铁器撬过的痕迹。皮皮虽然不懂考古，也算参观过博物馆。C城博物馆里的古棺形质摆在那里，漆着花纹的棺木平静地躺在石台上，墓室比那间耳室宽出十倍，墓主的来头肯定不小。如若真是燕昭王，里面可能还套着几重棺椁。

她拿着手电猫着腰在地上仔细找，耳边轰鸣着迈克尔·杰克逊的摇滚乐。不多久便发现石台的一角堆着一些朽木的残片，拾起一块在手里掂了掂，木片沉甸甸的，裹着一层沥青一样的东西，好像商店里卖的巧克力饼干。

她用小刀刮去"沥青"，露出一小截雕着花纹的木头。年深月久，纹路已经模糊了，而且只有一小部分，看不出具体的形状。那"沥青"是暗紫色的，有点黏，倒像是描述中龙膏的颜色。但她不敢肯定这就是华表木，又绕着墓室走了一圈。

一不小心，脚踢到了一个圆圆的东西，用手电一照，竟然是个人的头骨。她吓得赶紧闭上眼，随手拾起一个青铜大锅将那头骨一盖，眼不见为净。

地上散落了很多东西：玉片、人骨、瓷片、珍珠，还有一些说不出名字的铁器和铜器。当然更多的是零碎的木片。这些木片也是漆黑的，也很小，也漆着花纹，只是上面没有膏状物。皮皮只得又走回去研究石台上的那堆木块，将两种比来比去。

不经意间她瞥见石台上有人用炭笔画了一个大圈，将那堆木块圈了起来。为看清那个圈里还有什么记号，她将木片往旁边一推，眼中忽然出现了两个字，一个笔画很多的字：

"觿"。

另一字却是别人的笔迹："槿"。"槿"字很小，写得很规矩，却是甜甜蜜蜜地和"觿"字挤在一起。

她的心头仿佛被点燃了一把火，就算她不认得这个字，也认得他的笔迹。她的脑中忽然闪过了小菊说过的话：

——皮皮，你不能像我这样坐视着一切事情发生在自己身上而无能为力……

是的，她不能坐视贺兰静霆的死亡。

她将木片一一拾起，装在准备好的冰盒里，塞了满满一盒，然后装进包中，从原路爬了出去。

洞口坐着的修鹏脸色还是苍白的。

皮皮问："你还能不能站起来？我先出去，从外面将你拉出去。"

他摇摇头。

"扶着这个。"她将三尺来高的铁钎递到他手中，捧着他的脸，又狠狠地亲了他一下。

凭着这一口阳气，他勉强站了起来。

皮皮爬出洞外，用腰带套住修鹏的双肋，使出吃奶的气力，将他一点一点地拖了出来。

盗洞原本就在一个极隐蔽之处，皮皮匆匆填上土，将外面的藤蔓拉下来遮好。扶着修鹏走到一个开阔的山道旁边，给出租车公司打电话。紧接着她又给宾馆打电话，让服务员帮她订明日最早回 C 城的机票。

"请问您要订几张？"服务员熟练地敲着键盘。

"两张。"

修鹏忽然说："一张。"

她掩住话筒问道："修鹏你不跟我一起回去吗？"

他看着她，说："我需要回我的洞穴修炼。"

皮皮看了看四周："这里？这座山上？"

他摇摇头："我的洞穴在武当山。我会在这一带先找个地方修炼，等真气恢复一些了再启程去武当。"

皮皮忍不住问："那你要修炼多久？"

"最快也要三十年。"他笑了笑，"看来我们这是永别了。"

"怎么会呢？"她说，"才三十年，三十年后我才五十多岁嘛。"

这话说到一半，她想到了青木先生的诅咒，脸一下子就黑了。

果然是永别。

"那么，或许我下一世能遇到你。"她坦然一笑。

"第一，我不是贺兰，我不会来找你。第二，我情愿你不再遇到我们，这样你会有一个更加纯粹的、不被狐仙打扰的人生。"

那个"人"字他用了重音。

出租车公司的人说大约要等二十分钟。

皮皮将修鹇扶到一棵树下，让他背靠着树。

沉默了一会儿，她问："这墓贺兰来了不止一次，对吗？"

他点点头："你怎么知道？"

"第一次陪他来的，是一个名字叫'槿'的人。"皮皮顿了顿，说，"可能是个女人。"

"对，我听他说过。"修鹇说，"他曾经带你来过这里——我是指，几百年前。他说，你的胆子很大，又很调皮，非要跟他一起进来。"

皮皮傻眼了。

"结果你不小心触碰了墓室里的防盗机关，一箭穿心，当场死亡。"

皮皮一张脸顿时被唬得变了色："你饶了我吧！修鹇，这也太搞笑、太戏剧化了吧！"

"不戏剧化。"他说，"贺兰说，当时你有点害怕，为了缓和气氛，他跟你讲了一个笑话，你乐得手舞足蹈，一不小心碰到了机关。他狂怒之下，将那个燕昭王从墓里扔了出来，然后将里面打扫干净，将你放了进去。后来我还陪他来吊祭过几次。他常常说，他遇到过二十几个你，就数这一位死得最冤枉。"

第二天，皮皮独自坐飞机回到了C市。

贺兰静霆一直没给她打电话，她的心头有一种不祥的预感。

她抬眼看了看天，很亮的阳光，很好的天气，风暖花开，行人的脚步噌噌有声，她怎么知道今天不是好日子？

下了飞机她买了四个打火机，最简单的样式，不用掀盖，一点就燃，火焰立即飘出来。

计划都想好了。

她让贺兰静霆躲在井里，自己独自去会赵松。

狐族里没有人知道她亲自去了燕昭王的墓，盗走了千年华表和照石。

修鹇说，这只是个流传了很久的传说。而且不是从狐族开始流传的，而是从人类的古书中发现的。贺兰静霆的好奇心极大，一直想找到制约他父亲的武器，做了很久的研究，才找到这里。

但他深知可以毁灭他父亲的东西自然也可以毁灭他,甚至可以毁灭整个狐族,所以他没有将这些灵物带出来,只是暂时封存此处,以便不得已时作为防身之用。

汽车驶进闲庭街,皮皮不自觉地摸了摸自己的口袋。左边装着华表木,右边装着打火机,裤子口袋里塞着两枚照石。背包中有狗血、雄黄和已经腐败的喜鹊。车的后座还有一只花重金买来的猎狐犬。

可是一下车,她的心就猛地一沉。

闲庭街宅子的门外停着一辆陌生的吉普。

贺兰静霆习惯在自己博物馆的办公室会客,他的家里极少有访客。

门没有上锁,家里一定有人。

她果断地叩了叩门上的铜环。

过了一会儿,门开了。出来了一位三十岁的男人。

这男人非常英俊,长眉朗目,眸若寒星。

他的英俊和贺兰静霆、修鹇很不一样。

后者是那种年轻的美,带着一股英姿和桀骜;而前者却是一种成熟的美,他的眼角已有了鱼尾纹,嘴边有两道浅浅的笑痕,看人的样子显得很有城府、很笃定。

他好像是这家的主人,并没有期待访客,所以看见皮皮背着书包站在门口,有点吃惊。

可是,他没有问"你是谁",也没有问"你找谁",只是很简单地说:"请进。"

这么坦然的邀请,皮皮站在门口,反而迟疑了。

这人究竟是谁? 怎么会有这幢房子的钥匙? 贺兰静霆在家吗? 她会不会正在深入虎穴?

接着,她就为自己贸然的行动后悔了。她明明有后门的钥匙,进这屋子的办法也很多,完全没必要和这个人——倘若他就是赵松的话——产生正面的冲突。

皮皮将一只脚踩在门槛上,笑着说:"我找贺兰先生。请问您是——"

"我姓赵。"

她的腿哆嗦了一下。听见出租车司机在身后提醒:"小姐,您忘了您的狗。"

"对,对。"

原来她急着下车,忘记了后座上刚买的狗。那狗对她也不熟,没什么忠心可讲,也没有跟她下来的意思。

后门打开,猎狐犬猛地蹿出来,气势汹汹地冲到皮皮身边,忽然停止不前,发出一声奇怪的呜咽。

门内的人笑了笑，说："这是你的狗吗？真可爱。"

皮皮道："他有点认生。你介意我带着狗进来吗？"

"不介意，我很喜欢狗。"

她怀疑地看了他一眼，策狗而入。

门"吱呀"一声，关上了。

"贺兰先生在家吗？"她一边问，一边将狗拴在门柱上。

院子里看不出什么变化。大约花匠来打扫过一次，残花尽去，木叶扶疏，树影憧憧。

"在。"他说。

她悄悄松了一口气。可是，下面一句话又让她的心吊到了嗓子眼里。

"我在等你。"

皮皮注意到他的主语。

他没有说贺兰静霆在等她，而是说他在等她。

"你就是赵松？"她忽然说。

"是。"他的神态很谦虚，很礼貌，甚至很温和。

皮皮的手下意识地插入了口袋。口袋里面有一包烟，每一根烟里都插了一根很细的神木。她忽然想，现在她和赵松单独在一起，正是下手的时候。如果等会儿碰到了贺兰静霆，投鼠忌器，反而不好动手了。

她故意放慢了脚步，掏出一根烟夹在手中。

"女孩子抽烟，可不是好习惯。"他笑着说，"不仅污染环境，对自己的身体也不好。"

"我无所谓。"皮皮很嬉皮士地笑了笑。

掏出打火机正要点火，赵松忽然说："你也许想知道贺兰现在在哪里。"

她的手颤抖了一下，将打火机塞进口袋。

"不是说贺兰先生在家吗？"

"他的家很大很大。"他做了一个夸张的帝王般的姿势。

也许，贺兰静霆藏起来了？连赵松也没有找到？

她想起了那口井。心跳不由得加快，转念一想，马上又打了一个冷噤——也许贺兰静霆已经被他劫持了。

她不禁看了赵松一眼。他的脸是淡淡的表情，很镇定，很放松，很家常。

他们进了客厅。

"坐。"他指了指沙发。

皮皮第一眼就看见了沙发旁边放着的一根盲杖，心里一阵刺痛。贺兰静霆的盲杖平日极少离身。

突然间，她厌烦了和他兜圈子，直截了当地说："贺兰静霆在哪里？我要见他。"

他拖了把椅子，坐到她对面，迎着窗外的阳光，观察她的脸："见他，可以。不过，我要他的一样东西，或许你能帮我。"他眼角的鱼尾纹微微翘起来，"你是他的女人，对吧？"

她的眼睛眯了起来："你想要什么？"

"那把钥匙。"

她没听清："钥匙？"

"对。"

她装糊涂："什么钥匙？"

"一把重要的钥匙，他不肯交给我。"他伸手过来拍了拍她的肩，"或许看见了你，他会松口。"

"我不明白你的意思。"

"你一定是那个女人。"他不动声色地说，"他绝对不想看到你受折磨。"

她怔怔地看着他，原来他什么都知道。

"我知道那把钥匙的下落。"她说，"不过，你得拿贺兰静霆来交换。"

"贺兰静霆的确在我的手中。不过，他太危险，我不能把他交给你。把钥匙交给我，我让你活着走出这个大门。"

皮皮一动不动地看着他："放了贺兰静霆，我交给你钥匙。"

"这样吧，"他淡淡地说，"我让你看他一眼。"

他从地上拾起那根盲杖，往天花板上捅了捅。

忽然间哗啦啦一声巨响，天花板开了一个大洞，从里面掉出一个人，双手拴在铁链上，就这么悬空地吊在客厅的中央。

"贺兰！"她不顾一切地向前冲，想抱住他。却被赵松一把拉住，随手将她一拖，甩到墙根。她的头重重地撞在墙上，一时间金星乱冒，半天坐不起来。

贺兰的头一直垂着，浑身是血，雪白的睡衣散了开来，腰上的那个洞似乎更深了。

他无知无觉地吊在空中，像一个受过酷刑的囚徒。

"贺兰！"她叫道，"贺兰你醒醒！"

空中的人勉强地动了一下，双眼睁开，茫然地望着她。

他现在什么也看不见。

"我回来了!"她哭道,"我会救你出来!"

来不及擦干眼泪,她迅速从口袋里掏出一根浸着龙膏的木片,另一只手点燃了打火机。

是的,这是她的秘密武器。她在心里庆幸,到目前为止,她所做的一切都没有错。

看着那片木头,赵松颜色尽失,接着又突然笑了起来:"千年华表? 姑娘你真有趣。你应该知道贺兰静霆和我一样都怕它吧?"

虽是这么说,他不自觉地退后一步,站到贺兰静霆的身边。

"皮皮,点燃它!"贺兰静霆嘶声吼道。

"你一点燃,我和你心爱的男人就会同时消失,立即变成两只狐狸……"

"不!"她的手哆嗦着,举着那块木片,迟迟不肯下手。

"皮皮,他的身上有我父亲的真元。"贺兰静霆努力让自己的声音保持镇定,"点上火,你身上的一切诅咒都会消失!"

"不!"她大叫,"变回狐狸你最多只能再活一年! 我不要你死! 我……我还没嫁给你呢!"

"别担心,我们还有来世……"他急切地说,"你要当机立断!"

"他在骗你。"赵松道,"狐族没有来世。你若点燃了这块木头,你们永世也不会再见了。"

他一面说一面解开了贺兰静霆身上的铁链,受伤之人像一块石头那样坠落在地。赵松将他的手臂一拉,拉到自己身边,保护伞一般地挡住了自己。

"皮皮,点火! 你若不点火,他也一样要褫夺我的真元。结局没什么两样!"贺兰静霆整个人都被赵松拖着强行站了起来,他的脸上已是青灰之色,浑身是伤,皮开肉绽。但他的脸还是那么好看,那么漂亮。

"不!"她放声大哭,"不! 我不能看着你死! 我不能杀死你!"

泪水模糊了她的眼睛。

"皮皮,点火! 一切都会很快! 我不会有痛苦!"

"不! 我不!"她发狂地吼道。

她始终不肯点燃手里的木片,只是神情紧张地看着面前的两个人。

那一刻,她的弦绷得太紧,几近崩溃。

犹豫不决中,人影一闪,两个人同时都消失了。

到底还是晚了一步。

从小到大,皮皮都不是一个果断的孩子。她常把这事儿怪到她妈妈的头上。比如说中学的时候买衣服,只要是皮皮挑的,皮皮妈就不肯付钱,除非那式样她也喜欢。如果是皮皮妈看中的,她宁肯在女儿面前游说三个小时,也要说服她买下来。又比如说小时候出门,皮皮说"好热",皮皮妈偏说外面冷,一定要给她穿件厚大衣。或者有时候皮皮觉得冷,皮皮妈倒不觉得,就会说:"这么大太阳,一点儿也不冷,谁让你平时不锻炼呢,这点风都经不住。"最后弄得皮皮对温度的感觉产生了障碍。她不知道什么是冷什么是热,一切以妈妈的感觉为主。她也不知道哪件衣服适合自己,一切要等妈妈同意。

工作之后的第一天,她用自己的工资去买了一件毛衣。这回是花自己的钱,理直气壮地没请教妈妈的意见。从拿回家的第一秒起妈妈就数落开了:颜色不正,尺码太小,式样古怪,穿着老气,织得这么松,一洗准缩水。价钱这么贵还不是纯羊毛的。最后一句话,发票保存了没? 我替你去退了。新华路商场二楼新开了一个羊毛衫专柜,我带你去挑一件,闭着眼睛找也比这个好。皮皮一怒之下偏偏不退。穿了一个月,越穿越觉得妈妈说得不错,缩水缩得露出了半截手臂,洗起来还褪色,懊恼地把它塞进衣柜里再也不穿了。

高考那年,皮皮填志愿本想填梦寐以求的新闻系,被爸爸大喝一声,学什么新闻? 新闻单位那么热,没背景你进得去吗? 还是填行政管理,干这一行可大可小,大了能当主管行政的厂长,小了也能当个打字员。

皮皮没有点燃神木,眼睁睁地看着赵松带走了贺兰。

她想也没想就追了上去,赶到院门口却发现门已被人从外面锁住。她转身去爬院墙,墙外的汽车已然发动。等她终于从墙上跳下来,汽车已经消失了,只留下一道卷起的烟尘。

她独自跑回院子,大汗淋漓地立在当中。

脑子像个巨大的螺旋桨那样凭空旋转,她想了很多的主意,没一样可行。

因为她不知道赵松是谁,怎样能找到他。贺兰极少提起赵松,看样子他应当也像贺兰那样在人间有一个职业,一个身份。但有一点可以肯定:赵松的管辖地在北纬三十度以北,所以他肯定不住在这个城市。

她只得给苏湄打电话。

电话从天明一直打到黄昏,没人接。留言,无回音。

直到晚上八点，电话那头才传来一个慵懒的声音："是谁?"

"是我，关皮皮!"

那边沉默了。

过了一会儿，苏湄说："皮皮，你惹大祸了。"

皮皮心头一酸："……赵松把贺兰带走了。"

"我听说了。"

"你听说了? 这么快?"

"这是电子时代。"

"那你有没有贺兰的消息?"

那边停顿了一下，似乎在犹豫该不该说："皮皮，你别难过。赵松已经褫夺了他的真元。"

"什么?"虽然猜到事情多半如此，她还是不愿相信这是真的，对着话筒叫道，"你说什么?"

"我从收音机里听到的。赵松向狐族宣布右祭司贺兰静霆的真元已被褫夺，凡是他签署的修仙申请全部作废。从今往后，他将不再批准任何申请。换句话说，我们将是地球上最后一批狐仙。"苏湄的话音里透着一腔愤怒。

皮皮怔在那里，半天没说话。

往事一幕一幕地闪过来。

——那个深雪的冬日，她帮了一个怕狗的男人。

——井底的月光。

——慢慢地吃花。

——拍卖会上他神色自若地摸着盲文手册。

——幽深的湖水里他向她伸出一只手。

——他写的歌。

——桑林中的第一个吻。

——高速公路上他说：慧颜，我怎么可能伤害你。

——屋顶上的黄漆大字：关皮皮，我爱你。

——古城箭楼上的放肆。

——永远在流血的洞。

他们之间一直是反反复复的悲剧。就好像西绪福斯不停地将一块巨石推向山顶，又眼睁睁地看着它滚下去。日复一日，同样的故事上演，然后重复着同样的

结局。

他们之中,注定没有长远的幸福,注定有一个人会突然死亡。

皮皮觉得自己受到了命运的捉弄,一种由衷的荒谬感产生了。

幸福是虚妄的,在她到手之际悄悄溜走。

而她在一两年内也将接受自己的厄运。

这一世,她和贺兰静霆是最后一次相遇。

"他会去哪里?"皮皮颤声问,"贺兰会去哪里?"

"听说赵松遵从了他的心愿,将他送往北极。"

"北极?"

"北极是他的家乡,"生怕她伤心,苏湄声音很轻,"听着,皮皮。一切都结束了。他受了伤,眼睛看不见,变回原形后不可能生存太久。长眠于北极是他最后的心愿。"

她放声痛哭。

"皮皮,继续你的生活,像所有普通人一样。毕竟,你我原非同类。"

"不!"她突然大吼一声,"不是这样!我不可以让这一切发生在我身上!"

原来伤心是这样刺骨,一切都是她的错。是她亲手葬送了贺兰,是她毁了他们已经到手的幸福。

"皮皮,别犯傻了。听我的话,回家睡一觉,醒来之后,将这一切都忘掉吧。"

"不!我不会忘!我永远也不会忘!"她不停地哭,哭了半个多小时,苏湄一直没放下电话。

最后她吸了吸鼻子:"湄湄姐,还有什么办法可以救贺兰吗?"

"……除非你能抓住赵松,逼他吐出贺兰的元珠。"

那颗淡紫色气泡模样的珠子是贺兰的全部精气和生命力。

"有什么办法可以抓住赵松吗?"她急切地问。

那边是一阵更长的沉默。

"没有办法。这个世界上除了青木先生和贺兰静霆,没有第三个人能够奈拔他。倘若青木先生真的如传说的那样已被他消灭,他现在就是狐界的王。"苏湄深深地叹了一口气,"我们可就进入了专制时代。赵松的目的无非是要消灭所有的狐仙,由他一人统率狐界。"

想了一会儿,皮皮忽然镇定下来:"湄湄姐,你能帮我一个忙吗?"

"说吧,我一定尽力帮你。"

"能替我带个口信给赵松吗?"

"……带什么口信?"

"告诉他我有一把钥匙,如果他想要的话,就打我的手机。"

"一把钥匙? 什么钥匙? 他会感兴趣吗?"

"会的。"她的嘴角不自觉地浮出一丝冷笑,"那是贺兰静霆历年为狐族积累下来的财富:古玩、钻石、黄金、瑞士银行的账号。"

第二十九章

最后一击

那一个月皮皮只等待一件事——赵松的电话。

她知道他一定会来要这把钥匙。钥匙是她唯一的赌注。

一周后，苏湄来电话，告诉她赵松还在北极。又过了三周，苏湄又来电话，赵松回来了。

就在接到苏湄电话的第二天，皮皮接到了一个陌生的电话。

陌生的声音，陌生的号码。

"你好，请问是关小姐吗？"

"我是。"

"我是赵松的朋友，我叫陈广。听说，关小姐有事找他？"

"是的。"

"赵松说，无论小姐有什么事，都可以直接和我谈。他不会直接见你的。"

皮皮正在喝茶，将杯中的水一饮而尽，缓缓地说："如果他不愿意见我，那就没什么好谈的了。"

"或许关小姐会担心你家人的安全。"

"这正是我的交换条件。"她的口气显得就事论事，"贺兰静霆已变回原形，我对你们狐界的事不再感兴趣。我愿意交出这把钥匙，前提是你们必须保证不再骚扰我和我的家人。"

那边传来一声轻笑："这倒是个简单的交易。"

"是很简单，不过我要听见祭司大人的亲口保证。"

"这是当然。我们狐族是讲信用的。祭司大人的保证自然是一言九鼎。"那人认真地说，"那么，关小姐，我们去哪里拿那把钥匙？"

"钥匙在建行C城分行地下私人保管区。想来的话就约个时间。"

话机那头，忽然换了一个声音："关小姐，我们现在就去，行吗？"

她说："可以。给我一个小时的准备——"

"一把钥匙，用得着准备吗？关小姐，请看马路斜对面佳友服装店门口的黑色轿车，我们就在车里等你，然后一起去银行，好吗？"

时隔一个月，虽只是第二次听见赵松说话，她还是能清楚地回忆起他那带着浓重鼻音的普通话。他说话很客气，大约极少在南方活动，腔调是临时学来的，有点生硬，好像外国人说话那样卷着舌头。

皮皮说："可以。"

那是条四车道的大街，等红灯等了几分钟。她有点紧张，怕被人看出来，闷出了

一身汗，脑后凉飕飕的，仿佛有道阴风跟着她。

黑色的轿车是极普通的牌子，有点旧，轮胎很脏，像是远道开来的，灰色的防晒玻璃，看不见里面的人。

绿灯亮了，她镇定地过了斑马线。

靠近车身时，轿车上忽然下来了一个灰衣女人。很时髦，很漂亮，气质有点张扬，像个成功的女老板。

"关小姐——"那女人拦住了她，"请到服装店来一下。"

皮皮跟着她进了服装店。

这条街上的店面几乎全是个体服装店。这佳友服装店就在街的正中间，铺子的大小都是统一的，名字也不响亮。皮皮以前虽然经常来逛，但对里面的人没什么印象。

女子随手从衣架上拿起一套裙装、一套内衣和一双布鞋将她带入一个更衣室，说："麻烦你换件衣服。"

原来是担心她有夹带。

皮皮便在这女子炯炯的目光下将自己脱了个精光，换上了准备好的衣服。果然是做服装的，尺寸完全合适。

"现在可以走了吗？"皮皮问。

"你不能带你的手袋。"那人说。

"我得带身份证和保险箱的钥匙。"她说，"不然我进不了银行的保管区。"

她将皮皮的手袋打开，将身份证和钥匙扔给她。

那布鞋有点窄，不是很合脚。她跟着那女子进了汽车，果然看见了坐在后座上的赵松。他还是很客气，半笑不笑地说："关小姐，你好。"

她一脸漠然，没有接话。

"关小姐还在想念贺兰大人？"他轻叹了一声，摇摇头，"可惜贺兰大人已经不记得你了。"

"不记得？怎么会呢？你们狐族不是一向都有强大的记忆力吗？"皮皮反问。

"那是当他还有真元的时候。对不起，我应当用哪个'他'呢？是人字旁的还是宝盖头的？"他看着自己的手指，慢慢地说。

"他的我不知道，你的肯定是反犬旁的。"她想当他的面骂一声"禽兽"，一时间一口气堵在心头，想着贺兰，这两个字怎么也说不出口。

好在不需要更多的寒暄，建行的大门已经到了。

他们一起下了车。

"你有身份证吗？"

"当然有。"

"进入地下保管室需要你的身份证和我的授权，因为你自己在这里并没有保管箱。"

"授权需要很长时间吗？"

"不需要，就在前台填个表就行了。"

"那我在这里等你。"

她去填了表，有一位保安将他们带入地下室，检查了两人的证件之后，他例行公事地说："保管箱内不能存放液体、罐装气体、异味物品、放射性物品、毒品、枪支、易燃易爆品等违禁及危险品。两位的保管物中不会有上述这些东西吧？"

皮皮和赵松同时说："没有。"

"那么，请通过那道气体检测仪。任何易燃易爆的危险品都会立即被检测出来。"

安全通过检测仪之后，他们在保安的带领下进入了地下保管室的大门。入口是一道指纹检测仪，皮皮将食指一按，电子门自动弹开，她带着赵松进入到悠长深邃的银行地库。在那里贺兰静霆租用了一整个单间，里面保存着他最重要的票据、一些昂贵的珠宝玉器，以及各地其他保管箱的密码及钥匙。贺兰静霆常来这里进行古董交易。

所有的东西，都保存在一个箱子里。

"贺兰说，这里面的东西属于狐族的公有财产，用于有关狐族生存的公共事业。赵先生，我需要你向我保证，当我交给了你这把钥匙，你将不会干扰我和我家人的日常生活。我也向你保证，我与狐族一刀两断，再不往来。"她看着他的脸，一字一顿地说。

他的眼中有一丝讥讽的笑意："看来关小姐你是被狐族伤透了心了。"

"你能保证吗？"

"是的，我保证。我以祭司的名义保证，只要拿到这把钥匙，我就会放过你，不再来找你。"

她将钥匙交给了他。

他打开箱子，抽出最上面的一个抽屉。

抽屉里有很多的宝石：古玉、翡翠、钻石、纯度极高的各色宝石……总之，价值连

城。在宝石之间散落着一些云母形状的黑色石块。

他正在寻思这会是哪一种贵重的宝石,那石块在头顶射灯的照耀下,忽然闪烁了一下。

他如遭雷击,一下子倒在地上,珠宝撒了一地。但他还有几分气力,倒下时,顺势拽住了皮皮的手,将她拉倒下来。

皮皮不顾一切地扑上去,双手死死地卡住他的脖子。但他的双手也掐在她的脖子上。被照石所伤,他的力气打了折扣,但腕力还是很大,对付皮皮绰绰有余。

皮皮一生中就打过两次架。第一次是和佩佩一起打汪萱,若不是小菊半道上赶来,她们肯定输了。第二次的对手是田欣,一直没占上风,若不是家麟将她强行拉走,估计也要落个鼻青脸肿。但皮皮从没和男孩子打过架,更没和男人打过。

赵松的手越收越紧,她非但无法呼吸,连脖子都快被他拧断了。

在这当儿,她抽回手,使出最后一点力气,猛捶了一下他的脸。他的手松了一下,猛地抓住她的右臂。

手指铁钳般收紧,随即传来彻骨的疼痛,她甚至于听见了骨头碎裂的声音。一时间,她的脸痛得变了形,极力要将自己的手从他的手腕中抽出来。好不易抽出半尺,又被他捏住了手腕。

同样钻心的疼痛,令她全身都跟着打战。她腾出左手,瞅准地上的一块细长如钩的玉镯,拾起来狠命地向他眼部戳去。她不晓得原来自己那么狠,力气也有那么大,戳得他脸上鲜血乱溅。但他仍然捏着她的腕不放,里面的骨头已被捏碎,她的手好像面团,被他捏来捏去,变成了一个奇异的形状。

一地闪烁的乱石,云母般的层层薄片,头顶是贺兰静霆为了鉴定古玉特别安装的射灯。

赵松的力气越来越弱。最后身子猛地一弹,手松懈下来。

她连忙从地上爬起来,将更多的照石对准他的头、他的身子、他的脸。

他的眼睛越鼓越大,眼珠几乎要挣脱眼眶。但他的身体没有挣扎,只是茫然地看着天花板。然后全身扭曲,像抽风病人那样颤抖着。一会儿工夫,仿佛一枚气泡破裂,他整个人就从空气中消失了,只剩下一地的衣服和鞋子。

她站在地上,惊异地看着这令人难以置信的一切,深深地喘息,忘记了痛。

密室的空中突然飘出了三个亮晶晶的小球。

一个是淡紫色,一个是天蓝色,一个是浅红色。

她小心翼翼地抽开另一个柜子,从里面拿出一只水晶瓶。

右手已完全不听使唤，她只好用左手。

跳上桌子，她笨拙地在空中捕捉着这三只闪闪发光的小球。密室不大，很快，淡紫色和天蓝色的小球像两只萤火虫钻进了水晶瓶。

她踮起脚伸长手臂想将那只浅红色的珠子也捞进来，不料动作太大，那珠子飞下来，碰到她的额上，"噗"的一声，消失了。

皮皮愣了十秒钟，惶恐地看了看手中的水晶瓶。

贺兰的元珠是淡紫色的，她亲眼见过，不会有错。那么破裂的这一个，不是赵松的就是青木的了。

她整理了一下自己的衣服，将地上收拾干净。将水晶瓶放进一个提包，又从柜子里拿出两根插着神木的香烟，忍着右手的剧痛，泰然地出了地库。

这是 C 城最大的一个银行私人保管区，每天都有很多人进出。

出来的时候，恰好另有一拨人也同时出来。她便混迹于人群之中。

守门的保安心不在焉地看了看，没有发现少了一个人。

到了门口，她掏出那根香烟，对一旁排队的一个人说："先生，麻烦借个火。"

八月的北极并没有皮皮想象的那样严寒。

冰原一带长着茸茸的绿草，低洼地区还积着水，几只长嘴鸟在树上快活地鸣叫。

她穿着厚厚的羽绒服，但外面的空气并不冷，她甚至可以不用戴帽子。

冰原的尽头是一望无际的北冰洋。太阳很低，在地平线上方缓缓滑行，终日不落。

"夏季是我们一年之中最珍贵的时刻，"在一旁开车的千花说，"八月是我们的秋季，冬季即将来临。"

"嗯，夏季并不是很冷。"皮皮脱掉手套。

一只白色的矛隼在空中滑翔。远处一道灰色的海湾，巨石上爬满了橘红色的藻菌。几个白影在远处奔跑。

她的脊背微微一硬，眼中蓦然一湿，指着白影问道："那就是——"

"那是北极狼。"

她讪讪地缩回手，有点惭愧。她居然分不清狼和狐狸。

"我们的皮毛在夏季是灰色的，到了冬季才变成纯白。"

千花说，贺兰是幸运的。北极的夏季旅鼠成群，极易捕食。如果他到这里的时候是冬季，估计连一个星期也过不下去。

"你知道这里的冬天有多冷吗？"她停下车，帮皮皮背上一个巨大的旅行包，向着

荒原的深处行走,"一杯开水泼到半空,还没落地就变成了冰碴子。"

说到开水,皮皮发现自己的口很渴,从包里掏出一瓶水,仰头咕咚咕咚地灌下了半瓶。

"你的右手怎么了?"千花问。一路上她做任何事都只用一只左手。出于礼貌,千花一直没有问,到了这里,终于忍不住。

"受了点伤。"她淡淡地说。

她的右臂伤势严重,手腕被赵松拧碎,伤了神经,至今手臂不能抬起。无力伸展,无力抓物,更无法握笔写字。

为了以最快的速度赶到北极,她没有去医院,只是在药店里买了些绷带请人粗粗地包扎了一下,就和千花坐飞机离开了C城。

手臂很痛,开始的时候是剧痛,一路上她不得不依赖强效止疼药。后来就麻木了,反而感觉不到痛了。

她们在荒凉而贫瘠的山麓上行走。越过平原,越过浅湾,越过草坡,越过山谷。

一路上皮皮都不敢说话,因为千花正在专心地追踪贺兰静霆的气息。

经过三个多小时的跋涉,千花忽然止步,指着一处僻静的山坡说:"他应当就在这附近。"

皮皮的心跳得很快,踮起脚四处眺望,什么也没发现。眼前只有一望无际的灰色丘陵。

她回过头,看了看千花。

千花闭上眼,在空气中静立片刻,忽然转身向东走去。

皮皮赶紧跟上。

山坡上堆满了巨石,上面爬着斑驳灿烂的石藻。

拨开乱草,从石中露出一处洞穴。这一带洞穴很多,这个洞口非常隐蔽。

皮皮却知道贺兰就在里面。因为她闻到了一股浓郁的深山木蕨的气息。

她弯下腰往里看,洞穴很深,里面是黝黑的。黝黑的深处传来某种微弱急促的呼吸声。

他还受着伤吧,也许一动也不能动。

她站起来,焦急地问千花:"他会出来吗?"

千花摇摇头:"不会。我听说赵松将他送到这里之后,他就一直藏在洞穴里,从没有出来过。他受了很重的伤,大家都相信这里便是他选择的墓穴。每隔一天会有一位狐狸给他送食。贺兰静霆仍然是狐界的头人,到死他都享有特权。"

皮皮忍不住说："那我应当怎么办？"

"你把水晶瓶的盖子揭开，放到洞中，他的真元会自动寻找本尊。"

她打开背包，将视若性命的水晶瓶拿了出来。

这还是千花第一次看见这只透明的瓶子，她怔了怔，问道："怎么会有两颗珠子？"

"这是赵松死时从他身上跳出来的，一共有三颗，当时破了一颗。我想，淡紫色的那颗肯定是贺兰的。天蓝色的我不知道是谁的。据贺兰说，赵松杀了青木，那么这颗珠子如果不是赵松的就是青木的了。"

千花凝视着那两颗在瓶中浮动的元珠，深深吸了一口气，点点头："天蓝色的应当是青木先生的，万年的狐仙才会有这种颜色的珠子。贺兰若是吞下它，会增长很多功力。"

皮皮笑了笑。

如果天蓝色的珠子不消失，青木先生的诅咒也不会消失。那么，她只有一两年的生命。

只要她伸手进去轻轻一碰，那颗珠子就会像气泡一样破灭。

但她什么也没有碰："这么说，还原之后的祭司大人不仅是狐族最高的首领，而且白天也可以看见太阳？"

"不错。他不再是盲人了。"

皮皮将水晶瓶放入洞中，揭开了瓶盖。

她们一起退出，在洞外等候。

"恢复成人形，他需要多长时间？"

"一整年。本来不需要那么长，但他的身上有伤。"

"那我在这里守着他。"

"刚才那群狼你看见了吧？你想葬身狼腹吗？冬天马上就要到了，你想冻死吗？"

"万一在这段时间出了事——"

"你放心，我会在这里守着他，保护他的安全。"

皮皮欣喜若狂，忍不住抓住她的手："谢谢你！千花！"

不料千花将手一抽，冷笑："你别高兴得太早，我有条件。"

"条件？"皮皮愣住了，心里开始打鼓，"什么条件？"

"请你以后再也不要来找他了。"她看着皮皮的眼睛，"他等了你九百年，我等了

他五百年。你的一生很短,来世什么也不会记得。可是五百年来,我每一分钟都记得,每一分钟都在痛苦。你不觉得我也应当有一次机会吗?”

不等皮皮答话,她又说:“何况,这对你有意义吗? 失去元珠,贺兰对过去的记忆已完全消失,他不可能认识你。如果不认识你,我们就在同一条起跑线上。相信我,这一回,你绝不可能比我有更多的机会。人狐殊途,你还是快些回到自己的生活中去,把这里发生的一切都忘掉吧。”

皮皮的心悄悄地刺痛了一下。

“你肯答应我吗?”千花说。

她迟疑着,终于点点头。然后她的眼睛忽然瞪大了:“你看——”

那颗天蓝色的珠子不知为何从洞里飘了出来,在洞口处轻轻地跳跃。

皮皮屏住呼吸,低声问道:“怎么啦?”

千花的样子也很迷惑:“这是他父亲的珠子,离开本体后,按理说是会自动寻找本体最近的血缘作为寄宿的本尊。除非贺兰不要它。”

“那我们怎么办? 就让它在这里飘着?”

千花的眼里闪过一丝诡异的光芒。她忽然俯下身去,张开了嘴。

就在这一秒间,皮皮的手猛地一挥,指尖划过蓝珠,“噗”的一声,那珠子破灭了,顿时消逝在空气之中。

千花恼怒地站起来,喝道:“你干什么?”

“对不起,”皮皮说,“这珠子不是你的。”

她冷笑了起来:“你竟敢毁掉本族最高长老的元珠,真是胆大包天!”说罢,一手挥过去。

皮皮的耳际蓦地一凉,再回头时,一直陪伴着她的那颗魅珠已然到了千花的手中。她一仰头,将魅珠吞了进去。

“请把魅珠还给我,”皮皮淡淡地说,“我已答应你不再去找他,这是贺兰留给我的唯一纪念。”

“你说得不错。如果魅珠在你手中,只要你们一靠近,他还是会找到你。所以,”她得意地笑了笑,“休想。”

“把它还给我!”皮皮的眼睛眯了起来。

“有种你过来,逼我吐出来。”千花胜利地谲笑。

皮皮缓缓地从口袋里拿出了一片漆黑的木头。

千花的脸色变了变,头一昂,大声道:“几百年来,我千花只在祭司大人一人面前

低声下气、委曲承欢过。关皮皮，你若想要这颗魅珠，就点燃那块木头。想让我吐出来，做梦！"

说罢，将眼一闭，引颈受戮。

皮皮杀气腾腾地盯着她。半晌，将木片掷到地上："拜托你，好好爱他。"

千花诧异地睁开眼。发现皮皮神色冰冷，目光如电："你点头不？"

千花用力点点头。

荒原上吹起了一道冷风，随之而来的，是刺骨的寒气。

皮皮向洞穴看了一眼，背上背包，头也不回地向前走。

走了百十步，忽然停步回望。

远处灰色的山脊上站着一道小小的白影，苍白的阳光下，它显得微弱而孤清。

她凝眸而视，霎时间，忘了呼吸。

她在心里说：贺兰，我终于看见了你。

这一刻，果然是生离死别。

第三十章

结爱

皮皮终于明白,在荒谬的故事中,荒谬的人自有他的幸福。

西绪福斯每次将巨石推到山顶,他看见了阳光,看见了大地,明白了生命的可贵和劳动的意义。

谁说重复都是无效的呢?

生命在重复中被一点一点地修改,我们在重复中走向新的开始。

皮皮还是没有考上研究生。复试之后她去体检,以为可以拿到录取通知书。一直等到八月底才知道她被刷了下来,没有讲原因,但皮皮知道原因。

她右臂的伤因为没有及时治疗,尺神经严重受损。右手不能抬起,不能抓物,渐渐地,前臂和手掌的肌肉也开始萎缩。她的手指没有感觉,终日像蚯蚓一样蜷曲着。去了很多医院,也动过手术,怎么也治不好。

不过,她很快就学会了用一只手打字,速度并不慢。

她住进了闲庭街的房子,自习园艺,将贺兰静霆的花园打理一新。

每到黄昏,她就泡上一壶好茶,坐在藤椅里欣赏自己种的花花草草。

她还记得贺兰静霆的话。灵魂是有气味的。只要她还有一点点回忆,哪怕是极渺茫、极零星的回忆,每当想起他时,他都会闻风而至。

可是,她每天都在强烈地想着他。想着他们度过的每一天,回忆他们在一起的每一个细节。如果灵魂真有气味,气味一定很强烈。

每当风吹户牖,铁马响动,她都会不自觉地望向窗外,幻想会有一个穿着风衣戴着墨镜的人影向她走来。

然而,贺兰静霆从未来过。

她经常回家里看望自己的爸爸、妈妈和奶奶。

老人们心疼她,每次回去都备着好菜。

每隔几天,妈妈和奶奶还是要吵架,她还是得当和事佬。最后还是会有一个人摔门而去,到了半夜又气呼呼地回来睡觉。

没办法,这就是人生。

皮皮在山下的花市里开了一个花店。她卖花和盆景,也卖种子。随着她的园艺水平越来越高,她赚了一些钱,在行内名声渐起,经常被附近的人请去当园艺师,帮他们种花,设计花园。皮皮很喜欢这个工作,鲜花和泥土,让她感觉亲切。

有时她会幻想有那么一天,贺兰静霆会突然回到这幢房子,她觉得他们要做的第一件事就是什么话也不说,直接去井底做爱。

虽然贺兰静霆不再认得她,也许他们的身体和肌肤会保留一些记忆。

她从不间断种植牡丹。期望贺兰静霆回来的那天不会饿着,她有最好的东西来招待他。

这些都只是希望。

四年多来,贺兰静霆从未回来过。

有一天,她正在自己的花店里卖花,门前忽然停下一辆黑色的轿车。从里面走出一个俊美的年轻男人。

那男人一身笔挺的西装,手里捧着一大把玫瑰,走到柜台前,忽然单膝着地:

"皮皮,嫁给我,好吗?"

她坐在柜台的高椅上,怔了半晌,才认出是家麟。

"家麟?"

眼前一错,柜台上又多了一枚闪闪发光的钻戒:"是我。"

"你回来了?"

"对。"

她看了看硕大的钻石:"你发财了?"

"是。"

她不知道该说什么,只好说:"恭喜发财。"

"皮皮,嫁给我,好不好?"

她想都没想就说:"不好。"

"我刚知道你手臂受了伤,不要担心,今后由我来照顾你!"

"你为什么要照顾我?"她问。

"因为我爱你!"他大声说,"以前我错了。请让我认认真真专专心心地爱你这一次!"

她将钻石还给他,淡淡地说:"谢谢你的心意。对不起,我不再爱你了。"

"皮皮,"家麟急切地说,"你一向是最善良的,能再给我一次机会吗?"

"不。"她说,"爱就是爱,不爱就是不爱。"

家麟经常来看她,也来看她的父母和奶奶,甚至发动自己的父母提着厚礼来说亲。

无论他怎么说,想什么办法,皮皮坚决不同意。

好在秋季很快就来了,皮皮有她的任务,找了个借口离开了C市。

每年秋季她都会去陕西及东北一带的农场买狐狸。她在大兴安岭贺兰静霆原先的农场里雇了十几个驯兽师,训练狐狸的野生技能。然后成批成批地将它们放养

到各处山林，最远的地点是西伯利亚。每年冬季她都穿梭在北方漫长的铁路线上，寻找更多狐狸可以生存的地方。

这年冬季也不例外。她选择了横穿俄罗斯的西伯利亚大铁路。从符拉迪沃斯托克出发向西，跨越八个时区，将两千只狐狸分批送往沿路的森林和草原。这是世界上最长的铁路，全程九千多公里，走一趟要花六天半的时间。做完了工作，她从贝加尔湖东岸的乌兰乌德坐另一条支线经赤塔进入满洲里。在满洲里的物流公司里结了一些账之后，她买了去北京的车票。

火车又哐当哐当地开起来。

她喜欢坐车的感觉，就像一条出了港的海船，不在此岸，也不在彼岸，仿佛进入了无间道。她那一腔无处着落的心情便在这无处着落的旅程中漫无目的地滋长。她长时间地望着窗外的风景，喝了一杯又一杯的茶。车里的客人们见她只有一只手臂可以活动，对她很照顾，提行李都主动有人帮忙。她喜欢好客善谈的东北人，却怎么也提不起聊天的兴致。因为关于她的事、她的职业都太过离奇，不提倒罢，一提便会引起旅客的好奇心，非要打破砂锅问到底。她宁愿什么也不说，支支吾吾了事。

长途旅行乏善可陈，她在车厢里看完了一本武打小说，又看了两部电影，觉得昏昏欲睡，便索性睡了。列车运行时间是二十八个小时，凌晨三点的时候她完全醒了，火车正停在天津。她到站台上走了走，呼吸了一下冬天冰凉的空气，上来时发觉肚子饿了。餐车就在隔壁，而且是新型的，除了提供三餐，还有摩登的吧台，提供各种酒水。她进去点了一杯奶茶，两块蛋糕，服务员精神居然很好。奶茶香喷喷的，蛋糕仿佛刚从烤炉里出来。她一只手端着托盘，找了个座位。

餐车里倒有好几位客人，有四个人坐在一起打牌。前面的一张椅子上坐着一个穿着黑色风衣的男人。

等她看清了他的脸，心头一震，险些将手里的托盘跌落。

那人抬起头看了她一眼，复又将头转向窗外，手里握着一杯冰水。

原来他真不认得她了。

她觉得一阵气馁，手一软，加之火车正在拐弯，托盘没托稳，"当"的一声茶杯掉到地上。她连忙弯腰去捡，不料托盘上的两个小蛋糕也掉了下来，一直滚到桌底。左手没有右手灵活，只能一个一个地来。正要猫腰去捡掉得最远的那一个，忽然有只手抢过来，帮她将涂满奶油的蛋糕捡了起来，扔进垃圾筒里。

她的心很乱，不知该如何是好。道了谢，在旁边的位子坐下来，随即意识到这是他的座位，连忙又站起来："对不起，坐错了位子。"

"没关系,我可以坐到对面去。"他挡住了她的去路,逼着她又坐了下来。

"您还是要奶茶吗? 我去替您端过来。"他淡淡地说,很绅士的样子。

她知道他看见了自己畸形的手,才要来帮她。正要推辞,他已去了吧台。知她是无心之过,服务员做了奶茶却没有收钱。

他端来了奶茶,细心地放到她的左手边。

"谢谢!"她由衷地说道。

"不客气。"他淡淡一笑。

她不知不觉地凝视起他的脸,贪婪地打量着他身上的每一个细节。

他什么也没变,笑容、长相、口音,乃至说话的语气都和从前一模一样。没有了往日的忧郁,他看上去更加年轻,更加英俊,且充满活力。

她一直痴痴地看着他。过了一会儿,他咳嗽了一声,她飞快地收回目光,赧然一笑:"你看上去很像一位我认识的人。刚才我吓了一跳,还以为真是他呢。"

话一说完她就后悔。这意思让人误解,且显得轻薄,有故意套近乎之嫌。

"是吗?"他将信将疑,"小姐是哪里人?"

"我住在 C 城。"

他神态茫然,好像从来没听说过这个城市。

"你呢?"

"我住过很多地方,最近这几年我住在芬兰,赫尔辛基。"

"那么远? 你是华侨吗?"

"算是吧。"

"你会说芬兰语?"

"会。"

"那你是来中国旅游的吗?"

"嗯……对。"

"认识一下,我姓关,叫关皮皮。"她伸出手。

"我姓贺兰。"他迟疑了一下,握住她的手,他的手掌很有力、很温暖,"贺兰觿。"

"觿? 哪个觿?"

"您猜猜看,猜中了,您可以向我提出一个小小的要求,我会力所能及地满足您。"他神秘地说。

"有几次机会?"

"一次。"

"是不是角字旁的觿? 笔画最多的那一个?"

他的脸上露出惊奇的神态："小姐，您是字典专家吗？"

"不是。"

她想了想，说："现在是不是轮到我提要求了？"

"对。"

"你能到我的包间来帮我一个忙吗？"

"当然可以。"在沉闷的旅途中终于遇到一件有趣的事儿，他的笑容很愉快。

他跟着她到了她的包间。里面只有她一个人。

车上有暖气，她穿着一件棉布衬衣，笨拙地将扣子一颗一颗地解开。

扣眼很小，解开不是那么顺利。她的手颤抖得厉害，心跳得更快。

他平静地看着她。过了一会儿，问道："您在干什么？"

"脱衣服。"

她颀长的身躯赤裸地出现在他面前，不知是紧张还是激动，肌肤涌起阵阵寒栗。她抬起脸，坦然地凝视着他的双眸。

看得出他很窘，也很惊异，但他一言不发，保持镇定。

"女士，您这样做是危险的。"他淡淡地警告。

"你知道，人和动物有一个区别：人穿衣服，动物不穿。"

他等着她说下去。

"我想告诉你，我是一只动物。"

"您是一只动物？"

"对。和你一样，我们属于脊椎类，哺乳纲。"

他的眼神很深，深不见底，而他的目光突然间变幻了起来。

"我对动物学不感兴趣，女士。"

"黎明快要来了。今天是晴天，你可以看见太阳吗？"

他深深地吸了一口气，沉默。然后他说："不，我看不见，我从没看见过太阳。"

她拿起他的一只手，放到自己的胸前，让他感受自己的心跳："不用看，太阳就在这里。"

冰凉的手心，扑朔迷离的目光。

走廊传来到站的广播声。

"北京快到了。"他迷惑地凝视着她的脸，"您住在北京吗？"

"我在北京转飞机，去 C 城。"她有点狼狈，呼吸一下子变得很急促，"你呢？"

"真巧。"他说，"我也去那里。我们同路好吗？我可以帮你提行李。对了，你叫什么来着？"

"关皮皮。"

番外一

千年祸害

自从换了承包商，C城晚报社的食堂就成了附近几家文化机构中的奇葩：味淡、油少、搭配奇特、风格怪异。据说主厨郭师傅曾经在大学食堂里干过，面对来自祖国八方的大学生，他的菜单扛得住上千种口味的检验，什么玉米炒菠萝、汤圆炒辣椒、橘子炒卤蛋、猪肝炒香蕉……还能在C城晚报社这个不足两百人的小庙里翻船？

话说关皮皮在吃到"黑暗料理"的第三天就向自己的顶头上司张主任强烈抗议了。张主任五十来岁，属于报社最老的一批员工，从报社成立的第一天起就在这里工作。办公室主任这职务，说轻不轻，说重不重，承上启下，就本质而言是为全社的员工服务的。按理说他得替民请愿，但他没吱声，反而怪皮皮年纪轻轻就吃不了苦，挑三拣四，要是生活在革命的岁月或者三年自然灾害时期，那还得吃草根树皮呢……

数落完皮皮，张主任有急事要出门，打发她去会议室帮自己找假牙。主任的口里有两副假牙，一上一下，不知为何，经常脱落，特别是在汇报工作的时候。

关皮皮赶到会议室时，会议刚散，有几个人还留在那里聊天。皮皮猫到桌下找了半天，才在一张椅子底下找到了假牙，于是用餐巾纸包着塞进口袋，正待起身，耳边传来一个大骂的声音："莫问我，我想静哈子！虾仁有这么炒的撒？紫菜、榨菜有这么放的撒？瞎搞！瞎放！莫告诉我他有色盲，我看他是仇恨社会，想毒死我们！"皮皮一听这浓重的武汉腔就知道是财务室的小唐，"跟主任反映，他装聋子。你们记者也不帮我们说个话，你们天天在外头吃香的喝辣的，哪里管我们在这里天天没油没盐、清汤寡水？卫记者，你跟社长关系好，你跟他反映反映这个事情！再搞下去要出人命哒！"

小唐的话有点夸张，皮皮倒觉得在理。社里的作风是息事宁人稳定第一，多一事不如少一事。所以大家也养成了动不动就"以小见大"的习惯，再小的事也得往大里说，一直说到人命上，才会引起一点关注。

"小唐，这事我们记者也有意见，要是一般人早就开了，"卫青檀道，"你不知道吧？这郭师傅是郭社长老家那边的人，听说是他嫡亲的三叔，当年上大学，是三叔给的钱。现在郭社长主管行政，给退休的三叔找个事做。人家也不是不够格，大饭店、大学食堂都干过，还有中级厨师的证书呢。你说他不行，他说专业的事你不懂，能扳倒他吗？"

"那怎么办？现成的食堂不吃，要我天天点盒饭？"

"对街的'小四川'盒饭做得不错，有十个品种，都是川味，算下来不比这里贵多少。跟郭师傅置气不划算，你点盒饭得了。我这还有两个活动的餐券，你挑一个，改善改善生活？"

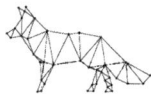

"哟,小卫,还是你贴心!那我就挑这张吧,还有饭后抽奖哪!"

"没问题,下回有餐券我给你留着!"

皮皮听见小唐离开,从桌子底下钻出来,倒把卫青檀吓了一跳。

"青檀姐,我中午也没吃好,剩下那张餐券给我吧。"皮皮涎皮赖脸地道。

"小鬼,吓我一跳!"卫青檀扫了一眼会议室,发现人都走光了,低声道,"我这里还有张好的,给——"

她从包里翻出一张邀请函,皮皮接过来一看,请束是三折的,镂空的外封,设计十分雅致。打开一看,写着"C城博物馆中秋酒会",还有时间、地点、承办单位以及着装要求。一看即知,规格不低。

"这不是今天晚上吗?"皮皮道,"你自己不去?"

既然请了媒体,就不是一般性的吃喝,一定有什么重要的新闻发布。

"我有个重要的稿子,约了当事人采访,也在这个时间。本来不想去了,既然你没吃好,就替我去看看吧,就说你是实习记者,有什么材料拿一下,回头我看了觉得有必要写报道再说。"社里这么多记者,卫青檀与皮皮最为交好,虽然出身名牌大学新闻系,却从不端架子,听说皮皮想当记者,总记得鼓励她。

"好嘞!"

饭不能白吃,就算冒充记者也不能显得太外行。皮皮花了半个小时在网上找到C城博物馆的相关报道,这才知道博物馆因为藏品越来越多,旧馆在城中地段无法扩展,几年前就计划在南丰路修建新馆,预算一亿三千万。文物局批了一个亿,银行贷了两千万,剩下的钱由博物馆自筹。据说已经筹到了,所以晚宴请了本地商界的名流,特别是捐过款的,过来小聚,有联络答谢之意,同时正式宣布项目启动。

酒会的地点就在本地著名的海棠会所。皮皮早早坐了出租车,本想提前五分钟到达,不料半路遇到堵车不说,还蹭了尾,两个司机为是谁的责任大吵了起来,等皮皮赶到时,已经晚了二十分钟。

这会所在热闹的平安路,两边都是商贸区,一到夜晚可谓灯红酒绿、纸醉金迷——霓虹灯 家比一家亮,闪得眼都花了。大约为了压住周围的气势,海棠会所平地多出了十几级宽大的台阶。迟到的不止皮皮一位,陆续有人向会所的大门走去。

皮皮快步走上台阶,见左边有个人一手扶着楼梯,一手拄着手杖,正慢吞吞地上楼,步子十分笨拙。皮皮觉得背影很熟,过去一看,果然认识:"王先生?"

那人身子一滞,转过头来,一双眸子在黑暗中辨认良久,方笑道:"是你啊,

皮皮？"

"我过来采访。"

"嗯。你先去，酒会只怕已经开始了。"他走得慢，不想耽误她。

皮皮知道他的全名叫王沥川，身体不好，做过手术，腿也有点跛，但没想到这么严重，在高低不平的地方几乎是举步维艰。忙扶住他的胳膊："没事，我其实是来蹭饭的，错过开场白，直接开吃是最好啦。"

他的胳膊动了一下，礼貌地摆脱了她的手："谢谢，我自己可以。"说罢专心上台阶。

怕他一不留神摔倒，皮皮不敢撒下他，于是陪在一旁，换了个话题："小秋姐呢？没跟您一起来？"

"她有本书在翻译，今天交稿，正焦头烂额呢。"

理想的婚姻大概就是这个样子。王先生和小秋是皮皮打小最羡慕的一对夫妻。他在家时很少出门，皮皮每次去，夫妻俩都黏在一起。无论什么家务活都是两人一起做：洗衣服，一人熨衬衣，一人叠裤子；做饭，一人洗米，一人炒菜；打扫房间，一人擦桌，一人拖地。有一次她甚至看见王先生上厕所，小秋都陪着进去……别墅那么大，房间那么多，这两人始终出现在同一个空间也是醉了。

"哈，想起来了，您是建筑师，新馆的工程正要招标，所以请您过来看一下项目？"

"盛情难却。"他很谦虚，"他们下个月开始招标，本地有不少建筑师都接到了邀请。"

两人边走边说，终于到了大门。王沥川抢先一步帮皮皮拉开门，立即有人迎了过来："沥川，你终于到了，这一位是小秋吧？"

那人四十岁左右，圆脸，小眼，肚子有些发福，伸手过来和王先生握了一下。

皮皮的脸涨得通红，连连摆手："不是不是，我……他……我们……"

"她是C城晚报的记者，是过来采访的。"王沥川很淡定地看了皮皮一眼，目光中有股令人镇定的力量，"这位是赵馆长的助理李海潮先生。"

"C城晚报，哦哦哦，卫青檀，对不对？晚报的王牌，复旦的高才生？"

皮皮窘大了，又连忙摆手："不是不是，我是……是卫青檀临时派来帮她……帮她拿资料的。"

她改口快，李海潮改口更快："临时记者，有前途啊！特别是在卫青檀的手下。好好干！多报道报道咱们的新馆项目！"

"一定一定。"

皮皮看着李海潮拉着王沥川走向大厅的深处，将他介绍给更多的人，人群一下

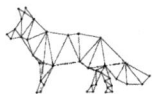

子将他们分开了。皮皮这才想起自己来会所的主要目的,找到餐台,大吃特吃起来。

酒会由 C 城博物馆馆长赵国涛主持,他宣布新馆项目由副馆长余子健及馆长助理李海潮共同负责。项目总面积一万三千平方,展厅面积五千平方,分地上和地下两个部分,下个月启动招标。所以今晚来客除了名流政要,还有一些本地的建筑师。

皮皮很快就吃撑了,去接待处要了项目资料。接待处的小姐热情地将她引到吧台,说酒会请了位外籍调酒师,鸡尾酒超棒,一定不能错过。

大厅里站满了人,毕竟大家来这里的目的都不是吃饭,而是结交朋友、联络友谊、交流行业资讯。

吧台上零星地坐着三两个人。皮皮诧异地发现王沥川也坐在其中,旁边放着半杯橙汁,正埋头用圆珠笔在一张餐巾纸上画着什么。皮皮素爱菠萝味,点了一杯 Pina Colada,见沥川画得专心,不敢打扰他,只在一旁默默地看着。

这男人本来就帅,聚精会神的样子就更好看了。眉头拧着,灯光打到坚挺的鼻梁上,一张脸半明半暗,如空谷幽壑,又如黄昏的沙丘,五官轮廓如几何形状那般完美流畅。相比之下,他太太的相貌就太普通,寻常人看了,都觉得不般配。而王先生即便在婚后对太太还是一副一往情深的样子,就令人羡煞了。皮皮痴痴地看着,忘记了时间。

一会儿工夫,他画完了,蓦地抬头,皮皮赶紧将脸低下,假装喝酒。

他"嗨"了一声。

"您在干吗?"皮皮笑道。他伸出食指,把餐巾纸挪到她面前,上面画着一个奇怪的建筑立体图。外围是个支楞八叉的石头,仿佛刚从大山里挖出来,面朝街道的那一面却是笔直的平面,像被刀削了一下。

"你觉得新馆是这个样子好不好?"

皮皮没什么艺术细胞,左看右看,看不出名堂,只觉得很怪,也很独特。

"如果没有这些棱角,它像一个被削了一块的土豆。"

他笑了起来,露出整齐漂亮的牙齿,整张脸忽然有了一种奇异的光泽。

在皮皮接触过的男人中,比较自卑的会比较随和,比较自信的都很霸道。但王沥川给皮皮的印象很特别。他很自信,但不霸道;很突出,又很宁静;看似随和,却不易说服。无论言谈举止都不伤人,但也绝对不好相处。她从没见一个人的身上有这么多的矛盾体,却又以这样和谐的姿态统一在一起。

见皮皮摸不着头脑,王沥川解释道:"应该说这象征着——"

"玉矿石？"旁边的一位酒客忽然接口，目光定在餐巾纸上。

沥川的眼睛亮了亮，点头。

酒客好奇地伸出手："May I……have a look？（译：我可以看一下吗？）"

皮皮不知道他为什么突然说了句英文，是显得档次高吗？沥川于是将餐巾纸递给他："Sure。（译：行。）"

皮皮的面前伸出了一只男人的手，修长、干燥、白皙，带着清晰的骨节，无名指大大地长于食指。吧台临近暖气的出风口，本来很温暖，然而这只手伸出来，她立即感到一股寒气。除了寒气还有香气，一股深山木蕨的味道。皮皮曾经看过一个科学研究的报道，无名指长于食指的男人会比食指长于无名指的男人更富有，更有音乐天分，更具异性吸引力，但同时他们也更危险，更容易坐牢或者发疯。

说话人坐在王沥川的右侧，皮皮坐在左侧。她伸长脖子看了一眼，发现是个穿着黑色条纹高领针织衫的男人，拉长的领子罩住了半个下巴，戴着一副巨大的墨镜，以至于他整个脸露在外面的部分只有一个挺直的鼻子和一张薄薄的带着讥诮的嘴唇。

从他的皮肤和声音上可以感到他很年轻，不到三十岁，但皮皮很奇怪有谁会在晚上戴墨镜，又在这种场合穿高领毛衣。请柬上不是有着装要求的吗？为这个皮皮还找好闺蜜借了件真丝长裙，认认真真地化妆打扮了一番，以至于王沥川都认不出来了。她的第一个猜测是他的脸怕是有烧伤，或者被硫酸毁容，不方便以真面目示人。

墨镜君拿着餐巾纸细看，又道："临街的这面是玻璃吧？象征着璞玉被切开时的样子？"

"对，绿色的玻璃，一种特别处理过的浅绿色。"沥川道，"北美有家厂子能做出仿玉的效果。"

"可是——这么不规则的形状，结构上怎么支撑呢？"

皮皮心想，好嘛，这两人还真是知音，越谈越专业了，完全把她撇在一边。

"钢结构。"王沥川拾起圆珠笔在上面画了几道直线，"这是主梁，整个结构弄下来，预计需要至少四千多吨的钢材。"

"四千多吨？"皮皮惊讶极了，"你确信这么多钢是用来建博物馆，而不是建大桥？"

"不算多呀。"王沥川道，"光螺栓都要四十多吨呢。"

隔行真是如隔山。餐巾纸上漂亮的草图被建筑师这么一说，一拆分，在皮皮的脑中就成了一堆铁。

"预算只有一亿三千万，"墨镜君道，"够吗？"

"你是指，建造成这幅图的样子？"

"对。"

"不够。还有与之匹配的室内设计，也会很贵。"

皮皮忍不住插口："博物馆的运营靠政府的财政支持，光靠收门票根本不行。我觉得馆长不会因为你设计得好看就愿意增加造价。或者你设计个简单一点、便宜一点的？"

"我也觉得他不会。"王沥川将餐巾纸揉成一团，扔在桌上，"坐在这里无聊，随便画画而已。这项目我不打算参加，最近工作太多没档期。"

皮皮喝了一口酒，一个蓝衣女子匆匆忙忙地向他们走来，正是王沥川的妻子谢小秋："哈，找了半天，沥川你在这里？"

"小秋姐！"

"皮皮你也来了！"小秋笑道。

"你交稿了？"沥川问道。

"对。"

见妻子满头大汗，王沥川站起来，帮她脱掉大衣，正要给她点饮料，小秋将他喝了一半的橙汁喝下一大口，对皮皮道："我来抓他看电影。刚才开车路过电影院，看见广告上打着老片回顾——《沉默的羔羊》——这片子我好久没看了。沥川，还记得吗？"

"嗯哼。"他嘴角弯了一下，浮出一道奇怪的笑意。

"除了这个，还有《异形》系列，一共四部，今晚通宵吧？"

"Ok."仍然是笑，幽幽的，宠溺的。夫妻之间仿佛有什么暗语，无声地交流着。

皮皮看呆了，半张着嘴，羡慕得心都快飞了。

小秋将橙汁一饮而尽，拉着沥川的手道："走吧，快开始了。皮皮，回头见，到我家来玩，问你奶奶好！"

她语速很快，风风火火的，但动作很慢，耐心地等着王沥川慢吞吞地站起来，又慢慢地陪着他向门外走去。两人边走边说，手势翻飞，不一会儿工夫消失在了人群中。

不知不觉，皮皮长叹一声。

"干吗叹气呢？"墨镜君道，"这男人是长得帅，可惜一身是病活不长。我要是你，压根儿不打他的主意。"

蓦然间皮皮的脸烧得通红，觉得心思被揭穿了，不禁狠狠地瞪了他一眼，冷笑："我打谁的主意了？关你什么事啊？平白无故你咒人家干吗！好人不长命，祸害遗千年！"

那人被她一顿抢白，索性扭头不理她，拾起桌上那团餐巾纸，抹抹平，四四方方地折叠起来，似要收藏。只听得头顶一声暴喝："你想干吗？偷创意是吧？别告诉我你也是建筑师哦！我是记者，如果你想盗他的图，我就捅出去，揭穿你！"

说罢，皮皮拿起一支笔，在餐巾纸的一角写下了"王沥川"三字，旁边还加了一个"C"，上面画了一个圈："这是有版权的作品！"

他笑了，定定地看着她："揭穿我？你知道我是谁？"

皮皮一愣。这人包得这么严实，根本看不清全貌，换个装束，走在大街上谁也不认识。便问道："你是谁？大名说出来我听听。"

能进这个酒会的不会是普通人物。媒体一共来了十五位记者，刚才在大厅拿资料时皮皮都见过了。这人要么是博物馆的工作人员，要么是名流，要么是建筑商。看他对王沥川的设计那么感兴趣，最大的可能就是后者。其实皮皮倒不觉得他会偷创意，这只是王沥川的草稿，扔在这里就说明他不介意被偷。她只是被他刚才的话刺激到了，就想找碴。

"我是一位活了千年的'祸害'。"他的嘴一弯，似笑非笑，身子向后晃了两晃，觉得自己挺逗的样子。皮皮觉得他那么晃，幅度那么大，高脚椅怎么就不翻呢？翻在地上，她正好踏上一只脚，就畅快了。

多年以后，当皮皮回忆起往事，才体会到这句话的幽默。但在当时，她只觉得墨镜君在戏弄自己，便将酒杯一推，头一扭，气呼呼地走了。

两年过去了，皮皮再也没有关心过这件事。只记得那天晚上她吐得厉害，把在酒会上吃到的好东西全部吐完不说，还去医院挂了盐水。后来她将一堆资料交给了卫青檀，次日报纸第四版上发了一条不到三百字的消息，连张图片都没有。

新馆坐落在南丰路，在C城的西南角，跟皮皮家、家麟的大学和报社都不沾边，所以皮皮也没去看。直到有一天，报社组织全体员工去郊外射击场打靶，大巴路过南丰路，皮皮这才看见了建设中的新馆，不禁在心里"咦"了一声，这不就是王沥川画的那个"土豆"吗？

简直跟餐巾纸上的一模一样，正面是削成平面的玻璃墙，两侧和后面都是"怪石"，各种尖角和凸凹——在这满大街的正方形低矮建筑群中格外醒目，而且漂亮。皮皮没想到一张草图落成实体会这么好看，竣工以后，它肯定是要印成明信片变成

C城的地标建筑了。

难道真的被盗图了？

拿起手机一查，设计师果然是CGP的王沥川，看来他最终还是参加了竞标。新闻说因为他的设计得到了专家的高度评价，但也导致了工程总造价的攀升。彼时副馆长余子健刚被提拔，想做点大事，于是又四处斡旋，说服了两位本地商人捐款，这才凑齐了全部的资金。

皮皮又朝着那"土豆"多看了两眼，就兴致勃勃地打靶去了。这事在她心中没留下太多痕迹。

岂知过了一周，正在上班的皮皮忽然接到一个电话，听声音很陌生："请问是关皮皮小姐吗？"

"是我，您哪位？"

"我是C城博物馆的馆长助理李海潮。还记得我吗？有一次在海棠会所——"

"记得记得，"皮皮立即想起了那个说话滑溜的胖子，"有什么事吗？"

"是这样的……"

原来新馆快要落成，但也债台高筑。主要原因是一位承诺捐款的富商认捐的款项迟迟不到位，而当时他的"大手笔支持本地公共文化基础设施建设"的新闻都上了各版头条。博物馆派人催了几次，希望捐款能早日到账，却遇到各种托词。捐款毕竟不同于欠债，不好翻脸说狠话，对外还不能张扬，更不能发牢骚，不然人家一生气真的一分钱不给，前面的功夫都白瞎了。

"这……不就是诈捐吗？"皮皮说。

渐渐地她听出了李海潮的用意：希望晚报派一名记者去采访这位富商陆总，但不能说是博物馆的授意，最好这名记者能逼着富商说出到款的具体时间。如果到期没付，就会刊出负面的新闻报道。李海潮说该富商在本地及全国的饮料业都非常有名望，这种报道对他的产品及声誉绝对是重量级的打击。

皮皮倒吸一口冷气，看来做慈善真不是说说而已，博物馆为了钱也是拼了。

既然是这么大一档子事，皮皮又不是正式的记者，觉得自己所能做的，无非是看哪位记者有空，关不关心这个话题，然后帮他联系一下。

不料李海潮说："我找了卫记者，她不大愿意去：一来她采访过这个人，也采访过他的企业，人家当年非常热情也非常配合，一来二去就成熟人了，利用新闻变向催款这种事她干不来。二来这位陆总做过不少善事，对C城的文化、教育以及医疗部门都有过捐款，不能因为这一笔钱没到，就说他诈捐，说到底慈善的事还得人家自愿才

行……"

皮皮总算明白了："所以你想到了我?"明摆着是得罪人的事儿,卫青檀不能去,得找个小人物当替死鬼。

"是卫记者大力推荐的你,关小姐,能帮个忙吗?"李海潮道,"你甚至都不用提笔,就跟陆总说你听说了这么一件事,有笔捐款没到位,想采访他,让他向公众澄清一下。总不能让新馆停工吧!"

皮皮想着那个快要建成的"土豆",多多少少跟自己有点关系,何况还白吃了人家一餐,吃人嘴软,还是干点什么吧。于是点点头:"我试试。"

果然,富商之所以是富商,一定有其过人之处。皮皮给陆总的助手打电话,给公司发邮件,去他的公司堵人,陆总就是不见她。皮皮也不泄气,天天去那家公司报到,被他的一群手下推三阻四以各种理由拖延。前前后后磨了五天的嘴皮,他的助理才终于说,公司的律师在,有问题问他吧。

律师说捐款是陆总做的口头承诺,没什么法律效力。签了捐赠书,也没进行公证。而且他们也不是一分钱没捐,承诺六百万,已经捐了一百万。只是最近金融环境不佳,经营面临着一些困难,暂时拿不出这个钱而已,以后有钱一定会付的。皮皮于是问可否有个大致的时间期限,他摇摇头,表示说不准。

整个谈话没超过五分钟,皮皮就被律师打发出来了,连杯茶都没给喝。出了大门她给李海潮打电话,把情况说了一下。李海潮很沮丧,但也预料到了,叹道:"其实当时捐款的还有另外一位。他承诺的款项第三个月就全部到账了,而且说过如果钱没有捐齐,还可以找他。"

皮皮一听,差点气歪,一拍大腿吼道:"早说啊!既然他开了这口,找他要钱不就完了!"

"情况是这样的,"李海潮忽然压低了嗓门,"这人特别神秘,当时说话的时候,旁边没别人,就只有我和他在场,听语气是随口说的。他捐的数目本来就比陆总多,跟博物馆的关系也比较深。现在经济大环境不好,我要去找他兑现,他可以立即改口说不记得有这话,那不是当面打脸吗?再说陆总名气那么大,一直说会给,大家心里都抱着希望。要是这位给了,陆总过些时候也给了,大家会说我们贪心,吃了东头吃西头,以后都不肯捐款给我们,就更麻烦了。"

皮皮觉得这事越搅越深,都是商界顶级高手在 play,自己掺和那么多干吗,于是打起了退堂鼓:"那李助,不好意思,我也只能做这么多了。你总不能让我拿把刀去替你们催款吧!"

"要不,你假装采访这个人,把陆总不肯付钱的事摆一摆,试探一下他的口风?"

"这个……"

"他周末晚上八九点喜欢在联记茶庄喝茶,但拒绝见任何记者,他的行踪你要假装是自己调查出来的……这事跟我没关系。"

"找到他倒不难,只是人家已经捐了。因为别人不肯捐又去找他捐,他是冤大头吗?我这么白眉赤眼地跑过去,不是明摆着招人讨厌吗?"皮皮越来越有一种被人利用的感觉,心里非常不爽。

"为了祖国的文化?为了新馆这个 C 城最漂亮的建筑早日竣工?"李海潮厚着脸皮劝道。

也不知是哪根筋抽了,最后皮皮还是硬着头皮去了联记茶庄。

到的时候八点刚过,她以为要等一会儿才能遇到那个人,不料他已经坐在那里了。墨镜、高领衫、盖住耳朵的毛线软帽,整张脸没了,戴着无线降噪耳机,耳朵也没了。

那个"祸害"。

李海潮不肯说出他的名字,也不肯说他在哪里办公,只说他经常坐在靠窗的第二张桌子。那茶庄生意清淡,一向没什么客,那个位置只要他去了,总有。

皮皮想,若是那人没见过,还真不好意思厚着脸皮去搭讪。既然见过,打招呼倒方便了。正琢磨着怎么说话,他先开了口:"是你?"

"是啊。我可以坐这里吗?"

他点点头,做了个"请"的手势。皮皮拉过椅子在他对面坐下来。

墨镜君取下耳机,扬起脸,透过黑黑的镜片打量她。

"好久不见。"他的态度倒很熟络,"也来喝茶?"

"嗯……"皮皮觉得嗓子干燥,肠胃也有些不舒服,随手拿起茶单翻看。服务员过来,她点了一杯冻柠茶。

他捏着茶杯,在手里转来转去,看她喝茶的样子。

"还记得吗?那个博物馆新馆——画在餐巾纸上的那个——已经快竣工了。"皮皮开门见山。

"是啊,你也关心这事?"他悠然地说,"想起来了,你当然关心,你喜欢那个建筑师。"

他还记得!皮皮瞪了他一眼:"对,我是喜欢那位建筑师,我还喜欢罗伯特·帕丁森。"

"所以你是特地来找我的?"

"我是晚报的实习记者,目前在调查这个项目为何停工以及可能出现的诈捐情况。据我的调查,你是这个项目后期资金的两位主要捐款人之一。"

"怎么?"他的脸色阴了阴,"怀疑我诈捐?"

"不是不是,你的已经到位了,感谢你对本市公共文化事业做出的巨大贡献——但另一位还差很多。"

"这不关我的事吧?"

"关你的事。"

"嗯?"

"听说这个设计是你向馆长大力推荐的。大家都喜欢,但觉得造价比较贵,所以很犹豫。于是你提出超过原预算的那部分你愿意捐助一半的款项,馆长又找来陆总答应了另一半,才最后拍了板。两年过去了,这位陆总所承诺的钱,只到账六分之一。"

墨镜君微微动容:"这不大像是老陆的作风啊。"

"的确像,因为去年三月份他还给 C 城大学捐了八百万以他命名的奖学金。捐款的事迹和当年他捐助博物馆一样,上了各大报社版面、电视新闻的头条。他还赢得了去年'C 城十大慈善家'的光荣称号。但据我调查,这个八百万也只到账八十万……"

"……"

"没有这个钱,新馆面临停工,贷款利息也越滚越高……"

"所以李海潮让你来找我?"

"不不不,"皮皮赶紧道,"不是李海潮。是一位关心新馆建设的博物馆退休干部向报社提供的线索,希望通过记者的介入让陆总落实自己的承诺。"

"你找过陆总? 他怎么解释?"

"他拒绝见我,说没有时间,让我找他的助理。他的助理既不回我的电话,也不回我的邮件,我就去公司找他,助理以各种理由搪塞。有一次终于答应见我,我从上午九点一直等到晚上八点,加班的人都走了他也没出现。最后接待我的是公司的律师,我兴冲冲地去,他三言两语就打发我了,连把椅子都没让我坐,一杯水都没请我喝。还说如果我胆敢写什么影响陆总名誉的报道,他会起诉我和报社……"皮皮想起调查这件事遇到的挫折,真是义愤填膺,越说越气。墨镜君却突然打断她:"十一个小时?"

"什么?"

"从上午九点到晚上八点一共是十一个小时。他居然让你等了十一个小时?"

皮皮看着他,长长地叹了一口气。得,刚才那番话白说了,这位墨镜君也太能歪楼了。

"我等多久不重要,重要的是新馆……"

"你的时间很宝贵,皮皮,你的时间,非、常、宝、贵。时间就是生命。"

这回轮到皮皮歪楼了:"你怎么知道我的名字?"

"我就是知道。"他神秘地笑了。

"那我能知道你的名字吗?"

"名字不能告诉你,不过我有外号。"

"什么外号?"

"祸害。活了千年的祸害。"他促狭地笑了。

皮皮两眼望天,站起来收拾东西。

"话没说完呢,你就走?"他说。

"你说得很对,时间就是生命,我不能浪费在你这里。"她愤愤地说道。

"喝完这杯茶,皮皮。"他的声音立即柔和了,语气中多了一丝诚意,"请喝完这杯茶。"

她坐下来,喝了一口茶,被酸酸的柠檬味呛得一激灵。

"新馆还差多少钱?"

"五百万。"

"我捐。"

这是皮皮完全没料到的回答,她吓了一跳,以为自己听错了:"你捐? 为什么?"

"因为你肯为我坐下来,喝完一杯茶。"

"……开什么玩笑呢,我哪有这么重要?"

"重要,皮皮,你很重要,你都不知道你有多重要。"

他们聊了大约两个小时,一些很零散的、不相干的话题。墨镜君从不谈自己,也没有揭开过自己的面目。为了迎合他的好心情,皮皮回答了他很多好奇的问题,包括告诉他自己有个青梅竹马的男朋友叫陶家麟。

直到分手时,皮皮仍然觉得墨镜君的话不靠谱。和李海潮的情况一样,现场只有两个人,他仍然可以改口,能约束他的只有心中的道德。

次日下午,皮皮接到了李海潮的电话,告诉她剩下的五百万缺口已经到账了。

"是陆总的钱?"

"不是,是你昨天见的那位朋友。"李海潮的声音里充满了喜悦,"他说被你说服了。关记者,你真能干。"

"是我应该做的。"

"馆长说,为了感谢你的付出,博物馆决定给你一张十年免费的门票。"

"谢谢馆长,我不能要。"

"为什么? 你不喜欢文物?"

"不是不喜欢。而是等新馆建成后,每当路过它时,我想对自己说,我也为它的落成做过点什么。"

番外二

祭司与千花

正月的杭城大街，买卖昼夜不绝。夜市一直开到三四更，而本城著名胭脂师的"紫烟铺"则一直开到五更钟鸣，与早市无缝对接。铺子左边是陈三老儿的卦摊，打着一个大大的招牌："时运来时，买庄田，娶老婆。"右边是崔婆婆的糕饼铺，卖的是五香糕、生糖糕、松花饼、素油饼、白酥烧饼。对面巷口是方师傅的杂货店，卖青白瓷器、笔墨纸砚兼营各色时花，门前摆着插瓶的瑞香、梅花、兰花、水仙……

紫烟铺的掌柜是姐妹俩，姐姐千花，妹妹千蕊。每当姐妹俩一阵香风地从陈三老儿面前路过，陈三老儿就会翻着一对没有眼珠的白眼对一旁的徒弟小四道："这两丫头不一般啊。"

"怎么不一般了？"

"没人味儿。"

"有仙气。"小四道，"特别是那个漂亮的姐姐，从来不笑，脸总是冷冰冰的。上次孙大人府里的二公子——刚中进士的那位——来找她搭讪，她都爱搭不理。"

"仙气？"陈三老儿的鼻子哼了一声，"我看是妖气吧。"

城里人说，千花的到来给这一带的女人带来了莫大的福音，因为她掌握着久已失传的"渥丹"绝技。每天早上，姐妹二人推着独轮小车去西湖汲水。回来后将水灌入作坊里的一只青铜古鼎，再放进各色独门香料煮沸。当水里滚出绿豆大小的泡泡时，千花拂袖一挥，也不知袖子里藏了何物，或只是纯粹作法，沸水突然溢出浓浓的紫烟，厚厚一层浮在鼎中。此时此刻，候在一旁的千蕊将一块预先备好的纯白锦絮盖在鼎上，不到半个时辰，紫烟尽入絮中，浓若鲜血、色如朝霞。姐妹俩将锦絮裁成小块，一一放入白玉盒内售卖，便是名闻千里的"紫府胭脂"：细腻、润泽、芬芳、持久。点上唇间，一日之内不会消落，还散发着薄荷的香气。

姊妹俩初到杭城，新制的紫府胭脂名动一时，成为达官贵人的赠礼佳品，订购一空，供不应求。用街坊邻居的话来说，姊妹俩靠着"煽风点火一炉烟"发家致富了，应当趁热打铁在另外几条街上开分店。再不济也该雇两个伙计一个账房搭把手。但姐妹俩却一切亲力亲为，每天从早忙到晚，从天黑忙到天亮，既不睡觉，也不关门，拿出车轮战的劲头挣钱。

这一日是正月十五。天刚亮，千花与千蕊刚做好一批胭脂，两人里里外外地忙着上货，冷不防发现铺子的柜台边安静地站着一个男人，似乎已经等了很久，见她们如此忙碌，也未出声。还是千花首先发现的。

"客官？"

是个英俊的盲人。玉台巾、阳明衣，装束整洁。目光奇特而空洞，手里捏着一根

又黑又细的木杖,闻声将脸准确地转向她:"我想买一盒胭脂。"

千花用抹布擦了擦手,道:"客官要什么颜色的胭脂?"

男人怔了怔:"胭脂不就是红色的吗? 还有其他颜色?"

"红有很多种啊。"千花傲然说道,"有粉红、妃红、品红、桃红、银红、大红、绛紫、绯红、朱红、火红、嫣红、枣红、酡红、橘红……"

男人完全听糊涂了:"你推荐一种吧,给女孩子的。"

千花道:"年纪几何?"

"十七。"

"肤色?"

"白净。"

"那就用嫣红。"她从柜台上抽出一个绣花锦囊,将一盒胭脂装入囊中,打了个同心结,递给他。

"谢谢。"他掏出一锭银子放到案上。

"不用那么多。"她打开抽屉找夹剪,打算把银子剪下一块。

"不用剪了。"他淡淡地道,"劳驾你把这盒胭脂送到万松岭的张府,给张令仪小姐。"

他的语气里有一种不容置疑的权威,让傲气的她很不舒服。

"对不起,我们不送货。"她的回答直截了当。

旁边有把椅子,他坐了下来,看意思是不肯走了。

千蕊赶紧过来圆场:"客官,要不……我帮您叫个轿夫过来? 这里离万松岭还有点远呢。"

男人沉默了一下,问道:"两位是昆凌族的?"

姐妹俩同时一愣,如果有人站在面前,而她们却不能感觉到半分同类的气味,那么此人在狐族的地位非同小可。千花打量着他,忽然,一个念头闪过脑海。狐族中有那么一个人,只有那么一位,有日盲症。

她连忙下跪垂首:"昆凌族千花叩见祭司大人,请祭司大人赐福。"

千蕊脸色一变,也跪了下来。

等了半天没有回答,抬头一看,那人已经不见了。

两人面面相觑。

千花和千蕊从来没见过狐族的祭司贺兰鹔,只是听过一些关于他的传说。一般来说,祭司大人是慈爱的。只要遇到他,认出他,要求赐福一般都会答应。

真永之乱以后,行踪不定的祭司大人已经很难见到了。只要有人见到,还真没

有出现过要求赐福遭到拒绝的情况。更何况跪在他面前的是昆凌族人见人爱的第
一美女千花。

千花看着面前空空的座位,喃喃道:"刚才……祭司大人……他……"

千蕊摇摇头:"没给你赐福。"

万松岭的张府女眷众多,好多是紫烟铺的常客。千花拎着一个花篮,内装两套
六盒各色胭脂款款下轿,先不忙进府,绕到后街东门的赵总管家看望钱妈妈。钱妈
妈以前是张府的奶妈,丈夫死后改嫁给总管张友富。这钱妈妈颇有些姿色,接过千
花的胭脂,笑不绝口。一阵寒暄之后,千花问道:"前儿遇到潘大人府上的李婶,她们
府里的三公子潘少庭刚中了秀才,托我问问你们府的千金张令仪的八字……"

"嗨!别问了。"钱妈妈一摆手,"悄悄地跟你说,二小姐今早刚刚过世,府里乱成
一团,正办后事呢。"

"啊?"

"说来也是可怜,二小姐打小喜欢自己的表哥,两人悄悄订下了终身,两边的父
母知道孩子们的心事,也都睁只眼闭只眼。这表少爷天资聪颖,勤奋好学,第一次进
京赶考就中了探花,被吏部尚书相中做了女婿。为了前程就不理睬这边了。二小姐
听到消息的当日就要吞金自尽,被她娘死活拦住。于是改成绝食,开始只是不吃,一
饿七天,瘦成了一根面条,前天开始,水也不喝了。府里请了几位小姐、奶妈轮番去
劝都不管用。这不,今早就咽气了。"

千花在心里"哦"一声,祭司大人您这是在逗我玩呢?让我辛辛苦苦跑一趟送胭
脂给死人呀?于是叹了一声道:"这趟专程过来,是有人托我把这盒胭脂送给府上的
二小姐,我还以为有什么喜事儿呢。"

"倒也用得着。里边正入殓呢。这孩子可怜,饿得脸尖尖的,一点血色也无,盖
棺之前打扮一下也是好,免得她爹妈看了伤心。"钱妈妈接过胭脂道,"让你费心了。
府里这么多人,这种时候找一盒胭脂还是有的。也不知是谁送的?"

"一个男人……瞎子。"

钱妈妈恍然:"你是说——贺道长?"

千花呆了呆:"贺道长?"

"那几天二小姐病重,府里求神拜佛,什么法子都试了,她亲娘的眼睛都快哭瞎
了。后来就来了一位年轻的云游道长,长得还挺俊的,说是有法子劝她回心转意。
大家都束手无策,那会子也只有死马当作活马医。岂知那道长往二小姐的床前一
坐,二小姐原本昏昏沉沉不省人事的,忽然就睁开眼,跟道长说起话来。大家高兴极

了,以为有救了。二小姐真的又活了两天,还被道长扶着去后花园散步呢。哪知她性子格外执拗,有力气说话,有力气走路,还是不肯吃饭,最后说自己去意已决,索性连水也不喝了。道长昨天对老爷说,怎么劝也没用,只怕挨不过今天了,让我们准备着点儿。说完就走了。"

千花听了这话,知这女子身世绝非一般,倒是应了狐族的一个古老传说:几百年前祭司大人曾经爱过一个女人,遭到族长的强烈反对。两人在私奔的路上被抓,女子被处以极刑,祭司大人被监禁。放出来后就掀起了著名的"真永之乱"。

南北分治之后,南岳狐族基本上是一团散沙。大家偶尔去观音湖聚会,祭司大人有时也会现身,修仙的申请他也会批准。至于祭司大人平时都在干些什么,和谁在一起,经常去哪里——没人知道。

有人说祭司大人在所爱的女子身上做了记号,从此踏上了寻找爱人来世的旅途。也有人说那女子被族长诅咒,每生每世注定早夭。

"那钱妈妈你先忙着,铺子里还有生意,我不多打扰了。"千花站起身来。

"你来了正好,这里有个东西是道长的,请你还给他。"

钱妈妈说罢打开抽屉,拿出一个红绳穿着的珠子递给她:"这是在二小姐的手腕上发现的。身边的丫鬟、妈子都说不认得,也不是府里的。这几天道长一直陪着她,大概是道长的东西。"

千花拿到手中一看即知这是一颗魅珠,想了想,道:"也许是道长有意送给她的,就留在她身上不好吗?"

"这道长倒也斯文懂礼,但毕竟是个陌生的男人啊。他的东西怎好放进二小姐的棺木里呢?"

千花觉得也是,将魅珠收入口袋,笑了笑,告辞而去。

回到铺中,千蕊迎出来,神色紧张:"姐,你可回来了!"

"怎么了?"

千蕊没开腔,用嘴努了努,千花撩开门帘,椅子上安静地坐着祭司大人。

"殿下,您要的东西已经送过去了。"千花轻声道。

"嗯。"贺兰韝站了起来,似乎有话要问,沉吟着没开口。

"张小姐……"千花观察着他的表情,迟疑着。他的脸微微地偏向她,似乎在等她说下去。

"……今早过世了。"千花柔声道,将魅珠递给他,"这个还给您。"

他接过去,握在手中。脸上的表情很难懂,看不出是喜是悲,只是茫然地点点

头，向门外走去。

"殿下！"千花叫住他，垂首道，"千花恳请殿下赐福。"

他顿了顿，连身都没有转，淡淡道："不用了。你的福气够好了。"

"殿下，恕千花愚钝，"她颤声道，"千花做错了什么吗？"

"当然没有，"他的嗓音忽然很温和，也很真诚，"只是今天我的福气不太多，没什么可以赐给你的。你没沾上晦气已经很好了。"

说罢便在两个女孩的目瞪口呆中消失了。

千花呆呆地站在屋里，浑身冷飕飕的，觉得祭司大人的语气很平静，里面却有一种令人心碎的东西。

祭司大人离开的那一天，紫烟铺破天荒地第一次歇业，千花对千蕊说："我累了，想休息几天。"说罢拎着包袱只身回到五夷山的老岩洞，在那里一睡二十年，静心修行，消除邪念。

邪念没有消除，反而在二十年的不断反省、揣摩、回忆中愈演愈烈。

她知道自己不可救药地爱上了祭司大人。既然邪念终日萦绕心头，不如出山历劫，将祭司大人收入囊中。毕竟千花是昆凌族的一颗明珠，无数男人拜倒在她的石榴裙下，她还从未尝过被拒绝的滋味。

千花出山后的第一件事就是转弯抹角地找到了昆凌族大护法青阳。谎称自己有几个姐妹想修仙，希望能找到祭司大人得到他的批准。青阳是贺兰韘最好的朋友，一定知道他的下落。

"你最容易找到他的地方就是观音湖。"青阳说，"二十年一度的观音湖聚会，他基本上都会去。"

千花掐指一算，最近的一次应当就在一年之后的三月三日。

《云笈七签》有云：三月上巳，宜往水边饮酒燕乐，以辟不祥，修锲事也。

狐族二十年一度的盛会便是选在季春之月、上巳佳节。观音湖边春草如茵、沙白如雪，靠近桑林的一角聚着一群貌似寻常的踏春男女，拿着花，捧着酒，带着时鲜的蔬菜瓜果在草地上谈笑玩耍。有人斗花，有人斗草，有人斗茶，有人射覆。

为了这次盛会，千花梳了个百花分肖髻，特地在发间别了一只五彩丝带编成的燕子。照本地的风俗，这天要"戴春燕"，所谓"彩燕迎春入鬓飞"是也。她还带来一篮子自己做的养生药丸和各色胭脂。其实以她修行的年限，来这里还不够格，不免

各种拜托各种打点。不过,有谁会拒绝美丽的千花?

祭司大人穿一袭青衫迎风伫立在柳树下,与几个柳灯族的青年说话,千花远远地看见,没好意思挤进去,独自去湖边垂钓。她找了一块高高的岩石坐下来,一杆甩出去,也没放饵,坐在石上以手托腮,悄悄地瞄着贺兰觿。

找祭司大人说话的人很多,一批接着一批。千花等了一个时辰,终于失去耐心,见此时他身边站着三个昆凌族女子,是蔡家的三姐妹,自己都相熟,于是拎着篮子凑了过去。

"哎,千花! 他们说你带了好多草药?"老大莲花道,"有胭脂吗?"

"有啊,带了一堆。知道你们喜欢。"她递上去一盒,"莲姐,这是今年最新的配方调出来的,我记得你一向用海棠红,闻闻看,喜欢这味道不?"

莲姐打开一闻,笑道:"好香啊。喜欢喜欢! 那我可不客气地拿走了。"

"千花我也要!"

"我也要!"

她的两个妹妹一起叫道,千花于是一人给了一盒。那莲姐颇识眼色,知道她过来是有话要对祭司大人说,于是牵着两个妹妹道:"你们聊,我带着她们去那边射覆。"

千花一脸通红地看着贺兰觿,半天没吱声。

贺兰觿以为她找自己有事,见她支吾着不说话,便知多半是什么难以启齿的事情,也不问她,指着篮子道:"你带了养生的草药?"

"哦,对。"千花的心突突乱跳,从篮子里拿出一个小瓶,"这是鼠耳草做的龙舌丸,健脾开胃。还有这个是柏叶、花蕊和茯苓研末调蜜做的,叫作凤花丸,吃一颗白发变黑,吃两颗齿落更生,吃三颗延年益寿——"

他很感兴趣地拿到手中摸了摸,问道:"有治眼睛的吗?"

"呃……这个……没有。"千花窘了,这才想到这是白天,祭司大人看不见。他手里没像往常那样拿着一根盲杖,所以她也忘记了。但她看见他唇边滑过一抹笑意,大约是拿她开玩笑,那颗紧张的心顿时安静了。

"你叫什么名字?"他问。

"千花。"

他的表情一片茫然,显然已经不记得她了:"找我有事?"

千花心里有点委屈,也不好提醒,只是微微屈膝行了个礼,道:"千花特地过来请大人赐福。"

"我给你赐福,你送我两瓶凤花丸可好?"他道。

番外二 —— 祭司与千花

203

"千花以为大人的赐福是免费的。"

"那就一瓶？"

千花跺了跺脚："为什么别人求您赐福您二话不说就赐了，我求您赐福就要收费呢？这不是贿赂吗？"

"哇，好小气。"他笑了，一看就是逗她开心的。随即伸出手轻轻地在她头顶上摸了摸："祝你生意兴隆，财源滚滚。"

千花站起来，痴痴地看着他，将两瓶凤花丸塞进他的手中："给。"

"多谢。"

"大人……喜欢垂钓吗？"

他摇头："不大喜欢。"说罢脸微微一偏，脸上笑意更浓。

祭司大人的笑真美，千花看呆了，过了片刻才知道他并非冲自己笑，而是冲着不远处的一个蓝衣女子而笑。那女子挽着袖子，露出一双细瘦的胳膊，正与蔡家三姐妹开心地射覆，笑声如银铃般在千花耳中叮当作响。

不知为何，她觉得很刺耳、很放肆，不敢想象有谁敢在祭司大人附近笑得如此豪放。

蓝衣女子大概是赢了，手里拿着两串铜钱，拎着裙子喜滋滋地跑过来道："贺兰，我赢了！我赢了！看，好多钱！"说罢将铜钱弄得哗哗作响。

千花打量着蓝衣女子，发现她长相平凡，头发黄、个子矮，一脸的营养不良，笑起来没心没肺的像个弥勒佛。

"这位姐姐会做草药，送你两瓶凤花丸，拿着。"贺兰觴将药瓶交给她。女子将身一转，对着千花笑得更加灿烂："谢谢姐姐！我还没玩够哪，她们在等着我！"说罢也不等贺兰回话，撒腿向树边射覆之处跑去。

此时天色忽暗，空中响了两道炸雷，紧接着暴雨倾盆、电闪雷鸣。千花从包袱里抽出油纸伞正要打开，见贺兰脸上微变，问道："子衿呢？"

千花愣了一下，这才明白"子衿"是蓝衣女孩的名字。正要抬眼张望，远处一棵大树下传来几声尖叫，有人叫道："来人哪！有人被雷击中了！"

地上倒着一个蓝衣女子。

是子衿。

千花不明白为什么每次与贺兰觴相遇，都在他心爱的女人去世的那一天，仿佛厄运是自己带去的。在接下来的一百多年里她千方百计地"遇见"他，但每次见到的都是祭司大人忧郁的眼神和失落的背影。

令他失魂落魄的女孩身世各异,相貌平凡,年纪轻轻,死于各种荒唐的理由:火灾、溺水、中毒、跳崖……

每个女孩的离去对她来说都是一次新的起点、新的机遇。她竭尽所能地去邂逅、去引诱,企图牵手,期待相守,却连一道挽留的目光都没得到。

"我可以让他喜欢你。"云泰说。

屡试不成后,千花回到五夷山,躺在自己的岩洞里生闷气,一气就是三十年。有一天她出洞散心,在一条山涧边遇到了云泰。

云泰与千花同岁,曾是青梅竹马的恋人,两人共同开始修炼。二十年后千花修成人形,云泰却保留了狐身。他是狐界唯一的一个想长寿却不愿做"人"的狐狸。懵懵懂懂的少年心事、豆蔻年华的那些爱情,因人狐相隔渐行渐远。

"你有什么办法?"千花心动。

"这座山里有一种草,能够让他忘掉旧情,只爱你一人。"

千花看着云泰,觉得他的话没有说完。

"条件是你答应我一年中有一半的时间变回狐形。不一定住在五夷山,我熟悉你的气味,总能在山野中找到你。"

她的心激烈地纠结了起来:"多久? 多少年?"

"嗯?"

"要我变回狐形多久?"

"永远。"

她的脸白了,凝视着那双狡黠的狐眼,目光变作乞求。若在往日云泰定会心软,但这次他高高地昂着头望向远方,不理睬她。

千花想了想,一咬牙,点点头。

云泰不知从哪里叼来一串紫色的果子,千花吞入腹中,一日之后,身体开始散发一种葡萄酒的香味。

就这样她带着一身的葡萄味儿下了山,却一直没找到贺兰觿。为了信守约定,她只得过着半人半狐的生活。野狐的日子十分清苦,在山野中流窜,时而被虎狼袭击,时而被猎人追逐,远不如住在人间守着一爿店安全。最让她不安的是,只要她变回原形,云泰总能找到她。聊着聊着就想亲昵,忍不住会动手动脚,千花完全避不开,只能想方设法地躲着他。

就这么过了五十多年,千花终于在观音湖畔再次遇到了祭司大人。这一次,一切顺利。贺兰觿带她去了桑林,在桑叶的催发下,在葡萄酒的香味中,他轻轻地吻了

她。接下来的日子虽还是若即若离，但他已不再居无定所，更不会扮作游方道士终日在大街小巷中穿行。

他在杭城买了一套宅院，决定住下来。在她的守候和痴缠下渐渐迷惑，渐渐遗忘，开始留恋家的温暖。她对他无微不至，悉心奉迎。祭司大人的心其实很软，以她的智慧，抓住一个男人，与他情投意合一点不难。她很快促他定下了婚期。

为了不出意外，千花打通关系去县衙查了方圆百里的户帖，这一带三十年内出生的女孩没有八字纯阳的。尽管如此，她的心仍然忐忑不安。因为贺兰鬺从来没送给她自己的魅珠。

她以为在桑林中可以拿到，他没给。

她以为定居杭城后可以拿到，他没给。

她以为订婚那天肯定可以拿到，他还是没给。

但这种东西除非赠送，她真不好意思开口要。狐族的婚礼不似人类，两人遇见了，喜欢了，就搬在一起，没有门当户对，不要三书六礼，一旦交换了魅珠就必须从一而终，不能见异思迁。

祭司大人既未向她索要过媚珠，直到订婚也没有交出自己的魅珠。对于狐族这最重要的"换珠大礼"显得毫无诚意。千花心中郁结懊恼，却也没有绝望。女孩子家，吃相不能太难看。何况他已答应娶她，魅珠还会跑掉吗？

也许喝完了交杯酒，就会有的吧。

转眼到了婚期的前夜，两人都很兴奋。一起到天香阁吃了饭、喝了酒，回家路上半醉的千花走路直打晃，贺兰鬺只好扶着她。

穿过一条漆黑的小巷来到城中的主街，眼前忽然一亮，道旁挂满了花灯和纸条，一大群游客聚在灯前猜谜，叽叽喳喳十分热闹。

人多事杂，千花拉着贺兰鬺就要走，他却很有兴致地停下步来，拿起一张纸条念道："少年白发老来黑，有事秃头闲戴巾，凭你先生管得紧，管得头来管不得身。——打一物。"

千花素来不爱读书，加上还有七八分醉意，瞪着眼想了半天，摇头。

"这是笔嘛。"祭司大人捏捏她的鼻子，笑道。顺手又看了一张，念道："打得重，叫得响，叫得响，越要打。"

千花拍手道："这个我知道，是小孩。"

贺兰鬺道："为什么？"

千花道："小孩淘气被爹妈打，越打哭得越厉害。"

"都哭得厉害了,为什么还要打?"

"太淘气啊。"千花认真地说,"我小时候就是这样,总是挨打。"

贺兰觽摇头不信:"我猜是木鱼。"

"小孩。"

"木鱼。"

"究竟是小孩还是木鱼? 不可能有两个答案吧!"千花笑道。

忽听身后一个软糯的声音道:"是木鱼,下面还有两句呢。"

两人低头一看,原来那写着灯谜的纸条被人撕了一半掉在地上,上面还有几个字:"无头发,没肚肠。——打一物品。"

果然是木鱼。

两人转过身去,只见一个八九岁的小女孩,一手拎着兔子灯,一手举着糖葫芦,正笑吟吟地看着他们。

"哇,小小年纪能识字,不简单。"贺兰觽笑着道,"这道谜算你猜对了,要什么奖励,叔叔买给你。"

女孩子歪着头上上下下地打量他,过了半天指着他的手腕道:"叔叔,我可不可以要你手上的这颗珠子?"

半醉之中的千花听见这话,酒顿时醒了,厉声喝道:"胡闹!"

她的嗓音很尖锐,几乎在吼。女孩子吓得浑身一抖,糖葫芦掉在地上,又是心疼又是委屈,眼泪扑扑直掉,呜呜地大哭起来。贺兰觽蹲下身子,摸了摸她的头,轻轻问道:"你叫什么名字?"

"小、小桂子。"

"抬起头,让我看看你的脸。"

小桂子抽泣着抬起头,贺兰觽接过她的兔子灯照了照她的脸,用袖子帮她拭去眼泪,目光十分温和。

"别哭了,我给你变个戏法。"他张开右手放在她眼前,"手上什么也没有吧?"

她好奇地看着他的手掌,点点头。

他伸手在空中一抓,往她耳边上一摸,摊开时,掌心已多了一枚红色的珠子。

没等千花反应过来,小桂子拿着珠子叫了声"谢谢叔叔"拔腿就跑。一眨眼工夫就不见了人影。

在这一瞬间,空气中忽然散发出一道深山木蕨的气味。

千花愣了愣,知道祭司大人刚刚种过香,不禁长叹一声:"刚才是我做梦还是真的? 这丫头抢走了你的魅珠?"

番外二 —— 祭司与千花 ——

他站起身子,淡淡地道:"是我送给她的。"

她气得转身就走,他什么也没说,默默地跟在她身后。回到屋中,千花喝了一杯茶强自镇定,思考对策,却看见祭司大人收拾起了行李。

她的心猛然一沉。

"千花,"他轻轻地说,"我要走了。"

"去哪儿?"

"继续我的旅途。"贺兰觿打开门。

"那我呢?"她虚弱地道。

"你继续你自己的。"

祭司大人推门而去,再也没有回来。

版权合同登记号：图字：11-2015-316 号

图书在版编目(CIP)数据

结爱：异客逢欢 / 施定柔著.—杭州：浙江文艺出版社，
2016.6(2018.5 重印)

ISBN 978-7-5339-4492-6

Ⅰ.①结… Ⅱ.①施… Ⅲ.①言情小说—中国—当代
Ⅳ.①I247.5

中国版本图书馆CIP数据核字(2016)第 066596 号

选题策划　王晶琳
责任编辑　徐　莺　王晶琳
装帧设计　嫁衣工舍　吕翡翠
责任校对　陈　玲
责任印制　朱毅平

结爱：异客逢欢
施定柔　著

出版　浙江文艺出版社
网址　www.zjwycbs.cn
经销　浙江省新华书店集团有限公司
印刷　杭州杭新印务有限公司
制版　浙江新华图文制作有限公司
开本　710 毫米×1000 毫米　1/16
字数　470 千字
印张　26.25
插页　2
版次　2016 年 6 月第 1 版　2018 年 5 月第 3 次印刷
书号　ISBN 978-7-5339-4492-6
定价　66.80 元(上、下册)